W0367899

ullstein

Das Buch

Die zehnjährige Vika lebt im Kinderheim, wo sie zu einem anständigen Mitglied der Sowjetunion erzogen werden soll. Nachts träumt Vika davon, Schichtleiterin in einer Schokoladenfabrik zu werden und hält Zwiesprache mit ihrer Mutter Olessia, an deren Gesicht sie sich nicht erinnern kann. Denn Olessia ist seit Jahren in einem russischen Arbeitslager.

Da erscheint eines Tages Nina Belikowa im Heim. Sie wurde früher aus dem Lager entlassen als ihre Freundin Olessia und hat ihr versprochen, die kleine Vika zu finden und sich um sie zu kümmern. Als Olessia Jahre später endlich auch freikommt, stehen ihre Chancen denkbar schlecht: Wer würde ihr noch ein Kind anvertrauen? Und was verbindet Vika noch mit ihr?

Für Vika, Nina und Olessia geht der Kampf nun in eine neue Runde, gegen den russischen Winter und den Sowjet-Apparat, um einen Menschen an der Seite und für eine eigene, endlich glückliche Geschichte.

Die Autorin

Eleonora Hummel wurde 1970 in Kasachstan geboren. 1980 zog die Familie in den Nordkaukasus und siedelte zwei Jahre später nach Dresden über. Sie veröffentlichte Prosa und Artikel in zahlreichen Zeitschriften. Für ihren ersten Roman *Die Fische von Berlin* erhielt sie 2006 den Adelbert-von-Chamisso-Förderpreis. Eleonora Hummel lebt in Dresden.

ELEONORA HUMMEL

IN GUTEN HÄNDEN, IN EINEM SCHÖNEN LAND

ROMAN

ULLSTEIN

Besuchen Sie uns im Internet:
www.ullstein-taschenbuch.de

MIX
Papier aus verantwortungsvollen Quellen
FSC® C083411

Lizenzausgabe im Ullstein Taschenbuch
1. Auflage April 2015
© Steidl Verlag, Göttingen 2013
Umschlaggestaltung: ZERO Werbeagentur, München,
unter Verwendung einer Vorlage von Steidl Design / Sarah Winter
Titelabbildung: © Ursula Rumin
(vgl. Ursula Rumin: *Im Frauen-GULag am Eismeer.*
München: Herbig Verlag 2004, S. 19)
Papier: Holmen Paper Hallsta, Hallstavik, Schweden
Druck und Bindearbeiten: CPI books GmbH, Leck
Printed in Germany
ISBN 978-3-548-28724-9

VIKTORIA M.,

SIEDLUNG DUBOWKINO BEI KRASNOJARSK, 1954–55

❜

Ich gehöre zu den Glücklichen im Heim. Meine Mutter ist nicht tot oder vermisst. Sie lebt. Sie hat nur etwas Schlimmes getan. Deswegen darf sie nicht mit mir zusammen sein. Es ist ihre Strafe, nicht meine.

Das Fensterbrett ist ein Ort der Wünsche. Es ist nicht erlaubt, dort herumzulungern oder gar sich draufzusetzen. Wer mit der Hand über die abblätternde Farbe fährt, hat schnell Splitter unter der Haut.

Am Fensterbrett bleibe ich nur stehen, wenn keine von den Erzieherinnen in der Nähe ist. Werde ich trotzdem entdeckt, behaupte ich, nach Regen oder Schnee Ausschau zu halten. Obwohl jeder weiß, dass sich niemand, der am Fenster steht, fürs Wetter interessiert. Sagen kann man das ja trotzdem. Die Erzieherinnen schimpfen dann ein bisschen, weil ich mir eine Erkältung holen könnte. Es zieht durch die Ritzen. Ich spüre den kalten Windhauch an den Fingern, aber erkältet habe ich mich davon noch nie. Auf die Finger achte ich auch gar nicht, sondern auf meine Augen. Sie schauen durch das Glas und haben noch nie jemanden gesehen, der hierher kam, um sein Kind abzuholen.

Und doch muss es ab und zu passieren. Gelegentlich. Selten. So selten, dass es einem gar nicht auffällt. Vielleicht kommen sie im Dunkeln, oder es gibt einen geheimen Eingang. Dann nützt das Warten am Fensterbrett natürlich nichts.

Ich weiß, meine Mutter wird nicht kommen. Auf sie warte ich nicht, das ist besser so. Sollte sie eines Tages doch kommen, sie ist ja nicht tot, und mir ist sogar bekannt, wo sie lebt, würde ich sie fragen, warum sie nicht früher an ihr Kind gedacht habe, damals, als sie gegen die Gesetze verstieß. Das hat mir Maria Stepanowna, meine Lieblingserzieherin, erklärt. Deine Mutter hat sich nicht an die Gesetze gehalten, hat sie gesagt. Beiläufig, wie man vom Wetter redet.

Ich glaube nicht, dass meine Mutter das mit böser Absicht getan hat. Vielleicht ist sie nur keine sehr vernünftige Frau. Jedenfalls nicht so vernünftig wie ich. Manchmal spricht Maria von ihr als einer »renitenten Person«. Das ist so etwas wie unverbesserlich. Es klingt beunruhigend. Als sei meine Mutter eine Gefahr, vor der Maria mich bewahre. Ihre Worte setzen sich in meinem Kopf fest, breiten sich dort aus wie Schimmelpilz in einem Marmeladenglas, obwohl ich versuche, an etwas Schöneres zu denken.

Ich stelle mir eine frische Gurke vor, ihren Duft, die grüne Lederhaut, die Noppen, wie beim Anschneiden der Saft austritt und zu kleinen gleichmäßigen Hügeln am Rand der Gurkenscheibe gerinnt, die mir beim Ablecken die Zunge zusammenziehen. Der Sommer beginnt für mich mit der ersten Gurke. Erst muss ich lange warten, und dann sind der Sommer und die Gurkenzeit zu schnell vorbei. Auch Butter ist etwas besonders Schönes. Ich mag sie gelb und weich auf eine Scheibe Graubrot gestrichen, mit Salz bestreut. Man kann versuchen, Butter aus Sauerrahm zu schlagen. Der Heimleiter hat erklärt, unsere Kuh

Dunja tauge dafür nicht mehr. Sie ist alt und gibt immer weniger Milch. Frisch gemolken stachelt ihre Milch im Mund wie unverdaute Heuspitzen.

Ich stehe am Fensterbrett und starre hinaus, als gäbe es draußen etwas zu sehen. Letzten Dienstag lief ein Eichhörnchen vor meinen Augen dreimal über den Weg, bevor es im Schnee verschwand. Ich denke nicht: »Mutter, warum hast du mich verlassen.« Ich fühle mich ja gar nicht verlassen. Eher gerettet. »Du kommst zu spät.« – Diesen Satz habe ich für sie vorbereitet. Falls sie eines Tages doch noch kommt.

Seit ich hier bin, schlafe ich abends schlecht ein. Es muss am Winter liegen. Die Heizung funktioniert nicht. Der Heimleiter telefoniert laut. Es geht um Brennholz, Federdecken, wasserdichte Matratzenauflagen, Nadeln für die Nähstube. Er ist ein Brummkreisel, wo er sich auch hindreht, überall fehlt etwas.

Ich habe meine Heime an den Fingern abgezählt und festgestellt, dies ist mein siebtes. Ich kann nicht sagen, wo es besser oder schlechter war. Die früheren Orte und Umgebungen, Namen und Gesichter haben sich wie in einem schlecht sortierten Fotoalbum vermischt, sodass ich sie allein nicht mehr zuzuordnen vermag. Meine Erinnerung setzt mit etwa drei Jahren ein: Ich knie auf dem Boden, die Handballen in den Staub gedrückt, mein Haar berührt die Erde. Ich bin zu klein, um über den Zaun zu schauen, deshalb versuche ich es darunter. Ich höre Hundegekläff, doch zu sehen bekomme ich nichts, egal wie tief ich meine Nase in den Spalt zwischen Erde und Zaunlatten stecke. Kleine Steine bohren sich in meine Knie. Passiert da draußen etwas Wichtiges? Befinde ich mich in einem Heim, auf dem Innenhof eines Kindergartens, oder war das mein Zuhause?

Ich weine nicht und heule nicht nach der Mama wie die Kleinen. Die Decke endet nachts an meinen Ohren, mit jedem Atemzug hebt sich ein Zipfel und kitzelt mich am Ohrläppchen. Die Berührung wird von einem Knistern des steifen Bettbezugs begleitet, das sich direkt neben dem Gehörgang überlaut anhört. Ich ziehe meine kalten Füße ganz nah heran an den Körper, stecke einen in die benachbarte Kniekehle. Ich brüte meinen Fuß aus. Er ist fertig, wenn ich das Blut wieder durch ihn hindurchfließen spüre. Dann wechsle ich ihn aus. Anderer Fuß, andere Kniekehle. Von oben betrachtet sehe ich unter der Decke aus wie ein Storch auf einem Bein. Ich liege wach und höre mein Herz schlagen. Es pocht so laut und hastig, dass ich eine Hand draufdrücke, um es zu beruhigen. Allmählich wird beides warm, die Handfläche und die Stelle darunter. Irgendwann werde ich müde. Von der Wärme und vom Zählen des Herzschlags. Meine Hand rutscht erschlafft auf den Bauch. Ich vergesse, sie wieder hochzulegen. Der Schlaf sitzt bereits auf dem Bettrand zu meinen Füßen. Während er träge zu mir hinaufsteigt, denke ich an die Fehler meiner Mutter. Daran, was sie wohl zu einer Verbrecherin gemacht hat. Sie ist erwachsen. Sie hätte es doch besser wissen müssen. Jedes Kind weiß, was gut und was böse ist.

Das denke ich, aber sicher bin ich mir nicht. Ich setze mich ja auch auf das Fensterbrett, obwohl das verboten und unvernünftig ist. Jeder sucht seinen Platz im Leben, sagt Maria Stepanowna. Hier finden Kinder wie wir Hilfe. Hier werden wir zu guten Sowjetbürgern erzogen, weil unsere Eltern uns kein Vorbild sind.

Wenn ich wissen will, was genau meine Mutter getan, welche Gesetze sie gebrochen hat, sagt Maria Stepanowna, das werde ich schon noch erfahren, wenn ich groß bin. Aber eins könne sie mir jetzt schon sagen: »Kinder von guten Müttern leben nicht im Heim.« Wenn sie das sagt, rollt Wort für Wort wie eine Glasmurmel nach der anderen aus ihrem Mund. Hielte ich die Hand darunter, könnte ich sie auffangen. Die Kinder, die guten Mütter und die Heime, die keine sind, würden beim Auffangen aneinanderstoßen und dabei einen klackernden Ton abgeben. Ich spiele gern mit Glasmurmeln.

Wenn Maria Stepanowna Recht hat, will ich nirgendwo anders sein. Hier gibt es alles, was ich brauche. Es wird viel getan, damit es uns gut geht. Wir müssen uns nur anstrengen, anständige Menschen zu werden.

Neben mir wimmert die kleine Rusudan im Schlaf. Wer weiß, wovon sie träumt. Vielleicht von ihrem sonnigen Georgien. Sie kennt noch die Namen der Früchte aus ihrem Garten. Aprikosen, Mandarinen, Renekloden, Mirabellen. Sie hat sie für uns auf ein Blatt Papier gemalt. Holprige Kreise mit einem Stiel dran. Als ich sie fragte, ob das alles Äpfel seien, wurde Rusudan wütend. Sie ist klein und drahtig und wird sehr schnell wütend. Ihre Augenbrauen rücken wie zwei schwarzbuschige Raupen zusammen, die Augen werden schmal und laufen voll mit Zorn, sie ballt ihre Fäustchen und würde zuschlagen, wenn zwei ältere Mädchen ihr nicht rechtzeitig die Arme auf den Rücken gebogen hätten. Rusudan windet sich dann nach rechts und links und versucht zu beißen. Ihre Zähne sind weiß und kräftig, wegen der guten Vitaminversorgungslage in Georgien. Sie würden tiefe Spuren in der Haut hinterlassen, vielleicht sogar bis ins Fleisch vordringen. Die Mädchen pressen Rusudans Gesicht auf den Boden und drücken ihr von oben ein Knie zwischen die

Schulterblätter, bis irgendetwas knackt und Rusudan ganz ruhig ist. Sie weint lautlos, Wasser läuft ihr über die Wangen. Im Sommer wie im Winter fließt ihr grüner Rotz aus der Nase, der sich mit Tränen mischt, die keine sein wollen. Sie sagt, ihr bekomme das Klima nicht, es reize die Augen. Rusudan weint nie, Rusudan hat chronisch gereizte Augen, des Klimas wegen. Man lässt sie los, sie schnieft, fährt sich mit der Hand unter der Nase lang. Auf ihrem Handrücken bleibt eine glänzende Spur zurück. Maria Stepanowna wehklagt, Rusudan sei ihre streitlustigste Kampfhenne. Heulsuse, denke ich. Aber niemand von uns war in Georgien und weiß, was für Früchte dort wachsen.

Manchmal steigt Rusudan nachts ungerufen zu mir ins Bett. Sie schmiegt sich an mich und versucht, ihr Gesicht in meiner Achselhöhle zu vergraben, als suche sie dort etwas. Im Mondschein oder bei Tagesanbruch sehe ich ihre Wimpern auf den Wangen liegen. Sie sind länger, schwärzer, geschwungener und viel hübscher als meine. Rusudan riecht wie ein Lämmchen und schnaubt im Schlaf. Sie reagiert nicht auf Rütteln und Schubsen. Weil ich das weiß, lasse ich sie in Ruhe, mache mich selbst dünn, atme flach, damit unsere Bäuche sich nicht berühren.

Wenn die Erzieherin in der Früh die Tür zum Schlafsaal aufreißt und »Hoch mit euch!« schreit, bin ich immer allein. Rusudan hat einen inneren Wecker, der sie rechtzeitig zurück in ihr eigenes Bett steuert. Einen Schlafwandelknopf, der von selbst an- und ausgeht. Hänsele ich Rusudan damit, behauptet sie, ich Miststück würde lügen. Ein Miststück, Luder, eine Schlampe wie ich könne gar nicht anders als lügen. Ich habe mich an ihren Geruch gewöhnt und auch an ihren Akzent, der Schimpfwörter so lustig weich klingen lässt. Ich presse die Lippen zusammen und lache nicht.

Beim Neujahrsfest tragen wir alle selbstgeschneiderte Kostüme, und es gibt eine Schale mit Orangen. Die drei Orangen werden später geschält und sorgfältig in Spalten geteilt. Diese werden nochmals in Hälften geschnitten, damit jeder etwas abbekommt. Der auf dem Teller verbliebene Saft darf abgeleckt werden. Rusudan behauptet, die Orangen kämen aus Georgien, genauso hätten sie bei ihr zu Hause geschmeckt. Jedes Kind erhält von Hausmeister Petja, der sich als Väterchen Frost verkleidet hat, ein Zeitungspapiertütchen, in dem eine Handvoll kissenförmiger Bonbons mit Marmeladenfüllung zusammenklebt. Außerdem werde ich mit einem Lineal als Preis für mein Kostüm bedacht. Ich trage eine weiße Halbschürze über der normalen Kleidung, dazu eine rote Mütze mit Häkelrand und ein Weidenkörbchen, womit ich unzweifelhaft als Rotkäppchen zu erkennen bin. Rusudan stellt ein Schneeflöckchen dar, verkleidet in einen Tüllumhang mit festgenähten Wattestücken. Pawliks Kopf krönt ein Papierband mit aufgeklebten Hasenohren, die so dick mit Farbe bestrichen sind, dass sie unter dem Gewicht ständig umknicken und ihm die Sicht verdecken. Er versucht, sie hochzupusten. Dazu stülpt er die Unterlippe vor und bläst die Luft nach oben. Das macht ihn hässlich. Noch hässlicher als er ohnehin schon ist. Die Hasenohren schwingen wie Palmenwedel bei frischer Brise. Kehrt Windstille ein, bleiben sie genau über seinen Augen hängen. Palmen habe ich auf Schwarzweiß-Fotos in dem Buch *Rund um die Welt* gesehen. Was soll das für ein Kostüm sein, etwa »trauriges Kaninchen«?, stichelt Klawdija, absichtlich laut, damit Pawlik es hört. Rusudan kichert. So schnell sie wütend wird, so leicht ist sie zu erheitern.

Nachdem wir alle unsere Trostpreise erhalten haben, klemmt Pawlik seine Ohren hinter das Papierband. Nun sieht er nicht mehr traurig aus, aber beim Grinsen zeigt er seine Zahnlücken, und die machen ihn auch nicht hübscher. Den Hauptpreis bekommt Oksana, die sich mit echten Tannenzweigen geschmückt hat. Obwohl sie sich so vorsichtig bewegt, wie es einem Baum geziemt, ist nach unserer Polonaise der Fußboden mit Tannennadeln übersät.

Wir fertigen Präsente für die Jungs zum Tag der Sowjetarmee am 23. Februar. Ich bastele gerne, aber doch nicht für kleine Jungs, die noch keine Soldaten sind. Meine Fingerkuppen sind voll mit Kleber und Farbe. Das Papierschiffchen hat ein Segel, das an einem Holzstäbchen gehisst ist, oben weht ein rotes Fähnchen. In zittrigen Buchstaben, weil meine Hand halb in der Luft schwebt, schreibe ich »Eisbrecher W. I. Lenin« auf den Bug. Maria Stepanowna bleibt neben mir stehen, um die Bastelarbeit einzusammeln. »Fein gemacht, Vika.« Ich will mein Schiffchen trotzdem nicht hergeben. Sie ist erstaunt, redet mir gut zu, ich bleibe stur. Sie holt die anderen Erzieherinnen zu Rate, Talaschko und Daikovis, ich sehe Hände, die sich nach meinem Kunstwerk ausstrecken. »Makarowa, lass sofort los!«, verlangt Talaschko. Es fließen Tränen, meine Tränen. Schließlich wechselt das Schiffchen aus meiner Hand in die schmutzigen Finger von Pawlik. Was denn bloß mit mir los sei, fragt Maria Stepanowna. Pawlik hat mein Geschenk nicht verdient, sage ich, er würde es doch nur irgendwohin pfeffern, wo es nicht lange heil bliebe, oder es gar ins Wasser lassen, damit es davonschwimmt und untergeht. »Geschenkt ist geschenkt«, sagt Maria Stepanowna ungerührt und schickt mich ohne Abendbrot ins Bett. Vielmehr: Sie droht es an. Ich habe keinen Hunger, auch nicht, als mir die Köchin eine Schüssel kalten Grießbrei hinstellt, heimlich natürlich, aber ich weiß, sie tut es auf Maria Stepanownas Geheiß. Sie solle es den Katzen geben, sage ich zur Köchin, so leise, dass sie mich nicht versteht.

Am 8. März bekommen die Mädchen Geschenke von den Jungs. Handgefertigte Glückwunschkarten mit einer ausgeschnittenen oder aufgemalten Acht drauf, klebrige, unters Kopfkissen geschobene Süßigkeiten, dieselbe zusammenklumpende Sorte zu jedem Anlass, oder hingekritzelte Vierzeiler, die Gedichte sein wollen. Ein Bund roter Nelken, Blumen der Arbeiterbewegung, wird im Morgengrauen von einem Fahrer geliefert und ist für das weibliche Personal bestimmt, unsere Erzieherinnen, die Pionierleiterin, die Köchin, die Putzfrau, die Krankenschwester, ganz genau durchgezählt sind die Stängel, keiner bleibt übrig. Maria Stepanowna staunt: Hier habe es noch nie frische Blumen um diese Jahreszeit gegeben! Und dann gleich Nelken, auf Glückwunschkarten zum Frauentag seien immer nur Tulpen abgebildet, und selbst die kämen erst im Mai von wer weiß woher. Sie habe die Pionierleiterin im Verdacht, die Aufmerksamkeit eines der Natschalniks aus der Stadt erregt zu haben. Das komme davon, wenn man junge unerfahrene Dinger in kurzen Röcken hierher schicke. Nichts als Püppchen, die ihre rasierten Beine noch bei minus zwanzig Grad in Nylonstrümpfe stecken, nur weil sie diese irgendwo auf dem Schwarzmarkt erbeutet hätten. Dann ständen die

Hühner bibbernd an der Haltestelle und vollzögen mit ihren Stiefelchen eine Art Stepptanz, um sich vom Zwicken der verkühlten Harnblasen abzulenken. Für die Sorte Mädchen bedeute jede Laufmasche in ihrem Strumpf den Weltuntergang. Kein Gedanke daran, dass sie sich eine Unterleibsentzündung holen, gar unfruchtbar werden könnten! Maria Stepanownas Miene lässt keinen Zweifel daran, dass sie von ihren Zöglingen mehr Vernunft erwartet als von solchen zugereisten Schnepfen, denen es an Respekt gegenüber dem sibirischen Winter mangelt.

Klawdija, Rusudan und mir wachsen Ohren am Hinterkopf. Wir beginnen, die Pionierleiterin zu beobachten. Anna Michailowna Woronzowa trägt mindestens fünfmal täglich Lippenstift auf, manchmal so dick, dass er auf ihre Zähne abfärbt. Wenn sie mit ihren rotverschmierten Zähnen Pionierlieder anstimmt, müssen einige von uns glucksen. Klawdija sagt mit wissender Miene, es würde sie nicht wundern, wenn unsere Anna Michailowna bald nicht mehr den Bus nehme, sondern in einem großen Auto vorfahre. Wer unbedingt dummes Zeug reden will, den soll man nicht daran hindern, erwidere ich. Insgeheim bin ich beunruhigt davon, dass Klawdija sich mit Sachen auskennt, die ich nur erahne.

Die Frauen stellen den Strauß aus einem fernen Gewächshaus auf das Fensterbrett, damit ihn alle bewundern können, drinnen Nelken rot wie Blut, draußen frisch gefallener weißer Schnee. Rusudan ist überzeugt, dass die Nelken mit einem Flugzeug aus Georgien gekommen sind. Ja-ja, sagen wir, in Georgien pflücken weiße Kaninchen das Brot von den Bäumen. Rusudan guckt erst wie ein Schaf, schnappt nach Luft, dann setzen sich ihre Augenbrauen in Bewegung, ohne dass sich jemand dafür interessiert.

Slawik hat mir einen Stiftehalter aus Knete geschenkt. Eine Pyramide mit unebenen Oberflächen, die das Muster von Slawiks Fingerabdrücken zeigen. An der Spitze gibt es eine Vertiefung. Dort kann man einen Stift hineinstellen, doch er fällt immer wieder heraus. Ich bedanke mich. Slawik hält die Augen gesenkt. Am Frauentag tragen die Jungs ein dämliches Grinsen im Gesicht.

Der Schnee bleibt nicht mehr lange liegen, er ist auch nicht mehr weißer als jedes Bettlaken, sondern eher grau. Vögel kehren aus dem Süden zurück. Man kann sie in den noch kahlen Baumkronen singen hören. Sie machen einen Höllenlärm, um den Winter zu vertreiben.

Die Erzieherinnen haben ein Fotoalbum mit den Höhepunkten des letzten Jahres angefertigt. Gewissenhaft folgt ein Monat dem anderen, jedes Bild ist mit Anmerkungen versehen. Unter einem Gruppenfoto steht in Maria Stepanownas Handschrift geschrieben: »Die Kinder lauschen Geschichten über Wladimir Iljitsch Lenin.« Kaum erkenne ich mein Gesicht wieder. Wir stehen im Turnraum, wie zum Appell. Wahrscheinlich schon lange. Ich habe keinen Hals. Mein Kopf sitzt direkt auf den Schultern, als hätte ich ihn eingezogen wie eine Schildkröte. Ein Stehkragen verstärkt diesen Eindruck noch. Vor unserer Gruppe stützt sich ein Mann mit weißem Rauschebart, der ein wenig wie Väterchen Frost aussieht, nur dass er weder Rute noch einen Sack mit Geschenken dabeihat, auf einen Gehstock. Er hat unser Heim besucht, um uns von seiner Begegnung mit Lenin und von der Liebe des großen Revolutionsführers zu den Kindern der Werktätigen zu erzählen. Danach erlauben uns die Erzieherinnen, ihm die vielen Fragen zu stellen, die wir vorher eingeübt haben.

Nun naht wieder Lenins Ehrentag. Aus diesem Anlass müssen wir einen Aufsatz über unsere Gefühle für den Begründer unseres Landes schreiben. Ich wende mich direkt an Lenin. Sehr geehrter Genosse Lenin, schreibe ich. Wie du weißt, hast du am 22. April Geburtstag. Schon Wochen vorher fangen wir an, für dich zu basteln. Wir malen, sticken, häkeln, gestalten eine Wandzeitung. Weil du schon tot bist, werden wir dir unsere Geschenke nicht überreichen können. Aber wir haben einen Tisch eingerichtet, auf dem jeder sein Präsent ausstellen kann. Unsere Lenin-Ecke. Ich habe in ein Holzbrettchen dein berühmtes Zitat »Lernen, lernen und nochmals lernen!« eingebrannt. Genau das werde ich tun. Lernen, meine ich, und fleißig sein!

Der Heimleiter lädt regelmäßig Männer und Frauen zum Berufe vorstellen ein. Wir hören uns an, was besonders schön an ihrer Arbeit ist. Eine Melkerin der Kolchose »Roter Viehzüchter« hat grobe Hände mit Fingernägeln, die einem geriffelten Wodkaglas ähneln, von der ausgefransten Nagelspitze ziehen sich braune Risse bis in die Mitte hinein. Ob sie so werden vom ständigen Kontakt mit den Kuhzitzen? Ein Metallarbeiter aus dem nahe gelegenen Stahlwerk hat uns seinen Schutzhandschuh zum Anfassen mitgebracht. Mein Arm versinkt darin bis zum Ellbogen. Sein Kollege lässt eine Schweißermaske herumgehen, die aussieht wie ein Ritterhelm.

Wenn ich erwachsen bin, will ich Schichtleiterin in einer Schokoladenfabrik werden. Das muss sich herrlich anfühlen, jeden Tag vom süßen Duft nach gebranntem Zucker und Mandeln umgeben zu sein, und naschen zu können, so viel man will! Letzteres schreibe ich natürlich nicht, das denke ich nur. Während ich am Stift knabbere, sehe ich mich in eine Fabrikhalle blicken, die so groß ist, dass ich einen Roller brauche, um von einem Ende zum anderen zu kommen. Nirgends ein Härchen oder Stäubchen. Glänzende Maschinen mit vielen Knöpfen werden von Arbeiterinnen in weißen Häubchen und weißen Kitteln überwacht. Als Schichtleiterin achte ich darauf, dass keine von uns mit schokoladenverschmierten Händen herumläuft. Die von mir bediente Maschine spuckt kleine süße Häufchen auf das Fließband, gefüllt mit Nüssen, Waffelblättchen oder Karamell. Von der nächsten Maschine werden sie zu Pralinen in Stanniolpapier verpackt. Ich überlege, unter welchem Namen sie später in den Regalen ausliegen werden. Die Menschen werden Schlange stehen, um hundert Gramm davon zu ergattern. Sie sollen sich leicht merken können, wie die Ware heißt. Ich denke an orangerotes Gefieder auf samtschwarzem Grund: »Der Feuervogel, Konfektassortiment, Spitzenqualität.«

Aus vollem Herzen will ich an der Produktivitätssteigerung eines wichtigen Produkts der sowjetischen Volkswirtschaft mitwirken. Nein, das ist nicht von mir, diesen Satz sagt mir Maria Stepanowna vor. Als sie meinen Brief an Lenin später korrigiert, weist sie mich an, »Produktivitätssteigerung« durchzustreichen und durch »Qualitätssicherung« zu ersetzen. Ich muss das Ganze nochmals ins Reine schreiben. Als ich fertig bin, sagt Maria Stepanowna, ich solle »Produktivitätssteigerung und Qualitätssicherung« schreiben, das klinge am besten.

Was mit unseren Geschenken passiert, nachdem Lenins Geburtstag vorbei ist, erfahre ich nicht. Er kann sie ja nicht gebrauchen. Der Köchin könnte mein Holzbrettchen als Untersetzer für heiße Töpfe dienen, doch als ich das vorschlagen will, lässt Maria Stepanowna mich nicht ausreden. Wenn sie mich auf diese Art anschaut, bin ich sofort still. Pawlik schlägt vor, alle Geschenke in einen riesengroßen Karton zu packen und an das Mausoleum zu schicken. Maria Stepanowna lächelt und sagt, wenn alle Kinder des Landes ihre Geschenke für Lenin nach Moskau schicken würden, könnte man auf den Roten Platz längst keinen Fuß mehr setzen.

Für uns Mädchen gibt es Arbeitsgemeinschaften im Nähen, Kochen und Backen, für die Jungs Werken an der Werkbank. Wir dürfen Theaterstücke aufführen oder im Chor singen. Ich singe nicht mehr. Nach der dritten Probe nahm mich die AG-Leiterin, Talaschko, E., zur Seite. »Makarowa, es hat keinen Zweck«, sagte sie, »dein Stimmchen ist dünn, du triffst keinen Ton. Geh lieber stricken, vielleicht klappt das besser.«

Ich habe einen Schal angefangen, aber bevor er zur Hälfte fertig war, ging die Wolle aus. Die Leiterin der AG Handarbeit, Daikovis, I., schlug vor, ihn schmaler und kürzer zu machen, damit er wie ein Kragen um den Hals passt, und ihn mit einem Knopf zu schließen statt zuzubinden. Damit schmücke ich nun bei besonderen Anlässen mein Kleid, was nichts daran ändert, dass ein Kragen weniger wärmt als ein Schal.

Ich verbringe viel Zeit im Klubraum, der gleichzeitig Bibliothek und Lesesaal ist. Das Kinderheim abonniert eine Reihe von Zeitungen und Zeitschriften. Zur Auswahl stehen *Lenins Weg*, von *Stalins Weg* finden sich noch einige alte Exemplare, die nach hinten gerutscht sind und dort verstauben, *Der Krasnojarsker Arbeiter, Familie und Schule,* und natürlich die *Pionerskaja Prawda*. Ich weiß nicht, wer diese Zeitungen liest, sie sehen unberührt aus. Die älteren Ausgaben werden heimlich zu Toilettenpapier zerschnitten. Bevor ich die Schnipsel benutze, schaue ich mir die zerteilten Überschriften an. Die Druckerschwärze färbt auf feuchter Haut ab. Ich habe spiegelverkehrte Buchstaben auf den Fingern.

In den Regalen des Klubraums stehen Bücher über die Härtung von Stahl, den Trupp von Timur, den Helden Pawlik Morosow und über Mädchen, die von purpurroten Segelschiffen träumen. Ich habe alle gelesen. Mehrmals. Die Buchrücken halten kaum noch die Seiten zusammen. Der Heimleiter hat versprochen, neue Bände zu beschaffen. Lesen bilde den Charakter, sagt er. Ich wünsche mir *Mary Poppins* und den *Zauberer der Smaragdenstadt.* Unser Direktor seufzt und fragt, woher ich das schon wieder habe. *Mary Poppins* scheint den Charakter nicht zu bilden.

Das Heim hat einen Garten hinter dem Haus. Dort bauen wir Obst und Gemüse an. Es gibt verschiedene Sorten Apfelbäume. Herbst- und Winteräpfel. Kleine Wildäpfel, auf die man ewig warten muss, weil sie erst nach dem ersten Frost süß werden. Die größeren Herbstäpfel sind alle madig.

Unsere Katze hat drei Junge bekommen. Sie sind blind, die Augen verklebt, das Fell feucht. Sie liegen bei ihrer Mutter, stupsen ihre Nasen in deren Bauch. Sie ist stundenlang damit beschäftigt, ihre Jungen abzulecken. Eines habe ich Stepan getauft, nach Maria Stepanowna. Es ist schwarz mit einem weißen Lätzchen. Solange es noch so klein ist, rufe ich es Stjopa. Ich weiß nicht, ob es wirklich ein Junge ist, Maria Stepanowna konnte das auch bei genauem Hinschauen nicht erkennen. Wir würden das später erfahren, das sei jetzt nicht so wichtig. Ich laufe oft hin, um nach den Kätzchen zu sehen. Bald ist klar, dass mit Stjopa etwas nicht stimmt, er macht einen schwächlichen Eindruck, lässt sich von seinen Geschwistern zur Seite drängen. Nach wenigen Tagen, noch bevor er richtig die Augen geöffnet hat, finde ich ihn tot im Körbchen. Er sieht völlig unversehrt aus. Als würde er schlafen. Nur sein Bauch wirkt aufgedunsen, die noch mit Babyflaum bedeckte Haut spannt und ist von blauen Äderchen durchzogen. Maria Stepanowna stellt nach kurzer Untersuchung fest, dass Stjopa ohne Darmausgang geboren wurde. Das sei ihr anfangs gar nicht aufgefallen. Aber so etwas käme eben manchmal vor, eine Laune der Natur. Ich solle die bedauernswerte Kreatur hinter dem Zaun verscharren, im Garten wolle sie das nicht haben.

Ein paar Tage bin ich traurig. Ich schichte auf Stjopas Grab einen Steinhaufen. Ein Holzkreuz scheint mir nicht von Dauer. Die Steine trage ich von überallher zusammen. Weil ich besonders große und schöne suche, dauert das seine Zeit. Die anderen Kätzchen interessieren mich nicht. Sie sind kein Ersatz für Stjopa. Sie werden schnell groß, fangen an zu streunen und kämpfen nachts lautstark um ihr Revier. Morgens kommen sie mit zerfetzten Ohren und blutverschmiertem Fell in die Küche und betteln um Futter.

Rusudan und Klawdija streiten sich um das schneeweiße Kaninchen. Es ist das jüngste im Stall, alle finden es niedlich und wollen es streicheln. Die älteren braunen und schwarzen Tiere kauern in der Ecke, die Ohren verängstigt angelegt, sobald ein Dutzend kleiner schmutziger Hände in den Käfig greift. Rusudan wird wütend, weil

Klawdija das Kaninchen nicht hergeben will. Sie zerrt an dem Tier, bis es in Panik schrille Schreie ausstößt, die wehtun im Kopf. Klawdija lässt los. Rusudan schmiegt ihr Gesichtchen an das weiße Fellknäuel. Ich finde nichts an Kaninchen. Das sind dumme Tiere, mit denen man nicht spielen kann.

Der Heimleiter hat vor Kurzem zwei Pferde beantragt. Ich finde auch nichts an Pferden. Klawdija gefällt offenbar der Gedanke, einen Ackergaul zu reiten. Wir nennen sie Amazone, und sie weiß nicht, ob sie beleidigt sein soll, ob Amazone ein Schimpfwort ist oder vielleicht doch die Königin von Ägypten. Wir basteln ihr Pfeil und Bogen aus Weidentrieben.

Ich habe schon ein Frühjahr, einen Sommer, einen Herbst und einen Winter in diesem Heim erlebt. Ich weiß nicht, wie meine Mutter heute aussieht, ich kenne sie kaum. Hat sie Ähnlichkeit mit Maria Stepanowna? Spricht sie auch in Glasmurmel-Sätzen, wenn sie einen erziehen will? Ich kenne weder meine Großmütter noch die Großväter, keine Tanten, keine Onkel. Niemanden kann ich nach Geschichten aus meiner Kindheit fragen. Alles, was ich sehe, sind Gleise im Schnee. Über mir erhebt sich ein Strommast mit vereisten Leitungen, neben mir das Bahnhofsgebäude. Eine Hand zieht mich nach vorn. Kommen wir an, oder reisen wir ab? Warum hat sie es so eilig? Ich weiß es nicht. Ich weiß nichts, außer dass meine Schritte quietschende Geräusche auf dem Schnee machen. Wenn ich die Schuhspitzen hin und her drehe, quietscht es lauter. Offenbar gefällt mir das, denn immer wieder bleibe ich stehen und drücke die Schuhsohlen abwechselnd über den festgetretenen Schnee. Die Mutter wird ungeduldig. Der Griff um meine Hand wird fester, ich rutsche aus, falle und fange an zu weinen. Beim Schluchzen läuft mir eine süße Flüssigkeit in den Mund. Ich schmecke, dass es keine Tränen sind. Meine vom Frost rissigen Lippen müssen aufgeplatzt sein. Ich fahre mit der Zungenspitze über die Wunde. Die Haut dort war besonders dünn, weil ich zuvor mit den Zähnen ein loses Hautschüppchen abgezogen hatte. Es schmerzt. Jetzt weine ich, weil die Lippe brennt. Plötzlich werde ich von oben gepackt und aufgerichtet. Die Mutter über mir spricht von einem Taschentüchlein. An die Eigenheiten ihrer Stimme kann ich mich nicht erinnern. Wo ist denn dein Taschentüchlein, Vika? Sie sucht meine Taschen ab, denn mit meinen dicken Handschuhen komme ich selbst nicht hinein. Kein Tüchlein zu finden, nirgends. Ich muss es irgendwo verloren haben. Mit einem hastig zusammengekratzten Schneeklumpen fängt sie die Blutstropfen von meinem Kinn ab und presst mir die Masse auf den Mund. Das Eis schmilzt, läuft mir am Hals entlang und verschwindet in den Maschen meines Wollschals.

Rusudan erinnert sich an die Erzählungen von ihrem ersten Schritt, vom ersten Wort und an die Namen von allen. Ketewan, Gocha, Nino, Irakli, Besarion. Sie erzählt von ihnen, auch wenn ihr wieder keiner zuhört, wie die fünfundfünfzig Male zuvor. Sie weiß, dass ihre Narbe auf der linken Wange vom Schnabel eines Hahns stammt. Als Zweijährige hatte sie das Tier zu fassen versucht, um eine buntschillernde Feder aus seinem Schwanz zu reißen. Seitdem kann man sie nicht in den Stall zum Eierauflesen schicken. Klawdija hat mindestens ein Dutzend Cousinen, große und kleine, von einigen kennt sie sogar die Geburtstage.

Die Welt und meine Mutter sind mir etwas schuldig. Manchmal denke ich, sie werden ihre Schuld nie begleichen können, so groß ist sie. Vielleicht rutschen auch meine Augenbrauen zusammen, wenn ich das denke. »Du kommst zu spät.« Das ist ein guter Satz. Ein sehr guter Satz. Irgendwann werde ich ihn sagen. Er wird natürlich nicht helfen, aber das ist mir egal.

Im Traum trägt meine Mutter einen Schleier, der ihr bis über die Schultern fällt und Kinn und Haare verdeckt. Es ist kein Brautschleier aus Spitze oder Tüll, sondern ein Überwurf, der einem Bettlaken aus Baumwolle ähnelt. Nicht mal einen Schatten erkenne ich darunter. Ohne ein Wort geht sie an mir vorüber. Sie sieht mich nicht, sie hört mich nicht, sie stolpert nicht. Ein flatternder Ärmel berührt meine Hand. In ihrem weißen Gewand steigt sie in den Fluss. Treibt als Eisberg fort, wird immer kleiner und löst sich auf. Mir ist kalt, als ich aufwache. Jemand hat das Fenster offen stehen lassen. An der Stelle, wo mich der Ärmel gestreift hat, finde ich einen roten Abdruck.

Es kommt auch vor, dass mir im Schlaf ein Mann erscheint, der sich für meinen Vater ausgibt. Er hat leichtes Spiel mit mir, denn ich kenne meinen Vater nicht. Ich weiß gar nichts über ihn. Weder den Namen, noch den Beruf, noch das Alter. Nicht der Hauch eines Abbildes spukt in meiner Erinnerung herum. Der Mann kann mir alles erzählen, ich ziehe nichts in Zweifel.

Manchmal sieht er aus wie d'Artagnan, kommt mit Mantel und Degen auf einem Pferd geritten, ein anderes Mal wie Dschingis Khan. Man sagt, ich habe schräg stehende Augen, mein Geburtsort liege wohl in Asien, wo meine verdurstende Mutter Zuflucht in einer Jurte gesucht habe.

Jedes Mal will er mich mitnehmen, jedes Mal scheitert er. Entweder lahmt das Pferd, oder meine Füße sind irgendwo angekettet. Seine Waffe ist stumpf, bei näherem Hinsehen entpuppt sie sich als Plastiksäbel. Er ist Krieger oder Bergmann, sein Gesicht ist schwarz verschmiert. Womöglich sind das Spuren eines Kampfes, und das ist das verkrustete Blut seiner Feinde. Ich halte es eher für Kohlenstaub. Vielleicht ist mein Vater nur ein entflohener Sträfling.

Im Grunde finde ich nichts Schlimmes daran, gesichtslose Eltern zu haben. Sie wechseln die Masken wie Schauspieler. Ich bin die Tochter von Schauspielern, hinter den Kulissen geboren und verlassen, weil die Bühne lauter nach ihnen rief als ich. Ihre Namen sind auf überlebensgroße Plakate gedruckt, das Publikum steht Schlange an den Kassen, um meine Eltern zu sehen.

Schade, dass Rusudan und Klawdija mir kein Wort davon glauben werden. Sie stecken gerade unter Klawdijas Bettdecke die Köpfe zusammen. Wir sind die Aufpasser für die Jüngeren, unsere Anwesenheit soll für Ruhe sorgen. Wer redet, wird von uns gemeldet.

»Schau mal, Vika«, flüstert Klawdija, »ich habe eine kleine schwarze Dame im Bett.«

Ich drehe mich zu ihr um. »Meinst du etwa Rusudan? Wie spannend.«

»Nein, natürlich nicht Rusudan!«, zischt Klawdija böse. »Hier ist jemand, der Wünsche erfüllen kann. Die Pik-Dame. Wünsch dir was, wenn du sie siehst, aber behalt es für dich, dann geht es in Erfüllung!«

»Lass den Quatsch«, sage ich.

Sie hebt einen Zipfel ihrer Decke hoch.

»Im Ernst, schau doch mal hier drunter. Sie zeigt sich nicht im Hellen.«

»Sei leise!«

»Rusudan hat sie auch gesehen. Stimmt's, Rusudan? Hast du die kleine schwarze Dame gesehen?«

»Ehrenwort! So klein wie mein Daumen! Ganz in Schwarz!«

»Was hast du dir denn von ihr gewünscht?«

»Das darf ich ja nicht sagen.«

»Vika, wir schwören es: Wir haben sie beide gesehen! Die Pik-Dame hat zu uns gesprochen. Jetzt schau doch!«

Einen Moment zögere ich. Wäre es möglich, dass sie mich nicht aufziehen? Könnte tatsächlich ein Wünsche erfüllendes Zauberwesen, eine Fee, unter uns sein, wie im Märchen? Vielleicht sollte ich doch kurz unter Klawdijas Decke blicken, natürlich nur, um die beiden auszulachen?

»Versteckt ihr eine Puppe im Bett?«

»Da ist keine Puppe! Du darfst nicht so respektlos von der Pik-Dame reden, sie hört alles. Willst du sie etwa verärgern?«

»Mir egal. Ich spiele nicht mit.«

»Sie spielt nicht mit, hast du das gehört, Rusudan! Vika hat keine Wünsche!«

»Hört doch auf mit dem Blödsinn. Ihr weckt noch die Kleinen auf.«

Rusudan und Klawdija fangen an zu tuscheln und tun so, als würden sie unter der Decke mit einer dritten Person reden, die sie mit »Ihre Majestät« ansprechen. »Ihre Majestät, entschuldigt Vika bitte für ihr unhöfliches Verhalten.«

»Lasst mich endlich in Ruhe!«

»Eigentlich ist Vika ein nettes Mädchen. Sie meint es nicht so.«

Ich drücke mein Gesicht ins Kissen und halte mir die Ohren zu. Die Stimmen der anderen werden zu gedämpftem Säuseln. Ich will mich noch tiefer verkriechen, atme durch das Kissen, aus dem mehrere Federspitzen in meine Haut piksen, glaube zu ersticken. Ich ziehe die stachligsten Federn heraus und schiebe sie unter die Matratze. Dort hat sich bereits ein Häufchen gebildet, das sich beim nächsten Wäschewechsel wie Schnee um das Bett verteilen wird, sollte ich vergessen, es wegzuräumen. Maria Stepanowna würde darüber hinwegsehen, schlimmstenfalls eine symbolische Strafe verhängen, aber Talaschko ist ein scharfer Hund. Ich lege mir das Kissen über den Kopf, lasse einen Spalt zum Atmen frei. Es ist dunkel und still genug. Endlich kann ich eines der lautlosen Gespräche mit der Frau, die meine Mutter ist, beginnen.

Sie hat kein Gesicht, weil sie immer den Kopf gebeugt hält, wenn ich mit ihr rede. Sie hört sich alles an, antwortet aber nie. Ich führe einen Monolog. Es ist eine Anklage. Sie kann nichts zu ihrer Verteidigung vorbringen. Deshalb krümmt sie sich schweigend zusammen. Manchmal möchte ich sie durchschütteln, vielleicht sogar ohrfeigen, damit sie endlich etwas sagt. Oder wenigstens ihr Gesicht zeigt. Damit ich weiß, wie sie aussieht. Welche Farbe ihre Augen haben. Ob ihr Mund dieselbe Form hat wie meiner.

»Vika, steh auf«, flüstert Maria Stepanowna ganz nah an meinem Ohr, »du hast Besuch.« Obwohl ich wach war, bin ich plötzlich ganz benommen. Mutter? – denke ich und verneine das gleichzeitig. Mutter kann es nicht sein. Sie sitzt ja im Gefängnis. Sie hat, unvernünftig wie sie ist, gegen Gesetze verstoßen. Maria verwechselt mich. Es ist nicht möglich, dass jemand meinetwegen hier ist. Ich will Maria auf ihren Fehler hinweisen, aber sie redet unbeirrt auf mich ein. »Jetzt komm schon, Vika!« Sie hilft mir aus dem Bett, nimmt mich an die Hand. Ich trage ein verwaschenes Flanellnachthemd. Die ehemals flauschigen Härchen haben sich zu Kügelchen verfilzt, die sich unter den Händen rau anfühlen. Ich weiß noch, wie schön ich den Stoff fand, als er neu war. Maria Stepanowna hebt meine Arme hoch, um mir das Hemd auszuziehen. Sie ist ungeduldig, zerrt an dem Kleidungsstück, das sich irgendwo verhakt hat und mir nicht sofort vom Körper gleiten will. Dann hält sie mir mein getragenes Kleid und die Strumpfhose hin. »Nun mach schon!« Maria Stepanowna richtet mir die vom Liegen zerzausten Haare. Reibt mit Spucke irgendeinen Fleck von meiner Wange. Ich versuche stillzuhalten, obwohl mein Kopf sich wegdrehen will. Er hat etwas dagegen, mit fremder Spucke abgerieben zu werden, sogar, wenn es die von Maria Stepanowna ist.

Maria Stepanowna ist immer noch nicht zufrieden. »Das Bett«, sagt sie. »Beeil dich!«

Oh ja, das Bett. Meine Hände bewegen sich, als hätten sie die eingeübten Handgriffe verlernt. Ich bekomme eine Falte nicht aus dem Bezug, meine Finger fühlen sich wie eingefroren an. Maria Stepanowna schiebt mich beiseite – »Was ist denn mit dir los, Vika? So kenne ich dich ja gar nicht!« –, mit einem Ruck liegt die Decke straffgezogen. Mein geheimes Lager der ausgesonderten Stachelfedern hält der Behandlung nicht stand. Weiße Büschel rieseln durch den Metallrost nach unten, bleiben, Gott sei Dank, von Maria Stepanowna unbemerkt liegen.

Sie gibt mir einen Schubs.

»Nun sag schon Guten Tag zu Nina Petrowna Belikowa!«

Es ist tatsächlich jemand da. Meinetwegen. Ich muss es Maria Stepanowna glauben. Ich weiß zwar nicht, was es bedeutet, dass jemand meinetwegen da ist. Jemand, den ich nicht kenne, ein Gast, der bei Maria Stepanowna Eile und Ungeduld ausgelöst hat. Das letzte Mal habe ich sie so erlebt, als eine Kommission aus der Hauptstadt zum Hospitieren kam. »Schöner unsere Heime und Erziehungsanstalten« war das Motto damals.

Brav sage ich Guten Tag zu der fremden Frau. Ich sage es so leise, mehr in Gedanken, dass sie mich kaum gehört haben mag. Indem ich den Blick nur bis auf Höhe ihrer Schultern hebe, glaube ich, sie unauffällig zu beobachten. Maria Stepanowna mag es nicht, wenn man Erwachsene blöde anglotzt, als hätte man noch nie welche gesehen. Wir sollen die Augen mädchenhaft niederschlagen, außer sie tadelt uns, dann darf man ihrem Blick nicht ausweichen. Die Besucherin trägt eine schäbige übergroße Joppe. Die muss sie sich geliehen haben, aber so abgetragen wird der Besitzer die Jacke kaum mehr zurücknehmen. Sie hat Gepäck dabei, einen Holzkoffer, als käme sie von weit her. So stelle ich mir Menschen vor, die Maria Stepanowna höflich »Personen ohne festen Wohnsitz« nennt.

Ich höre die Wanduhr ticken, so still ist es. Es trifft sich gut, dass die Kleinen Mittagsschlaf halten, sonst hätten sie sich sogleich an die Beine der Frau geklammert, sie zu ihrer aller Mama erkoren, und die Arme dabei fast zu Fall gebracht. Vielleicht hätte ich sogar mitgemacht, wäre ich auch noch so klein … Komische Gedanken kommen mir da.

Die Frau schaut mich an, von oben bis unten mustert sie mich, suchend, abschätzend.

»Du bist also Viktoria«, sagt sie.

Ich nicke leicht, innerlich daran zweifelnd, ob es klug ist, das zuzugeben. Wäre es nicht doch auf irgendeine Weise möglich, dass ich meiner Mutter gegenüberstehe? Weshalb sonst sollte diese Frau hier sein? Aber würde meine Mutter mich fragen, ob ich Viktoria bin? Wer sollte das besser wissen als sie?

»Ja, dann lasse ich euch mal für eine halbe Stunde allein.« Maria Stepanowna setzt ein aufmunterndes Lächeln auf.

Nina, Nina. Petrowna und Belikowa. Ich horche dem Namen hinterher, ob er irgendwo in meinem Inneren Widerhall findet. Mir geht auf, dass ich nicht weiß, wie meine Mutter heißt. Sie können mir jede vorsetzen. Wenn ich diese Person je zuvor in meinem Leben gesehen habe, muss sie sich seither sehr verändert haben.

Für einen Augenblick stelle ich mir vor, die Frau wolle mich entführen. Wer weiß, wohin sie mich bringen wird, was sie mit mir vorhat. Wie oft habe ich gehört, dass Kinder nicht mit Fremden mitgehen sollen. Ich sehe Maria Stepanowna an. Sie wirkt sorglos. Wir sollten ruhig eine halbe Stunde spazieren gehen. Das Wetter sei schön, es täte mir gut, an die Sonne zu gehen, immer sei ich zu blass. Dabei sollte ein Mädchen meines Alters zum Anbeißen rote Apfelbäckchen haben …

Ich versuche, in ihrem Gesicht zu lesen. Was passiert, wenn ich in einer halben Stunde nicht zurück bin? Wird jemand nach mir suchen? Doch Maria Stepanowna lächelt weiterhin wohlwollend, weist meine stumm flehenden

Fragen ab, weil alles ohne mein Zutun längst geregelt ist und sie keinen Grund sieht, davon abzuweichen.

»Nina Petrowna, Sie können Ihren Koffer hierlassen«, sagt Maria Stepanowna. Die Angesprochene zögert. Presst ihre Hand noch fester um den Griff des Koffers. »Nein, das geht schon. Er ist nicht schwer.«

Meine Erzieherin schließt hinter uns die Tür. Sie schaut nicht aus dem Fenster. Irgendwo dort oben lauscht Rusudan weiterhin Klawdijas Geschwätz über die Pik-Dame, die daumengroß unter der Bettdecke sitzt und Wünsche erfüllt.

Es ist ein Nachmittag im Frühling. Das Grün ringsum ist noch zart, gar kein richtiges Grün, sondern nur die Vorahnung davon. Tulpen sind nirgendwo zu sehen. Die aus dem Süden zurückgekehrten Vögel zwitschern wie wild, wahrscheinlich freuen sie sich, wieder zu Hause zu sein. Wir laufen nebeneinanderher, ich und die Frau, von der ich nicht weiß, wer sie ist und was sie will. Ich halte einen Meter Abstand zu ihr. So fühle ich mich sicherer. Im Notfall kann ich ins Heim zurücklaufen, meine Beine sind flink, ihre gleichen knorrigen Baumstämmen. Ich wette, sie würde mich nicht einholen. Harmlos und unscheinbar sieht sie aus. Aber ich bin auf der Hut. Sie könnte Komplizen haben, weitere Personen ohne ständigen Wohnsitz, eine Bande, die hinter Bäumen lauert. Die es auf Kinder, die niemandem gehören, abgesehen hat. Solche wie mich.

Die Fremde und ich, wir sind nervös. Ich glaube, wir haben beide unsere Ängste. Ihre kenne ich nicht, ich bin vollauf mit den meinen beschäftigt.

Als Klawdija noch bei ihren Eltern in Saratow lebte und in eine ganz normale erste Klasse ging, sprach ein fremdes Mädchen sie auf dem Schulweg an. Es war nur wenig älter als sie selbst, vielleicht zwölf oder dreizehn.

Sie komme von Lena, sagte das Mädchen, das Kleid sei fertig, Klawdija solle mitkommen und es anprobieren. Fordernd klang das Mädchen. Welches Kleid, fragte Klawdija vorsichtig. Ein schönes Kleid, Lena habe sich ganz viel Mühe damit gegeben, und nun sollten sie Lena nicht länger warten lassen. Das Mädchen wirkte überzeugt von seinen Worten. Klawdija schwankte sekundenlang zwischen Zweifel und der Neugier, was das wohl für ein Kleid sein mochte. Auch heute braucht sie sehr lange für eine Entscheidung, wenn man nicht nachhilft. Sie kenne keine Lena, sagte sie schließlich. Das Mädchen wurde lauter. Aber natürlich kenne sie Lena! Warum sollte die sonst ein Kleid für sie nähen? Es müsse nun anprobiert werden. Komm, gehen wir! Das Mädchen griff nach ihrer Hand. – Nun überlegte Klawdija nicht mehr, Klawdija rannte los, so schnell sie konnte. Das merkwürdige Mädchen war ihr auf den Fersen. Bis es sich bückte, vielleicht war es gestolpert oder hatte etwas verloren, dachte Klawdija und glaubte, sie habe ihre Verfolgerin abgehängt, die eigene Haustür war nicht mehr weit. Als sie die Hand schon auf der Klinke hatte, holte das Mädchen sie wieder ein. Es schlug Klawdija auf den Kopf. Erst als hinter Klawdija die Tür zufiel und sie außer Atem nach der Mama rief, fühlte sie den Schmerz und sah das Blut. Ihre Finger fühlten sich klebrig-feucht an, als sie nach der Beule unter den Haaren tastete. Die Mutter kam, fragte »was zum Teufel…«, brüllte kurz darauf »wer war das«, schob Klawdija beiseite, stürzte auf die Straße, doch da lag nur der Stein aus der Hand des Mädchens.

An diese Geschichte, die eigentlich dumm und wahrscheinlich von Anfang bis Ende erlogen ist, muss ich jetzt denken. Manchmal kommt es mir vor, als würde in Klawdijas Schädel ein Schwarm verirrter Vögel nisten, die Nord und Süd verwechselt haben.

Nina Belikowa sagt, dass ich im nächsten Winter einen neuen Mantel brauchen werde, dieser bedecke ja kaum noch meine Knie.

»Sind Sie meine Mutter?«, frage ich.

Keinesfalls wollte ich das fragen, aber der Gedanke saß auf einer Sprungfeder: einmal nicht auf die Zähne gebissen, zack, schon ist er draußen. »Ich habe lange nach dir gesucht«, sagt die Frau. Ich höre ihr mit geneigtem Kopf zu. Ist das die Antwort auf meine Frage? Ich weiß nicht, was für eine Vorgeschichte dieser Satz hat, aber er tröstet mich. Der Trost kommt plötzlich und so stark, dass er mir von innen gegen die Augen drückt. Ich stolpere über eine Baumwurzel, die sich mitten auf dem Weg erhebt, den ich gut kenne.

Seit Wochen sei sie nicht zu Hause gewesen, redet die Frau weiter. Das mache ihr nichts aus, wer schon so lange weg von daheim gewesen sei wie sie, dem komme es auf ein paar Monate mehr nicht an. Kreuz und quer durch das Land sei sie gefahren auf der Suche nach mir. Man hatte meinen Namen geändert und mich von Heim zu Heim geschickt. Sie konnte sich nirgendwo ausruhen, denn immer wenn sie ein Ziel erreicht hatte, hieß es, ich sei schon woanders.

»Aber jetzt habe ich dich gefunden«, sagt Nina Belikowa in mein Schweigen hinein.

Ich sehe die Frau von der Seite an. Sollte ich meinen eigenen Namen nicht kennen? Ganz zu schweigen von dem meiner Mutter.

Nina Belikowa sagt, sie werde mich nicht mehr alleinlassen. Ist das eine Drohung oder ein Versprechen? Ich weiß nicht, warum sie das alles sagt, ob ich überhaupt richtig gehört habe. Es ist windig, vielleicht hat der Wind das Gesagte verzerrt, die Sätze zerhackt und die Bruchstücke in verschiedene Richtungen davongetragen. Ich fühle, wie er mich mal von vorn, mal von der Seite anpustet. In den Rücken bläst er mir nie.

Vielleicht werde ich diese Frau kein zweites Mal sehen. Niemand bekommt hier Besuch von Fremden, von Müttern schon gar nicht. Ich bin vorsichtig. Maria Stepanowna sagt, ich sei das vernünftigste Mädchen, das ihr je begegnet ist. Ich bin keine von denen, die gleich alles glauben, was ihnen aufgetischt wird, wie unsere Kälber Rusudan oder Klawdija, die doch ein Jahr älter ist als ich.

Bevor Nina Belikowa mich ins Haus zurückbringt, stellt sie ihren Koffer kurz ab, und legt beide Hände auf meine Schultern. Ich spüre einen leichten Druck und Wärme durch den Mantelstoff. Das lässt mich ein wenig zurückweichen, schon ahne ich, wie die Frau ein Seil aus ihrem Holzköfferchen holt, um mich zu fesseln.

»Ich komme bald wieder«, sagt sie. »Hab noch ein wenig Geduld. Du wirst sehen, alles wird gut.«

Der Abstand zwischen uns beträgt eine halbe Armlänge, von meinem Ellbogen bis zum Mittelfinger gemessen. Vorsichtig befreie ich mich aus ihrer Berührung, insgeheim daran zweifelnd, dass sie mich einfach so gehen lässt.

»Auf Wiedersehen«, sage ich.

Sirenengeheul kündigt den Beginn des Eistreibens auf dem Fluss an, damit jeder gewarnt ist. Dabei bricht das Eis mit einem Donnerschlag, der bis zum Horizont zu hören ist. Niemand kann voraussehen, wie schnell und wie hoch die Fluten steigen, ob das Eis irgendwo stockt und einen Damm bildet. Schaulustige versammeln sich in sicherer Entfernung. Nur ganz Mutige gehen näher heran, leichtsinnige Kinder bewaffnen sich mit Stöcken, um die Eisschollen zu berühren, die am Ufer hängen geblieben sind. Die Erzieherinnen halten uns zurück. Sie sind schon ganz heiser, weil sie gegen das Tosen des Flusses anschreien. Die Sonne spiegelt sich so hell in den aufgebrochenen Rändern der Eisblöcke und im Wasser dazwischen, dass ich mir mit einer Hand die Augen abschirme, um nicht geblendet zu werden.

Seit die Frau weg ist, stehe ich oft am Fenster, obwohl es draußen weder schneit noch regnet. Maria Stepanowna ermahnt mich, keine Löcher ins Glas zu starren, es gebe keinen Ersatz dafür.

NINA BELIKOWA,

CHARKOW, 1955

Nina hätte ein Telegramm schicken können oder einen Einzeiler per Brief. Sie hatte beides nicht getan, und dafür gab es gute Gründe. Einmal hatte das Postamt geschlossen, einmal waren die Briefmarken aus, ein anderes Mal war der Fernschreiber defekt.

So war sie einfach unangemeldet aufgetaucht. Das war vielleicht unhöflich, aber nicht verboten. Niemand wartete auf sie. Sie wollte wissen, wie man sie empfing, wenn sie ohne Vorwarnung anklopfte, um in den Mienen der Dagebliebenen zu lesen. Wenn sie darin nicht fand, worauf sie hoffte, würde ihr das nichts ausmachen. Die Wahrheit gilt es zu ertragen, das hatte schon ihre Mutter oft gesagt. Was sie tun würde, wenn ihr niemand öffnete, darüber hatte sie nicht nachgedacht.

Vor dem Tor, die rechte Hand auf der Klinke, in der Linken den Holzkoffer, zögerte sie, einzutreten. Vieles sah anders aus als früher. Der Hund, der sie durch den Zaun aus Leibeskräften anbellte, war nicht ihr Antoschka, sondern irgendein neuer Hund, ein struppiges Vieh unbekannter Mischung. Jemand pfiff ihn zurück, eine Männerstimme rief:

»Still, Antoschka! Wer ist da?«

Der Mann, zu dem die Stimme gehörte, erschien im Türrahmen. In seinem Gesicht entdeckte Nina sofort etwas

Vertrautes, auch wenn es sich inzwischen gewandelt hatte. Verwirrt sah sie ihren Neffen an, den kleinen Jungen von damals, der sie nun deutlich überragte.

»Zu wem wollen Sie?«, fragte der Sohn ihres Bruders brüsk. Er hielt sie für eine Landstreicherin. Sie hätte diese Jacke ablegen sollen.

»Wie konntet ihr diesen Köter nur Antoschka nennen?«, fragte sie statt einer Begrüßung, ohne dass ihr dieses Versäumnis aufgefallen wäre.

Es gibt Dinge, die getan werden müssen. Nina helfen sie beim Tagesablauf. Diese Dinge, die getan werden müssen, verrichtet sie und denkt währenddessen nicht an andere. Spätestens seit der Abfahrt des Zuges verspürt Nina einen Druck im Magen. Sie kann nichts essen, obwohl ihr Koffer mindestens zwei Mahlzeiten enthält, die gegessen werden wollen, damit das Gepäck zum Ende der Reise hin leichter wird.

Die Appetitlosigkeit liegt nicht am Zug, der ganz anders ist als die Züge, die Nina von früher kennt. Dieser ist mit weichen Sitzen ausgestattet, hat Netzablagen für die Reiselektüre und ein Tischchen zum Umklappen in Reichweite.

Ninas Anspannung sitzt irgendwo im Bauch, deshalb ist an Essen nicht zu denken. Eine junge Frau neben ihr holt aus einem Stoffbeutel zu ihren Füßen einen Apfel hervor. Sie reibt ihn so lange an ihrem Rock, bis er von allen Seiten glänzt, führt ihn zum Mund und beißt hinein. Der Saft tropft von der angebissenen Stelle auf das aufgeschlagene Buch. Die Frau liest. Sie wischt den Tropfen weg, es bleibt eine feuchte gewölbte Spur auf dem Papier ihrer Reiselektüre zurück. Die Seiten werden entlang der Saftreste zusammenkleben, sobald sie das Buch wieder in ihrem Gepäck verstaut. Aber was geht das Nina an.

Nina glaubt, die Frau esse den Apfel aus Langeweile. Die meisten Menschen essen im Zug, weil sie nicht wissen, was sie sonst mit der Zeit anfangen sollen. Essen und lesen und aus dem Fenster schauen, viel mehr bleibt ihnen nicht.

Wäre das ihre Tochter, hätte Nina sie zurechtgewiesen, dass es sich nicht gehört, Obst an Kleidungsstücken abzureiben. Der Straßenstaub und der Fliegendreck werden unter fließendem Wasser abgewaschen. So hat es ihr die Mutter beigebracht. Sie ahnt, dass der jungen Frau ihre Bedenken fremd sind.

Nina hat sich eine Pflicht auferlegt, die zu erfüllen ist. Hinausschieben wäre keine Lösung. Sie will sich nichts vorwerfen lassen. Ohne Pflichten kein Halt im Leben, predigte schon ihre Mutter.

Es ist ein Versprechen, das Nina bewegt. Das Versprechen hat sie in diesen Zug getrieben und lässt sie trotz der Schmerzen aufrecht sitzen. Sie weiß nicht, ob ihr Vorhaben erfolgreich sein wird, aber niemand soll behaupten, sie hätte es nicht versucht. Einige mögen Pflichten als Last empfinden. Für Nina ist die Pflicht wie ein Zugpferd. Oder ein Schlittenhund. Oder ein Maulesel.

Draußen schlagen Regentropfen gegen das Zugfenster. Ihre linke Hand fühlt sich ein wenig taub an, der Ellbogen pelzig. Sie kneift mit den Fingernägeln hinein. In der schlaffen Haut werden Abdrücke sichtbar, die Empfindung bleibt jedoch dumpf. An manchen Tagen, vor allem morgens, sind ihre Finger so gefühllos, dass sie kein Marmeladenglas öffnen kann, weder mit links noch mit rechts.

Die Kraft fehlt. Sie glaubt, das komme vom Rücken. Er ist nicht der beste. Es ist, als schlüge irgendjemand mit kleinen Hämmerchen beharrlich auf ihre Wirbel ein – bis sie zusammensacken. Es ist mühsam, sie wieder aufzurichten.

Nina zählt die Wochen, die vergangen sind, seit sie ihre Entlassungspapiere in dem kleinen Holzkoffer verstaut hat, den sie zuvor der Trifonowa für einen Freundschaftspreis abgekauft hatte. Fast zwei Monate ist das her. Seit zwei Monaten lässt Nina den Koffer nicht aus den Augen. Weil ein Koffer kein Bündel, sondern ein solides Gepäckstück ist, und das ist ihr wichtig. Ein Koffer ist wie ein kleines Zuhause, viereckig und verschließbar. Sie glaubt, mit diesem Koffer sähe man ihr nicht an, woher sie kommt. Ständig tastet sie nach ihm, mit der Hand oder mit dem Fuß, oder sie hält ihn zwischen den Beinen fest. Selbst dann sieht sie sich regelmäßig um, ob jemand in der Nähe ist, der ihr den Koffer entreißen könnte. Sie muss die Papiere jederzeit vorzeigen können. Deshalb ist Nina wachsam.

Die Papiere bescheinigen ihr, dass sie ohne weitere Auflagen in ihren Heimatort zurückkehren darf, sie bestätigen ihre volle, unbeschränkte Freiheit – vom Ausstellungsdatum an. Sie hätte noch am selben Tag eine Fahrkarte nach Charkow lösen können. Stattdessen war sie in die entgegengesetzte Richtung gefahren, die einzig für sie mögliche.

Sie hatte einen Namen und eine Adresse. Den Gedanken, das könnte zu wenig sein, ließ sie nicht zu. Ein Kind ist keine Stecknadel, es hinterlässt Spuren, Erinnerungen, Aufzeichnungen in den Akten. Ein Kind begegnet Menschen, und auf diesen Menschen beruhte Ninas Hoffnung.

Mit dem Namen konnte niemand etwas anfangen. So ein Heim, das sei ja nicht für immer, es herrsche dort ein stetes Kommen und Gehen, wie solle man sich da an ein Mädchen mit leicht krausem Haar erinnern? Die Kinder wechselten, manche blieben nur wenige Monate, dieses sei gewiss längst andernorts. Wo? Wer weiß das schon, vielleicht dort oder da. Nina fuhr nach dort und nach da. Sie zeigte Fotos von einer vielleicht Dreijährigen, die einzigen, die sie hatte, darauf müsste das Mädchen doch zu erkennen sein, auch wenn es jetzt ein Stück größer war? Die Augen und die Form des Kinns, so etwas änderte sich nicht so schnell. Schauen Sie bitte genau hin. Nina wusste nicht mehr, wie oft sie in diesen Tagen darum gebeten hatte.

Sie erntete Schulterzucken, Stirnrunzeln, hochgezogene Brauen. Auch die Erzieherinnen wechselten oft, kein Zuckerschlecken, die Erziehungsarbeit ... So ein Kinderheim, das sei ein Auffangbecken für Gescheiterte, große und kleine, behaupteten böse Zungen. Niemand gehorche, Respekt – für manchen Zögling ein hohles Wort, nicht selten stelle man bei den Heranwachsenden ein gestörtes Verhältnis zu Autoritäten fest... Auf alle müsse man ein Auge haben, jeden auf den rechten Weg bringen... Man klage nicht, klagten die Erzieherinnen, aber der Alltag sei oft schwierig genug... Und jetzt solle man auch noch für jede Dahergelaufene ein Auskunftsbüro sein?

Nina blieb ruhig, sie wusste, wie man mit Menschen umgeht, wie man sich erkenntlich zeigt, und wie viel sie sich leisten konnte. Sie verhandelte geduldig und unnachgiebig, als ginge es um den Weltfrieden. Um ihren Seelenfrieden ging es allemal.

Wie gut Nina sie kannte: All diese chronisch mürrischen Mienen, die nur unter bestimmten Umständen ihre Grantigkeit kurz abzulegen bereit waren. Ein bezahlter Handschlag ging leichter vonstatten. Plötzlich fanden sich Listen, Formulare mit Spalten, gegliedert in: geboren am, in, Vater, Mutter, Geschlecht, woher, wohin.

Am Ende erhielt Nina immer einen Hinweis, der sie weiterführte. Endlich sogar den neuen Namen.

Ihre Mitreisende hat den Apfel aufgegessen. Sie wickelt das abgenagte Kerngehäuse in einen Zeitungsschnipsel, versucht über Nina hinweg an den Müllbehälter zwischen den Klapptischen zu kommen. Nina macht sich dünner, indem sie ihren Rücken soweit es geht an die Sitzlehne drückt, irgendetwas beginnt dort zu schmerzen. Die Hämmerchen fangen wieder zu klopfen an. Sie zieht die Schultern hoch, verändert ihre Haltung, atmet tiefer, um die Verspannung im unteren Rücken zu lösen. Die Frau neben ihr könnte Studentin sein. Jung genug wäre sie. Pädagogik oder Literatur. Mit Wangen, fest wie das Fleisch des soeben verzehrten Apfels.

Als Nächstes suchte Nina ein Heim außerhalb von Krasnojarsk auf. Es schien ihr wenig wahrscheinlich, dass der Ort eine eigene Bahnstation hatte. Sie studierte am Busbahnhof Fahrpläne, aus denen sie nicht schlau wurde, fragte Vorbeigehende nach möglichen Verbindungen. Der Fahrer eines Lieferwagens bot ihr an, sie mitzunehmen. Zwar müsse er nicht nach Dubowkino – kleiner als ein Kuhdorf, wenn er ehrlich sei –, aber er komme dort vorbei und könne sie absetzen. Sie fuhren nachts los, denn die Lieferung musste in aller Frühe am Zielort sein. Aus dem Laderaum drang der Duft von frischem Brot in die Fahrerkabine. Ob er auch Kinderheime beliefere, fragte

Nina den Mann. Nein, er versorge Verkaufsstellen im Umland. Er fahre im Dunkeln, wenn die Menschen noch schliefen und die Straßen leer seien. Das gefalle ihm. Auch seine Fracht sei angenehm und die Arbeit allemal leichter als Zementsäcke auf dem Bau zu schleppen. Er sei zufrieden. Ein zufriedener Mann. Was wolle man mehr vom Leben?

»Die Versorgung der Bevölkerung mit Brot ist eine lebenswichtige Aufgabe«, sagte Nina, um sich mit dem Fahrer gutzustellen.

Der Mann lachte. Recht habe sie, die gute Frau! Und sie selbst sei wohl auf der Suche nach einem Kind?

Nina bejahte.

Dann könne sie ja froh sein, dass sich jemand um ihr Kind gekümmert habe. Er fragte nicht, warum sie das nicht selbst übernommen hatte, und sie war ihm dankbar dafür. Der Mann begann zu rauchen, die linke Hand behielt er am Lenkrad. Manchmal schlingerte das Auto. Der Zigarettenrauch überlagerte den Brotgeruch.

Ninas Chauffeur trug ein schmuddeliges Unterhemd unter einer Wattejacke mit speckigen Bündchen. Nina fragte sich, ob er zu Hause eine Frau und Kinder hatte, ob er jemanden hatte, der sich um ihn kümmerte, jemanden, der nach getaner Arbeit auf ihn wartete.

Er habe von Fällen gehört, sagte der Mann plötzlich, da habe man Geschwister bei der Aufnahme in Heime getrennt und viele hätten sich bis heute nicht wieder gefunden. Aber das sei in Kriegszeiten geschehen, da habe man ja schon Glück gehabt, wenn man irgendwie überlebte.

Nina zog es vor, nicht darauf einzugehen. Wer vermochte schon zu unterscheiden, ob Leute nur gesprächig waren oder einen aushorchen wollten?

»Das Kind hat keine Geschwister«, sagte sie.

»Vielleicht wird's ja noch.« Der Mann zwinkerte ihr zu. Sie klammerte sich an ihren Holzkoffer und dachte an ihr Spiegelbild. Das würde nichts mehr.

Der Fahrer schenkte ihr zum Abschied einen halben Laib Brot, den er zuvor mit einem zweifelhaft sauberen Messer zerteilt hatte, erklärte ihr, in welche Richtung sie gehen müsse und wünschte ihr gutes Gelingen.

»Wie weit ist es noch von hier?«, fragte Nina.

»Vielleicht fünfzehn Minuten Fußweg, ein Katzensprung für eine rüstige Frau wie Sie.« Er lupfte zum Abschied seine Schirmmütze. Beim Grinsen zeigten sich seine dunkelgelben Raucherzähne.

Nina dankte. Mit der noch warmen Brothälfte unter dem Arm machte sie sich auf den Weg.

»Fahren Sie auch nach Moskau?«, fragt die junge Frau. Nina nickt.

»Privat oder geschäftlich?«

»Wie man es nimmt. Und Sie?«

Es interessiert sie ja gar nicht wirklich, warum andere Menschen nach Moskau reisen. Vermutlich wollen sie sich mit Produkten eindecken, die es in der Provinz nicht gibt. Vielleicht werden sie die eine oder andere Sehenswürdigkeit besichtigen. Werden Schlange stehen vor dem gläsernen Sarg des Revolutionsführers. Sich fotografieren lassen mit der Kreml-Mauer im Hintergrund, die Zwiebeltürmchen der Basilius-Kathedrale nicht zu vergessen.

»Ich fahre zu meinem zukünftigen Mann. Er ist Theaterregisseur. Ich will Schauspielerin werden.«

Die junge Frau strahlt Nina an. Hinter ihren geöffneten Lippen zeigen sich wohlgeformte Zähne, die ihren Glanz vermutlich häufigem Apfelessen verdanken. Ninas Blick bleibt an ihnen hängen. Wann hat sie zum letzten Mal ein solch makelloses Gebiss gesehen?

»Oh, das ist schön, wirklich sehr schön. Sie werden sicher viel Erfolg haben.«

Nina wendet sich der Aussicht zu. Draußen zieht ein Wäldchen vorbei. Als Nina etwa so alt war wie ihre Mitfahrerin, hatte sie auch solche Dinge im Kopf. Bücher, Verehrer, Zukunftspläne.

Briefeschreiben strukturiert den Tag und hält die Hand geschmeidig. Nina hätte viele Briefe schreiben können, an Minister, Parteisekretäre und Politbüromitglieder. Sehr geehrter Genosse Soundso, mit Hochachtung wende ich mich …

Wie viele Briefe wohl so beginnen? In jedem Brief eine Bitte, ein Gesuch, ein Begehr. Tag für Tag die Wünsche wildfremder Menschen auf dem Tisch. Das muss ermüden. Bis man nicht mehr genau hinsieht, bis einem alles gleichgültig ist.

Es gibt Gründe, warum Nina Papier misstraut. Papier erfüllt zuweilen seinen Zweck, aber kann man sich sicher sein, wo so ein beschriebenes Blatt landet? In wessen Hände es gelangt? Was es dort anrichtet? Nein. Folglich hat sie beschlossen, lieber persönlich zu erscheinen. Von Angesicht zu Angesicht, das verleiht einer Sache zusätzliches Gewicht.

Sie weiß noch nicht, wie lange sie in Moskau bleiben wird, bleiben muss, um nicht zu scheitern. Wer scheitert, muss neu beginnen. Ein Neubeginn kostet Zeit, die sie nicht hat. Deshalb darf sie nicht scheitern. Eine ganz einfache Rechnung.

Dass Nina kein Hotel aufzusuchen braucht, hat ihr den Entschluss erleichtert. Hotelzimmer bekommen immer die anderen. Eine Freundin von früher wohnt in der Nähe der Metro-Station Sokolniki, die Adresse hat Nina auswendig gelernt. Dort ist sie willkommen. Fragen fürchtet sie nicht, die Einladung gilt unbefristet und bedingungslos.

Während vor dem Zugfenster vereinzelte Bäumchen vorüberziehen, denkt Nina an den Wald um Taischet. Er ersteht ohne ihr Zutun vor ihren Augen. Es ist der Wald, mit dem sie jeden anderen vergleicht.

Vor einigen Jahren war sie bei Taischet einer Frau begegnet, die an diesem Ort, wo unbemerkt zu bleiben oberstes Gebot war, durch ihr Verhalten auffiel und sich nicht mal darum scherte. Seit Stunden war die Person nicht zu beruhigen, ihr Geschrei machte bereits einige aggressiv, jemand verlangte, man solle sie endlich einsperren, ihr zumindest einen Knebel in den Mund stopfen, damit das aufhörte. Es hörte nicht auf.

Worum es hier eigentlich gehe, hatte Nina die anderen gefragt. Man habe der Frau ein Wiedersehen mit ihrer kleinen Tochter versprochen. Offenbar vertrage sie die Vorfreude schlecht.

Eine unglückliche Mutter. Davon gab es viele.

Aller Wahrscheinlichkeit nach würde niemand das Kind bringen und wenn doch, würde es zu spät sein, denn die Frau war nur für wenige Stunden zu diesem Transitpunkt gebracht worden, ihr Abtransport stand kurz bevor. Die Mutter bettelte um Aufschub. Ihre Tochter könne jeden Moment eintreffen, man solle sie noch fünf Minuten warten lassen. Alle fünf Minuten bettelte sie um weitere fünf Minuten. Sie könne doch schon die Schritte hören! Konnten die Aufseher die Schritte etwa nicht hören? Die kleinen Füße ihrer Tochter, die Tappgeräusche in den Kinderschühchen machten, die seien bereits vor dem Tor, man müsse es nur öffnen. Bitte, seid Menschen! Sind wir nicht alle Menschen, unserer Eltern Kinder, warum lasst ihr mich mein Kind nicht sehen, habt ihr keine Mutter zu Hause?

Alle wussten, dass die Tochter nicht kommen würde, und die Frau wusste es auch.

Jetzt ist sie wirklich verzweifelt, dachte Nina, doch wer bleibt das schon ewig? Wer es nicht mehr ist, hat resigniert. Auch die da würde abkühlen. So war es immer. Irgendwann lässt jede Verzweiflung nach.

Nina hatte es geschafft, über die Jahre eine unsichtbare Lehmziegelmauer um sich herum hochzuziehen, die ihr innen ein gewisses Maß an wohltemperiertem Gleichmut sicherte, solange es draußen nur halbwegs trocken blieb. Fernhalten von Zumutungen. Ausweichen. Sich nicht provozieren lassen. Von niemandem.

Während alle darauf warteten, dass es irgendwohin weiterging, zum Sanitätspunkt, zu den Baracken, zum Bahnhof, in Lkws oder zu Fuß, ertappte sich Nina dabei, dass sie immer wieder zu der Frau blickte, der sie in Gedanken mehr Selbstbeherrschung wünschte. Sie hätte zu ihr rübergehen, ihr die Hand auf die knochige Schulter legen und »Reiß dich zusammen!« sagen können, oder irgendetwas anderes, um sie aufzurichten, von Frau zu Frau, von Mutter zu Mutter. Nina hatte Erfahrung mit Irren und Verirrten oder solchen, die man dazu gemacht hat. Im Laufe der Zeit bekam man ein Gespür dafür, wann eine Sache verloren war.

Die Frau sollte sich ihre Kräfte aufsparen. Begreifen, dass es nicht half, die Hände vor der flachen Brust zusammenzupressen. Dass sie schmächtig war, konnte Nina selbst durch die Wattejacke erkennen. Warum begriff sie nicht?

Plötzlich ging Nina auf, was sie an dieser Person so verstörte. Nina kannte sie. Und zwar so gut, dass sie wusste, diese Frau hätte nicht hiersein dürfen. Sie hätte auf keinen Fall hiersein dürfen.

Sie war es, zweifelsohne, aber sie hatte sich sehr verändert.

Vor der Abfahrt nach Moskau hat Nina sich hübsch gemacht. Die Lockenwickler im Haar haben sie kaum schlafen lassen. In ihrem Alter und mit ihrer Figur hält man sich besser fern von diesen geschwungenen Glockenröcken mit Taillengürtel, die neuerdings in Mode sind. Ihr Sonntagskleid ist schwarz-weiß gemustert, gerade fallend, etwas sackartig, mit einem Stehkragen, der ihre welkende Haut verdeckt. Nicht, dass es ihr darauf ankommt. Ihre Sorge ist vielmehr, nicht verschwitzt am Zielort anzukommen, womöglich riechend. Zu Hause war sie noch kurz in den Garten hinausgetreten, hatte mit der Hand durch die Luft gewedelt, um die Temperatur zu prüfen.

»Wo willst du denn hin in diesem Aufzug?«, fragte der Bruder. »In die Oper?«

»Zum Bahnhof«, erwiderte Nina. Bevor sie ging, zog sie ihr bestes Kleid wieder aus und packte es zurück in den Koffer. Für den Zug würde es ihr zweitbestes tun. Mehr besaß sie derzeit nicht.

Entweder war die Wegbeschreibung des Brotausfahrers unzutreffend, oder Nina hatte sich in der Dunkelheit verlaufen. Nach zwanzig Minuten durch die Einöde hoffte sie, endlich auf Zivilisation zu treffen. Diese begann mit einem Friedhof, der in Morgennebel getaucht den Ortseingang ankündigte. Ein anständiger Friedhof, bemerkte Nina, keiner mit bloßen Holzpfosten und Nummernplaketten, sondern mit Grabsteinen, Inschriften und einem Metallzaun, der zwar teils eingesunken und rostig, aber noch lückenlos war. Nina ging über den Friedhof, den Zwanzig-Rubel-Koffer fest an sich gepresst, als könnte ihn einer der Toten ihr entreißen. Dabei waren die Toten harmlos. Das wusste Nina, zu fürchten waren die Lebenden. Die mächtig genug waren, sie abzuweisen, sie daran zu hindern, ihre Pflicht zu erfüllen.

Bei Tagesanbruch erreichte sie das Heim. Im Gebäude brannte Licht. Die Kinder seien schon in der Schule, bekam sie zu hören, sie solle nach der Mittagsruhe nochmals kommen. Sie wartete draußen, wagte es nur einmal, um das eingezäunte Heimgelände zu laufen. Sie war am Ziel, so schnell würde sie sich von hier nicht vertreiben lassen. Dankerfüllt aß sie von ihrem halben Brot. Wie gut sich alles bisher gefügt hatte. Einer Gruppe von Spatzen, die im Straßendreck nach essbaren Krümeln suchten, warf Nina ein Stück Kruste hin.

Als sie Stunden später erneut anklopfte, geriet sie an eine andere Erzieherin, eine von der strengeren Sorte mit verkniffenen Augen. Viktoria Makarowa – ja, die gibt es. Möglicherweise.

Was möglicherweise heiße, fragte Nina.

Das heiße eben, dass alles nicht so einfach sei. Da könne ja jeder kommen. Was sie überhaupt zu einem Besuch der

Viktoria Makarowa berechtige? Wenn verwandt, welchen Grades? Papiere? Genehmigungen?

Eine Vollmacht der Mutter.

Also nicht verwandt?

Doch, mütterlicherseits, sagte Nina so fest wie möglich. Sie fühlte die Abweisung, die sich in der Zornesfalte der Erzieherin anzusammeln schien. Oder war es nur Narbengewebe, das die Stelle zwischen deren Augenbrauen zu einem Hügel verformte? Aus der Nähe erkannte Nina die früheren Einstichstellen einer chirurgischen Nadel.

Der Blick der Erzieherin blieb streng und verkniffen, als wäre Nina eine von ihren unartigen Schutzbefohlenen, für die ihr gerade keine angemessene Strafe einfallen wollte. Dann wurde Nina mit einem knappen Nicken hereingelassen.

»Verwandtschaft ist da, für Viktoria Makarowa!«, rief die Erzieherin irgendwo hinein. »Warten Sie hier«, beschied sie Nina.

Nina wartete. Die Reste des Brotes hatte sie zuvor an die Spatzen verfüttert. Zu diesem Festmahl kamen sie aus allen Ecken herbeigeflogen und ließen sich unverfroren zu Ninas Füßen nieder. Sie fraßen und machten gleichzeitig einen Heidenlärm. Um andere ihrer Art anzulocken oder um die eigene Portion zu verteidigen? Nina wusste es nicht.

Das Mädchen sah ganz anders aus als auf den Fotos. Kaum Ähnlichkeiten mit der Mutter. Trug einen falschen Namen. Wuchs im Glauben auf, es sei der richtige und sie eine andere. So war es gewollt. Vergiss, wer du bist, vergiss, wo du herkommst, wir helfen dir dabei, ein neuer Mensch zu werden. Noch besser, du würdest nie erfahren, wer du vorher warst. Wir formen aus dir einen zukunftstauglichen Menschen, einen guten Bürger für dieses Land, ja, das machen wir, und das wird uns gottverdammt gelingen, egal wie.

Nina registrierte die Abwehrhaltung, den ausweichenden Blick, die ineinander verschränkten Hände, den zur Seite geknickten Fuß. Sie ahnte Arbeit auf sich zukommen, aber deswegen war sie ja hier. Vorausgeschickt, um Dinge zu regeln, gewisse seit Langem vernachlässigte Angelegenheiten. Das erfordert Behutsamkeit, so ein Kind kann ein ganzer Porzellanladen sein.

Sie atmete tief durch, bevor sie das Mädchen ansprach. Sie musste die richtigen Worte finden. Der Erfolg ihrer Aufgabe begann mit der Wahl der richtigen Worte. Sie hatte die Aufgabe nicht gesucht, diese war ihr plötzlich und unerwartet zugefallen, es war eine gute Aufgabe, und deshalb hatte Nina sie angenommen.

Sie stellte fest, dass es ihr gefiel, nach Wörtern zu suchen, die zu dem Mädchen passten. Natürlich würde sie das nicht laut sagen. Nicht zu diesem Zeitpunkt, nicht im Beisein der Erzieherin. Das Kind erinnerte Nina an einen jungen Hund, der mit scheelem Blick Wachsamkeit demonstriert, in Wahrheit aber keiner Maus etwas zuleide tut.

Nina ist froh, dass sie Ja gesagt hatte, es erscheint ihr wie eine Fügung.

Im Wald von Taischet war Ninas alte Weggefährtin alsbald still geworden. Abgekühlt und erloschen. So kam es immer: Erst probten sie kurz den Aufstand, und dann waren sie für den Rest der Zeit die zahmsten Täubchen. Mit gebrochenen Flügeln war nicht gut flattern. Fiel einem aber das Küken aus dem Nest, sprang man womöglich trotzdem hinterher, weil man vergessen hatte, dass es mit dem Fliegen vorbei war.

Nina versuchte, in die Nähe der Frau zu kommen. Sie schob Ellbogen beiseite, schlängelte sich an Rücken vorbei, sprach, als sie sich in Hörweite glaubte, endlich den Namen aus.

»Olessia, du? Wieso bist du hier?«

Die andere blickte auf, bis zum nächsten Wort verging ein Moment der Unschlüssigkeit.

»Nina!«

»Ja, ich.«

Nina rechnete damit, dass sie nur wenige Sätze würden wechseln können, bevor sie jemand am Sprechen hinderte. Deshalb fragte sie eilig nach dem Warum, Woher, Wohin.

»Ich warte auf meine Tochter.«

»Das meine ich nicht. Was machst du hier? Müsstest du nicht längst draußen sein?«

»Ich war draußen. Wir haben uns eine Weile nicht gesehen, Nina. Jahre, um genau zu sein.«

»Heißt das, du hast eine neue Frist?«

»Genau das.«

»Wie viel?«

»Zehn.«

»Zehn was?«

»Was fragst du? Natürlich nicht Monate.«

Nina biss sich auf die Lippen, um einen Pfeifton zurückzuhalten. Sie wartete, mehr kam allerdings nicht.

»Du hattest acht! Weniger als ich! Wofür haben sie dir zehn verpasst?«

»He, ist die Irre da deine Freundin?«, fragte jemand hinter ihnen.

»Vielleicht sehen wir uns ja noch«, sagte Olessia hastig, als schon ein Soldat mit Bajonett auf sie zukam. Ein Grünschnabel mit zartem Kinn, dem nur Uniform und Waffe einen Ansatz von Autorität verliehen. »Du gehst zurück an deinen Platz«, sagte er zu Nina. »Keine Gespräche, fertigmachen!«, zu Olessia.

Nina dachte kurz über seine Mutter nach. Wo sie wohl lebte, ob sie sich um ihren Jungen Sorgen machte, ob sie stolz auf ihn war, ob er ihr Briefe schrieb und was wohl in ihnen stand.

»Warum keine Gespräche, wen stört das? Lass uns noch zwei Minuten, siehst du nicht, die Frau hat Kummer! Sie vermisst ihre Tochter, wann hast du zum letzten Mal deine Mutter besucht?«

Der Soldat, nicht der Diensteifrigste unter der Sonne, öffnete übertölpelt den Mund. »Sie soll mitkommen!«, sagte er betont schroff, zielte mit dem Bajonett auf Olessia, trat gleichwohl einen Schritt zurück und drehte ihnen den Rücken zu.

»In welchem Lager bist du? Ich werde dich finden, lass mich nur machen.«

Nina war selbst auf Etappe. Wie man hörte, kamen diejenigen, die hier landeten, entweder zum Holzeinschlag, Gleisbau oder ins Sägewerk. Und wenn man als Frau Glück hatte, im Sommer vielleicht zum Unkrautjäten auf die Felder.

Olessia formte mit den Fingern noch schnell eine Zahl. Nina nickte ihr zu, zum Zeichen des Verstehens. In Taischet genügte es mitunter für ein Wiedersehen, Frau zu sein und denselben Paragraphen in der Akte zu haben.

Es war Nina leichtgefallen, das Versprechen zu geben. Ich melde mich, hatte sie bei ihrer Entlassung gesagt. Sobald ich etwas weiß, melde ich mich. Sie wusste, dass Olessia die Tage zählte, obwohl sie nicht an Ninas schnellen Erfolg glaubte. Schließlich telegrafierte Nina nach Taischet: »Kind wohlauf bei Krasnojarsk gefunden.« Den Ort hatte sie im letzten Moment einfügen lassen, dabei hätte sie das auch für später aufheben können.

Nina tastet nach dem Sitz ihrer Frisur. Natürlich war es Unsinn gewesen, sich die Haare auf Lockenwickler zu drehen. Die Locken halten nur einen Tag, morgen sieht alles wieder zerzaust aus. Das hätte sie bedenken müssen. Nina hat die einfachsten Handgriffe verlernt. Wie schwer es ihr gefallen war, eine Haarsträhne um den Wickler aus Aluminium zu zwirbeln. Vielleicht beginnt so Arthrose in den Fingergelenken. Mit Schmerz und Ungeschicklichkeit.

OLESSIA LEPANTO,

KRIM, 1958

So willst du nicht gesehen werden. Schau dich doch an! Eine Frau Mitte vierzig, ohne Dach über dem Kopf, in zerschlissener Wattejacke, ausgetretenen Schuhen, der Blick leicht irre, als sei ihm diese Welt gänzlich fremd. Kommt es dir nur so vor, als drehten sich die Leute nach dir um? Du an ihrer Stelle würdest dich lieber von der verlotterten Gestalt abwenden, die Augen niederschlagen und versuchen, möglichst rasch davonzukommen.

Sie aber hören nicht auf, zu glotzen, treiben dich am Ende sogar dazu, in einen anderen Zug zu steigen, den Zug, der dich ans Meer bringt. Dort willst du etwas Atem schöpfen. Nicht lange willst du ruhen, die Pause ist kaum der Rede wert, lediglich eine Gelegenheit, dich selbst wieder in Ordnung zu bringen.

Jedes Mal, wenn der Zug durch einen Tunnel fährt, überfällt dich die Anspannung. Sie sitzt zwischen den Lungenflügeln, plustert sich auf wie ein Stieglitz bei Kälte und nimmt dir die Luft. Um dich abzulenken, zählst du die Sekunden. Bei zehn wird dein Atem schneller, du möchtest aufspringen und nach vorn laufen, dem Licht entgegen, das irgendwann von dort kommen muss. Gleichzeitig weißt du, das Licht wird dich genauso gut finden, wenn du an deinem Platz die Sekunden zählst. Deshalb harrst du dort aus, fluchtbereit.

Schon bald stehst du inmitten sonnenhungriger Touristen, die auf ihren Handtüchern am Strand liegen, satt und glücklich, während du aussiehst wie ein verirrtes Gespenst, geblendet vom Glanz und den Farben des Südens. Du weichst halb im Sand versunkenen Melonenschalen und Pfirsichkernen aus. Kinder laufen kreischend ihren Bällen nach, die der Wind über die Wellen springen lässt.

Plötzlich spricht dich jemand von der Seite an. Wie aus einem Hinterhalt ist die Person aufgetaucht. Die Möwen scheuen vor ihrem wallenden Gewand zurück, um gleich darauf unbekümmert ihr Tagwerk zu euren Füßen fortzusetzen. Du erkennst sofort, dass die Frau hierher gehört, kein Fremdkörper ist wie du. Ihr Gesicht ist mit Puder bedeckt, die Flaumhärchen am Kinn sehen vereist aus davon, die Falten um den Mund wie ausgetretene Pfade. Ihr Haar ist schwarz gefärbt und lässt nur am Mittelscheitel etwas hellere Kopfhaut durchschimmern. Die dünn gezupften Augenbrauen wölben sich zu dunkel nachgezogenen Bögen.

Du nimmst all diese äußerlichen Details verwirrt zur Kenntnis, begreifst nicht auf Anhieb, was die Frau von dir will. Erschrocken fragst du dich, ob du womöglich etwas Falsches gemacht hast, etwas, was sich an einem Kurort unter den Blicken vieler Menschen nicht gehört. Du hast vergessen, was Öffentlichkeit bedeutet und wie man sich in ihr bewegt. Jetzt kommt der Verweis, die wohlverdiente Strafe, die Abrechnung.

Du neigst den Kopf, um dich kleiner zu machen. Die Frau wiederholt ihre Frage, entgegen aller Erwartung hörst du keinerlei unduldsamen Unterton heraus. Sie bleibt höflich, aber warum?

Du erwägst, einfach schweigend weiterzugehen, als hättest du sie nicht verstanden. Während du noch haderst, fällt dir plötzlich ein, was du bist: verlottert zwar, aber frei. Du seist gerade eben angekommen, um dich für ein paar Wochen zu erholen, stammelst du endlich. Als Touristin. Nichts weiter als eine Touristin, die allerdings noch kein Quartier in Aussicht habe. Aber das Quartierproblem auf der Krim sei ja allgemein bekannt. Du suchtest etwas Billiges, vielleicht nicht einmal ein Zimmer, ein Klappbett im Garten täte es auch.

Du sparst mit Worten, wägst jedes vorsichtig ab. Du willst nicht, dass dir etwas herausrutscht, was du später bereust. Du weißt ja nicht, mit wem du es zu tun hast, weißt nicht, wer diese Frau ist, was sie bewogen haben mag, dich anzusprechen, ausgerechnet dich und ausgerechnet hier.

Du ahnst, dass deine Zurückhaltung zwecklos ist, weil jeder, der dich anschaut, in deinem Gesicht lesen kann. Die vergangenen Jahre haben offensichtliche Spuren auf deinem Körper hinterlassen, unter deinen Fingernägeln, tief im Geäst der kleinen Fältchen rund um die Augen und auf den Handknöcheln. Diese Spuren lassen sich nicht abwaschen. Dir bleibt nur die Hoffnung, der Dreck werde sich mit der Zeit gemeinsam mit abgestorbenen Hautzellen abschälen, als Milbenfutter herunterfallen, bis nichts mehr zu sehen wäre. Doch selbst mit Glück und Pflege werden daraus keine Pianistenhände mehr. Bedenke nur, wann du zum letzten Mal schwarzweiße Tasten angeschlagen hast! Den Abzweig zur Meisterschülerin hättest du ohnehin niemals betreten, sei es dem Mangel an Talent oder den Umständen geschuldet, und nun schau dir heute deine Finger an: Sie sind wie eingerostet.

Vielleicht solltest du lieber erzählen, du habest dein ganzes Leben als Stenotypistin beim Kreiswehramt gearbeitet, der Inbegriff einer seriösen und gleichzeitig unbedeutenden Stellung. Und falls jemand wider Erwarten nachfragt: Die dunklen Stellen auf deiner Haut kämen selbstverständlich vom jahrelangen Gebrauch der Tinte. Das ist eine passable Erklärung, hoffentlich entfällt sie dir nicht.

Du gibst dir sechs Monate Zeit, um wieder dazuzugehören, so lange wie ein Fingernagel braucht, um von der Wurzel bis zur Spitze nachzuwachsen.

Die Frau redet nicht von Geld. Nachdem du dir bei der Ankunft am Bahnhof die ortsüblichen Preise für Gästezimmer nennen ließest, willst du nicht mehr auf fließend Wasser bestehen. Der Gedanke an dein Bares macht dich genügsam, der Unterschied zwischen einer Gartendusche und einem Bad im Meer erscheint dir unerheblich. Deine Strandbekanntschaft winkt ab, auf dem Bahnhof trieben sich lauter Spekulanten herum, dort mache man keine Geschäfte. Du glaubst ihr, als sie sagt, sie wohne in der Nähe allein, ohne Untermieter, die sie bei der Arbeit stören würden. Keine Untermieter, keine Touristen, keine Kinder im Haus, eine Oase der Privatheit. Der Mann fahre zur See und sei monatelang nicht da. Er schicke ihr Ansichtskarten von den Häfen der Welt, doch sie habe festgestellt, das Meer sehe überall gleich aus.

Sie nimmt dich direkt von der Strandpromenade mit zu sich nach Hause. Du folgst ihr, schwankend zwischen Vertrauen und Habacht.

Am ersten Abend sitzt ihr vor ihrer Sommerküche zusammen. Staffeleien säumen den Innenhof, ausgedrückte

Farbtuben liegen auf einem Tablett, Pinsel ragen aus halbvoll mit Terpentin gefüllten Einmachgläsern. Sie sei Malerin, erzählt sie dir. Im Sommer lebe sie gut von Touristen. Natürlich nicht von solchen wie dir, sondern von den anderen, den wohlgenährten, den Bestarbeitern aus den volkseigenen Betrieben, die für besondere Verdienste mit zwei Wochen Ferien am Meer belohnt werden. Das sagt sie nicht, das glaubst du aus ihrem Blick herauszulesen.

Üblicherweise vermiete sie keine Zimmer an Fremde, sagt sie, dich hin und wieder abschätzend betrachtend.

Davon seist du auch nicht ausgegangen, lügst du. In Wahrheit weißt du selbst nicht, was du erwartet hast, als du der Frau gefolgt bist. Die paar Nächte hättest du gut am Strand mit den Möwen und dem Rudel herrenloser Hunde verbringen können.

Von ihren Prinzipien werde sie auch in deinem Fall nicht abrücken. Du seist ihr Gast.

Wie eine achtlos gemischte Farbpalette blühen Löwenmäulchen, Rosen, Dahlien, Gladiolen und Petunien in den Beeten ringsherum, so üppig, dass du nicht weißt, woran zuerst schnuppern.

Sie liebe Blumenstillleben, erklärt dir die Künstlerin, aber es fehle ihr bedauerlicherweise jedes gärtnerische Geschick …

Diese Frau, denkst du, war Sommer für Sommer nur über die eigene Türschwelle hinausgetreten, um Farbtöne und Formen mit dem Pinsel einzufangen, während du … und wieder nagt ein unsäglicher Verdacht an dir. Warum tut sie das? Sofern sie ihre Sinne beisammen hat, muss sie erkennen, dass du eine Person mit fragwürdiger Vergangenheit bist, oder zumindest ahnen, wem sie ihre Gastfreundschaft anbietet …

Du suchst verstohlen nach Argwohn in ihrem Gesicht und wirst nicht fündig. Sie bewirtet dich mit gebratenen Speisen. Als du hineinbeißt, rinnt dir das Fett die Finger hinunter bis in den Ärmel, du erkennst den beinahe schon vergessenen Geruch von hochwertigem kostbaren Sonnenblumenöl.

Allerlei Mücken und Nachtfalter schwirren über euren Köpfen um das schwache Licht einer Glühbirne, die an einem Verlängerungskabel nackt von einem Ast herabbaumelt. Die Frau schlägt gelegentlich mit einer zusammengerollten Zeitung nach ihnen, während sie dir beim Essen zuschaut und dich nach deinen Plänen fragt.

Woher kommen Sie? – diese Allerweltsfrage stellt sie nicht. Dabei bist du auf sie vorbereitet. Von weither – würdest du erwidern, mehr aber nicht. Dabei ist deine Herkunft nicht leicht zu benennen, wäre darüber wunderbar ins Gespräch zu kommen. Unter den Blicken deiner Gastgeberin kaust du achtsam etwas Teigiges mit Käsefüllung, vermutest irgendeine kaukasische Spezialität, deren Namen du nicht kennst, obwohl bestimmt jedes Kind in der Gegend weiß, wie dieses köstliche Gericht heißt.

Du wollest nur ein Ziel erreichen, sagst du, und zwar schnurstracks geradeaus, ohne Zeit zu verlieren, denn in deiner persönlichen Verlustrechnung sei Zeit bereits heute kein unbedeutender Posten.

Für deine Planerfüllung bräuchtest du ein paar Dinge, die allesamt mehr oder minder schwer zu beschaffen seien. Als Erstes eine Wohnung und irgendeine Arbeit. Ob als Straßenkehrerin oder Putzfrau, sei dir gleich, da könnest du nicht wählerisch sein.

Die Malerin lässt dich nicht aus den Augen. Du glaubst, zu schnell zu schlingen, tupfst dir das Öl mit den Fingern aus den Mundwinkeln und hoffst, dass es vornehm aussieht. Dein Rücken hat noch keinen Augenblick die Lehne berührt, nun meldet er sich zum Rapport, Ermüdung, Schmerz, Positionswechsel erbeten.

Sie sagt, du seist ihr schon aus der Ferne aufgefallen. Sie habe sich gleich gefragt, wer du wohl sein mochtest, was hinter dir liege. Deshalb sei sie dir gefolgt, sicher es zu bereuen, wenn sie dich aus den Augen verlöre. Du habest etwas an dir, palavert sie weiter, das zwinge einen innezuhalten, dich am Arm zu fassen und zu fragen, ob alles in Ordnung sei. Sie male einfach lieber Menschen mit Erfahrung, sagt sie, als glatte Gesichter ohne Lebensspuren.

Die Malerin bietet dir an, ihr Gast zu bleiben, solange du willst. Arbeit zu finden, sollte ein leichtes Spiel sein im Siegerland der Proletarier. Im Sommer sei der Ort voller Touristen und entsprechend groß die Nachfrage nach Saisonkräften. So kenne sie mindestens einen Schuhputzer, der Hilfe gebrauchen könne, das Kurhaus suche ständig Spülkräfte, Zimmermädchen und Gärtner für die Pflege der Blumenrabatten und Hecken im Park. Ein gutes Wort von ihr würde dir manche Tür öffnen.

Schockiert stellst du fest, dass du genau danach suchst, nach der Tür zum normalen Leben. Was für ein vermessener Gedanke, das normale Leben! Gerade noch ging es ums Überleben, und schon ist das nicht mehr genug, plötzlich kriechen da von irgendwoher Wünsche heraus, die du längst begraben glaubtest.

Du bekommst eine Schlafstatt inmitten von Bildern. Es sind die Werke der Hausherrin, die auf Abholung warten, Landschaften, Blumenstillleben, Aquarelle von Möwen mit aufgerissenen Schnäbeln über dem Meer, Auftragsporträts von Kurgästen, Urlaubern und ihren Kindern. Du liegst daneben, riechst die teils noch feuchten Farben, kannst nicht schlafen in diesem sauberen weichen Bett, nach so vielen Jahren plötzlich allein in einem Zimmer, wo dir der Atem der anderen fehlt. Du bleibst wach und denkst daran, dass du vor langer Zeit bereits die Bekanntschaft eines anderen Malers aus dieser Gegend geschlossen hast. Bringt eine malerische Landschaft Talente hervor oder zieht sie diese nur im Übermaß an?

Vor über zwanzig Jahren warst du Gast im Haus des berühmten Maximilian Woloschin. Es steht nur einen Katzensprung von hier entfernt. Dass du noch einmal in die Nähe seines Anwesens gelangst, hättest du dir noch vor wenigen Monaten nicht träumen lassen. Doch was nützt es dir heute, der alte Geist ist mit dem Hausherrn für immer dahin. Damals glich sein Heim einer Künstlerkolonie. Jeder war willkommen, ob Anfänger, Möchtegern, etabliert, protegiert oder gänzlich mittellos. Und sie kamen zahlreich, die Anhänger der Musen, angelockt vom Ruf des Meisters, geködert vom Sommer, vom Wein, vom Meer, von allem, was dieser Landstrich im Überfluss zu bieten hat.

Du, in Leningrad nach bestandener Aufnahmeprüfung soeben zur Schauspielschülerin auserkoren, verbrachtest einen Sommer bei der Großmutter am Meer. Tauchtest dort in Begleitung von Valerie auf, einer neu gewonnenen Studienfreundin aus dem Fortgeschrittenenkurs, die im Matrosenhemd durchs Dorf marschierte, sehr mondän mit pechschwarzem Bubikopf, weiten Hosen und einer Zigarettenspitze als Accessoire. Sie war die Geliebte eines verheirateten Dramaturgen, der wiederum gemeinsam mit seiner Gattin für einige Wochen Erholung im Haus des befreundeten Woloschin suchte. Valerie war mehr dem Dramaturgen als dir hierher gefolgt, verrückt, was man aus Liebe tut, und hatte mühelos Eingang in den illustren Zirkel gefunden. Sie trug Perlenketten im Dutzend, sogar welche um beide Knöchel, über den eigens für ihre Füße angefertigten Stoffsandaletten im Marinestil. Wenn der Dramaturg im Schutz der Dämmerung Valerie wie zufällig an der Schulter streifte, spürtest du zwischen den beiden eine Entschlossenheit, die dich frösteln ließ, obgleich der Abend jung und die Luft noch mild war.

Valerie hatte dir versprochen, dich in eine Gesellschaft kühner Geister, in die letzte Zelle freien Denkens einzuführen, und versichert, dich Hasenfuß würde dort niemand beißen. Sie fragte, was dir in früheren Jahren widerfahren sei, dass du heute vor jeder Herausforderung zittertest? Und wie du später allabendlich auf der Bühne stehen wolltest, ohne tausend Tode zu sterben?

Schüchtern stelltest du dich Woloschin als Landsmännin vor, nanntest dich vollmundig Schauspielerin und hattest überall dein Rollenbuch dabei, um irgendwo am Rande des Geschehens die Tatjana in *Onegin* einzuüben. Schnell wurdest du eine von ihnen, Teil der Boheme, akzeptiert und wohlgelitten, fast wie zu Hause, tatsächlich ganz unweit des Ortes, wo du einen Teil deiner Kindheit zugebracht hattest. Die trostlose Erinnerung daran versuchtest du, freilich erfolglos, beiseitezuschieben, da half es auch nicht, dass du dir gerade eine neue Familie erobert hattest, Brüder und Schwestern, vereint im Dienste der Kunst.

Du denkst zurück an deine kleine unschuldige Schwärmerei für den Hausherrn, den du mit vielen weiblichen

Verehrerinnen teiltest, an den Namen Zwetajewa, an die jungen Dichterinnen, die sich von Woloschin Unterstützung bei der Veröffentlichung ihrer Werke erhofften und seine Arbeiten bewunderten, an das Getuschel über Woloschins bewegtes Vorleben. In jungen Jahren soll er sich duelliert haben, mit keinem anderen als Gumiljow! Ein Duell, ach!, seufzten die Verehrerinnen, wegen einer Frau, die nicht das war, was sie zu sein vorgab! Eine Poetin, die sich Baronin von und zu Irgendwas nannte – ihr Name war reichlich abenteuerlich und ist dir entfallen, nur so viel erinnerst du, dass er sich gleichermaßen von Engeln und Teufeln herleitete –, hatte mit ihren Versen Gumiljows Herz erobert. Doch zeigen wollte sich die Schöne nicht. Ihre Ausflüchte, wenngleich in Reimen, waren Gumiljow auf Dauer kein Trost. Warum der Liebe aus dem Weg gehen, wenn sie einen überkommt?

Bald kamen die Gerüchte auf: Dass außer besagter Dame auch Woloschin seinen Teil zu den Reimen beigetragen habe; dass die Dame womöglich gar nicht schön sei, vielmehr eine Nase wie Cyrano de Bergerac habe, ihr Name gefälscht und Gumiljow in jedem Fall ein hoffnungsloser Narr sei. Bald war die vermeintliche französische Baroness tatsächlich als eine von Woloschins Schützlingen entlarvt, eine unattraktive dickliche Lehrerin mit einem Hinkebein. Eine Wendung, die den enttäuschten Gumiljow zu einem herablassenden Urteil veranlasste, welches Woloschin seinerseits nicht klaglos hinnehmen wollte. Das Ansehen einer Dame sei mutwillig beschädigt worden, daher sei die Sache unter Männern auszutragen!

Valerie, über Affären stets besser informiert als du, wusste, diese Dreiecksgeschichte habe seinerzeit in diversen Variationen viel Staub aufgewirbelt. Ein bühnenreifes Schauspiel! *Duell um ein Phantom* hatte ein anonymer Verfasser sein Gedicht zum Thema der Saison genannt, worin der tapfere Verteidiger der Frauenehre, dein Held Max Woloschin, angeblich feige Zeit schindete, indem er die Sekundanten nach seiner im Schnee stecken gebliebenen Galosche suchen ließ. Als der Zweikampf sich durch keine Ausreden mehr aufschieben ließ, versagte aus unerfindlichen Gründen, womöglich des Frostes wegen, Woloschins Waffe, und im Gegenzug verfehlte ihn Gumiljows Kugel. Welch Zufall! Gumiljow, der spätere Gatte der Anna Achmatowa, deren Verse du so liebst, blieb also – vorerst – unversehrt, ebenso wie Woloschin, was bei solch ungeschickten Schützen vermutlich keine große Kunst war. Die Sekundanten berichteten, Woloschin solle beim zweiten Versuch gar demonstrativ nach oben gezielt und danach nie wieder eine Waffe angerührt haben.

An Letzterem zweifeltest du nicht, in deinem Beisein hatte er mehrfach seinen Abscheu vor Gewalt geäußert, nur Wilde griffen zum Gewehr, um andere von einer Sache zu überzeugen.

Gumiljow bekam 1921 eine Kugel ins Genick, vielleicht waren es auch mehrere. Hinrichtungsort und letzte Ruhestätte sind unbekannt.

Woloschin brauchte nie viele Worte, um einen Besucher von der inspirierenden Wirkung seiner Wahlheimat zu überzeugen. Atme!, sagte er, der überzeugt war, dass Krimluft einem alle Sinne öffnete.

In wessen Händen sich wohl der Schnappschuss von damals befindet? Wenn dich nicht alles trügt, warst du darauf zu sehen gemeinsam mit Woloschin und der Zwetajewa, alle drei sitzend auf dem warmen Kiesstrand. Für dich wird das Foto für immer verloren sein.

Abend für Abend saßt ihr im Garten unter dem Dach aus Weinranken oder am Lagerfeuer nahe der Brandung. In der Glut garten Kartoffeln. Sobald die Schale ganz schwarz war, holten Mutige sie heraus, warfen die heißen Bälle laut pustend von einer Hand in die andere, bis sie ein wenig abkühlten. Dann reichte man sie weiter, brach sie entzwei, salzte das Innere und schob es sich in den Mund. Du glaubst, nie etwas Köstlicheres gegessen zu haben. Die Asche blieb an den Fingern haften.

Nachts fiel den Unermüdlichsten unter euch ein, auf Leuchtkäferjagd zu gehen. Bei dieser Gelegenheit hattest du Valerie und ihren Dramaturgen aus den Augen verloren, erst nach einer Stunde kehrten sie getrennt voneinander und ohne eine einzige Trophäe zurück. Valerie hielt einen Ast ins Lagerfeuer, um sich an seiner glühenden Spitze eine Zigarette anzuzünden, aus ihrem Strohhut rieselte Sand, Piniennadeln hatten sich ins Haar verirrt. Der Dramaturg referierte über das Balzverhalten der Glühwürmchen und trat dafür ein, alle gefangenen Insekten umgehend aus ihren Gläsern zu befreien, damit sie sich weiterhin ihrem Liebeswerben hingeben konnten, denn dies sei ihre letzte Handlung vor dem Tod. Mit einem Rundumblick stelltest du fest, dass seine Gattin bereits zu Bett gegangen war, sei es aus Langeweile, Müdigkeit oder Resignation.

Bei den lauten Debatten über Krieg, Frieden und Revolution hörtest du aus Woloschins Stimme Zurückhaltung und eine gewisse Ermattung heraus. Du warst blutjung, und seine Worte schienen dir bereits umweht von Todesahnungen. Müde sei er vom Erlebten, sein Körper feist aber kraftlos, die Füße seien weit genug gelaufen, verloren seien alle Träume. Im Grunde erwarte er nichts mehr vom

Leben. Nur noch in einem Sarg würde er sein Haus verlassen. In seinem Kopf lagere noch genügend Rohstoff für ein paar Dutzend Gedichte, er zöge sich alsbald zurück, um das Material zu sichten. Ein, zwei Sammelbände, dann sei endgültig Schluss, Adieu, Farewell, Gute Nacht.

Er wirkte auf dich wie ein alter erschöpfter Mann, obwohl er erst die fünfzig überschritten hatte. Vorbei die Zeit, als Verehrerinnen ihn mit dem Donnergott verglichen. Die schöne Aussicht aufs Meer sei ihm heute genug, solange er im Schatten säße und die Fliegen fernblieben.

Du warst schon damals vorsichtig, wenn es um Krieg, Frieden und Revolution ging. So schwiegst du, und niemand fragte dich nach deiner Meinung. Die stille Olessia nannte man dich, und manche behaupteten, du hütetest ein Geheimnis.

Während du schlaflos daliegst, fällt dir ein Gedicht der Achmatowa ein:

> Wird eine Epoche beerdigt,
> Tönt kein Psalm übers Grab.
> Brennesseln, Disteln
> Werden den Hügel verziern.

Diese Verse, einst vernommen aus dem Munde der Dichterin, haben einen Abdruck in dir hinterlassen, einem Siegel gleich beurkunden sie das Vergangene.

Einmal als Tatjana auf der Bühne stehen! Dieser Traum ist jetzt dein halbes Leben her. Verbindet dich noch etwas mit ihm? Du spürst den sachten Banden nach, spinnenfadenzart sind sie trotz allem nicht gerissen.

Draußen spielt jemand Gitarre und singt ein Lied von einem Paar, das niemals zueinanderfindet. Irgendwo am Strand lauschen junge Leute der Ballade und rücken näher ans Feuer heran. Der Wind trägt ihre Stimmen her, Gelächter, Musik, Rauch. Sie sitzen die halbe Nacht in Grüppchen, Sand dringt in ihre Schuhe und zwischen die Zehen, sie trinken Krimwein, der sie warm hält, und schauen den verglimmenden Holzscheiten zu, solange ihre Augen offen bleiben. Die Mädchen lehnen sich ermattet an die jungen Männer, die sich nicht zu rühren wagen. Manche harren felsengleich bis zum Morgengrauen aus. Nach und nach verstummen ihre Gesänge, immer seltener trifft eine Hand die Gitarrensaiten. Schrill und falsch steigt der Ton in die Luft. Männerjacken wechseln auf Mädchenschultern, graue Asche überzieht die Feuerstelle.

Du fühlst, wie die Dunkelheit hinter den Fensterläden durchlässiger wird. Hähne und Hunde in den umliegenden Straßen lösen die müden nächtlichen Musikanten ab. Nebenan wird ein Fenster geöffnet. Im Garten hörst du den Nachbarn prusten, als träfe ihn von oben ein voller Kübel kalten Wassers statt des winzigen Rinnsals aus dem Handwaschautomaten.

Die Hauswirtin päppelt dich in den kommenden Tagen auf. Sie hält deine unnatürliche Blässe und Magerkeit auf Skizzen fest, bis beides allmählich verschwindet. Unversehens in die Rolle der Muse geraten, sitzt du der Malerin geduldig Modell, verstehst dein Bemühen als kleine Gegenleistung in einem weithin ungleichen Handel.

Sie malt deinen Kopf auf Leinwand und auf Papier, geneigt, erhoben, frontal, im Profil. Sie versteht ihr Handwerk, doch was du am Ende immer siehst, ist das Gesicht einer alten Frau. Die Bilder wecken Zweifel in dir. Du wagst es nicht, sie laut zu äußern. Musterst schweigend die Linien und Schattierungen, als müsstest du nur lange genug hinschauen, damit sie zu neuen Umrissen zerfließen. Doch die Verwandlung bleibt unumkehrbar, auch wenn du das Augenscheinliche nicht hinnehmen willst. Diese verblühte Alte, das kannst nicht du sein! Jemand lügt hier, und dieser jemand bist nicht du.

Der Malerin wirfst du insgeheim vor, die Pinselstriche zu gnadenlos gesetzt zu haben. Es wäre ihr sicher ein Leichtes gewesen, die letzten Spuren deiner Jugend einzufangen, einen Hauch Frische auf deine Wangen zu tupfen, die Furchen in den Tränensäcken auszubügeln.

Lange stehst du vor dem Spiegel, betrachtest den schiefen Nasenrücken, die Fältchen um den Mund herum, die erschlafften Konturen der Kinnlade, und befindest: So sieht keine Muse aus.

Deine Hände zittern, dabei hättest du gedacht, dass man einst eingeübte Bewegungen wie das Schwimmen und Fahrradfahren nicht verlernen kann. Mit Kajal, Tusche und Lippenstift aus dem Kosmetikvorrat der Malerin betonst du unbeholfen deine Augen und Lippen, um von den eingefallenen Wangen abzulenken. Du leihst dir von der Malerin einen Rock, der dir viel zu weit ist. Doch wenigstens sieht er nicht abgetragen aus, hat einen anständigen Saum, der nirgendwo ausfranst, und weder Schmutzflecken noch Löcher im Stoff. Du denkst, du machst darin eine halbwegs akzeptable Figur, hältst den Bund mit einem Gürtel fest und übersiehst geflissentlich, dass der Rock hinten kürzer ist als vorn. Die Schuhe hast du auch geputzt. Sie werden davon natürlich nicht neu, die Sohlen und die Absätze sind abgelaufen, aber mit ein wenig Wachs glänzt das Leder wieder. Es geht dir ja nicht um diesen Rock oder diese Schuhe, nur darum, dass du nicht heruntergekommen aussiehst. Niemand soll von dir als einer heruntergekommenen Person denken.

Während deine Gastgeberin tagsüber an der Strandpromenade auf kunstliebende Touristen wartet, einige Porträts von dir als Referenz im Rücken, läufst du nur um des Weges willen kilometerweit an der Küste entlang. Wellen umspülen deine Füße, Kiesel bohren sich in deine nackten Sohlen. Du bist wirklich wieder hier. Als du das letzte Mal am Meer warst, blicktest du von der Promenade in Batumi auf die Badenden am Kiesstrand. Erinnerst du dich? Es war das Jahr 1941.

Name: Lepanto; Vorname: Olessia; Alter: 27; Beruf: Buchhalterin.

Wenn du nach unten schaust, findest du vereinzelt angeschwemmte Algen, um die du einen Bogen machst, oder Muscheln, die dich anlocken. Manche sind am Rand und an der Oberfläche bereits rundgespült, poliert unter dem dauerhaften Druck von Sandkörnchen und Wellen, andere sind entzweigebrochen, zu Staub zerrieben zwischen den Kieselsteinen. Du bückst dich nach den ganz gebliebenen, makellosen Exemplaren, und steckst sie in deine Jackentasche.

Du weißt, wo dein Ziel ist. Der Brief mit der Adresse liegt akkurat gefaltet in der Brusttasche deiner geliehenen Blümchenbluse. Immer wieder tastest du nach ihm, dabei wäre sein Verlust zu verschmerzen, denn längst hast du den Wortlaut auswendig gelernt.

Geburtsort: Sankt Petersburg. Soziale Herkunft (Tätigkeit und Vermögenslage der Eltern).

Anfangs hattest du keine Angst, du warst ja schon einmal davongekommen. Verhaftet, verhört, entlassen. In den Akten das Jahr 1937. Einundvierzig war es anders. Sie entließen dich nicht.

Würdest du den Strand von Batumi allein an der Form und Farbe der Kieselsteine wiedererkennen? Du hast sie oft betrachtet, wie sie unter den Wellen juwelengleich glitzerten und außerhalb des Wassers schnell verblassten. Du ließest die Kiesel in deiner Hand vom Wind trocknen und sie durch die Finger zurück ins Meer rieseln, während du darüber nachdachtest, wie man ihren Glanz dauerhaft einfangen könnte. Ob es mit mehreren Schichten Bootslack gelingen würde? Ausprobiert hast du es nie.

Familienstand: ledig. Bildung: mittlere. Parteizugehörigkeit (jetzige/vergangene): keine.

Sie stellten dir viele Fragen. Oftmals dieselben, was dich zermürbte. Hörten die denn gar nicht zu? Habe ich schon gesagt, ließen sie nicht gelten. Bald wirktest du fahrig. Wolltest nichts lieber als wieder in deiner Schreibstube über den Büchern sitzen.

Sie gaben sich nicht damit zufrieden, dass du deine Eltern als verstorben anzeigtest. Verlangten Auskunft über die Aktivitäten deines Vaters, zu einer Zeit, als du noch keine sieben Jahre alt warst. Keine Einzelheit erschien ihnen überflüssig. Sie forderten, dass du dich anstrengst, mehr anstrengst als bisher. Sie sprachen von den staatsbürgerlichen Pflichten eines jeden Einzelnen bei der Aufklärung von Straftaten, machten dir klar, es ginge hier nicht um Lappalien. Also: Denke gut nach! Solange du kannst.

Du dachtest nach, über vieles, vor allem über deinen Vater. Deutlicher als sein Gesicht hast du seinen Geruch im Gedächtnis. Nach Zigarren und einem bestimmten Rasierwasser, dessen Name dir nicht einfällt. Daran hättest du ihn überall erkannt. Nur zuletzt roch er nicht mehr gut, aber das war auch keine Zeit, sich um Rasierwasser oder Reinlichkeit zu kümmern …

Einundvierzig zwangen sie dir noch einmal auf, womit du abgeschlossen zu haben glaubtest. Es ist nicht vorbei, erinnere dich!

Du tastetest dich mühsam durch die Jahre zurück. Im Alter von sieben Lenzen hörtest du nichts Verdächtiges aus den Gesprächen deiner Eltern heraus, außer vielleicht eine gewisse Angespanntheit, die sich neu anfühlte. In die Stimme deiner Mutter hatte sich ein gereizter Ton eingeschlichen. Dein Vater sagte, alles würde wieder ins Lot kommen und das Leben gehe weiter wie bisher. Sie müssten nur geduldig sein. Du hattest nicht den Eindruck, dass sich die Stimmung deiner Mutter davon besserte. Die Gegenwart deines Vaters ließ sie nicht mehr strahlen wie sonst, und seine Abwesenheit machte alles noch schlimmer. Irgendwann verhängte sie die Kaminuhr, auf deren Gehäuse Amor und Psyche in einem ewigen Kuss vereint waren, mit einer ausgedienten Decke, weil sie das Ticken nicht mehr ertrug.

Die Eltern hatten gemeinsam eine Schar Nachkommen in die Welt gesetzt. Dir, der Jüngsten, erklärten sie nichts. Also versuchtest du dir Dinge zusammenzureimen, die sich von Tag zu Tag änderten. Die neue Militärverwaltung erklärte, endlich für Frieden auf der Halbinsel sorgen zu wollen. Ein Befehl wurde erlassen, auf Plakate gedruckt, auf Zäune geklebt, als Flugblatt verteilt. Verdächtige Elemente hätten sich täglich zu melden. Bei Zuwiderhandlung drohe Erschießung. In allen anderen Fällen auch.

Die verdächtigen Elemente, so viel hattest du verstanden, das waren nicht die anderen. Ihr saht dem Vater lange nach, wenn er ging. Kam er zurück, schalt er euch, seine Frau und seine Kinder, für die übertriebene Sorge. Geh nicht, sagte die Mutter dennoch auch beim nächsten Mal, und er fragte sie, ob sie ihn für einen Feigling halte. Eine Antwort bekam er darauf nicht. Du aber hieltest ihn für einen Helden.

An langen Winterabenden spielte er mit deinen Brüdern Bridge. Er vermisste den Wein aus dem ehemals eigenen Keller. Schon bei eurer Ankunft hattet ihr ernüchtert festgestellt, dass die Sommerresidenz der Familie für militärische Zwecke in Beschlag genommen war, natürlich nur vorübergehend, wie es von oben hieß. Das Gebäude sei von strategischer Bedeutung, aufgrund von Lage, Größe, Aufteilung und so weiter. Nun hausten dort seit Beginn des Bürgerkriegs Truppen, mal die roten, mal die weißen, und nach dem Abzug der Soldaten, der roten wie der weißen, zeigte sich, dass das Haus nicht mehr bewohnbar war und ihr nie mehr dorthin zurückkehren würdet.

Selbst die englischen Tapeten waren heruntergerissen, das Parkett zum Heizen verwendet, was mit den Möbeln und Bildern geschah, weiß niemand. Stehen und hängen sie jetzt in anderen Häusern, oder haben sie ihr Ende im Ofen gefunden, um Soldaten jedweder Couleur zu wärmen? Wozu hatte man die Gebeine aus dem Familiengrab verstreut, wen hatten sie unter der Erde gestört? Der Keller war zugeschüttet worden, nachdem Plünderer sich den Weinvorrat einverleibt hatten. Die Mutter ließ euch Mädchen wochenlang nicht auf der Straße spielen, aus Angst vor marodierenden Banden.

Deine Großeltern, bei denen ihr untergekommen wart, wollten wie jedes Jahr ihren Wein verkaufen, aber es fand sich niemand bereit, die Fässer nach Simferopol zu bringen. Unter den Händlern war Unruhe ausgebrochen. Man erzählte sich, das Schwarze Meer sei rot vom Blut der Erschossenen, denen die Sieger Leben und Freiheit zugesichert hatten, wenn sie die Waffen niederlegten. Leben und Freiheit – so stand es auf den Flugblättern und Plakaten. Geht es um sein Leben und seine Freiheit, glaubt der Unterlegene bereitwillig alles. Wie leicht es ist, ihn zu täuschen. Die Hoffnung auf Gnade macht ihn treuherzig, zumal sie ihm von höchster Stelle versprochen ist. Das seltsame Mann-Frau-Gespann, das aus Moskau gekommen war, um auf der Krim Ordnung zu schaffen, konnte zufrieden sein. Jedes seiner großen Worte traf auf offene Ohren.

Bald weigerten sich auch die Fischer, zur See zu fahren, seit Wochen verschmutzten die Säuberungen das Meer und in der Luft hänge ein Verwesungsgeruch, den keine Brise vertreibe. Um Sewastopol herum sei es besonders schlimm. Dein Vater nannte diese Gerüchte einen Unsinn und behauptete, wenn das Wasser so rot sei und stinke, käme das gewiss von den Algen.

Von einer Algenplage im Winter habe sie noch niemals gehört, widersprach ihm deine Mutter, und sie kannte die Küste seit ihrer Kindheit.

Am Tag nach der Verhaftung deines Vaters beschlagnahmten sie bei einer Hausdurchsuchung elf Päckchen Papirossy, eine nicht näher bestimmte Menge Tabak, acht Schachteln Zigarettenpapier und fünf Kerzen. Das weißt du von deiner Schwester, die das Durchsuchungsprotokoll als minderjährige Zeugin mit zittriger Hand unterschrieb. Du warst mit den anderen außer Haus, um einen Weihnachtsbaum zu besorgen, der Jahreswechsel 1920/21 stand kurz bevor.

Durchschrift des Protokolls erhalten: Lidia Lepanto. Nach Unterzeichnung des Protokolls keinerlei Beanstandungen mehr möglich.

Sie verlasen dir die Verbrechen deines Vaters wie Posten bei einer irrwitzigen Inventur: Einrichtung eines Medikamentenlagers für die Verwundeten der Freiwilligenarmee während der Bürgerkriegsjahre auf der Krim, aktive Unterstützung des Tatarenaufstands gegen die Sowjetmacht im Jahr 1918, Initiierung/Organisation einer Armenspeisung für die Flüchtlinge aus dem Kernland der Revolution.

So teilten sie dir mit, dass sie viel über dich wussten, mehr als gut für dich war. Der ältere Ermittler, wohl der mit dem höheren Dienstgrad, nahm dich scharf ins Visier. »Erzählen Sie uns, wie Sie die Taten Ihres Vaters beurteilen«, forderte er dich mit ruhiger Stimme auf.

Du versuchtest deine verqueren Gedanken auf der Suche nach der richtigen Antwort zu bändigen. Aber die Gedanken gingen mit dir durch, rissen dir die Zügel aus der Hand, kreisten wild um den Ermittler und die Frage, welchen Sinn er in seiner Arbeit sah. Die revolutionäre

Welle hatte ihn in dieses Amt gespült und mit Befehlsgewalt ausgestattet, wobei er dich glauben ließ, er selbst sei der Machthaber. Unter seinem Blick sei noch jeder zur Wanze geschrumpft, ließ er dich wissen. Du tauftest ihn insgeheim den Großen Specht.

Als das Telefon klingelte, nahm er ab und meldete sich mit Ja. Was willst du, rief er barsch in den Hörer. Ach, du bist es, Verotschka! Seine Stimme veränderte sich umgehend, wurde weicher, bekam einen beinahe zärtlichen Klang. – Ich dachte, es wäre deine Mutter. Du klingst fast… – Aber Verotschka, du weißt doch, dass ich viel zu tun habe. Sehr wichtige … – Das kommt nicht in Frage. – Hast du mich verstanden?! Ich sagte nein!

Nach einem dreifachen Nein warf er den Hörer verdrossen auf die Gabel. Du hast vielen von seiner Sorte gegenübergesessen, bemüht, herauszufinden, was sie im Innersten bewegt. Was lässt sie gleichgültig, wovor haben sie Angst, woran glauben und wen lieben sie?

Dein Vater, antwortetest du endlich, habe stets nach bestem Wissen und Gewissen gehandelt.

Für den Ermittler hofftest du insgeheim, er könne das auch von sich behaupten, und wünschtest ihm ein langes Leben. Darin bestand dein Widerstand, jedem von ihnen ein langes Leben zu wünschen.

»Woher rührt Ihre feindliche Einstellung gegenüber dem Sowjetstaat?«, fragte er weiter. Er wies dich darauf hin, dass die Anklagepunkte gegen deinen Vater von jungen Fabrikarbeitern bezeugt worden seien, zwei tadellosen Kommunisten. Sie hätten ihn bei verdächtigen Aktivitäten beobachtet, sowohl Verwechslung als auch Irrtum waren ausgeschlossen. Bei einem solchen Vater sei es nicht ratsam zu widersprechen. Das hattest du bereits verstanden.

Soziale Stellung vor der Revolution (des/der Angeklagten): problematisch.

Sie richteten das Licht der Lampe auf dich, um jede Regung in deinem Gesicht zu studieren, während sie selbst im Halbdunkel blieben. Tischten dir uralte Geschichten auf, die du längst in die tieferen Schichten des Bewusstseins verbannt hattest. Was weißt du von deiner Tante? Weißt du, dass deine Tante, ohne selbst einen Finger krumm zu machen, von Untermietern lebte und Personal beschäftigte? Ist dir geläufig, dass diese Dame wohltätige Zwecke nur vortäuschte, indem sie aus ihrem Haus ein Heim für die Waisen von Weltkriegssoldaten machte? Und dass der örtliche Wahlausschuss ihr das Wahlrecht habe entziehen müssen, weil sie keiner gesellschaftlich nützlichen, produktiven Tätigkeit nachging? Ist dir klar, was das für Menschen sind, mit denen du durch Blutsbande verbunden bist?

Über die Produktivität der Tante, vielmehr einer entfernten Verwandten, wie du betontest, könnest du nur so viel sagen, dass sie schon damals zu alt und zu krank gewesen sei, um überhaupt zu arbeiten.

Alt? Krank? Wer nicht arbeitet, soll auch nicht essen. Der feinen Dame ist es also schlecht ergangen ohne Personal, so schlecht, dass sie den Sowjetstaat um eine kleine Pension habe anflehen müssen, nicht wahr? Doch ohne Wahlrecht keine Sozialleistungen, so sei es Gesetz und damit gerecht.

Mitgliedschaft in Banden, Teilnahme an Aufständen gegen die Sowjetmacht (wann und in welcher Eigenschaft): nein.

Ein Satz machte sich hinter deiner Stirn breit, entrollte sich wie ein Transparent vor einer Tribüne: »JEDER NACH SEINEN FÄHIGKEITEN, JEDEM NACH SEINEN BEDÜRFNISSEN.« Du serviertest ihnen eine Portion Widerspruch, wenngleich nur in Gedanken, hieltest den Mund, die Augen starr auf die Schreibtischkante gerichtet. Möge ihm ein langes Leben … und der unbekannten Verotschka ebenfalls … Möge der Herr ihnen …

»Aber nun zurück zu dir: Was hattest du mit Kirow zu schaffen in deiner Zeit an der Schauspielschule?«

Sie wussten, dass Kirows Wohnhaus nur wenige Straßenblöcke von deinem Elternhaus entfernt war. Der Schürzenjäger und Held der Leningrader Jugend war ein Freund der Familie gewesen. Du erkanntest ihn bei einer zufälligen Begegnung auf der Straße wieder und nanntest ihm spontan deinen Namen. Er zeigte sich erfreut, als könne er sich tatsächlich erinnern, wer du bist. Auf die Frage, wie es dir gehe, hättest du gut sagen sollen, und weitergehen. Du hattest nicht vor, zu klagen, wolltest keine Bittstellerin unter vielen sein. Doch den Moment zum Weitergehen ließest du verstreichen. Etwas in seiner Haltung verführte dich gegen alle Vorsätze zum Reden. Du hattest den Eindruck, Kirow höre dir wirklich zu, der Staatsmann beweise ein offenes Ohr für die Nöte der Bürgerinnen und Bürger. Vielleicht vergaß er sogar, dass du einen Rock trugst und gerade zwanzig geworden warst. Er sagte, es tue ihm sehr leid, das alles zu hören, ja, er sei bestürzt über die von dir geschilderten Vorgänge, deren Aufklärung er selbstverständlich umgehend veranlassen werde. Du solltest aufhören, dir Sorgen zu machen, niemand müsse sich in unserem Land Sorgen um die Zukunft machen. Er versprach dir Hilfe, Gerechtigkeit, Wiedergutmachung, große Dinge, in dieser Reihenfolge. Zum Abschied legte er seinen Arm um dich, deine Nase berührte kurz seine Schulter und nahm den mit Tabakaroma vermischten Ledergeruch seines Mantels wahr. Sein Versprechen erfüllte er nicht, denn kurz darauf traf ihn eine Kugel, und dich traf die Ausweisung aus der Stadt, die du gegen keine andere tauschen wolltest.

Erster Anklagepunkt: Spionage zugunsten ausländischer Geheimdienste in Kriegszeiten.

Anklagen prasselten damals wie Hagelkörner vom Himmel. Du weißt bis heute nicht, ob Kirow tatsächlich etwas für dich hätte tun können. Ob seine staatsmännische Anteilnahme noch bis zur nächsten Straßenecke gereicht hätte oder sofort vergessen gewesen war. Manchmal malst du dir aus, dass du nicht von der Schauspielschule geflogen wärst, wenn Kirow seine Finger von den Frauen anderer gelassen hätte. Denn dann wäre er nicht von der Hand eines eifersüchtigen Ehemannes niedergestreckt worden. Diese inoffizielle Version von seinem Ende verbreitete sich unter den Leningradern schnell, schließlich kannte man seine Helden. Offiziell wurde aus dem privaten Drama mit drei Beteiligten ein die Staatssicherheit gefährdender politischer Mord, und du warst fortan verdächtig und gezwungen, dich in üble Schlupfwinkel zu verkriechen. Immerhin hattest du dir damit eine Gnadenfrist erwirkt.

Ab und zu lässt du deine Gedanken miteinander balgen. Was wäre, wenn du an jenem Tag einen anderen Weg genommen hättest? Nicht diesen albernen Blumenstrauß in der Hand gehalten hättest, der unnötige Aufmerksamkeit auf dich gelenkt hattest? Einfach zu Hause geblieben wärst? Einen anderen Namen gehabt hättest?

»Was heißt das überhaupt, Lepanto, wo kommt das denn her?«, fragte der Ermittler und gab sich selbst die Antwort: »Klingt mir ausländisch, Lepanto-Paletot!«

Nationalität und Staatsangehörigkeit: Italienerin. Künstlername: Giulietta. Besondere äußere Kennzeichen: keine.

Dir war nicht klar, was sie hören wollten. Die flüchtige Bekanntschaft mit Kirow hattest du schon siebenunddreißig zugegeben, nur die öffentliche Umarmung vor dem Eingang zum Theater und sein unerfülltes Versprechen verschwiegen.

Der Ermittler kramte in deiner Akte, warf dir ein Blatt hin.

»Was ist das?«

Du erkanntest in deiner Handschrift den ersten Gesang aus der Hölle.

Vor einer Ewigkeit hattest du, um dich auf die Schauspielschule vorzubereiten, aus der Bibliothek deiner Eltern Dantes *Göttliche Komödie*, die zweisprachige Ausgabe, gerettet, sorgfältig auf Italienisch abgeschrieben und am Spiegel befestigt, um den Text beim Zähneputzen vor Augen zu haben. Sie hatten die Abschrift offenbar bei der Durchsuchung deines Zimmers als Beweisstück eingepackt.

»Das ist ein Gedicht.«

»Ein Gedicht, sieh an. Worum geht's denn in diesem Gedicht?«

»Um die Hölle, es stammt jedoch nicht aus meiner Feder.«

»Soso. Wer hat's denn gedichtet?«
»Dante.«
»Und weiter?«
»Alighieri.«
»Ali … wer? In welcher Beziehung stehst du zu diesem Dante, und wieso schreibt er über die Hölle? Gefällt's ihm bei uns nicht?«

Der Ermittler irritierte dich mit seiner Angewohnheit, Daumen und Zeigefinger der rechten Hand mit der Zunge anzufeuchten und sich damit die Augen abzureiben. Diese Geste schien ihm kurz Erleichterung zu verschaffen. Möglicherweise litt er an einer Sekretionsstörung.

Durch wen wann verhaftet: unleserlich.

Die Kieselsteine am Strand haben sich nicht verändert. Natürlich nicht, was sollen ihnen schon siebzehn Jahre anhaben! Das Meer klingt, die Möwen kreischen genauso wie früher. Nur die Kinder, die jetzt ihren Bällen hinterherlaufen, weil der Wind sie aufs Wasser oder vor die Füße schläfriger Touristen getrieben hat, die hat es damals noch nicht gegeben.

Heute gibt es ein Kind. Das Kind ist jetzt etwa so alt wie dieses Mädchen im roten Badeanzug mit Rüschen am Beinausschnitt.

Du willst das Kind zurück. Das ist dein Plan. Und einen roten Badeanzug willst du in passender Größe dazu.

Du hattest Nina um ein Foto gebeten. Das gehört zur Vorbereitung, denn dein Archiv enthält Lücken, die du dringend schließen möchtest. Du wirst das Gefühl nicht los, es wäre erst gestern gewesen, als du deine Tochter stilltest und dir nicht erklären konntest, warum sie trotzdem nicht aufhörte zu schreien. Nachkriegsjahre, irgendwo draußen hielt die Transsib bei Kilometer 4515, du allein mit einem Kind, das wider alle Vernunft lebte, aber vor Pein brüllte und durch nichts zu beruhigen war. Niemand Vertrautes in der Nähe, den du hättest fragen können. Eine Nachbarin, die das unablässige Geschrei leid war, sprach von Koliken und schickte dich zum Arzt. Im Ort gab es nur eine Feldscherin, eine grobe Frau, in deren Hände du dein Kind nicht geben wolltest. Dir blieb nichts weiter übrig, als dein schreiendes Mädchen in ein Tuch zu wickeln, dir die Enden um die Schultern zu binden, und dich auf den Weg zum nächstgelegenen Krankenhaus zu machen.

Du hattest dich bis in das Innere eines Wartezimmers durchgefragt. Der Arzt knetete und drückte deine Brüste ausgiebig, begutachtete die austretenden Milchtropfen.

»Gute Frau, das Kind verhungert!«, sagte der Arzt. Eine Missbildung der Drüsen sei schuld daran, dass deine Milch nur zögerlich flösse. Doch er verschrieb dir eine Ration besonders nahrhafter Kekse aus einem Spezialkontingent für schwächliche Personen, Kinder, Kranke, Alte.

Die Verkäuferinnen der umliegenden Lebensmittelgeschäfte hoben die Augenbrauen und runzelten die Stirn über deine ärztliche Verordnung. »Haben wir nich'«, wechselte sich ab mit »is' gerade aus« und »kriegen wir nächste Woche wieder«.

Nächste Woche ist es zu spät! Plötzlich warst du sehr laut geworden. Du brülltest die Verkäuferin an, dass dir diese gottverdammten Kekse von Gesetzes wegen zustünden, dass du ein Recht darauf habest und nicht eher gehen würdest, bevor du das Gewünschte bekämst.

»Is' ja gut«, sagte die Verkäuferin, mit einem Blick, als ekele sie sich vor so viel Unbeherrschtheit. Sie verschwand kurz im Lagerraum und kehrte mit der Ware in braunem Packpapier zurück.

»Zwei Kilo, Restbestand«, presste die Verkäuferin kaum verständlich durch die Zähne.

Gleich vor der Ladentür rissest du die Verpackung auf und stopftest dir eines von den wundersamen Gebäckteilchen in den Mund. Mürbe war das Naschwerk und von einer Süße, die dich beinahe vergessen ließ, dass es für deine Tochter bestimmt war.

Nina schickte trotz deiner Bitten kein Foto. Seltsam wortkarg war sie geworden, die Briefe glichen immer mehr Notizzetteln, dem Kind gehe es gut, das Kind sei gesund, dem Kind fehle nichts.

Du hast dich unter der von Nina genannten Adresse angekündigt, den Tag und die Zeit deiner Ankunft genannt. Du gehst also davon aus, erwartet zu werden. Du hast dich gewaschen, Parfüm aufgetragen, vor dem Pfeilerspiegel der Malerin den Inhalt sämtlicher herumstehender Fläschchen und Döschen bis zum Schwindel ausprobiert, geborgte und eigene Kleidung übereinander angezogen. Am Revers deiner Jacke steckt ein Bund Blumen, die du eigenhändig gepflückt hast. Es sind Astern aus dem Stadtpark und solche aus Privatgärten, die durch den Zaun auf die Straße hinauswuchsen.

Jetzt, vor deinem Bestimmungsort angekommen, denkst du, es ist alles ganz einfach. In deiner Vorstellung läuft dir das Kind unaufgefordert entgegen, breitet die Ärmchen aus und schmiegt sein Gesicht an deine Knie, du beugst dich zu ihm herunter und drückst es ganz fest, so wie du es dir in all den Jahren ausgemalt hast. Vorher solltest du vielleicht etwas zur Begrüßung sagen. »Guten Tag, Viktoria, ich bin deine Mutter.« Oder sogar: »Hallo, Vika, deine Mama ist wieder da.« Du bist zuversichtlich, dass der Rest sich von allein regelt.

»Viktoria, welche Viktoria? Makarowa? Ja, die muss irgendwo sein. Akulina, schau mal, wo das Kind steckt. Sie hat Besuch. Ihre Mutter!«

Dann wird das Kind hereingeführt. Ein eingeschüchtertes Mädchen klammert sich an die Hand der Erzieherin, will sich hinter der Frau verstecken. Du stellst fest, dass es weit über deine Knie hinausgewachsen ist, sein Kopf reicht bequem bis unter deine Achselhöhle. Kein Zeichen des Erkennens zeigt sich in seinem Gesicht. Woher denn auch. Das Kind hält seinen Blick gesenkt, es will sich nicht von dir drücken lassen, nicht einmal dich anschauen mag es. Woran denkst du in diesem Moment? Dass du ein anderes Geschenk hättest mitbringen müssen als die schäbige Puppe? Du denkst an nichts, du wartest, dass der kleine Körper sich etwas entspannen möge.

»Viktoria, das ist deine Mutter, wir lassen euch jetzt allein.«

Das Kind schweigt, und du würdest dein halbes Leben für den Zipfel einer Rede geben. Hast einfach nicht daran gedacht, dass dir die Worte ausgehen könnten, und jetzt hast du nicht einmal einen lumpigen Satz in Reserve.

VIKTORIA M.,

SIEDLUNG DUBOWKINO BEI KRASNOJARSK, 1955–56

Klawdija und ich haben Futterdienst. Wir müssen uns um die Tiere kümmern, die Ställe ausmisten, Heu ranschaffen, Eier einsammeln. Anders als beim Küchendienst, wo Köchin Lilja für die Fleißigen immer eine Extraportion Nachtisch bereithält, springt beim Futterdienst nichts für uns raus. Wir machen unsere Arbeit nachlässig und gönnen uns lange Pausen. Klawdija will auf der Bank unter dem Kirschbaum Briefe schreiben, die sie nie abschickt. Das ist auch besser so, denn ihre Gedanken sind oft wirr. Ich klettere auf das Dach der Scheune, obwohl das verboten ist. Die Scheune ist baufällig, die Dachbalken sind morsch.

Sollte es Ärger geben, decken wir uns gegenseitig. Nötig war das bisher nie, weshalb mir leichte Zweifel bleiben, ob Klawdija sich im Ernstfall an unsere Absprache halten würde. Sie ist sehr vergesslich. Die Vereinbarung lautet: Wenn jemand kommt, solle sie laut nach dem Kater Murat rufen und behaupten, er sei vor ihren Augen auf das Scheunendach gesprungen, weshalb ich ihm hinterhergestiegen sei. Dafür lasse ich sie in Ruhe das Papier vollkritzeln und frage nicht, was sie da aufschreibt.

Vorher habe ich unten im Garten Grashalme gepflückt. Die schönsten und kräftigsten behalte ich, die anderen werfe ich zu den Hühnern hinunter. Sie landen im Staub.

Manche Hennen picken rein, wedeln mit dem Halm im Schnabel herum, um ihn zu kosten, spucken ihn dann wieder aus. Ich schaue mir die verbliebenen vier Stängel an. Den oberen Teil zerschneide ich mit dem Fingernagel zu einem fransigen Vorhang. Die Fransen wickele ich um den Stängel. Wenn ich sie nach kurzer Zeit löse, entsteht eine grüne Lockenpracht. Der Grashalm wird zur Prinzessin. Ich denke mir einen Namen für sie aus.

Die Königstochter soll nicht allein sein. Sie bekommt eine Schwester. Xenia und Alexandra ähneln sich sehr. Beide sind lockig und grün und gertenschlank. Ich überlege, ob ich aus den anderen zwei Grashalmen Vater und Mutter oder lieber Pferde für die Prinzessinnen machen soll. Am Ende wachsen die Schwestern bei einer Amme auf und teilen sich ein Pferd, um in die Welt hinauszureiten.

Klawdija ruft nicht nach Murat, sondern nach mir. »Vika, komm herunter, die Zeit ist um!« Sie weiß nicht, wann die Zeit um ist, sie hat gar keine Uhr. Es ist vielmehr so, dass sie anfängt zu frieren da unten im Schatten. Ich kann meine Spielfiguren nicht mehr voneinander unterscheiden und lasse alle vier auf dem Dachschiefer vertrocknen. Wir bringen fünf Alibi-Eier in die Küche und behaupten, mehr habe es nicht gegeben, die Hühner seien legefaul dieser Tage.

Heute will ich Maria Stepanowna fragen, ob sie glaubt, dass die Frau namens Nina Belikowa wiederkommt. Vielleicht haben sie eine Vereinbarung getroffen, von der ich nichts weiß, weil sie vergessen hat, mir davon zu erzählen. Vielleicht glaubt sie, diese Vereinbarung ginge mich nichts an. Ich will fragen, was es damit auf sich hat, dass diese

Frau von allen Heimkindern ausgerechnet mich ausgesucht hat. Wie sind wir miteinander verbunden?

Maria Stepanowna ist nirgendwo zu finden. Ich frage Talaschko, ob sie Maria Stepanowna gesehen habe. Ob Maria Stepanowna heute ihren freien Tag habe, obwohl sie schon gestern einen hatte. Ob sie mehrere freie Tage genommen oder sich krank gemeldet habe.

»Maria Stepanowna ist nicht mehr da«, sagt Talaschko. »Sie hat jetzt eine andere Arbeit, mit anderen Kindern.«

Talaschko nuschelt. Ob sie besoffen ist und deshalb auch nicht weiß, was sie redet?

»Aber sie hat sich gar nicht verabschiedet.«

»Das kommt manchmal vor, wenn man es eilig hat.«

»Und wer leitet dann unsere Gruppe?«

»Ich«, sagt Talaschko.

Ich verschlucke mich an einem großen O, das in meinem Hals stecken bleibt.

Klawdija, die ihre Nase und Ohren überall hineinsteckt, weiß zu berichten, dass unsere Maria Stepanowna Volkseigentum unterschlagen haben soll. Gemeinsame Sache mit der Köchin habe sie betrieben und Lebensmittel für ihren privaten Bedarf abgezweigt. Das sei der Grund, warum es bei uns nur an Feiertagen Butter gab.

Ich weiß nicht, ob ich das glaube, ob ich Maria Stepanowna vermissen oder mich über künftig steigende Butterrationen freuen soll.

Nachts vor dem Einschlafen erinnere ich mich an Maria Stepanownas Ermahnungen. An unsere Zukunft sollen wir denken, denn Zukunft werde heute gemacht. Ich denke, dass ich in Zukunft keine Lieblingserzieherinnen mehr haben will. Die wechseln schneller als ich die Heime, woran ich unschuldig bin. Gleichzeitig beschließe ich, dass Talaschko mit Sicherheit nicht Maria Stepanownas Platz einnehmen wird.

Ich träume davon, wie wir die Zukunft gestalten. Die Zukunft ist eine Masse aus Knete, die von unseren Händen durch Hin- und Herwerfen geformt wird. Am Ende sieht die Zukunft aus wie eine Kartoffel.

Es vergehen viele Wochen, bis die Frau wiederkommt. Ich stehe oft am Fenster, reibe es sogar von innen und außen mit einem Zeitungsschnipsel sauber, jeden Fliegenschiss kratze ich einzeln mit dem Fingernagel ab. Aber sie kommt natürlich nicht während meiner Wache, sondern als der Pionierleiterin einfällt, mit uns einen Orientierungslauf durch den Wald zu machen. Der dauert länger als geplant, weil Klawdija den Kompass in einen Ameisenhaufen fallen lässt und niemand von den Mädchen ihn herausholen mag. Sie fangen an zu kreischen, wenn ihnen eine Ameise über den Knöchel krabbelt, und werden besinnungslos, wenn es zwei oder drei sind. Ameisen bilden einen Staat, in dem jeder seine Aufgaben kennt und erfüllt. Müßiggang ist ihnen fremd.

»Mit euch ist kein Krieg zu gewinnen«, sagt die Pionierleiterin kopfschüttelnd. Die andere Mannschaft bekommt den Preis.

Sie habe zwischendurch wichtige Dinge erledigen müssen, sagt die Frau, damit wir uns häufiger sehen können. Sie hat eine lange Anreise. Aus Charkow kommt sie, und wo sie schläft, wenn sie nicht bei mir ist, weiß ich nicht. Samstags wartet sie schon, wenn die Schule aus ist und wir ins Heim zurückkommen. Sie darf viele Stunden mit mir verbringen. Aus irgendeinem Grund erlaubt das

Talaschko. Vielleicht weil sie dann weniger zu tun hat? Den ganzen Sonntag bleibt Nina Belikowa, bürstet mir die Haare, bringt neue Bänder mit, die sie in Charkow gekauft hat, um sie mir in die Zöpfe zu flechten. Die Haarbänder sind breit wie meine Hand, haben weiße Ränder und schimmern in der Mitte silbrig. Es gibt sie in einem Einkaufskomplex namens »Wostok« in der Abteilung »Galanteriewaren«, erkläre ich Klawdija, als sie meine Schleifen neidisch begafft.

Ich habe das Gefühl, dass Nina Belikowa mir etwas verschweigt. Wir unterhalten uns darüber, was ich gern esse, wie ich in der Schule bin und was ich gern spiele. Ob sie das wirklich interessiert, das weiß ich nicht.

Sie nimmt mich frisch frisiert und sauber gekleidet in den Stadtpark zum Entenfüttern mit. Sie scheint zufrieden mit ihrem Werk, nur meine Schuhe bereiten ihr Kummer. Sie seien schäbig, sagt sie. Nina Belikowa sähe mich am liebsten in schwarzen Lackschuhen mit Schnallen. Man kenne sie inzwischen in allen Schuhgeschäften Charkows, doch bisher habe sie keine in meiner Größe gefunden. Das mache mir überhaupt nichts aus, sage ich. Ich traue mich nicht, ihr zu sagen, dass ich mir nicht sicher bin, ob ich lackierte Püppchenschuhe tragen will, die schnell Risse im Leder bekommen und eher etwas für Erstklässlerinnen sind.

Nina erlaubt mir, mich in der Schlange nach Eis anzustellen. Sie hält sogar meine Stellung, damit ich vorlaufen und die Situation am Tresen beurteilen kann. Lohnt es sich, oder wird es kein Eis mehr geben, bis wir an der Reihe sind? Die Schlange ist lang, die Verkäuferin langsam. Bedächtig stochert sie in einem Blechkanister herum, holt mit einem Esslöffel Milcheis daraus hervor, schabt die

Masse in einen Waffelbecher, stellt ihn immer wieder auf die Waage, schaut auf die Anzeige, nimmt einen Klecks weg oder gibt etwas hinzu. Die kleine Portion, glattgestrichen auf Höhe des Waffelrandes, ergibt genau 100 Gramm, die große bekommt mehrere Löffel voll obendrauf.

Die Verkäuferin scheint sehr genau zu sein. Kein Gramm wechselt unrechtmäßig den Besitzer. Ihre Hand mit der umgekrempelten Manschette versinkt immer tiefer im Kanister, ich zähle die Personen, die noch vor mir dran sind, erste Anflüge von Panik überkommen mich.

Als ich zurückkehre, hat Nina sich kaum vom Fleck gerührt, ist aber nicht mehr die Letzte in der Schlange. Geduldig warte ich, bis wir an der Reihe sind, in meiner Hand presse ich die Münzen zusammen, die inzwischen schweißnass aneinander kleben. Jeden Schritt nach vorn begrüße ich mit einem inneren Jubelschrei. Vielleicht werden wir es schaffen!

»Vika, was weißt du über deine Mutter?«, fragt Nina plötzlich.

»Äh ... « Ich fange an zu stottern, obwohl an der Innenseite meines Kopfes in ganz großen Buchstaben zu lesen ist: SIE SITZT HINTER GITTERN, WEIL SIE EINE GESETZESBRECHERIN IST. ES HAT EINEN GUTEN GRUND, WARUM SIE DORT IST UND ICH HIER BIN. Aber es kommt nichts heraus aus meinem Mund.

»Hör mir bitte zu«, sagt die Frau. »Du kannst nicht viel über sie wissen. Ich aber kenne deine Mutter gut.«

Ist es etwa meine Schuld, dass ich so wenig weiß? Sie hätte mir ja Briefe schreiben können. Jedes Heim hat eine Adresse und einen Briefkasten.

»Deine Mutter hat mir viel von dir erzählt, damit ich dich erkenne, wenn ich dich finde.«

Die Schlange beginnt vom Kopf her zu wogen, ein Raunen geht durch sie hindurch, Satzfetzen werden von vorn nach hinten weitergereicht, bis zu mir: Das Eis ist aus! Der letzte Glückliche schlendert mit einem halbvollen Waffelbecher davon.

»Hast du mir zugehört, Vika?«

Die Schlange kommt nicht zur Ruhe, warum bleiben die da vorn stehen? Die Verkäuferin dreht uns den Rücken zu. Ich recke den Hals. Weil die Ersten nicht weichen, harren die anderen ebenfalls aus. Plötzlich die Erlösung: Die Verkäuferin rollt aus einer Ecke ihres Kabuffs einen zweiten Kanister heran. Ich atme auf. Das Warten wird nicht umsonst gewesen sein.

Ich stütze die Ellbogen auf dem Fensterbrett ab. Draußen geht ein Regenschauer nieder. Der Hof ist leer; unsere Hühner, Katzen, Pferde und Kaninchen haben Schutz unter den Stalldächern gesucht. Die Regentropfen prasseln so stark herab, dass sich auf den anschwellenden Pfützen hühnereigroße Blasen bilden. Sie zerplatzen schnell unter dem anhaltenden Bombardement. Erst als der Regen aufhört, bleiben ein paar von ihnen schwimmend auf der Oberfläche zurück.

Ich sehe Rusudan und Klawdija hinauslaufen. Sie stapfen mit nackten Füßen durch die Pfützen, der Dreck spritzt ihnen bis zum Knie. Komm raus, winken sie mir zu. Sie breiten die Arme aus, recken ihre Gesichter nach oben, um die letzten, vereinzelten Tröpfchen mit dem Mund aufzufangen. Schon zeigt sich die Sonne. Hinter den Stallungen versinkt das linke Ende eines Regenbogens. Ich folge ihm mit den Augen nach oben, der Bogen füllt den halben Himmel aus, so nah und riesig habe ich noch keinen erlebt. Mit dem anderen Ende streift er die Flügel eines Strommastes. Rusudan und Klawdija versuchen ihn mit den Händen zu fassen. Sie singen ein albernes Lied, das aus nur einer Zeile besteht, weil ihnen auf Regenbogen kein Reim einfällt.

Das Fensterbrett fühlt sich feucht an, als ich es verlasse. Der Kitt, der das Glas im Rahmen hält, ist spröde geworden und an manchen Stellen ganz zerbröselt. Dort sickert Wasser durch. Unser Hausmeister Petja bewahrt Kitt in einer verschließbaren Blechdose auf. Er hat uns schon einmal dünne Schnüre daraus formen lassen, um diese zwischen Glas und Fensterrahmen einzufügen und mit einem Messerrücken glatt zu streichen. Ich mag es, den Kitt in der Hand zu kneten und daran zu riechen. Der Hausmeister lobte mich für meine gleichmäßigen Verläufe, so geschickt seien viele Erwachsene nicht, ihn eingeschlossen. Oft habe er mit der Hand nachbessern müssen und dann seien seine Fingerabdrücke in der Oberfläche zurückgeblieben, konserviert für die Ewigkeit. Oder mindestens für eine halbe, sagt Petja.

Draußen dampft die Luft. So riecht der Regen nur im Sommer. Beinahe noch besser als frische Gurke. Ich ziehe meine Sandalen aus, stelle sie ordentlich unter dem Vordach ab. Das schmutzige Regenwasser ist warm wie im Waschhaus. Ich mache einige Schritte hinein, sehe meine Zehen im Matsch versinken, atme tief ein und bin froh.

Rusudan und Klawdija greifen nach mir. Wir malen uns mit Schlamm die Gesichter an. Es gilt, sich möglichst dreckig zu machen, bevor Talaschko kommt und zu zetern anfängt wie ein bestohlenes Marktweib.

Manche der älteren Jungen bleiben den ganzen Tag verschwunden. Sie machen sich nichts aus Regeln. Sobald es warm ist, gehen sie, wohin sie wollen, und niemand stellt sich ihnen in den Weg. Zunge und Fäuste sitzen bei ihnen locker. Die Jungen sind wie Quecksilberkugeln, einmal aus dem Röhrchen gefallen, bekommt man sie nicht wieder hinein. Talaschko weiß das, mitunter jedoch wird ihr Wissen von Sorgen überschattet, das vernebelt ihr den Verstand. Sie fürchtet den Tadel des Direktors, eine Vorladung zur Polizei, die Wortgefechte mit den Ortsansässigen, deren Gärten am helllichten Tag geplündert werden, und die Vorwürfe, dass sie nichts richtig im Griff habe, nicht mal die Mädchen. Die Kleinen sind ihre Lieblinge, weil sie ihr artig Zucker aus der Küche holen, wenn ihr nach Süßem ist, notfalls auch ein ganzes Kilo.

Talaschko wirkt angestrengt. Soll sie die Brut mit bloßen Händen bändigen? Wäre sie beim Zirkus angestellt, hätte man ihr wenigstens eine Peitsche gegeben. Solche Dinge sagt sie hinter dem Rücken des Direktors. Wahrscheinlich ist das ihr Humor.

Wenn es ihr zu arg wird, schickt Talaschko ihre Patrouillen los. Die Kleinen robben wie Partisanen durch jedes Dickicht und kommen außer Atem zurück, um Bericht zu erstatten.

Meist liegen die Jungen am Fluss, weich im Hirn vor Hitze, schubsen sich gegenseitig ins Wasser, verschwinden schon mal mit dem Kopf unter Wasser, mehr oder weniger freiwillig, bis sie wie auf einer Sprungfeder hochschießen und alle vollspritzen. Sie lassen sich die Sonne auf die mageren Oberkörper scheinen, die länger und länger werden wie das Unkraut in unserem Garten. Wenn sie aufstehen, kleben auf ihren Rücken Grashalme, oder es zeichnen sich Abdrücke von Steinchen ab.

Tief in der Nacht schleichen sie von Mücken zerstochen in ihre Betten. Talaschko macht drei Kreuze, Gott sei Dank, keiner ertrunken! Bei einigen schält sich bald die Haut, andere werden von der Sonne dunkler und dunkler.

Einmal haben die Jungen unsere Kleinen mit unreifen gestohlenen Beeren gefüttert. Die Kleinen sind arglos, die Großen ihr Vorbild, von ihnen würden sie alles nehmen und schlucken. Es dauert nicht lang, bis sie sich in Magenkrämpfen winden und eine grüne schaumige Masse erbrechen. Die Krankenschwester ruft Talaschko herbei. Das sei nun die Quittung für ihr lasches Händchen! So viele Wärmflaschen gebe der Sanitätsraum niemals her, und wer solle die Bescherung jetzt aufwischen?

Die Jungen sind längst weg, wahrscheinlich kugeln sie sich irgendwo vor Lachen über ihren Streich. Weder am Fluss noch im Wald sind sie zu finden.

Ich habe gehört, dass es böse ausgehen kann, wenn man zu viel unreifes Obst verschlingt. Klawdija kannte jemanden, der an einem Leberfleck gestorben ist. Das kann passieren, wenn man das auf einem Leberfleck wachsende Borstenhaar herausreißt. Sofort untersuchen wir uns gegenseitig auf haarige Muttermale. Obgleich sich niemand ein Haar ausreißen und den Beweis antreten will, kommen wir überein, dass ein solcher Tod selten sein muss.

Ich gewöhne mich daran, Nina Belikowa Auf Wiedersehen zu sagen, weil ich weiß, es wird eines geben. Ich darf sie Nina Petrowna nennen, sie denkt an meinen Geburtstag, stopft meine löchrigen Strümpfe, sagt, dass ein Gute-

Nacht-Kuss zu Kultur und guten Sitten gehöre. Weil sie nicht bis zur Nacht bleiben kann, führt sie den Abschiedskuss ein. Sie drückt mir ihre Lippen auf die Wange, und schon nach kurzer Zeit zucke ich nicht mehr vor ihnen zurück.

Rusudan, Klawdija und die anderen scheinen keinen Schimmer von Kultur und guten Sitten zu haben. Sie fangen an, mir im Spaß Luftküsse zuzuwerfen, wie wir es in einem Kinofilm gesehen haben. Schon bei der Vorstellung, jemanden wirklich zu küssen, schütteln sie sich vor Lachen.

Im Winter beginnt Nina Petrowna Bittbriefe zu schreiben, dass man mich nach Charkow verlegen möge. Dort lebt sie, dort soll auch ich leben, bei ihr. Das habe sie meiner Mutter versprochen. Ihr Ehrenwort habe sie gegeben, das Mädchen, damit bin ich gemeint, wieder nach Hause zu holen. Deshalb könne sie erst ruhen, wenn dieses Ziel erreicht sei.

»Kommt meine Mutter aus Charkow?«, frage ich. »Wo liegt das denn?«

»Weit weg«, erklärt mir Nina Petrowna. Tausende von Kilometern. Aber das sei nicht wichtig, sie lasse sich nicht von Entfernungen abschrecken. Die höchsten Persönlichkeiten des Landes erhielten Post von ihr. Vor dem Schlafengehen bete sie zu Gott, tagsüber schreibe sie Anträge. Eines von beiden würde irgendwann helfen.

Talaschko und die anderen Erzieherinnen rätseln über die Besucherin. Ob ich mit ihr verwandt sei, fragen sie mich, väterlicher- oder mütterlicherseits? Warum sich denn eine Fremde derart für mich einsetze… Die komme ja beinahe so oft wie der Postbote… Ungewöhnlich sei das, sagen sie. Eine Freundin der Mutter, soso. Nur eine

Freundin. Muss ja eine tolle Freundschaft sein. Heißt das ...? Also auch so ein unzuverlässiges Element, diese Nina Belikowa! Man habe es ja vermutet. Ihre Gesuche seien bei den Ämtern bereits berüchtigt. Für wen halte sie sich? Sie würde damit nichts erreichen, weder zur Pflege noch zur Adoption würde man mich ihr überlassen, als politisch Verurteilte nach Paragraph irgendwas, frisch aus dem Lager entlassen, kein Dach überm Kopf, wovon lebt sie überhaupt, die Sozialschmarotzerin, und die leibliche Mutter habe auch noch ein Wörtchen mitzureden, das vergesse sie wohl, die penetrante Person. Eine Nervensäge, die ihren Platz im Leben nicht kenne.

So reden die Erzieherinnen, wenn sie zusammensitzen und harte Teigkringel in Milch tauchen, während ich sie belausche. Eigentlich dürfen sie so nicht reden, und ich darf nichts davon wissen.

»Lauschen ist verboten«, flüstert Rusudan.

»Petzen ebenso«, zische ich zurück.

Rusudans Augenbrauen zürnen mir nicht, und die Schimpfwörter scheinen ihr ausgegangen zu sein.

»Wird sie dich mitnehmen?«, fragt sie. Ich zucke mit den Achseln.

»Vielleicht kommst du wieder in eine richtige Familie.«

»Nina Belikowa hat keinen Mann und auch kein Kind.«

»Na wenn schon. Du könntest zumindest eine Stiefmutter haben.«

»Stiefmutter ist«, erkläre ich diesem Schaf, »wenn dein Vater eine neue Frau hat.« Doch dann tun mir meine Worte leid. In Rusudans Augen sehe ich Neid gemischt mit Furcht. Sie fragt sich, was für ein Leben mich draußen erwartet. Über Rusudans Eltern ist nichts bekannt. Ob sie irgendwann nach Georgien zurückkehren, zu ihrem

Haus und ihrem Garten, in dem alles wächst, was man sonst nur auf dem Basar findet? Oder ob Rusudan ihnen ans andere Ende des Landes folgen muss, wo so gut wie nichts wächst, nicht mal Äpfel? Es ist sogar ungewiss, ob ihre Eltern überhaupt noch am Leben sind. Als Notfallplan hat Rusudan beschlossen, spätestens mit sechzehn einen schnauzbärtigen Georgier zu heiraten, denn allein, so viel sei klar, könne sie nicht mehr zurück. Wir geben unser Ehrenwort, ihr bei der Suche zu helfen. Kein lediger Georgier, der sich nach Krasnojarsk verirrte, ist vor uns sicher. Ob mit oder ohne Schnauzbart.

Von Klawdijas Vater heißt es, entweder habe er sich ins Ausland abgesetzt oder er sei tot oder beides. Die Mutter soll krank sein. So krank, dass niemand weiß, ob sie ihre Tochter jemals abholen wird. Tot ist sie aber nicht. Jedenfalls nicht so richtig. Die Mitteilung über die Verschlechterung ihres Gesundheitszustands hat die Heimleitung erst vor Kurzem erreicht, man habe lange keine Angehörigen ausfindig machen können. Ich denke an Klawdijas zahlreichen Cousinen, wo diese wohl verstreut sein mögen, dass keine einzige zu finden ist?

Die Krankheit von Klawdijas Mutter heißt Mangelernährung. Klawdija behauptet, Mangelernährung bedeute, dass man nicht genügend Vitamin C bekommt, davon stürbe man nicht, davon fielen einem höchstens die Zähne aus. Und es würde sie überhaupt nicht stören, wenn ihre Mutter zahnlos zurückkäme. Unsere neue Köchin, die uns ständig ekelhafte Gräupchen vorsetzt, habe schließlich auch eine Zahnprothese.

Rusudan fragt, ob es da, wo Klawdijas Mutter jetzt lebe, noch kälter sei als hier. Denn wenn man hungere, friere man noch mehr. Es fehle die schützende Fettschicht. Ich will nicht wissen, was in Rusudans Kopf vorgeht. Hungern müsse heutzutage keiner mehr, weise ich sie zurecht. Wir schreiben das Jahr 1956! Ob sie wohl vergessen habe, dass wir noch zu unseren Lebzeiten den Kommunismus begrüßen werden!

Klawdija schaut an Rusudan vorbei. Weder traurig noch erbost, eher so, als sei Rusudan gar nicht da. Ihr ist es egal, was man über ihre Mutter erzählt, Klawdija wird einfach weiter auf sie warten.

Von meiner Mutter gibt es keine Nachricht. Sie könnte am Leben oder tot sein. Wenn sie am Leben ist: Weiß sie, wo sie nach ihren Angehörigen suchen muss? Wenn sie tot ist: Wissen sie, wo sie nach ihren Angehörigen suchen müssen? Am Ende kommt da ein Stempel in die Akten: Aufenthalt von Angehörigen unbekannt. Ich will mich nicht darauf verlassen, dass man die Adressen meiner sieben Heime notiert hat. Hat überhaupt jemand notiert, dass irgendeine Gefangene irgendwo eine Tochter hat? Weiß sie es selbst noch?

Ich besitze keinen Gegenstand, der meiner Mutter gehört hat. Nichts, was ich anschauen oder anfassen könnte. Klawdija hütet einen Handspiegel, den sie von ihrer Mutter geschenkt bekommen hat. Die Mutter habe ihn früher zum Schminken benutzt. Der Spiegel hat einige blinde Flecken. Klawdija versucht immer wieder, sie mit einem Taschentuch wegzuputzen, als wolle sie nicht begreifen, dass ihnen von außen nicht beizukommen ist.

Nina Belikowa schweigt sich mir gegenüber aus, ob ihre Gesuche etwas bewirken. Bis nach ganz oben, bis nach Moskau, habe sie geschrieben, nun müsse man Geduld haben und dankbar sein. »Wofür denn dankbar«, frage ich,

»wenn das Erbetene doch noch gar nicht eingetreten ist?«
»Für die Geduld«, sagt Nina Belikowa.

Jedes Mal bringt sie etwas mit, eine Süßigkeit für mich, etwas in Zeitung Verpacktes für die Erzieherinnen. Sie lassen uns dann allein. Talaschko sieht noch am nächsten Tag sehr zufrieden aus und zieht die Kleinen seltener für ihre Vergehen an den Ohren. Bei den Größeren traut sie sich das ohnehin nicht mehr.

»Würde es dir gefallen, bei mir in Charkow zu leben?«, fragt Nina. Kein Kind sei doch gerne in einem Heim. Und wenn sie mich besuche, sei sie ewig und drei Tage unterwegs. Sie wisse nicht, wie lange sie das überhaupt noch könne. Sie habe Rückenschmerzen beim Zugfahren, und die Knie seien auch kaputt.

Für eine Sekunde, vielleicht auch zwei oder drei, kehrt der Zweifel zurück, ob sie die Wahrheit sagt. Ob sie meine Mutter tatsächlich kennt. Ob es tatsächlich der Wille meiner Mutter ist, dass diese Frau mich statt ihrer besucht, mir nette Sachen sagt und Geschenke bringt.

Früher fehlte mir nichts, aber jetzt bin ich mir da nicht mehr so sicher. Maria Stepanowna fehlt mir auf jeden Fall. Ich verstehe nicht, warum sie das getan hat, es lässt sich doch auch gut ohne Butter leben. Mit Brot und Salz und Grießbrei satt.

Bei Nina Belikowa in Charkow könnte ich in einer richtigen Wohnung mit eigenem Zimmer wohnen, müsste nicht mehr in einem Schlafsaal das Atmen, Schnarchen, Pfeifen, Schniefen, Gurgeln, Brabbeln der anderen hören, da wären nur ich und mein Herzschlag unter der Decke …
»Ja, ich glaube, das würde mir gefallen«, antworte ich Nina Belikowa. Sie tätschelt meine Hand, und ich habe nicht

sofort den Wunsch, sie zurückzuziehen. Ich lasse sie einfach liegen, es fällt mir nicht mal besonders schwer.

Nina Petrowna gleicht einem Kraftwerk, solange wir nicht über die Frau reden, die meine Mutter ist. Es läuft und läuft. Ich beginne zu fürchten, jemand oder etwas könnte das Kraftwerk ausschalten, ganz aus Versehen: ein unbedachtes Wort, eine falsche Handlung. Damit das nicht passiert, spreche ich nur, wenn sie mich dazu auffordert, und funktioniere auch sonst wie ein gut geschmiertes Zahnrad.

Eines Tages hat Nina bei ihrem Besuch eine Schachtel dabei. Diese Schachtel ist ihr eine Quelle unerklärlicher Freude.

»Mach sie auf!« Nina legt mir das mit einem Band umwickelte Paket in den Schoß. Ich löse die Schleife, hebe den Deckel. Ein paar schwarze Lackschuhe liegen darin. Vorn verziert mit einer schwarzen Schleife aus Samt.

»Probier sie an!«

Ich stelle die Schuhe auf den Boden, schlüpfe hinein.

»Passen sie?«

Ich versuche ein paar Schritte.

»Nun sag schon, Vika, passen sie?«

Ich sehe an mir herab, betrachte die Schuhe von links und von rechts.

»Sie sind zu eng.«

»Wie zu eng?«

»Es tut weh beim Laufen.«

»Aber es ist deine Größe!«

»Sie sind zu eng.«

Nina geht in die Hocke. Prüft mit dem Finger den Sitz meiner großen Zehe.

»Dann bist du gewachsen. Ich dachte, sie passen. Größer gab es sie nicht.«

»Sie sind schön.«

»Ja.«

Wir betrachten schweigend die Schuhe. Nina atmet tief durch. Dann sagt sie: »Schenk sie jemandem mit kleineren Füßen.«

Es hört sich an wie ein Abschied.

Ich denke sofort an Rusudan. Sie ist jünger und kleiner als ich. Ich frage sie ohne Umschweife, ob ihr die Schuhe gefallen, wenn ja, könne sie ihre alten wegschmeißen. Rusudan fragt, ob heute ein unbekannter Feiertag sei, Tag der neuen Schuhe oder so? Ich sage ihr, sie solle nicht so viel daherschwätzen. Sie zieht die Lackschühchen an, und ich sehe an ihrer Miene, wie gut es sich anfühlt. Für uns beide.

NINA BELIKOWA,

MOSKAU, 1956

,

Ninas Appetit kehrt bis zur Ankunft in Moskau nicht zurück. Wird sie sich in den Linien der Metro zurechtfinden, wenn die Freundin sie nicht wie verabredet abholt? Es kann so vieles passieren. In der Moskauer Metro sollen sich Menschen lawinenartig fortbewegen, als Auswärtiger wird man von ihnen überrannt. Je größer die Stadt, desto eiliger haben es die Menschen.

Doch die Freundin ist da. Nina stellt fest, dass deren Figur ebenso ungeeignet für die taillierten Glockenröcke von heute ist wie ihre eigene. Die Freundin trägt ein geblümtes Kleid, vermutlich ihr bestes, unter dem Sommermantel, das Haar zottelig wie ein Staubwedel. Zwei alte Weiber, die niemand mehr braucht, denkt Nina. Sie grüßen und umarmen sich, verbunden durch eine Vergangenheit, die Nina in ihrem Holzköfferchen mit sich trägt, unbelastet von Ruhm und Ehre. Es ist eine Freundschaft aus den Lagerjahren. Ob ältere überdauert haben, wird Nina erst noch herausfinden.

Sie fahren in die Wohnung der Freundin, die Metro ist weniger furchteinflößend als gedacht, obwohl es Nina anstrengt, weder den Koffer noch Ludmila Antonowna aus den Augen zu verlieren, die Rolltreppe bringt sie mehrmals zum Stolpern. Wie schnell plötzlich Stufen emporwachsen, wo gerade noch eine glatte Fläche war.

Ludmila Antonowna liebt es akkurat. Auf Rahmen gespannte Kreuzstickereien mit Blumenmotiven verraten in der Wohnung die Fingerfertigkeit der Bewohnerin. Auch im Häkeln, Stricken und Nähen beweist sie Geschick. Zu Hause trägt sie mit Fellpuscheln aus Nerz gekrönte Samtpantoletten, die viel zu zierlich sind für ihre dicken Füße. Die speckigen Fußsohlen hängen auf beiden Seiten des Keilabsatzes über, doch Ludmila bewegt sich darin souverän.

Sie serviert Tee auf einem silbernen Tablett, öffnet eine gehütete Packung mit Vogelmilch-Konfekt. Nina beißt hinein, bestaunt das schaumig-süße Innere und die schmelzende Schokoladenglasur an ihren Fingern. Der Tee dampft, sie sitzen sich gegenüber, halten die Gläser an den Metallhenkeln fest und pusten den Dampf weg, bevor sie vorsichtig einen kleinen Schluck nehmen.

»Wie geht es denn so in der Provinz?«, fragt Ludmila.

»Die Versorgungslage ist gut und wird immer besser«, sagt Nina. Es gebe keinen Grund zu klagen.

Ludmila lächelt.

»Darauf müssen wir anstoßen, Ninok.« Sie holt eine Wodkaflasche aus der Küche, füllt zwei Schnapsgläschen voll bis zum Rand.

»Auf die Provinz und das bessere Leben! Haben wir uns das nicht verdient, Ninok?«

Nina trinkt, der Schnaps brennt sich durch ihre Kehle und die Speiseröhre, trifft im Magen auf den heißen Tee und schießt ihr von dort in den Kopf. Sie weiß nicht, wann ihr zuletzt so warm war. Es gefällt ihr in Moskau, hier ist es auszuhalten. Für jemanden mit einer Vergangenheit hat es Ludmila gut getroffen.

Sie gehen gemeinsam Ninas Namensliste durch. Die Namen stammen aus Zeitungen, sind sortiert nach Einfluss und Erfahrung der jeweiligen Amtsträger. Für jede Erwähnung in der Presse erhält der Kandidat einen Strich in der Tabelle. Nicht jeder eignet sich für Ninas Vorhaben. Es soll einer sein, der schon lange ganz oben dabei ist, der alle kennt, dessen Wort Gehör findet. Sie will keinen, der nur leere Versprechungen macht. Sie glaubt, den Richtigen erwählt zu haben. Einen, von dem es heißt, er sei zugänglicher als andere. Ein guter Mensch. Zumal sie ein As im Ärmel hat, eine Verbindung aus der Vergangenheit, auf die sie niemals hatte zurückgreifen wollen. Jetzt wird sie es tun: den Onkel ihres geschiedenen Mannes ins Spiel bringen. Zwar ist es ein Name, den sie selbst längst abgelegt hat, jedoch hat er immer noch einen guten Klang in diesen Kreisen.

Ludmila wünscht ihr Glück, allein sie glaubt nicht daran. Ist es nicht so, dass gute Menschen selten lange oben bleiben, falls sie überhaupt dorthin kommen?

Gute Menschen finde man überall, ist Nina sich sicher.

Ludmila rechnet mit Widerständen, mit einem längeren Hin und Her voll Überredungskunst und Wartezeit.

Nina verweigert eine weitere schlaflose Nacht mit Lockenwicklern. Ludmila legt ihr das Haar in Wellen, befestigt es mit Klammern, moniert die grauen Strähnen. Es gehe hier nicht um Verführung, sondern um Gerechtigkeit, stellt Nina klar. Aber trotzdem, Ninok, ein bisschen Farbe könne einer Frau nie schaden …

Nina fährt allein mit der Metro, sie trägt ihr bestes Kleid, wovon niemand Notiz nimmt. Die Frisur ist wie immer, weder Locken noch Wellen hatten Bestand.

An der Pforte erfährt sie entgegen Ludmilas Unkenrufen keine sofortige Abweisung. Man telefoniert, nickt dienstbeflissen in den Hörer, ihr Brief ist offenkundig gelesen worden. Sie darf in einem Vorraum warten, und ist ganz verblüfft, dass eine Sekretärin sie bald hereinbittet. In dem Büro hängen Ölporträts bedeutender Persönlichkeiten an den Wänden, und Nina findet sich einer ebensolchen leibhaftig gegenüber.

Das Gespräch beginnt freundschaftlich. Der Politiker ist ein höflicher Mann mit Schnurrbart. Die glatten Wangen atmen aus den Poren großzügig aufgetragenes Duftwasser, dessen Note Ninas Nase auf eine Armlänge Entfernung erreicht. Keine inländische Marke. Sein Haar ist sorgfältig nach hinten gekämmt, leicht glänzend, was Nina etwas frivol findet. Ein Mann, der Pomade benutzt, ist ihr zuvor noch nie begegnet. Der Krawattenknoten sitzt exakt in der Mitte, das Hemd ist weiß wie die Blütenblätter einer Kamille, der Anzug seriös dunkel, aus den Augen trifft sie der gütige Blick eines Vaters.

So sieht kein herzloser Bürokrat aus, glaubt Nina. Natürlich weiß sie, dass ein wichtiger Mann wie dieser nur begrenzt Zeit hat. Ihre Hände schwitzen, und die einstudierten Sätze liegen irgendwo verschüttet, mühsam versucht sie, die Bruchstücke wieder auszugraben und zusammenzufügen. Ihre Rede muss kurz und überzeugend sein, ein zweites Mal wird er sie nicht empfangen.

Sie darf sich setzen. Sie darf sprechen. Nicht für sich wolle sie bitten, sondern für eine andere. Für andere zu bitten, das kann sympathisch sein. Oder wirkungslos. Im schlimmsten Fall sogar verdächtig. Das alles hat Nina im Vorfeld bedacht. Es hat sie nicht abgehalten.

Welche andere das sei, wird Nina gefragt. Warum diese nicht selbst für sich sprechen könne.

Weil sie gesundheitlich angeschlagen sei ... Das ist ein Grund, an dem nichts falsch sein kann, denkt Nina. Eine schwache Person, von der keinerlei Gefahr mehr ausgehe ... Es handle sich um eine Künstlernatur von großem Talent, eine, die gefehlt, bereut und ausreichend gebüßt habe. Deren Frist zwar noch andauere, doch wem sei damit gedient? Eine Tochter müsse seit Jahren ohne die Mutter aufwachsen. Viele habe man vorzeitig entlassen, Nina bitte jetzt und hier um dieselbe Gnade für diese Frau.

Tochter, Mutter, Gnade – Nina verstummt, um die Wirkung ihrer Worte abzuwarten.

Der Mann vollführt eine Handbewegung, die Nina zum Weiterreden ermuntert.

Solange die Mutter noch inhaftiert sei, solle wenigstens das Kind aus dem Heim in die Nähe der Familie verlegt werden. Hier zögert Nina einen Moment. Die Angehörigen leben in Charkow, warum müsse das Kind noch länger in Sibirien bleiben?

Dafür wird es sicherlich einen triftigen Grund geben.

Gewiss, nun jedoch habe sich die Lage geändert. Sie bitte daher um die Erlaubnis, das Mädchen zu sich nach Charkow holen zu dürfen.

Warum?, fragt der Staatsmann. Ist das Kindeswohl gefährdet?

Nina bemüht sich, den klebrigen Film auf ihren Handinnenflächen zu ignorieren.

Nein, es sei die Entfernung, die es schwierig mache ... Und jetzt sei sie ja da, um sich zu kümmern.

In welcher Beziehung sie zu der Verurteilten und deren Kind stehe, fragt der Politiker.

Eine Beziehung liege vor, sagt Nina mit fester Stimme, verwandtschaftlicher Natur.

Der Politiker schweigt. Er hält den Kopf leicht geneigt, als denke er konzentriert über etwas nach.

Nina zupft ihr Strickkleid über den Knien zurecht. Sie entdeckt auf dem weißmaschigen Feld einen Fleck, der sie nervös macht. Sie kann sich nicht an dessen Ursprung erinnern, ist es Fett oder Saft? Wird er sich entfernen lassen?

Es tue ihm leid, aber er sei nicht zuständig, sagt der Politiker schließlich. Familiensachen, Vormundschaften und Begnadigungen fallen nicht in seinen Bereich. Er leite ein ganz anderes Ressort, falls ihr das nicht bekannt sein sollte: Handel, Versorgung der Bevölkerung, Warenein- und -ausfuhr und dergleichen.

Ninas Mundwinkel beben. Ihr Gegenüber betrachtet den schweren Füllfederhalter in seiner Hand oder begutachtet vielleicht die Länge seiner Fingernägel, Nina weiß es nicht. Der Füllfederhalter sieht teuer und gediegen aus, Importware, Westeuropa, schätzt Nina, die Fingernägel wirken penibel gepflegt.

Aber wenn sie etwas Schriftliches einreiche, könne er es an die richtige Abteilung weiterleiten. Versprochen sei damit aber nichts. Er nickt ihr zu. Das Gespräch ist beendet.

Nina erhebt sich hastig, versucht mit einer Hand so gut es geht den Fleck auf dem Kleid zu überdecken. Noch lange steht ihr der Siegelring am behaarten Finger des Amtsträgers vor Augen.

Ludmila zeigt Nina die großen Geschäfte in der Innenstadt. Die Auslagen sind gefüllt mit allerlei Tand. Bemalte

Holzlöffel, Applikationen aus Strohschnitten, Schatullen verziert mit Jahreszeitenmotiven. Nina entscheidet sich für eine Winterlandschaft. Pferde mit wilden Mähnen ziehen unter der Peitsche des Fuhrmanns einen Schlitten durch den verschneiten Birkenwald. Ein in Pelze gehülltes Fräulein sitzt mit Muff im offenen Verdeck. Weil das linke Auge des Fräuleins einen Lackschaden aufweist, bekommt Nina die Schatulle billiger.

Am Eingang zum Hotel Metropol stehen zwei Männer mit wächsernen Mienen. Nina ist beeindruckt von den goldenen Paspeln und Wappenknöpfen an ihrer Uniform. Fast möchte sie die Uniform und die Männer anfassen, um deren Echtheit zu prüfen, aber sie tut es nicht. Selbst in einem Wachsfigurenkabinett würde sie Abstand von Uniformen halten.

Nina kauft klebrige Süßigkeiten aus gebranntem Zucker, Toffees, Haarspangen, weiße Mädchensocken mit Bommeln an der Seite und einen Kindergürtel mit Schmetterlingsschnalle.

Das Gewicht ihres Koffers erinnert sie stetig daran, dass sie zu Hause erwartet wird. Sie kehrt nicht mit leeren Händen zurück, und darüber wird sich jemand freuen.

OLESSIA LEPANTO,

KRIM, 1958

Der Januar 1921 ist immer noch regelmäßig zu Gast in deinen Gedanken. Du erinnerst dich, wie merkwürdig still es in eurem Haus auf der Krim war, nachdem ihr erfahren hattet, dass dein Vater nicht mehr zurückkommt. Auch brannte keine Kerze. Seit euer Vorrat bei der Hausdurchsuchung abhandengekommen war, hatte niemand daran gedacht, ihn wieder aufzufüllen. Die Großmutter schickte dich zu Nachbarn, eine Kerze holen – zum Gedenken an den Verstorbenen. Das solltest du unbedingt dazu sagen, sonst würden sie dir womöglich keine geben. »Versuche es zuerst bei den Doronins, dann bei der alten Knauserin Fedotowa!«, lautete die Anweisung.

Du wolltest damals nicht um Kerzen betteln und hofftest im Stillen, einer deiner Brüder würde dein Unbehagen bemerken und sich wie gewohnt anbieten, an deiner statt in die kalte Dunkelheit hinauszugehen. Deine Brüder waren bereits groß und mutig, als du noch klein und ängstlich warst. Jeder von ihnen hätte in drei Schritten am Nachbarhaus sein können, doch keiner schenkte dir Beachtung. Du suchtest betont langsam nach deiner Mütze. Die mit einer Schnur verbundenen Handschuhe baumelten aus den Ärmeln des Mantels heraus. Du konntest nicht vorgeben, sie wären unauffindbar. Niemand achtete darauf, dass du ein weißes Kleid trugst, wenig geeignet, um raus in den Sturm zu gehen. Der einst von der Großmutter gestrickte Schal blieb verschollen, und die Stiefel waren noch klammfeucht vom Vortag. Natürlich entband all dein inneres Sträuben dich nicht von der Pflicht, das ohnehin ungemütliche Haus zu verlassen. Der Herd in der Küche wurde damals schon nicht mehr geheizt, und im Zimmer deiner Schwester glühten die letzten Holzscheite.

Seit Kurzem gehörte der Wald per Erlass dem Staat, für den Holzerwerb war eine Bescheinigung vorzulegen, die Klassenfeinden wie euch verwehrt war. Der Spaltblock, von der Köchin jahrelang als Richtplatz benutzt und durchtränkt mit Hühnerblut, war ebenso verschwunden wie die Holzsplitter ringsherum.

Kaum warst du draußen, fuhr dir eine Windbö in den Nacken. Du zucktest zusammen, stelltest den Mantelkragen auf und drücktest ihn enger um den Hals. Die Luft am Meer, hieß es, solle salzig schmecken, deshalb hattest du es dir angewöhnt, die ersten Atemzüge nach Verlassen des Hauses durch den Mund zu nehmen. Du spürtest, wie dir die Kälte über die Zunge, in die Luftröhre und bis in die Brust strömte. Einen Geschmack hatte sie nicht.

An manchen Stellen war der Boden mit grauweißem Raureif überzogen, Schnee fiel hier selten. Die Mutter erzählte dir von zugefrorenen Seen in Sankt Petersburg, auf denen man den ganzen Winter über Schlittschuh laufen könne. Du hast kaum noch Erinnerungen an den Ort deiner Geburt. Er lag schon damals weit entfernt, und ob du jemals eigene Schlittschuhe besessen hattest, vermagst du nicht zu sagen.

Bei den Doronins flackerte Licht im Fenster. Wie gewohnt wolltest du eintreten, ohne zu klopfen. Nachbarschaftsrechte. Da fiel dir ein, dass die Doronina erst gestern gewarnt hatte, neuerdings solle man die Türen nicht mehr offen stehen lassen, selbst für die besten Nachbarn nicht. Sie kam auf dein Rufen herbei, zu harmlos klang wohl dein Stimmchen, um sich davor zu verstecken.

»Wer um diese Zeit kommt, bringt keine guten Nachrichten«, sagte sie mit diesem neckenden Unterton, der dich stets verunsicherte. Du schautest in deine leeren Hände, stecktest sie verlegen in die Manteltaschen, als suchtest du dort nach besserer Kunde.

Im Haus roch es auf vertraute Weise eigenartig. Du hättest mit verbundenen Augen sagen können, dass du bei den Doronins warst und nirgendwo sonst. In der abgestandenen Luft lag ein schwacher Essensgeruch. Du versuchtest, ihn einzuordnen – war er frisch oder vom Vortag? Eine letzte Erinnerung an Kohl mit Speck oder in Mehl angeschwitzte Zwiebel? Doch du durftest nicht weiter trödeln. »Lass dich nicht beschwatzen, nimm die Kerze und geh!«, hatten sie dir daheim eingebläut.

Eine einfache Bitte genügte, und du bekamst das Gewünschte. Die Doronina wollte von deiner Rechtfertigung nichts hören. Tote bräuchten kein Licht, die Lebenden hätten die Kerze weitaus nötiger.

Als du zurückkehrtest, wachte die Mutter unverändert am Krankenbett deiner Schwester. Die Fünfzehnjährige hatte hohes Fieber, reagierte weder auf Worte noch auf Berührungen. Der Arzt war ratlos, empfahl kalte Wickel und viel Ruhe. Womöglich stiege bei sensiblen Personen durch Trauer die Körpertemperatur. Es würde sich wieder geben. Flüssigkeitszufuhr begünstige die Heilung, jedoch sei keinesfalls Milch zu verabreichen.

Immerhin schaute die Mutter kurz empört auf. Milch war in ihrem Haus längst nur noch ein Wort aus vergangenen Zeiten! Der Arzt sollte jetzt wirklich besser gehen, dachtest du.

Du erinnerst dich, wie Lida den Vater zum letzten Mal mit zwei mäuschenhaften Küssen ihrer gespitzten Lippen begrüßt hatte. Wie sie sich auf ihre Zehenspitzen stellte, um an seine Wangen heranzukommen, erst links, dann rechts, Guten Abend, Herr Papa. Wie vor Anstrengung Kräuselfalten auf ihrer Stirn entstanden und sie unbewusst die Nasenspitze rümpfte. Die drei dort angesiedelten Sommersprossen bereiteten Lida größten Verdruss. Als es bei euch noch Zitrusfrüchte gab, drückte sie ständig mit Zitronensaft getränkte Kompressen auf ihre Nase, um die leidigen Flecken zu bleichen.

Jetzt im Kerzenlicht waren sie kaum noch zu sehen, doch wer hätte sich darüber gefreut?

Wenige Tage zuvor hattet ihr euch noch allabendlich um die Zuneigung des Vaters gezankt, sobald er von seinen Meldungen zurückgekehrt war. Wer durfte länger auf seinem Schoß sitzen, die Kleine oder die Große, du oder sie?

Wo das Grab deines Vaters sei, fragtest du mit der Kerze in der Hand. Sobald es draußen wieder Blumen zu pflücken gebe, wolltest du darauf welche niederlegen.

»Zieh das weiße Kleid aus«, ermahnte dich die Mutter. »Es ist schmutzig.« Sie sagte es, ohne dich anzusehen, zumal es im Zimmer dämmrig war. Es sei nicht die Zeit, ein Grab zu suchen. Heute weißt du, dass es gar keines zu finden gab.

Nach einem kurzen Verhör war in der Angelegenheit des Vaters ein Beschluss ergangen. Die Anklage hatte aus wenigen Sätzen bestanden, jeder davon gespickt mit Rechtschreibfehlern. Darunter hatte eine unbekannte Hand mit Bleistift das Wort »erschießen« geschrieben. Es wieder wegzuradieren, wäre ein Leichtes gewesen.

Das Urteil trägt kein Datum. Doch muss es in den ersten Januartagen bereits vollstreckt worden sein, nachts am Kap Altschak, wann genau, das hattet ihr nicht erfahren.

Du kennst den Ort. Der Küstenabschnitt dort ist unwirtlich, voller Geröll, selbst im Hellen, den Blick ständig auf die Füße gerichtet, bereitet es Mühe, nicht umzuknicken. Du hoffst bis heute, dass dein Vater nicht hingefallen ist, als man ihn im Dunkeln dorthin brachte, wo der Felsen sich über das Meer erhebt. In Januarnächten ist das Wasser eisig, der Wind am Kap nicht weniger. Du fragst dich immer noch, ob der Himmel klar genug war, damit Mond und Sterne dem Vater Licht spendeten. Allerdings hatten dann auch die Vollstrecker besser zielen können. Ob der Vater mit dem Gesicht oder mit dem Rücken zum Meer gestanden, ob man ihm die Augen verbunden hatte? Wie groß mögen seine Schmerzen gewesen sein, und wie schnell war der Tod gekommen?

Die Jahre vergehen, aber Ruhe und Vergessen kehren nicht ein. Vielleicht liegt es an dir, dass sie dich meiden.

Um Antworten auf deine Fragen betteltest du damals schon, doch selbst deine Großmutter wies dich schroff ab und gebot dir zu schweigen. Nur eines erfuhrst du nebenbei: Allein war der Vater nicht gewesen. An den verschiedenen Orten auf der Krim sollen Tausende erschossen worden sein jede Nacht. Wie euch zu Ohren gekommen war, mussten sich die Verurteilten zuvor nackt ausziehen, damit ihre Kleidung vor Einschusslöchern bewahrt und weiterverwendet werden konnte. Du hörtest alles mit an, weil niemand mehr darauf achtete, die Kinder vor solchen

Nachrichten zu schützen. Du stelltest dir vor, dir würde jemand in den Kleidern deines Vaters begegnen, und fragtest dich, ob sie dann noch nach ihm röchen.

Von ganz allein warst du zu der Überzeugung gelangt, vorerst nicht mehr auf die Straße zu gehen. Bei so vielen Hinrichtungen um dich herum schien dir die Welt von Verbrechern bevölkert. Dass dein Vater jedoch etwas Böses getan haben sollte, dass er auf die Seite der Verbrecher gehörte, während die Mutter und deine Geschwister zu den Unbescholtenen zählten, konntest du dir schon damals nicht vorstellen.

Andererseits war dein Vater oft nicht zu Hause gewesen. Er hatte regelmäßig Meldungen zu machen, was nicht eigentlich seine Arbeit war. Er verwaltete Ländereien, kümmerte sich um die Weinberge, damit die Menschen im ganzen Land guten Krimwein zu trinken bekamen. Landwirt und Winzer, das waren seine völlig unbedenklichen Berufe. Von den Meldungen aber wusstest du schon als Kind, dass sie gefährlich waren.

Solange dein Vater Meldung machte, war mit der Mutter weder zu reden noch zu spielen. Sie hörte nicht zu, selbst dann nicht, als du ihr deinen Finger zeigtest, den du dir am Ofen verbrannt hattest. Sie sah nicht, dass der Finger rot war, merkte nicht, dass er nach verkohltem Fleisch stank und sich eine Brandblase bildete, groß wie ein Hühnerherz. Sie fand kein tröstendes Wort, obwohl der Schmerz darin pochte und auch unter dem kalten Wasser kaum nachließ, welches dir die Großmutter über die Hand goss.

Wäre deine Schwester nicht so plötzlich krank geworden, hätte die Mutter sicher die Herausgabe der sterblichen

Überreste ihres Mannes beantragt. Aber man hätte ihr vermutlich nur mitgeteilt, dass dies nicht vorgesehen sei, denn für die ordnungsgemäße Bestattung der Verurteilten sorge der Staat. Lida aß und trank nichts, die Mutter benetzte ihre Lippen mit Wasser. Ein feuchtes Mulltuch, jede Viertelstunde aufgefrischt, lag auf Lidas Stirn. Du fühltest dich wie in einem Lazarett, umgeben von Krankheit und Tod.

Das Herz, sagte der Arzt, es werde schwächer. Die Mutter schickte ihn fort, dieser ahnungslose Landdoktor machte sie wütend. Sie zündete für Lida eine Kerze an, dieselbe, die du für deinen Vater bei der Doronina holen musstest. Später kam die Nachbarin selbst vorbei. Sie war neugierig und verschrien als Klatschbase. Wenn sie anfing zu reden, wurde man sie nicht mehr los. Allerdings, das musst du ihr lassen, wusste sie über die Dinge im Dorf bestens Bescheid.

Du erinnerst dich, seinerzeit von den Erwachsenen aufgeschnappt zu haben, dass die Doronina eine schwarze Zunge habe, deshalb versuchtest du einen Blick in ihren Mund zu erhaschen, sobald er sich öffnete. Solange du denken konntest, hatte deine Mutter euch Kindern gepredigt, man müsse seinem Gegenüber in die Augen sehen, alles andere sei unhöflich, doch bei der Doronina gelang dir das nicht. Dein Blick blieb an Doroninas gelblichen Zähnen hinter den spröden Lippen hängen. Ab und zu blitzte deren Zunge hervor, eine besonders dunkle Färbung konntest du jedoch bei allem Spähen nicht erkennen. Allenfalls einen weißlichen Belag machtest du aus, der für eine schlechte Verdauung sprach, wie dir dein Vater beigebracht hatte. Er kannte das Problem aus eigener Erfahrung und wies dich an, ebenfalls darauf zu achten.

Er zeigte dir, wie man sich vor dem Spiegel selbst die Zunge herausstreckte, die Oberfläche inspizierte und die Symptome deutete. In seinem Fall befürchtete er ein Magengeschwür. Deine Zunge jedoch war stets rosig und rein, und die der Doronina beinahe enttäuschend hell.

Sie wollte die Kranke sehen, eine eigene Diagnose stellen, der Dorfarzt sei ein Trottel. Im besten Falle fähig, ein Schaf zu behandeln, wobei auch das noch zu beweisen wäre. An der Beschaffenheit der Haut und der Augen könne man fast alle Krankheiten erkennen, das habe der Doronina einmal eine Wunderheilerin erklärt, außerdem müsse man eine Ikone neben das Bett stellen, um die Heilungskräfte zu aktivieren. Diese sollten vom Herz zum Gehirn fließen, oder andersrum, das sei am Ende auch egal.

»Irgendeine Ikone?«, fragte deine Mutter hoffnungsvoll. Ihre eigene, ein Familienerbstück, war seit der Hausdurchsuchung verschwunden, obwohl sie nicht als beschlagnahmt im Protokoll stand. Es sei alles so schnell gegangen, Lida habe nur hilflos zusehen können, wie die Männer gleichzeitig in alle Zimmer gestürmt seien. Mehr wusste deine Mutter nicht.

Deine Schwester hielt die Augen geschlossen. Die Mutter wechselte immer häufiger die Mulltücher, als würde das etwas helfen. Plötzlich bat sie dich, Lida etwas vorzusingen, weil ihr selbst die Stimme versagte. Die Bitte brachte dich in Verlegenheit, welches Lied wohl einem Krankenlager angemessen wäre, trotz aller Anstrengung wollte dir keiner der einst auswendig gelernten Liedtexte einfallen. So begannst du leise eine Melodie zu summen, von der du hofftest, dass sie eine entfernte Ähnlichkeit mit dem von Lida zuletzt einstudierten Klavierstück haben möge.

Die Doronina sagte in dein Summen hinein, sie wolle sich um eine Ikone kümmern. Dann würde es mit Lida bald wieder aufwärtsgehen. Doch statt aufzubrechen, blieb die Nachbarin sitzen. Du wolltest etwas sagen, wolltest auch einmal gehört werden. Recktest dich auf den Zehenspitzen nach oben, um besser gesehen zu werden. Erzähltest die Geschichte vom zerbrochenen Glas, von der die Doronina noch nicht gehört haben konnte.

»Was soll das Gerede von einem kaputten Glas?«, wollte die Mutter mürrisch wissen.

»Aber das Glas ist zersprungen, ohne dass es jemand berührt hätte, einfach so, von allein! Einen Tag bevor sie den Papa abgeholt haben!«

Du warst beeindruckt von dem Omen, schließlich hattest du das Glas zuvor eigenhändig und unversehrt auf den Tisch gestellt.

Die Doronina machte große Augen.

»Gott behüte! Das ist ein schlechtes Zeichen. Eine Warnung.«

»Ach was. Vielleicht ein Erdbeben. Ein wackliger Tisch. Spannungen im Material. Kaltheiß-Kontrast. Hast du kochendes Wasser in das Glas eingefüllt, Olessia?«

Du wichst zurück vor ihrem vorwurfsvollen Blick. Die Doronina hing jedoch an deinen Lippen, sprach von Vorzeichen und machte dich zur Zeugin.

Lida regte sich, ihr Körper begann zu zittern, die Mullkompresse auf der Stirn verrutschte.

»Schüttelfrost«, sagte die Doronina unbeirrt, »das geht gleich vorbei.« Sie fühlte nach Lidas Puls. Dann senkte sie jäh die Stimme und flüsterte deiner Mutter zu: »Darja, nimm die Kinder und geh woandershin. Das meine ich ernst. Ich würde selbst verschwinden, wenn ich jünger wäre.«

»Woandershin? Wohin denn?«, fragte die Mutter.

»Weg aus diesem Haus. Am besten weg von der Krim.«

»Ich kann nirgendwohin. Schauen Sie sich Lida an.«

»Du musst dich verstecken. Oder lass dich verstecken. Es gibt gute Menschen und Höhlen in der Gegend.«

»Was reden Sie da, Anfissa Grigorjewna: Ich kann doch nicht mit fünf Kindern im Januar in eine Höhle gehen! Wollen Sie verlangen, dass wir wie Partisanen leben?«

»Ändere deinen Namen und tauche für eine Weile unter.«

»Warum? Ich habe doch nichts getan.«

Die Doronina hielt deine Mutter für uneinsichtig. Eine falsche Heldin wolle diese sein. Weil sie Darja seit der Wiege kenne, werde sie mit ihrer Meinung nicht hinterm Berg halten und nicht eher Ruhe geben, bevor ihr die Krim verlassen hättet.

Sie zählte Namen und Adressen auf, alles zuverlässige Leute, trotzdem solltet ihr nirgendwo lange bleiben. Sie redete von bedauernswerten Halbwaisen. Erst später hast du verstanden, dass sie euch damit meinte, dass du seit Kurzem eine Halbwaise warst, eine bedauernswerte obendrein.

Die Mutter hörte nichts, während sie Lidas Hand hielt. Sie sprach mit der Kranken, streichelte sie, wendete die vom Schweiß feuchte Decke. Es entging ihr, dass du immer noch dein weißes Kleid trugst. Du hattest nichts anderes zum Anziehen gefunden. Wozu auch, es kümmerte ja die Mutter ohnehin nicht. Früher wäre ihr das nicht egal gewesen, früher hätte sie niemals einen Trauerbogen unter deinen Fingernägeln geduldet. Du kanntest ihr scharfes Auge, mit dem sie noch den kleinsten Fleck auf der Kleidung erspähte. Wie oft hatte sie die Kragen, Manschetten, Rocksäume nach Schmutzrändern abgesucht und dich geheißen, die Kleider zu wechseln. An sich wäre das damals noch die Aufgabe des Kindermädchens gewesen, von dem ihr nur hoffen konntet, dass es inzwischen Löwenzahn auf walisischen Wiesen pflückte und von Revolutionen allenfalls in der Zeitung las. Du stelltest dir Emma Fitzgerald mit einem Kranz aus walisischem Löwenzahn auf dem roten Haar vor. Niemand hatte dich je wieder auf diese sanfte Weise »my dear« gerufen. Seit Vaters Tod hattest du überhaupt kein Kosewort mehr gehört, ebenso wenig wie eine Standpauke. Du weißt noch, dass deinem heimlichen Wunsch, die Mutter möge dich endlich wieder schelten, Verzweiflung innewohnte, bohrend wie eine schmerzende Zahnwurzel. Wie zuvor deine Zunge, prüftest du nun dein ganzes Spiegelbild, ob diese Verzweiflung vielleicht irgendwo als Belag in Erscheinung trat. Das Mädchen im Spiegel ängstigte dich. Du fühltest in dir ein seltsames Mitleid mit ihm aufsteigen, weil es Ähnlichkeit mit den Kindern hatte, denen deine Mutter auf der Straße Almosen gab.

Noch kurz bevor Lida krank geworden war, hatte deine Mutter erklärt, sie würde sich erst erlauben, Angst zu haben, wenn sie ihre Brut abends nicht mehr sauber ins Bett schicken könne, bis dahin wolle sie tapfer sein und nicht klagen. Als du nun in den Spiegel sahst, entdecktest du allerlei Gründe für deine Mutter, sich zu fürchten.

Der Arzt schrieb »Herzversagen« auf Lidas Totenschein. Die Mutter kämpfte um einen Sarg und um einen Platz auf dem Friedhof. Das ganze Leben war zu einem Kampf geworden, irgendwann wurde jeder davon müde. Nicht einmal die Totengräber hatten noch Kraft, dieser Winter hatte auch sie ausgezehrt. Die Mutter versprach ihnen die Hälfte eines Delfins, während du dich fragtest, auf welchen Wegen sie zu dem Tier gekommen war. Bei euch hatte es zuletzt Plinsen aus gemahlenen Weintraubenkernen gegeben, angerührt mit Wasser und einer Prise Salz. Du schlossest nicht aus, dass sie die Friedhofsarbeiter belog. Wenn aber nicht, bliebe immer noch die andere Hälfte für euch, und die hättest du auch roh verschlungen.

Die Männer hoben das Grab aus, hastig und bei weitem nicht so tief wie üblich. Der Sarg war grob geschreinert, das Innenfutter fehlte. Lidas bekleideter Körper lag auf dem nackten Holzboden. Du weißt noch, dass es dir um Lidas Kleid ein wenig leid tat, du hättest es später auftragen können. Natürlich war dir der Gedanke peinlich, als gönntest du deiner Schwester das bisschen Stoff auf ihrem letzten Weg nicht.

Du nahmst einen Klumpen kalte, bröckelige Erde in deine Hand und warfst ihn auf den Sargdeckel. Du trafst nur den Rand, die Erde rieselte seitlich herab. Die Erdkrümel, die noch an deiner Hand klebten, wischtest du dir am Mantel ab. Er war dunkel, schwarzgrau wie der Boden ringsumher.

Deine Brüder verließen euch als Nächste. Sie wollten nicht zu den Furchtsamen gehören, zu den Alten und Kranken, die an ihre Häuser gekettet auf das Ende warteten. Sie waren groß und mutig, sie kämen allein durch. Das jedenfalls hoffte die Mutter, die sich außerstande sah, allein für vier Halbwaisen zu sorgen. Man werde sich irgendwann wiedersehen, versprach sie beim Abschied, und es hätte ja auch in der Tat so kommen können.

Du bliebst bei der Mutter, warst bislang das jüngste, von heute auf morgen plötzlich das einzige Kind im Haus der Großeltern. Während der ersten Tage verstörten dich die verlassenen Zimmer. In der Zeit nach eurer Ankunft hattest du dich schnell an die Enge gewöhnt, es war ein Notasyl gewesen, der Platz wurde gern geteilt unter der Maßgabe der Befristung.

Diese Frist schien nun abgelaufen zu sein. Deine Mutter legte sich voll bekleidet schlafen, für den Fall, dass es nachts an der Tür klopfte. Sie hätte sich ungern im Nachthemd aus dem Haus zerren lassen. Eine Dame ist stets auf alles vorbereitet, merk dir das, Olessia.

Morgens gelang es dir nur mit größter Mühe, sie zu wecken. Du brachtest ihr Wasser und fünf abgezählte Rosinen aus der Vorratskammer, zu der nur die Großmutter einen Schlüssel besaß. Sobald die Mutter aufstand, übel riechend, das Gesicht fahl und von zotteligen, grau durchwirkten Haarsträhnen umgeben, ertapptest du dich dabei, ihre Nähe zu meiden. Sie war zu einer unheimlichen Erscheinung geworden, verließ das Haus nicht mehr, welches dir genügend Raum bot, ihr aus dem Weg zu gehen. Du wünschtest dir deine alte Mutter zurück, der es nie die Sprache verschlug, die nicht auf jedes Geräusch von der Straße lauschte. Du schautest der Großmutter zu, wie sie Patiencen legte und wenig Geduld mit den Karten hatte.

Die Doronina gab keine Ruhe, hatte vielleicht selbst Angst vor diesen Nachbarn, bei denen die Gläser von allein zerbrachen. Sie brachte euch Tatarentrachten, in denen ihr das Dorf unerkannt verlassen solltet. Die Maskerade hieltest du zuerst für ein Spiel, selbst die Mutter lächelte, als du dich in viel zu großer bunt bestickter Weste vor dem Spiegel drehtest. Die Doronina ließ nicht locker. Warf euch vor, die Sache zu leicht zu nehmen. Fragte, für wen ihr euch eigentlich hieltet. Für unverwundbare Recken?

»Jeder Blinde wird uns im Dunkeln ansehen, dass wir keine Tataren sind«, sagte die Mutter ungerührt. Ihre Worte bauten sich zu Hürden gegen Doroninas Ansturm auf, waren ihm jedoch nicht gewachsen. Wütend brabbelte diese weiter drauflos. Es gehe lediglich um den ersten flüchtigen Eindruck, um eine winzige Chance, doch noch irgendwo durchs Netz zu schlüpfen. Manche begriffen wohl den Ernst der Lage nicht, ob Darja die Zeichen nicht verstünde, die doch kaum einer Deutung bedürften ...

»Es ist aussichtslos«, sagte die Mutter. Niemand dürfe die Halbinsel ohne Erlaubnis verlassen, weder über das Festland noch auf dem Seeweg, und ihr würdet als Familienangehörige eines Verräters niemals einen Passierschein bekommen.

»Eben drum!«, rief die Doronina mit rotem Kopf. Bleiben bedeute Gefahr, Gehen ebenfalls. Sie schicke euch gewiss auf keinen Spaziergang. Letztlich sei es ein Kampf auf Leben und Tod, den zwei von sieben schon verloren hätten, daran sollte deine Mutter Darja stets denken. Zwei zu fünf laute die Rechnung, und Darja habe dafür zu sorgen, dass die Verluste nicht größer würden. Die Doronina drückte ihr beinahe grob eine Ikone in die schlaffe Hand. Die werde euch auf euren Wegen vor allem Übel beschützen.

Du warst verwundert, als die Mutter tatsächlich aufbrach, wo sie doch sonst nichts auf Doroninas Geschwätz gab. Schwarze Zunge, schwarze Gedanken. Die Nachbarin empfahl deiner Mutter noch, ihren Mädchennamen zu nennen, falls ihr angesprochen würdet, und zu behaupten, alle persönlichen Papiere seien euch von Wegelagerern entwendet worden, aus lauter Wut darüber, dass ihr zu wenig Brauchbares vorzuweisen hättet, man kenne ja dieses Gesindel.

Sie werde daran denken, versprach die Mutter. Sie habe schon so viel verloren, dass es auf den Namen nicht mehr ankomme.

Auch dir schärfte die Doronina ein, dich ja nicht zu verplappern, ab sofort hießest du nicht mehr Lepanto, dein Vater sei Bauer gewesen und kürzlich an Typhus gestorben. Kein Wort von den Kugeln! Kein Wort von den Weinbergen und dem englischen Kindermädchen!

Als ihr euch beim Aufbruch ein letztes Mal umdrehtet, um zu winken, murmelten deine Großmutter und die Doronina so einträchtig ein Gebet, als böte die Ikone in Mutters Hand nun doch nicht ausreichend Schutz für euch.

Du warst auf eine merkwürdige Odyssee geraten, deren Wege zu begreifen du nicht in der Lage warst. Und deiner Mutter war anzusehen, dass sie nicht mehr verstand als du. Es kommt dir zuweilen vor, als hätte jemand die wichtigsten Passagen des Epos für euer Auge geschwärzt.

Lauft so weit ihr könnt, hatte die Doronina gesagt. Ihr hattet das Dorf im Dunkeln verlassen, wart quer durch die Felder marschiert, bis deine Füße nicht mehr weiter wollten. Auf der Stelle hättest du dich niederlegen wollen und schlafen. Ohne die Hand deiner Mutter wärst du dem feuchtkalten Acker entgegengesunken, beinahe heimelig sah ein Büschel verdorrter Getreidehalme aus, das im Herbst dem Pflug entkommen war.

Die Mutter hielt einen Fuhrwagen an, der hinter einem halbverhungerten Gaul die Landstraße entlangzuckelte. Der Fuhrmann bestaunte Mutters Tatarentracht. Kurzerhand bot sie ihm den Mantel als Wegelohn, wenn er euch nur ein Stückchen nach Norden mitnähme. Der Bauer ließ euch aufsteigen, den Mantel wollte er nicht, auch wenn dieser recht hübsch sei, satt machen würde der keinen.

»Wie weit nach Norden soll es denn gehen?«, fragte der Mann.

Deine Mutter gab sich kurz angebunden. Verwandte bei Dschankoj wolltet ihr besuchen.

Ihr tätet besser daran, die Krim zu verlassen, bei allem, was man so höre. Verrückte Zeiten, sagte der Bauer. In der Nachbarschaft sei kein einziges Weinfass heil geblieben. Und neulich seien stramme Burschen auf seinen Hof gekommen und hätten die Herausgabe von Vieh und Saatgut verlangt. Denn sein Dorf habe bisher nicht die staatlich festgelegte Menge an »Überschüssen« geliefert. Nur den lahmen Gaul habe man ihm gelassen, um das Feld zu bestellen. Was solle er bloß im Herbst von der Ernte abzweigen, wenn er schon im Frühjahr nichts zum Säen habe? Da müsse er weder einen Hellseher zu Rate ziehen noch selbst einer sein, um zu erkennen, dass viele nicht über den nächsten Winter kommen würden. Wo Verrückte regieren, wächst Wahnsinn auf den Äckern.

Deine Mutter schwieg. Dir fielen die Augen zu. Der Bauer setzte euch irgendwo hinter Zürichtal ab, viel weiter nördlich, als er eigentlich habe fahren wollen. Es war wieder dunkel, und du hattest Hunger.

Sobald es wärmer würde, plante deine Mutter, den langen Tatarenmantel gegen etwas Essbares einzutauschen. Darunter trug sie ein pelzbesetztes Jäckchen. Zwischen Jackenstoff und Futter hatte sie kleine Kammern eingenäht und diese mit Schmuck gefüllt. Mitunter bot sie einen Ring für eine warme Mahlzeit und eine Schlafgelegenheit.

Du wachtest in Scheunen auf, gebettet auf klammem Heu. Draußen krähten die Hähne eines namenlosen Dorfes, durch die Ritzen in der Holzwand kämpfte sich bleierne Morgendämmerung. Neben dir vernahmst du den Atem der Mutter, ihr Körper war deine einzige Wärmequelle. Du schmiegtest dich enger an sie, um einen Zipfel ihres Mantels über dich zu ziehen, und wünschtest dir im Halbschlaf, sie möge ihn noch recht lange behalten.

Manchmal bliebt ihr für einige Tage an einem Ort. Dann bekam er einen Namen. In Puschkino rezitierte die Mutter Puschkins Gedichte für dich und für die einzige Kuh im Stall. Besonders gefielen dir die Verse vom Brunnen in Bachtschissarai. Ohne dass du es bisher geahnt hättest, lag die besungene Siedlung des Tatarenkhans in greifbarer Nähe. Warum ihr nicht längst dort gewesen wart, statt im Sommer Bootsausflüge entlang der immer gleichen Küste zu machen? Der alte Glanz sei für immer dahin, allein der Name klinge weiterhin märchenhaft, erklärte die Mutter. Dennoch erschien dir der verlassene Tatarenpalast als sicherer Hafen, unvorstellbar, dass ein Ort, den einst Puschkin betreten hatte, geplündert würde.

Die Wangen der Mutter fielen ein, sie wurde zusehends hager, weder das eine noch das andere machte sie in deinen Augen hässlich.

Auf dem nächsten Hof begann deine Mutter mitzuarbeiten, statt auf ihre Ringe als Bezahlung zurückzugreifen. Du wusstest nicht, wie viele davon noch im Jäckchenfutter verblieben waren.

Die Gastwirte stellten euch keine Fragen. Sollte es jemand wissen wollen, gehörtet ihr zur Familie – entfernte Verwandtschaft aus der Stadt. Während der Bürgerkriegsjahre hatte vieles brachgelegen, das würde selbst mit der zusätzlichen Arbeitskraft in einem Sommer kaum aufzuholen sein, und es war fraglich, wer alles Ansprüche auf die Ernte anmelden würde.

Schließlich wollte der Bauer euch zusammen mit seiner Schafherde in Sicherheit bringen, doch die Mutter lehnte ab. Sie sei eine schlechte Schafhirtin, zumal sie weder Berge noch Höhlen für sichere Verstecke halte. Lieber würde sie weiterziehen, die Blockade könne ja nicht ewig dauern, und irgendein Schlupfloch finde sich immer. Darauf würde er sich nicht verlassen, widersprach der Bauer, wer den neuen Herrschern glaube, es gehe bei der Überwachung um die Verhinderung einer Typhus-Epidemie, sei selber schuld.

Er scheuchte euch gerade noch rechtzeitig in den Stall zurück, bevor bewaffnete Vertreter des revolutionären Komitees auf dem Hof einfielen und den letzten Sack Winteräpfel, die letzten Gläser Honig sowie ein von der Bäuerin besticktes Leinentischtuch wegtrugen. Sie fragten nach Waffen und drohten an, wiederzukommen.

Zuvor hatte der Bauer bereits seinen gesamten Zuckervorrat abliefern müssen. Ohne Zucker würden aber seine Bienenvölker eingehen, klagte er jetzt, selbst die wenigen, deren Nistkästen noch nicht ihr Ende als Feuerholz gefunden hatten. Die Bienen lägen ihm sehr am Herzen, seit jeher behandelte die Bäuerin alle Krankheiten mit Honig, lieber würde er ein Schaf opfern als einen Bienenstock. Wie solle ein Bauer das alles bloß ertragen ohne einen einzigen Tropfen Schnaps.

Nach eurem hastigen Abschied von der Gastfamilie sind dir schemenhaft Wälder in Erinnerung geblieben, die Umrisse von Birken, Buchen, Eichen, Erlen, kleine Inseln von matschigem Schnee. Du siehst dich barfuß an einem Bach stehen, dessen Frühlingswasser gurgelnd deine Zehen kitzelte. Wie Schneckenfühler zogen sie sich zurück vor der Kälte, wagten sich dann wieder langsam vor, bis deine Füße ganz in der Strömung versanken, wobei du kurz die Luft anhieltest, weil dir die Kälte als ein Schmerz bis in die Lunge kroch. Deine Mutter betrieb Katzenwäsche, fuhr sich mit nassen Händen am Nacken entlang, tupfte die Stirn ab, ordnete dir ebenfalls eine Erfrischung oberhalb der Knie an. Das müsstest du aushalten, verlangte die Mutter, denn ein Badehaus würdet ihr so schnell nicht von innen sehen.

Wohin gehen wir?, fragtest du sie unermüdlich. Oder: Wann sind wir endlich da?

Nie wäre dir damals der Gedanke gekommen, die Mutter könnte sich dieselben Fragen stellen.

Tatsächlich stecktet ihr mitten in einem Ratespiel, bei dem sich alles als richtig oder als falsch erweisen konnte. Gehen oder bleiben, reden oder schweigen, Stadt oder Land, Rettung oder Verderben?

Deine Mutter setzte alles auf eine Stadt, die Stadt, die sie am besten kannte, im Norden an der Flussmündung gelegen. Es sei schließlich keine Flucht, behauptete sie, sondern ein geordneter Rückzug, ohne große Umwege, quer durch das Land, nach Hause. Du wärst ihr überallhin gefolgt, unvorstellbar, sie auch noch zu verlieren.

Als du älter wurdest, überkamen dich manchmal Gedanken, für die du dich schämtest: Warum waren deine Eltern nicht mit den Klügeren ins Ausland geflüchtet, statt im Inland Zeit mit Ratespielen zu verschwenden? Dann säßen sie jetzt in Paris oder London und tränken Tee aus geretteten oder neubeschafften Wedgwood-Tässchen.

Du erinnerst dich an Zwischenaufenthalte bei Leuten, die deine Mutter gute Menschen nannte. Manche waren sehr schreckhaft und zuckten bei jedem Hundebellen zusammen. Die einen wollten erfahren haben, dass das Leben in den Großstädten nicht sicher sei, während die anderen bemerkten, dass man nur noch dort Brot bekäme. Jemanden mit einer Adresse in der Großstadt zu haben, sei deshalb Goldes wert. Ihr hattet eine Adresse. Es war eure eigene.

Auf dem Weg nach Dschankoj erreichten euch Gerüchte, der Übergang zum Festland werde nicht mehr so streng bewacht. Der Ausnahmezustand sei gelockert worden, inzwischen vielleicht sogar aufgehoben, da es gelungen sei, die Feinde der Revolution großflächig zu vernichten. Der Gesandte Moskaus hatte zuvor die Krim großmäulig »eine Flasche« genannt, »durch deren Hals kein Konterrevolutionär entwischen könne«. Nun seien alle unschädlich gemacht. Diejenigen, die bis zuletzt dreist Widerstand geleistet hätten, habe man in ihren Höhlen ausgeräuchert und von den Bergen heruntergelockt, auf denkbar einfache und effektive Weise: Man hatte unten im Tal deren Anverwandte als Geiseln genommen und nach und nach erschossen.

»Da drüben«, sagte deine Mutter, »liegt die Ukraine. Dort wollen wir hin.«

»Dann komm, lass uns gehen«, sagtest du leichthin. Die Mutter lächelte schwach. Zunächst sei eine Rast angebracht, um die Lage zu sondieren. Sie blieb vorsichtig, wollte zuerst herausfinden, ob die Gerüchte stimmten. So kurz vor dem Ziel springe sie doch nicht ins Blaue, wenn sie euch erst auf dem Festland halbwegs in Sicherheit wähnte.

Die Doronina hatte ihr den Namen eines Vertrauenswürdigen, der sich in der Gegend auskannte, mitgegeben. Nach ihm solltet ihr suchen, bevor ihr auf eigene Faust irgendeine Dummheit begingt, die nicht mehr wiedergutzumachen wäre.

Deine Mutter wollte alles richtig machen. In einem Fischerdorf irrte sie von Haus zu Haus, bis jemand öffnete und sagte, sie sei hier falsch. Die Männer fände sie um diese Zeit unten am Wasser. Und wenn der Gesuchte nicht darunter sei, solle sie auf dem Friedhof nach ihm schauen.

Du hattest das Meer vermisst, das Geräusch der Wellen, die Gischt um deine Füße und die salzigen Tröpfchen in der Luft. Die Kiesel, die Muscheln und die ausgebleichten leeren Krabbenpanzer, dein liebstes Spielzeug.

Um mit den Fischern ins Gespräch zu kommen, fragte die Mutter den erstbesten bärtigen Mann nach Sardellen. Sardellen waren unverfänglich. Unverfänglicher jedenfalls als die Erkundigung nach einer Überfahrt.

Sardellen, Gnädigste, könne man nicht mit bloßen Händen fangen. Dazu brauche man Boote, und die besaßen die Fischer nicht mehr.

Was denn mit den Booten passiert sei, fragte deine Mutter. Sie hatte seinen sehnsüchtigen Blick in Richtung der Fischkutter bemerkt.

Beschlagnahmt. Ebenso wie Netze, Angelruten, Gummistiefel, kurzum alles, was ein Fischer brauche. Keiner sollte heimlich für den Eigenbedarf, am Revolutionskomitee vorbei, fischen können.

Seither verbrachten die Männer ihre Tage nutzlos rauchend auf der Seebrücke, manche zielten mit selbstgebastelten Harpunen in die Tiefe, ohne nennenswerten Erfolg. Ihre Arbeit bestand nun darin, auf die Bereitstellung ihrer ehemals eigenen Barken zu warten, unter Androhung von Gewalt aufs Meer hinauszufahren, und hernach den kompletten Fang der bewaffneten Hafenmiliz zu übergeben. Wenn aber Gnädigste der Hafenmiliz zuvorkäme, könne man wohl das eine oder andere Sardellchen für sie und das Töchterchen abzweigen.

Deine Mutter wagte es, um Geleit auf dem Landweg zu bitten. Ob Gnädigste sich denn sicher sei, dass sie diese Richtung einschlagen wolle … Deine Mutter nickte. Übers Wasser laufen könne sie nun mal nicht … Der bärtige Fischer führte euch durch die Ruinen. Kilometer um Kilometer türmten sich Steine, eingestürzte Dächer, geborstene Fensterscheiben. Eine verlorene Stadt, sagte der Fischer, die baue keiner mehr auf.

Als ihr Monate später vor dem Haus mit der herrschaftlichen Fassade standet, blickte deine Mutter besorgt nach oben. Sie vermisste die gewohnten Vorhänge an den Fenstern, und beinahe gleichzeitig verstandet ihr, dass die ganze lange Reise umsonst gewesen war. Nichts werde sie mehr überraschen, sagte die Mutter schulterzuckend dazu, und du nahmst zur Kenntnis, dass nun jemand anders dein Zimmer bewohnte.

In diesem Zimmer hattest du bereits als Vierjährige großes Schauspieltalent bescheinigt bekommen. In euren letzten Monaten in Petrograd spieltest du bei einer Haustheatervorführung das Aschenputtel. Zu deiner stummen Rolle gehörte es, zuerst in Sackleinen mit strohigem Haar, dann herausgeputzt im Glitzerkleidchen mit glattgekämmten hochgesteckten Zöpfen auf einem riesigen Kürbis zu sitzen. Deine Brüder, die Pferde, scharrten mit den Füßen, der Jüngste schwang als Kutscher eine Peitsche über euren Köpfen. Es war Herbst. Du erinnerst dich, dass es unter den Kronleuchtern hell und warm war, dass zusätzlich zu den Kerzen der Atem der Anwesenden die Raumluft erwärmte. Wenn die Mutter dir auf eurer Reise die Namen der Gäste aufzählte, die damals gekommen waren, wusstest du aus irgendeinem Grund, dass viele aus deinem ersten Publikum wohl nie wieder einer Theatervorführung beiwohnen würden.

Hinter dem schwach beleuchteten Fenster im zweiten Stock, an dessen Scheibe jetzt eine vergilbte Zeitung hing, hatte früher euer Flügel gestanden. Alle deine Geschwister hatten dort auf dem samtbezogenen Hocker sitzend Klavierunterricht erhalten, während die Mutter bei Hauskonzerten streng darauf achtete, dass du, kaum den Windeln entwachsen, zur rechten Zeit applaudiertest. Das Instrument war ein Mysterium, ein einflügliger Schwan, der schwarzglänzend im Musikzimmer thronte. Über den Tasten war dir eine kleine Goldkrone aufgefallen, die in den Korpus eingelassen war. Das Berühren der lackierten Oberfläche mit bloßen Händen war euch streng verboten, ohnehin hielt dich diese schier erdrückende Makellosigkeit auf gebührendem Abstand. Das Dienstmädchen Anja wienerte das Instrument jeden zweiten Tag mit speziellen Handschuhen, kein Stäubchen durfte den Schellack trüben. Du warst von klein auf mit dem Versprechen gefüttert worden, bald selbst auf dem Hocker Platz zu nehmen, endlich hätten deine Finger rechtmäßig die kühlen Tasten berühren dürfen, um gemeinsam mit dem Lehrer deine ersten Tonfolgen einzuüben. Die Mutter wäre gekommen, um dir zuzuhören und deine Fortschritte zu loben. In Lida sah sie bereits eine Pianistin von Weltrang, eine Zeitlang hattest du heimlich und tollkühn davon geträumt, deine Schwester zu übertrumpfen.

Alsdann jedoch dankten die Eltern Anja für ihre treuen Dienste, erklärten dir, dass euch ein kleiner Umzug bevorstehe, dass du aber auf der Krim ein Klavier zum Musizieren haben würdest. Kein Anlass zur Trauer, denn im Grunde bestehe kein großer Unterschied zum Flügel, das Pianino sei ebenfalls schwarz lackiert, nehme lediglich weniger Platz ein.

Nun wart ihr also dort angekommen, wo alles angefangen hatte und euch nichts mehr erwartete. Die Mutter hoffte abermals auf die Aufnahme bei guten Menschen. Sie erwog als Dolmetscherin zu arbeiten, um euch durchzubringen. Aber würden sie ihre Fremdsprachenkenntnisse nicht verdächtig machen? Vieles hatte sich inzwischen verändert. Die guten Menschen gaben euch Ratschläge, wo, was, wie zu beschaffen sei, denn am Ziel eurer Reise angelangt war deine Mutter plötzlich orientierungslos. Du hingegen wusstest inzwischen genau, dass du kein Aschenputtel mehr sein wolltest, sondern die Julia von Verona. Und dass du von diesem Ziel nicht abrücken würdest, egal, was die Mutter darüber dachte. In diesem Falle, so stelltest du klar, wiege ihre Meinung so viel wie die eines jeden. Und wie viel das sei, dürfe sie sich selbst ausrechnen.

Deine Mutter nahm das ruhig auf, behielt ihre Gedanken und zahlreichen Bedenken für sich. Seit alle Gewissheiten sie verlassen hatten, ließ sie sich von Ahnungen leiten. Und ihr Instinkt sagte ihr, Zukunftswünsche dürfe man nicht mutwillig beschädigen, so zerbrechlich wie sie auch waren. Sie nahm dich ernst, weil sie alles ernst nahm in dieser Zeit. Hatte sie die Ernsthaftigkeit früher wie eine lästige Stechmücke verscheucht, war sie ihr nun zur Natur geworden. So sagte deine Mutter nicht, wir werden sehen, vertröstete dich nicht auf später. Andere hätten vielleicht gelächelt und behauptet, es werde bis dahin noch viel Wasser ins Meer fließen. Sie ließ nichts von alledem verlauten, und dafür bist du ihr bis heute dankbar.

Deine Mutter sagte vielmehr, ein Ziel zu haben, sei überaus löblich, zumal in solch jungen Jahren. Sie sagte, sie würde immer für dich da sein. Sie versprach dir, jede deiner Vorstellungen zu besuchen, in der Mitte der ersten Reihe werde sie sitzen, mit dem Textbuch auf dem Schoß wolle sie deine persönliche Souffleuse sein.

Deine Mutter, die ihre Juwelen inzwischen gegen eine Kunstperlenkette eingetauscht hatte, gewöhnte es sich an, Zukunftsüberlegungen mit »solange mich meine Beine tragen« abzuschließen. Doch ihre Beine waren sehnig und stark. Die Fürsprache eines befreundeten Vermittlers, ein leicht frisierter Lebenslauf und vielleicht auch die Kunstperlenkette verhalfen deiner Mutter zu einer Anstellung als Privatsekretärin bei einem namhaften Wissenschaftler. Der Direktor des Instituts für Verkehrsplanung und Logistik beauftragte sie mit der Übersetzung wissenschaftlicher Elaborate zum Themenkreis »Auf- und Ausbau des nationalen Schienennetzes – Historische Exkurse, Stand der Technik, künftige Entwicklungen«. Fortan brütete deine Mutter über Manuskripten, die den Schutz von Eisenbahnlinien vor Schneeverwehungen, die Probleme bei der Verlegung von Schienen in Permafrostböden und die Optimierung des Güterverkehrs behandelten.

Der Professor ist dir trotz seiner militärischen Erscheinung als gütiger alter Herr in Erinnerung geblieben, ein Großvaterersatz, der euch regelmäßig etwas zusteckte, kleine Prämien in Form von Lebensmitteln, oder die abgelegten Kleider seiner Frau und Enkeltöchter.

Die Übersetzungen deiner Mutter zeugten im Ausland vom technischen Fortschritt der jungen Sowjetunion. Der Professor erhielt einen weiteren Verdienstorden. Er stellte euch eine Dachkammer in seinem Haus zur Verfügung, wo ein Vorhang deinen Bereich von dem der Mutter abtrennte. So konnte sie arbeiten, während du schliefst. Tagsüber tippte sie im Institut Briefe auf Russisch, bis tief in die Nacht übersetzte sie in der Dachkammer die Korrespondenz des Professors mit führenden internationalen Spezialisten seines Fachgebiets.

»Sie werden sich noch überarbeiten, meine liebe Darja Wladimirowna!«, sagte der Professor. »Bevor Sie mir umfallen, werden wir für Sie einen Sanatoriumsplatz auf der Krim beantragen. Sie brauchen dringend eine Kur. Und keine Widerrede!«

Deine Mutter begann zu stottern. »Nein, nein, das ist nicht nötig, die Krim, das ist viel zu weit weg, unmöglich …«

Der Professor drohte ihr schelmisch mit dem Finger. Egal was sie sage, er werde seine beste Fachkraft auf die Liste der Erholungsbedürftigen setzen lassen …

Im Sommer schleppte sie die Schreibmaschine in den Garten und schrieb im Schatten eines Kirschbaums auf einem wackligen Eisentisch. Als die Kirschen reiften, kamen die Vögel, manche angepickte Kirsche landete auf einem halbfertigen Text und besudelte ihn mit rotem Saft. Einmal hast du beobachtet, wie die Mutter über der Schreibmaschine in Tränen ausbrach. Du glaubtest, es sei wegen der frechen Vögel, und legtest ihr nahe, sich einen geeigneteren Arbeitsplatz zu suchen. Du wachtest gut über sie und konntest ihr keine Schwäche erlauben, wolltest, dass jeder Tag wie der andere wäre. Ohne Abweichungen. Dass deine Mutter oft müde wirkte und kein Ausbund an Fröhlichkeit war, störte dich nicht. Wenn nur alles bliebe, wie es war.

Bei deinem ersten Auftritt im Studententheater, nicht als die Julia, sondern als eine Fabrikarbeiterin, hieltest du auf der Bühne nach der Mutter Ausschau. Sie war gekommen. Ein Textbuch brauchte sie allerdings nicht, deine Rolle war immer noch stumm, du hattest nur die Faust zu ballen. Deine Mutter sah dich erneut als Aschenputtel, diesmal als proletarisches. Sie klatschte und rief am Ende der Vorstellung so laut »Bravo!«, dass es dich vor den anderen verlegen machte.

Bei aller Wachsamkeit entschwand dir deine Mutter eines Tages doch. Sie ließ dich noch wissen, es sei keine gute Zeit zum Altwerden, und um die Jugend beneide sie erst recht niemanden. Einen anderen Trost hinterließ sie dir nicht.

VIKTORIA M.,

SIEDLUNG DUBOWKINO BEI KRASNOJARSK, 1957–58

,

Im Oktober steht für die älteren Heimgruppen ein Kinobesuch an. Ein Bus bringt uns nach Krasnojarsk, Talaschko faselt etwas von einem denkwürdigen Ereignis, dessen Zeugen wir geworden sind oder noch werden sollen, kein Mensch versteht, was sie von uns will. In Zweierreihen, ich neben Klawdija, hinter uns Rusudan mit Oksana, marschieren wir zum Kino. Der kalte Wind zwackt an der Nasenspitze und lässt meine Finger hölzern werden wie die von Pinocchio.

Nun sitzt Rusudan in der Reihe vor mir, und ich kann zwischen ihren Zöpfen sehen, wie sich der weiße Kragen ihrer Schuluniform an ihrem schmutzigen Nacken reibt. Jede Bewegung erspart ihr das Waschen mit Seife. Erst als das Licht ausgeht, richtet sich mein Blick auf die Kinoleinwand. Das Getuschel ringsherum wäre auch ohne die Ermahnungen von Talaschko, die neben mir sitzt, schlagartig verstummt.

Die Vorführung beginnt wie üblich mit dem Kinojournal »Nachrichten des Tages«. Der Spasski-Turm schiebt sich vor eine Weltkugel, auf der die Umrisse unseres Landes zu sehen sind. Der rote Stern an der Spitze des Turms strahlt in alle Richtungen wie die Sonne. Eine männliche Stimme ertönt, um von einem triumphalen Erfolg sowjetischer Wissenschaft und Technik zu berichten. Unser

Land habe die kühnsten Träume der Menschheit wahr werden lassen. Wir haben den ersten künstlichen Erdsatelliten namens Sputnik 1 ins Weltall geschickt. Damit sei die einst so ferne Zukunft eingeläutet. Irgendwo weit oben über unseren Köpfen ziehe der Satellit seine Bahn und sende Signale aus, die von einer Radiostation bei Moskau empfangen werden – und nicht nur dort! Die ganze Welt könne nun den Tönen des neuen Erdtrabanten aus sowjetischer Produktion lauschen.

Wir lauschen ergriffen. Es sind Piep-Geräusche zu hören, die sich unter das Knattern der Filmvorführmaschine mischen.

Talaschko hat feuchte Augen. Am unteren Rand ihrer Lider sammelt sich Flüssigkeit, in deren Wölbung sich das Geschehen auf der Leinwand spiegelt. Wenn sie kein Taschentuch zu Hilfe nimmt, werden ihr gleich die Bilder aus den Augen fließen.

Ich weiß nicht, was ich davon halten soll, sind es Tränen des Glücks? Ich schaue unwillkürlich nach oben, an die dunkle Decke des Kinosaals. Fast erwarte ich, dort Sterne zu sehen und den blinkenden Mond aus Menschenhand in seiner Umlaufbahn.

Nach dem Kino ruft mich Talaschko zu sich. Mir ist unwohl, was habe ich falsch gemacht? Ich versuche, die letzten Stunden zurückzuverfolgen, jedes Wort, jede Handlung. Ich finde nichts Bedenkliches, vielleicht liegt mein Vergehen länger zurück?

Zerknirscht erscheine ich vor Talaschko, weil ich weiß, dass sie das mag – je zerknirschter, desto besser.

»Nicht diejenige ist die Mutter, aus deren Bauch man gekommen ist, sondern diejenige, die sich um einen kümmert, merk dir das, Makarowa«, sagt Talaschko. »Die sich dafür aufopfert, dass man ein anständiger Mensch wird. Schau mich an, wenn ich mit dir rede!«

Ich sehe an ihrem linken Ohrläppchen vorbei, über dem sich eine Locke kräuselt. Im Ohrläppchen hängt ein goldener Ohrring, ein umgedrehter Zwiebelturm mit Ornamenten, so schwer, dass er das Ohrloch zu einem senkrechten Schlitz verzieht. Es fehlt nicht viel und die Haut würde reißen unter dem Gewicht.

»Du wirst uns bald verlassen, Makarowa.«

Ich verstehe nicht, was das bedeutet: Du wirst uns bald verlassen. Wieso sagt sie das?

»Du wirst in ein Kinderheim nach Charkow verlegt. Sie hat erreicht, was sie wollte. Hörst du mir überhaupt zu? Hier oben spielt das Orchester, nicht unter meinen Fersen!«

Ja, ich höre sehr genau zu. Ich weiß, wer »sie« ist. Nicht meine Mutter. Wenn die Erzieherinnen von Nina Petrowna Belikowa reden, klingt inzwischen eine gewisse Achtung durch. Eine Person mit Durchschlagskraft sei das, keine Frage! Eine andere hätte doch längst aufgegeben und mich Waise sein lassen. Und niemand hätte es ihr verdenken können. Sie bescheinigen Nina einen eruptiven Charakter, der alle Hindernisse auf seinem Weg hinwegfege. Mir gefällt, was ich höre. Meine neue Mutter erscheint mir zugleich schrecklich und wunderbar wie ein feuerspeiender Vulkan.

Rusudan und Klawdija fragen mich, ob es wahr ist, dass ich weggehe. Keine Sekunde habe ich damit gerechnet, dass mir die Antwort darauf schwerfallen könnte. Ich habe die Veränderung herbeigewünscht, solange sie weit weg war. Jetzt, beim Packen meiner Siebensachen, schleicht sich eine lähmende Angst ein.

Ich flüstere mir selbst ein, was für ein Glückspilz ich bin, weil ich mehr auf der Haben-Seite verbuchen kann als die anderen. Nicht nur habe ich eine Mutter, die weder tot noch vermisst ist, sondern noch eine Ziehmutter obendrein, die mir Kultur und gute Sitten beibringt. Alle sind sich darin einig, dass eine anwesende Ziehmutter allemal besser ist als eine abwesende Mutter. Uneinigkeit besteht dagegen bei der Frage, ob zwei Mütter zu haben dafür entschädigt, vaterlos zu sein.

Rusudan und Klawdija fangen an zu heulen. Ich sage, hört doch auf, ihr Ziegen. Ich fahre nicht ans Ende der Welt!

Talaschko bringt mich zum Bahnhof. Sie übergibt der Schaffnerin ein Schreiben, das meine Fahrt zum nächsten Kinderheim amtlich regelt. Man habe kein Personal übrig, das mich begleiten könnte. Außerdem sei ich schon groß genug, dass man mich nicht ständig an die Hand nehmen müsse. Die Schaffnerin soll ein Auge auf mich haben. Diese streift mich mit dem mürrischen Blick, der zu ihrer beruflichen Stellung gehört, und winkt mich zum Einstieg durch. Ich darf die Schlafliege neben dem Dienstabteil nutzen. Talaschko rückt mir die Mütze zurecht und zieht meinen Schal unangenehm fest, ihr Gesicht sieht besorgt dabei aus. »In Charkow, da ist es nicht so kalt«, sagt sie tröstend, »die Winter sind kürzer. Es wird dir gefallen. Mach's gut, Vika. Vergiss nicht, zu schreiben. Wir denken an dich. Denk du auch an uns, an die schöne Zeit, die du hier hattest. Und denk immer daran, dass du ein solides Fundament für deine Zukunft erhalten hast. Mach was draus, Mädchen.«

Talaschko bleibt am Bahnsteig stehen, wartet, bis ich Platz genommen habe und aus dem Fenster schaue. Der

Schal drückt mir die Luft ab. Ich lockere den Knoten, ziehe mir die Mütze vom Kopf, winke mit der Mütze in der Hand nach draußen. Verwundert stelle ich fest, dass Talaschko fast hübsch aussieht, wenn sie lächelt und eine Glasscheibe zwischen uns ist. Ich frage mich, welche Zukunft besser ist, die, die einer Kartoffel gleicht, oder die, die wie ein Silbermond mit Fühlern aussieht, und welche von beiden ich Talaschko wünschen soll. Aber schon setzt ein Pfeifsignal den Zug in Bewegung, und Talaschko ist ab sofort Vergangenheit.

Die Schaffnerin bringt mir das Gepäck hinterher. Ich habe zum Abschied ein neues Flanellnachthemd bekommen. Es fasst sich weich wie Kaninchenfell an.

Als der Zug in Charkow einfährt, versperrt mir die Schaffnerin die Sicht auf den Bahnsteig. »Solange ich nichts sage, bleibst du sitzen!« Ihr dicker Zeigefinger bohrt sich mir mahnend in die Brust. Trotzdem erkenne ich, auf Zehenspitzen über die Schulter der Schaffnerin spähend, Nina Belikowa, die angestrengt versucht, mich hinter den vorbeihuschenden Glasscheiben zu entdecken. Doch nicht sie ist es, die mich abholen darf, sondern eine fremde Frau, die sich vor der Schaffnerin ausweist und ihrerseits das amtliche Schreiben entgegennimmt. Die fremde Frau fragt Nina Belikowa schroff: »Sind Sie die Mutter? Dann stehen Sie nicht im Weg herum!« Bevor ich Nina begrüßen kann, tritt diese zurück und zuckt hilflos mit den Schultern. Jemand greift nach meiner Hand. »Wir sehen uns bald wieder, Vika!«, ruft mir Nina Belikowa von Weitem zu. »Hab noch ein wenig Geduld!«

An der Seite meiner neuen Erzieherin verlasse ich den Bahnhof. Sie ist noch recht jung, und ich glaube, dass sie ihren Wintermantel offen trägt, damit die Strassbrosche, die ihre Bluse oben zusammenhält, keinem entgeht. Die strammen Waden stecken in Lederstiefeln, deren Schaft eine Nummer zu eng ist.

Draußen erstreckt sich ein Geflecht aus Stromleitungen über unseren Köpfen. Kreuz und quer verlaufen sie wie ein Netz. Wir stellen uns an eine Bushaltestelle. Im Schneematsch davor bleiben die Reifenabdrücke vorbeifahrender Fahrzeuge für kurze Zeit sichtbar.

In einer großen Stadt haben es die Menschen immer eilig, hat mich Nina Belikowa gewarnt. Neben uns zupft eine Mutter an den Mützen ihrer Söhne herum, zieht sie ihnen tiefer über die Ohren. Die Kleinen lassen es sich widerwillig gefallen. Ein Mann liest Zeitung. Es ist die *Rote Fahne*, wie ich auf dem Titelblatt erkenne, als er eine Seite umblättert.

Die Erzieherin stellt sich als Rita Lasarewna vor und beginnt zu sprudeln wie die Quelle von Karlovy Vary auf einem Bild in *Rund um die Welt*. Mein neues Heim liege mitten in einem Wohngebiet, erfahre ich von Rita Lasarewna. Zentral und doch mit ausreichend Grün drum herum. Es werde mir gefallen. Ich solle ja nicht denken, es sei einfach gewesen, mir einen Platz dort zu verschaffen! Das denke ich natürlich nicht, im Gegenteil, ich schätze mich glücklich, schon der kürzeren Winter in Charkow wegen.

Aus Rita Lasarewnas Mund kommen Sätze wie: Unser Staat tut alles, um elternlosen Heranwachsenden eine gute Erziehung und eine gesicherte Zukunft angedeihen zu lassen. Er sorgt mit Bildung und produktiver Arbeit für einen sinnvollen Tagesablauf. Hochqualifizierte Pädagogen ersetzen uns die Familie. Wir wachsen alle zu einer neuen großen Familie zusammen, und bald werde ich dazugehören. Weil der Krieg viele Kinder elternlos gemacht hat, sind die Heime im ganzen Land lange Zeit überfüllt gewesen. Die Regierung hat händeringend nach Unterkünften für Waisen wie mich gesucht …

Von den altgedienten Erzieherinnen habe Rita Lasarewna gehört, dass es in den ersten Jahren mitunter nur ein Bett für zwei gegeben habe. Das sei glücklicherweise vorbei. Wahrscheinlich könne ich mir das gar nicht vorstellen, wie das ist, ein Bett mit anderen teilen zu müssen. Ich stimme ihr zu. Ein eigenes Bett ist viel wert.

Dann fällt mir ein: Meine Mutter war nicht im Krieg. Seit 1941 sitzt sie im Gefängnis. Schon Jahre vor meiner Geburt saß sie im Gefängnis, und danach war sie auch nicht schlauer.

Im neuen Heim kümmern sich mindestens zwei Dutzend Angestellte um das Wohl der Bewohner, vielleicht sind es auch mehr. Sie wechseln oft. Frühschicht, Spätschicht, Nachtdienst. Ich brauche Zeit, um mir die Namen und Gesichter einzuprägen.

Im Hauptgebäude führt eine marmorne Treppe in das Obergeschoss. Die Stufen sind in der Mitte durchgetreten und stumpf. Nur am äußersten Rand ist der Stein noch glatt poliert. Früher hat das Haus einem reichen Charkower Kaufmann mit weitverzweigter Familie gehört, daher brauchte er so viele Zimmer.

Die Heimkinder besuchen die nahe gelegene städtische Mittelschule. Wir fallen unter den anderen Schülern nicht sonderlich auf. Jedenfalls bis zur Hofpause. Die Städtischen bekommen von zu Hause Butterbrote, Wurst in

Scheiben, Selbstgebackenes oder geschälte Apfelschnitze mit. All diese Leckereien, die wenige Stunden zuvor mit mütterlicher Sorgfalt verpackt worden sind, werden dann vor unseren Augen vertilgt. Die Hofpause scheidet die Butterbrotbesitzer von den Butterbrotbesitzlosen.

Die restlichen Wochen des Schuljahres bin ich damit beschäftigt, meine Mitschüler kennenzulernen. Schnell heißt es, die Neue sei eine Hinterwäldlerin aus Sibirien, die nichts außer ihrem Kuhkaff kenne. Es gebe nämlich himmelweite Unterschiede zwischen einem Heim in der Stadt und dem, wo ich herkäme.

»Ach, welche denn zum Beispiel? Habt ihr etwa Eltern?«, frage ich. Mir wird bald klar, dass meine Frage unüberlegt war.

Ich bekomme ein Bett, das einzeln direkt am Eingang steht. Weil ich stets als Erste in den Blick der Erzieherinnen gerate, bleibe ich ausgeschlossen von den Dingen, die hinter mir ausgeheckt werden.

Makarowa, bist du eigentlich stumm?, tönt es von hinten. Wenn ich mich umdrehe, heißt es: Hat dich jemand angesprochen? Also ich nicht. Ich auch nicht. Und ich erst recht nicht.

Dann möchte ich mir die Decke über den Kopf ziehen und verschwinden.

Nina besucht mich jeden Tag. Anfangs halten sie alle für meine Mutter. Immer wieder muss ich die Frage beantworten, warum ich nicht mit ihr nach Hause gehe. Weil ich nicht darf! Weil sie nicht meine Mutter ist!

Wie denn, jemand, der so oft kommt, soll nicht die Mutter sein? Da hat die Makarowa aber ein Pech, ein Riesenpech. Fast wünsche ich, Nina hätte etwas anderes zu tun und wäre häufiger verhindert.

Ich entdecke nach dem Aufstehen, dass mein Kissenbezug schwarz befleckt ist. Es bleibt keine Zeit, darüber nachzudenken, ich drehe das Kissen um und richte die Decke. Im Waschraum bleibt mir der Kamm im Haar stecken. Meine Hand greift in eine schmierige Masse. Ich zerreibe sie mit den Fingern und rieche daran. Zahnpasta gemischt mit Schuhwichse. Sie hätten nur Zahnpasta nehmen können, aber dann hätte es nicht so stark auf die Bettwäsche abgefärbt. Ohne Schuhwichse funktioniert es nicht.

Rita Lasarewna verlangt, dass ich die Decke zurückschlage. Wie ich mir die Pfütze unter meinem Bett erkläre, will sie wissen.

Welche Pfütze?

Dummstellen hilft bei uns nicht, Makarowa.

Die Katze, sage ich stotternd, jemand hat die Katze unerlaubt in den Schlafraum gelassen.

So eine Unreinlichkeit und Lügerei werden hier nicht geduldet. Rita Lasarewna lässt mich einen Putzeimer mit Lappen holen und hält mir einen Vortrag über die Grundlagen der Hygiene, die mir offenbar nicht vertraut sind.

Nina will mir die Orte zeigen, die sie für besonders schön und wichtig erachtet. Wir beginnen das Spiel »Tourist und Reiseleiter« am Springbrunnen »Gläserner Strahl«, errichtet als Monument des Sieges. Im Sommer sitzen hier die jungen Leute auf der Treppe, Liebespaare begegnen sich hinter den Säulen, Hochzeitspaare lassen sich davor fotografieren. Nachts wird das Denkmal von mehrfarbigen Scheinwerfern angestrahlt, deren Licht sich regenbogengleich im Wasserspiel spiegelt. Der Brunnen ist eine Bühne mit häufigen Szenenwechseln und lauter namenlosen Nebenfiguren. Es würde nicht auffallen, wenn ich mich dazugesellte.

Nina meint, das Wissen um solche Plätze könnte mir bald nützlich sein. Ihre Stadt ist nun meine Stadt. Ich glaube, eines Tages werde ich auch am Gläsernen Strahl sitzen und jemanden mit geschlossenen Augen küssen, ich weiß nur noch nicht, wen.

In den großen Ferien haben einige Kinder abwechselnd die Möglichkeit, vier Wochen in einem Pionierlager zu verbringen, während das übrige Heim geschlossen ein Sommerquartier an einem See bezieht. Nina ist dagegen, sowohl gegen das Pionierlager als auch gegen das Sommerquartier, sie will mich nicht fortlassen. Müsse ich wirklich, kaum angekommen, schon wieder fort?

»Hast du dich gut eingelebt?«, fragt sie mich fast täglich, und ich rätsele, ob sie eher von einem Ja oder einem Nein erfreut wäre.

Von unserem Sommerquartier aus gehen wir mit Laternen auf Nachtwanderung durch den Wald, sitzen am Lagerfeuer, bis alle nach Räucherbückling stinken, baden im See, spielen Volleyball ohne Netz. Beim Sackhüpfen teilen uns die Erzieherinnen in zwei gemischte Jungen-Mädchen-Mannschaften ein. Rita Lasarewna zieht mit Kreide die Startlinie auf den asphaltierten Innenhof. Sie übernimmt den Anpfiff und sorgt für die lautesten Anfeuerungsrufe. »Los Mädels! Walera, mit beiden Händen den Sack halten! Irina, keine Schlangenlinien springen!«

Ich starte als Letzte der Mannschaft B, nach wenigen Sprüngen habe ich mit dem Schuh ein Loch in den Sack gerissen, mein Fuß rutscht durch. Ich halte an, um den Sack zu drehen, die andere Ecke ist noch heil. Hinter der

Ziellinie bitte ich für den nächsten Durchlauf um einen anderen Sack.

»Du bist raus«, zischt mich ein Mädchen an. Es ist groß, blond, mindestens dreizehn und sieht aus, als könnte es seine Abende schon am Gläsernen Strahl verbringen. »Deinetwegen haben wir verloren.«

»Tut mir leid. Der Sack hat nicht gehalten.«

»Bist du nicht die, deren Mutter eine Kriminelle ist? Geh doch zurück nach Sibirien, da gehören solche wie du hin!«

Das Mädchen lässt mich stehen. Ich versuche mich an ihren Namen zu erinnern. Tatjana? Tamara? Irgendwas mit T. Ich frage mich, was besser ist: Ihr hinterherzulaufen und so fest an ihrem blonden Zopf zu ziehen, bis ihr die Augen aus den Höhlen fallen, oder ihr künftig aus dem Weg zu gehen?

Ich gebe meinen Hüpfsack bei Rita Lasarewna ab. Deren Wangen sind vom ständigen Aufpusten und Pfeifeblasen gerötet.

»Was ist denn los, Vika? Wir sind noch nicht fertig.«

»Ich habe mir beim Springen den Knöchel verstaucht«, sage ich.

»Was bist du ungeschickt. Na ja, es geht auch ohne dich. Nadja, du nimmst Vikas Platz ein. Hopp-hopp!«

Ich bleibe sitzen und sehe zu, wie die Mannschaft ohne mich gewinnt.

Klawdija hat mal erzählt, dass adoptierte Kinder den Namen der neuen Eltern annehmen müssen. Ich weiß nicht, woher sie das hatte, wahrscheinlich stimmt es nicht, aber ich schreibe in Gedanken »Viktoria Belikowa« auf ein Blatt Papier und spreche es lautlos nach. Ich finde, es klingt gut, jedenfalls nicht schlechter als »Makarowa«.

Und im Alphabet werde ich deutlich nach vorn rutschen. Ich brauche nur zu warten. Nina Belikowa wird Wege finden. Sie ist wie eine Lawine – nicht aufzuhalten.

»Weißt du was«, sagt sie eines Tages.

»Was?«, frage ich und ahne, so wie sie schaut, dass sie etwas erreicht hat. Einen persönlichen Sieg in ihrem Feldzug zu meiner Befreiung aus staatlichen Erziehungsanstalten.

»Es ist soweit!«, sagt Nina. »Die Behörden haben der Besuchsregelung zugestimmt. Von nun an darfst du von Freitag bis Sonntag bei mir bleiben. Freust du dich?«

Niemand vermisst mich, als ich freitags im Heim meine Tasche packe. Die Erzieherin macht gleichgültig eine Notiz im Gruppenbuch. Sie werden ohne mich irgendeinen Ausflug unternehmen. Vielleicht ins Kino oder in den Zoo zu dem einsamen Eisbären, dessen Fell grün schimmert von den Algen in seinem Teich mit fauligem Wasser.

Ich nenne die Frau, die mich abholt, Nina Petrowna, sie nennt mich Vika. Wenn fragende Blicke auf mir hängen bleiben, sagt sie, ich sei die Tochter einer verstorbenen Verwandten. Ob es diese Verwandte je gegeben hat, weiß ich nicht.

Nina Petrowna nimmt mich mit zu ihrem Bruder. Dort lebt sie, seit sie zurück ist. Sie hat mir das Haus mit den verwitterten Fensterläden, die Gegend und die Größe des Gartens beschrieben und erklärt, wen wir dort antreffen werden.

Es gefällt mir, mit Nina Petrowna im Bus der Linie 11 bis zur Endhaltestelle zu fahren. Nina beauftragt mich, unsere Fahrkarten zu entwerten, weil ich kleiner und flinker bin als sie und mich leichter an den anderen Fahrgästen vorbei zum Entwertungsautomaten hindurchschlängeln kann. Entschuldigung, sage ich, wenn ich nicht weiterkomme. Meine Stimme hört sich piepsig an, niemand beachtet mich. Ich muss es lauter wiederholen. Entschuldigung!

Reich doch einfach die Karte rüber, statt so zu drängeln, Herrgott noch mal! – Ich schaue direkt in die Achselhöhle einer Frau, die ihren Arm zur Haltestange hochstreckt. Es riecht streng nach Erwachsenen. Entschuldigung! Noch drei kleine Schritte. Endlich vor dem Automaten, betätige ich die Taste, die von innen Löcher in das Papier stanzt. Anfangs drücke ich zu zaghaft, es passiert nichts. Beim zweiten Versuch wende ich mehr Kraft auf. Dann betrachte ich das entstandene Muster, die Anzahl und den Abstand der Löcher zueinander. Ich will die Fahrkarten unbedingt Nina Petrowna zeigen, doch ich bin eingeklemmt zwischen Leibern, ein Ellbogen bohrt sich in meinen Rücken, ich kann nicht zurück. Fremde Hände strecken mir ihre Fahrscheine entgegen. Mädchen, loch mal. Die Taste macht Klack-Geräusche. Jemand nennt mich die Kondukteurin vom Dienst. Es hört sich nach jemandem von Bedeutung an.

Erst mehrere Haltestellen später erreiche ich außer Atem mit einer Welle Aussteigewilliger wieder Nina Petrowna.

Die breite Straße am Stadtrand ist in eine Richtung von windschiefen Strommasten gesäumt. Sie sehen aus wie eine mit Fesseln verbundene Kolonne von einbeinigen Riesen, die ins Nirgendwo marschieren. Ich bitte Nina zu warten, bleibe dicht an einem Strommast stehen und blicke empor. Was es da zu sehen gebe, fragt Nina. Ich sehe nicht, ich lausche, sage ich, das Ohr an das rissige Rundholz gelehnt. Wo Strom durchfließt, muss doch etwas zu hören sein, ein Knistern, Rauschen, Sirren. Ob sie, Nina, etwas Derartiges von oben hören könne?

Nina zuckt mit den Achseln, sie höre mit ihren alten Ohren auch keine Zikaden mehr zirpen, wie sollte sie da den Strom durch Leitungen fließen hören? Ich solle aufpassen, dass ich mir keinen Splitter in die Wange treibe.

Ich taste mit den Händen über die raue Oberfläche, um etwas zu erfühlen, vielleicht Vibrationen oder ein leichtes Kribbeln, aber außer unebenem Holz spüre ich nichts.

Die Straße ist unbefestigt, statt von einer glatten Asphaltdecke wird sie von tiefen Furchen geziert, die verschiedene Reifenprofile im Matsch hinterlassen haben. Hier sieht es nach Dorf aus, und es riecht auch nach Dorf. Freilaufende schwarzweiß gefleckte Brakelhühner nehmen kaum Notiz von uns. Meine Schuhsohlen sind von einem braunen Rand eingefasst, der sich wellenförmig ins darüber liegende Leder frisst.

»Wir sind da«, sagt Nina.

Hinter einem Holztor, von dem in handtellergroßen Flocken grüne Farbe abblättert, liegt ein betonierter Innenhof. Feine Risse durchziehen ihn, die Flussläufen auf einer Landkarte ähneln. In einer Senke sammelt sich Brackwasser vom letzten Regen. Von irgendwoher kommt ein Hund durch die Pfütze gelaufen, obwohl er jede Gelegenheit gehabt hätte, sie zu meiden. Ich sehe schmutzige Tropfen auf meine Beine spritzen, sie sprenkeln meine weißen Sonntagsstrümpfe. Der Hund kläfft und bleckt die Zähne in meine Richtung. Unwillkürlich weiche ich einen Schritt zurück, Nina soll mich beschützen.

»Still, Antoschka!«

Der Hund gehorcht ihr aufs Wort. Nina erklärt ihn für harmlos, ich dürfe nur keine Angst zeigen. Ich gebe mir Mühe, entschlossen aufzutreten, zumindest gegenüber dem Hund.

Nina hat niemanden mehr außer dem Bruder und ihrer Mutter. Ich weiß, es gibt keinen Ort, wohin sie sonst hätte gehen können. Der Bruder hat das Elternhaus übernommen, die verwitwete Mutter bewohnt im Sommer die Familiendatscha und überwintert beim Sohn.

Der ist ein kräftiger Mann, er hat Hände, die mit einem Mal einen Eimer ausschöpfen könnten. Aber ich sehe gleich, seine Schwester ist ihm nicht geheuer. Er hat ihr ein Zimmer gegeben, damit sie, mit der er das Blut und die Mutter teilt, nicht auf der Straße schlafen muss. Sein Blick jedoch ist wachsam.

»Was willst du mit dem Kind hier? Das eigne hast du verloren, und jetzt schleppst du, ohne zu fragen, ein wildfremdes Staatsfeinde-Gör an. Denkst du, das is'n Hotel hier? Was heißt Gast, mir egal, wie sie heißt. Es reicht, wo sie herkommt. Solche Gäste brauch ich nicht in meinem Haus! Hier ist kein Platz für solche, bring sie weg!«

»Hör nicht auf ihn«, sagt Nina, »der redet nur. Lassen wir ihn seinen Schaum schlagen.« Sie schiebt mich an ihm vorbei. Dreht sich noch einmal um und zischt: »Hast wohl das letzte Fünkchen Anstand für 'ne Flasche Schnaps verkauft. Vika bleibt nur zwei Tage. Als Gast!«

Es riecht fremd in diesem Haus. Ich zucke zusammen, als ich den ausgestopften Wildschweinkopf erblicke, klammere mich beinahe an Nina. »Was hast du denn?«, fragt sie. »Das ist doch nur Petja!«

Noch nie war ich einem Wildschwein so nah, selbst im Naturkundemuseum in der Abteilung »Heimische Tierwelt« stehen sie hinter einer Absperrung mit dem Schild »Achtung, nicht berühren!«. Hier hängt der Kopf im Eingangsbereich direkt in meiner Stirnhöhe neben der Tür, weil darüber nicht genügend Platz ist, und starrt mich mit seinen braunen Glasaugen von der Wand an. Der Mann hat ihn Petja genannt. Warum, weiß Nina nicht. Vielleicht weil ihr Bruder Jäger ist, ein Trophäensammler, der seine Beute gewissermaßen mit in die Familie aufnimmt.

Mitunter verströme Petja einen üblen Geruch, beklagt sich Nina. Das liege am Wetter, erklärt uns ihr Bruder. Und ein bisschen am Präparator, der gepfuscht habe. Trotzdem werde er sich nie von Petja trennen, etwas Größeres habe er noch nicht geschossen. Und wenn er eines Tages einen Zehnender erlegen sollte, wovon er offenbar träumt, dann käme der ins Wohnzimmer und Petja würde weiterhin artig die Besucher begrüßen. Manche taugen eben nur zum Flurwächter.

Nina führt mich durch das Haus. Irgendwo schlägt eine Uhr dröhnend die halbe Stunde. Ich will wissen, ob sie auch nachts schlägt. Nein, sagt Nina, ich müsse mir keine Sorgen machen, der Gong verstumme um zweiundzwanzig Uhr und schweige bis zum Morgen.

In der Küche fällt mir ein Drei-Liter-Glas auf. Mit einem weißen Häubchen bedeckt steht es auf der Anrichte. Weil in der trüben Brühe eine braune Qualle schwimmt, halte ich es für ein Arme-Leute-Aquarium. Nina lacht. Das sei ein Pilz, der das Getränk zum Gären bringe, eine gefragte Rarität, die es am Leben zu erhalten gelte. Dabei sieht das Gebilde recht tot aus, jedenfalls bewegt es sich nicht. Schleimige Schlieren steigen hinauf zur Oberfläche –

daraus wird bald ein neuer Pilz wachsen, erfahre ich. Ich gehe näher heran, aber Nina warnt mich, das Gefäß anzufassen, der Pilz vertrage keine Erschütterungen. Niemals dürfe er mit unsauberen Händen berührt werden, denn dann könne sich Schimmel bilden und dieser mache die ganze Lösung unbrauchbar. Sobald eine Hausfrau ihre eigene Pilzkultur ergattere, werde diese gehegt und gepäppelt, vermehrt, weitergeschenkt und eingetauscht. Ein Exemplar sei Nina bereits eingegangen, deshalb achte sie jetzt besonders darauf, alles richtig zu machen: Temperatur, Hygiene, Stellplatz, Lichteinfall, Luftzufuhr – ich solle mir das ja nicht zu leicht vorstellen!

Ich schaue mir meine Hände an, sie kommen mir nicht schmutzig vor, dennoch halte ich fortan einen Abstand zur Anrichte. Der Schleimpilz scheint Nina viel zu bedeuten, sie schwärmt von den positiven Auswirkungen des Gebräus auf die Gesundheit generell, speziell jedoch auf den Magen-Darm-Trakt, wo – wie jeder weiß – die Quelle unseres Wohlbefindens sitze. Ich nicke, gewiss, wer wüsste das nicht.

In der Vorratskammer sind Behälter unterschiedlichster Größe von einer leichten Staubschicht umhüllt. Sie tragen kein Etikett, sodass ihr Inhalt von außen kaum zu erkennen ist. In meinen Augen zeugen diese Konserven von Wohlstand, sonst hätten sie ja keinen Staub ansetzen können. Wegen meiner bis aufs Blut abgekauten Nagelhaut und der allgemeinen Hygiene widerstehe ich tapfer dem Impuls, das nächstbeste Glas zu öffnen und mit dem Finger zu naschen.

In Ninas Schlafzimmer biegt sich das Bett unter dem Gewicht von Kissen, Matratze und Federdecke. Es ist ein Metallbett mit Maschendrahtnetz statt Lattenrost. Man liegt darin wie in einer Hängematte, und wenn keiner zuguckt, kann man darauf herumspringen wie auf einem Trampolin und mit den Händen die Decke berühren. An der Wand hängt ein Teppich mit samtiger Oberfläche und Hirschmotiv. Er zeigt einen Zwölfender in der Mitte, dessen Geweih in den tiefblauen Teppichhimmel ragt. Rechts und links stehen zwei kleinere Tiere seiner Art. Es ist eine Hirschfamilie, Vater, Mutter, Kind. Während der Vater mir ausdruckslos entgegenschaut, trinken die anderen Wasser aus einem Tümpel. Zu Füßen des Hirschjungen schwimmen blassrosa Seerosen auf grünen herzförmigen Blättern. Das Kitz hat weiße Tupfen auf dem Rücken. Farnartige Gewächse und seltsame, nie gesehene Blüten säumen das Ufer.

Ich hoffe, dass über meinem Bett auch ein Wandteppich befestigt ist. Dann würde ich im Liegen, vor dem Einschlafen und nach dem Aufwachen, zur Hirschfamilie hochschauen und zwischen den Farnen nach Pilzen suchen. Ab und zu würde ich Papa-Hirsch über das Geweih streichen, der Hirschkuh ein Grasbüschel hinhalten und aus den Teppichfransen Zöpfe flechten, bis Nina sie entdeckt und mich zur Rede stellt. Ich glaube, es ist verboten, in fremden Häusern Zöpfe aus Wandteppichfransen zu flechten.

Und während ich mir das alles vorstelle, denke ich: Du hättest einen solchen Teppich längst haben können, wenn deine Mutter in ihrem Leben nicht so viele Fehler begangen hätte. Seit Jahren schon hätte ich eine Idylle mit Hirsch nebst seinen Nachkommen betrachten können, wenn meine Mutter eine gute Mutter wäre.

Auf der Sitzfläche eines Sessels mit verblichenem Polster liegen Stricknadeln und Wollknäuel. Die Armlehnen sind beidseitig mit Häkeldeckchen verziert, ebenso der Kopfteil und ein Beistelltischchen in der Nähe des Bettes. Eine Stehlampe mit einem Lampenschirm, der wie ein plissierter Rock aussieht, ist die einzige Beleuchtungsquelle. Von der Decke hängt nutzlos ein schwarzes Kabelende herab.

Wir laufen durch die Räume, ich zähle nur wenige. Nina will mich im Zimmer ihrer Mutter einquartieren, bis sie von der Datscha zurückkommt. Ich staune flüchtig darüber, dass Nina in ihrem Alter eine Mutter hat und ich nicht. Es lässt sich nicht leugnen, dass ich sogar einen kurzen Stich von Neid verspüre. Dann fällt mir zum Glück wieder ein, wonach ich suche: Ein Kind muss doch irgendwo im Haus Spuren hinterlassen haben, aber ich kann keine entdecken.

»Was ist denn mit Ihrem Kind passiert, Nina Petrowna?«

Die Uhr, die jede halbe Stunde schlägt, ist eine Standuhr. Wäre ich etwas jünger, könnte ich mich noch darin verstecken wie eines der sieben Geißlein vor dem bösen Wolf.

»Mein Kind ist nicht alt geworden«, sagt sie.

»Wie alt denn?«

»Kein halbes Jahr.«

Damit habe ich nicht gerechnet. Dass Kinder sterben können, bevor sie sprechen, laufen und denken gelernt haben!

»Das ist wirklich sehr jung. Sohn oder Tochter?«

»Tochter. Sie wäre heute ein bisschen älter als du.«

»Wie war ihr Name?«

»Anetschka.«

Hinter der verglasten Tür der Standuhr schwingt das Pendel hin und her. Drei goldglänzende Gewichte in Zylinderform hängen an Ketten herab. Wenn man sie berührte, blieben gewiss Fingerabdrücke. Man müsste wirklich sehr klein sein, um in das Gehäuse hineinzuklettern und nicht von außen gesehen zu werden. Und wie sollte man die Tür von innen schließen und wieder öffnen – als Geißlein mit Hufen? Was für ein dummes Märchen!

»Woran ist sie gestorben?«, frage ich. In meiner Vorstellung lebt das Mädchen Anetschka weiter, wächst in einem Heim auf und wartet auf eine Mutter, die zu spät kommt oder nie.

»Ach, wer weiß das heute noch. Hunger oder Krankheit oder weil sich niemand kümmerte. Man hat uns getrennt. Dass sie nicht lange überlebt hat, habe ich aus einem Brief erfahren. Es war dann egal, ob und wann ich zurückkehre, ob es zehn oder zwanzig Jahre dauert, sie war ja nicht mehr da. Wenn du willst, können wir sie auf dem Städtischen Friedhof besuchen. Nummer zwölf. Ist nicht weit von hier.«

Nina winkt mich hinaus in den Garten. Verblühte Stockrosen erinnern an den vergangenen Sommer, vereinzelt ragen sie entlang des Holzzauns zum Nachbargrundstück aus dem Boden und sind teils größer als ich. Das Klohäuschen steht hinter einem Obstbaum, dessen Früchte längst abgeerntet sind.

»Jetzt hast du alles gesehen«, sagt Nina.

Später, als ich ein häufiger Gast im Haus der Familie Belikow bin und Nina Petrowna mit Tante Nina anreden darf, schimpft ihr Bruder nicht mehr, sondern nickt mir zur Begrüßung zu, wenn ich ihm unter die Augen gerate. Wir treffen uns notgedrungen in der Küche, der Mann lässt mich mit am Tisch sitzen. Ich kaue langsam, schmatze nicht, halte die Augen auf den Teller gerichtet und die Füße unter dem Stuhl. Irgendwann spricht er mich an: »Vika, sag doch mal was. Bist ja 'ne ganz Stille, das ist nicht gut. Wie willst du durchs Leben kommen, wenn du deinen Mund nicht aufkriegst? Die großen Schweiger werden leicht übersehen. Zack, hat man sie überfahren und lässt sie links liegen. Sagen ja keinen Mucks. Nee, so eine willst du doch nicht sein, Vika, so eine stumme Schlafmütze. Erzähl mal, bist du denn eine gute Schülerin?«

Siehst du, sagt Ninas Blick aufmunternd, er ist gar nicht so schlimm, er tut nur so.

Ich nicke unbestimmt.

»Das geht auch lauter. Versuch es! Was ist dein Lieblingsfach?«

Ich sage Biologie, weil ich denke, als Jäger müsse er sich für die Räuber-Beute-Beziehungen interessieren, die wir gerade behandeln.

»Biologie, so-so. Hast du schon einen Berufswunsch?«

»Weiß nicht«, sage ich wahrheitsgemäß. Die Arbeiterin in der Schokoladenfabrik hat ihren Reiz verloren, seit Nina mich mal zum Flughafen mitgenommen hat. Die Stewardessen der Aeroflot tragen fesche Uniformen mit Käppi und Tuch um den Hals. Auf Auslandsflügen verteilen sie kleine Schokoladentäfelchen und Lutschbonbons gegen Übelkeit an die Passagiere, erzählte Nina, das habe sie von einer befreundeten Musikerin gehört, die mal mit ihrem Orchester einen Auftritt als zweite Violine in Budapest hatte.

»Das wird schon, hast ja noch viel Zeit«, sagt der Mann und tätschelt mir beim Aufstehen die Wange.

An manchen Wochenenden kommen lärmende Männer ins Haus. Sie sitzen zusammen in der Küche, essen und trinken und werden immer lauter. Sie haben einen Hund dabei, der stundenlang an einem ihm hingeworfenen Knochen nagt und böse knurrt, wenn ich an ihm vorbei zum Wasserhahn schleiche. Mitten in der Nacht verschwinden die Jäger, was ich mitbekomme, weil ich bei ihrem Lärm nicht schlafen kann. Sie verstauen im Auto Decken, Kisten mit Proviant, mehreren Flaschen Wodka und einem Sack Kartoffeln für das Lagerfeuer. Sie tragen Hüte und Gummistiefel, fahren weit hinaus, schlafen im Zelt und schießen im Morgengrauen auf Wildgänse. Dann essen sie ihr mitgebrachtes Brot und saure Gurken, backen Kartoffeln in der Glut, weil sie keine Lust haben, ihre Beute selbst zu zerlegen, das sei schließlich Frauenarbeit.

Dann warten sie. Nachmittags kehren die Wildgänse zurück zu ihren Schlafplätzen, und die Männer bereiten sich gut darauf vor: Ein Schnäpschen für die ruhigere Hand, ein zweites für den schärferen Blick. Während sie auf der Lauer liegen, tarnen sie sich mit einer Feldplane und Zweigen ringsherum, denn die Gänse seien nicht blöd, keinesfalls solle man das von ihnen denken. Ein Jäger dürfe kein Fremdkörper in der Landschaft sein, vielmehr müsse er mit ihr verschmelzen. Ist die Beute im Anflug, zücken die Männer ihre Gewehre, schießen erneut, treffen oder auch nicht.

Der Onkel hat es mir vorgemacht: anlegen, zielen, abdrücken. Zack, zack, zack, so geht das. Sich versteckt und bedeckt halten. Möglichst viele erlegen. Regnen soll es Gänse vom Himmel. Er, das Wild und die Natur – das sei seine Freiheit. Sie fühle sich gut an, da draußen. Aber für mich sei diese Freiheit nichts, weil ich ein Mädchen bin.

Etwas gibt mir keine Ruhe. Wenn die Gänse so schlau sind, wie der Onkel sagt, warum lassen sie sich einfach erschießen? Was führt sie direkt in die Schusslinie und letztlich auf unseren Teller? Ich stelle mir vor, wie das Leittier des Gänsekeils, das besonders schlau sein muss, sonst würden ihm nicht alle folgen, scharfäugig die Umgebung beobachtet, die drohende Gefahr wittert, ein für Menschen unhör- und unsichtbares Warnsignal zum Richtungswechsel an seine Kompanie gibt und wie die Gänse urplötzlich in alle Richtungen davon stieben. Die Männer unter der Plane, geduckt in einer selbst ausgehobenen Grube, in der es womöglich feucht und wenig gemütlich ist und nur der Wodka Wärme spendet, sind überrascht – die Gänse spielen verrückt! – und geben Schüsse in die Luft ab, die ihr Ziel verfehlen.

So schlau wie wir ist das Federvieh dann eben doch nicht, freut sich der Onkel. Mit ein wenig Erfahrung und dem richtigen Verhalten sei es leicht zu überlisten. Leittier oder Gefolgschaft, das mache dabei keinen Unterschied. Der Mensch ist der Herr. Alles, was keine Gefängnisse baut, ist ihm untertan. Der Onkel zwinkert mir zu, und ich weiß nicht, wie ernst er es meint.

Wenn die Männer von der Jagd heimkommen, riechen sie nach Schweiß, Schnaps und Rauch. In ihren Gesichtern wachsen dicke, grau-schwarze Bartstoppeln, ihre Gummistiefel sind mit Schlamm bespritzt. Ninas Bruder legt uns seine Vögel zum Rupfen hin und sieht glücklich aus. Über hundertfünfzig Stück haben sie geschossen, sie konnten gar nicht alle mitnehmen. Er erzählt einen dieser Witze, die Nina »politisch« nennt und gar nicht lustig findet: Unser Staatslenker tritt bei einer Versammlung vor Werktätigen auf. »Genossen! Bald werden wir Amerika nicht nur einholen, sondern überholen!« Da ruft ein

Arbeiter aus der Menge: »Die Amerikaner einzuholen ist ja in Ordnung, Genosse Nikita Sergejewitsch. Aber überholen sollten wir sie nicht.« – »Warum denn das?« – »Damit sie unseren nackten Arsch nicht sehen!«

Ninas Bruder lacht schallend, sie verzieht das Gesicht. Ich bin unschlüssig, ob ich mitlachen darf. Sie redet ihm ins Gewissen, dass er in meiner Gegenwart keine schlimmen Ausdrücke benutzen soll. Als wären meine Ohren noch vor diesen Wörtern zu schützen, die sie schon tausendmal gehört haben.

Ninas Bruder winkt ab. Auf dem Weg zur Wildgansjagd hätten die Männer tatsächlich am Straßenrand ein Plakat gesehen – »Amerika einholen und überholen!« – und kurz danach ein Warnschild der Verkehrspolizei: »Wenn du dir nicht sicher bist – überhole nicht!«

Der Onkel beteuert, das sei kein Witz, seine Jagdfreunde könnten das bezeugen. Außerdem hätten sich die Zeiten geändert, der Glatzkopf sperre niemanden mehr wegen eines Witzes hinter Gitter. Der habe nur seinen Mais im Kopf, die neue »Königin der Felder«, die »Wurst am Stiel«, die von Süd bis Nord das ganze Land ernähren soll. Und die Aussichten seien gut, schließlich sei es dem Dicken erstmalig gelungen, Getreide auf ukrainischen Feldern anzubauen und auf amerikanischen zu ernten. Das solle ihm erst mal einer nachmachen!

Ich höre aus der Stimme meines Onkels eine gewisse Heiterkeit heraus, aber wirklich fröhlich klingt sie nicht. Solange man ihm seine Wildgänse lasse, könne man seinetwegen auch Kokosnüsse in Sibirien anbauen, sagt er und kneift mich in die Wange.

Manchmal, wenn keiner zusieht, bleibe ich vor Petja stehen und streiche vorsichtig über seine grauen Borsten, die sich wie Stacheln anfühlen und den Augenbrauen von Ninas Bruder ähneln. Der hat versprochen, das nächste Mal einen Fuchs zu erlegen, damit ich mir aus dem Fell eine Wintermütze nähen lassen kann, denn das, was ich trüge, sei ja eher ein Wollstrumpf als eine Kopfbedeckung, wie könne mich Nina nur so herumlaufen lassen? Es sei ihre Aufgabe, mich gut einzukleiden, damit die Leute nicht auf hundert Meter Entfernung in mir das Heimkind erkennen.

Ich frage mich, was wohl Klawdija und Rusudan beim Anblick einer Fuchsschwanzmütze sagen würden. Ich stelle mir ihre Gesichter vor, wie Rusudans Wimpern über ihren aufgerissenen Augen zu einem schwarzgefiederten Fächer erstarren und Klawdijas Hand mit den abgekauten Fingernägeln sich meinem Kopf nähert, um das Fell anzufassen – und plötzlich fühle ich mich allein, so allein, dass meine Beine nachgeben. Ich rutsche mit dem Rücken an der Wand entlang und bleibe mit angewinkelten Knien sitzen.

Seit Ninas Bruder mich Vika nennt, bin ich so etwas wie seine angenommene Nichte. Ich habe sogar eine Cousine und einen Cousin dazubekommen. Wladimir ist bei der Armee, ich habe ihn noch nie gesehen, kenne nur seinen Namen. Jewgenia wohnt mit Mann und Kind zur Untermiete bei einer alten Frau. Sie kommen jeden zweiten Sonntag zu Besuch.

Als es wieder so weit ist, bringt Jewgenia einen Korb voll Piroggen mit süßer Füllung mit, bestehend aus Nachtschattenbeeren vermischt mit gleichen Teilen aus Mehl und Zucker. Die zugeklebten Teigränder haben bei aller Sorgfalt dem Fruchtsaft nicht überall standgehalten, da, wo er ausgetreten ist, sind die Piroggen mit klebriger violetter Masse bedeckt. Ich esse sie dennoch gerne. Man muss einen Teller unterstellen, damit der Saft abtropfen kann. Er lässt sich nur schwer aus der Kleidung herauswaschen.

»Iss, soviel du willst, Vika!«, fordert mich Jewgenia auf, »du bist ja ganz dünn!«

Ich glaube, sie denkt, Heimkinder wie ich seien chronisch ausgehungert und könnten nie genug bekommen. Sie erzählt von der Hoffnung, ihre Zweizimmerwohnung irgendwann ganz übernehmen zu können, denn die Vermieterin sei neulich mit Sirene in ein Krankenhaus gebracht worden. Von Infarkt oder Hirnschlag war die Rede, doch die Alte sei zäh wie Gummi, und wenige Tage später wieder zu Hause gewesen, um jeden Schritt ihrer Untermieter zu überwachen.

Dann sagt Jewgenia, sie fände es schön, dass ihre Tante nun wieder einen Sinn im Leben habe, man habe ja um sie fürchten müssen.

Ich habe über Jewgenias Worte nachgedacht. Der neue Sinn in Nina Petrownas Leben – das bin ich. Der frühere Sinn ist ihr abhandengekommen, als ihre kleine Tochter gestorben ist. Nun habe ich deren Platz eingenommen. Es gibt weitaus Schlimmeres, als für jemanden zum Sinn des Lebens zu werden.

Damit ich mich bei Nina heimisch fühle, darf ich mir Gardinen für das Fenster über meiner Schlafecke aussuchen. Nina hält Gardinen für ein Zeichen des Wohlstands und daher für unbedingt erforderlich. Wir gehen in einen

Stoffladen. Nina kauft vier Meter fünfzig genoppten Baumwollstoff, teilt ihn in zwei Bahnen und säumt sie auf der Nähmaschine einer Nachbarin. Zweimal kommt sie mit Stecknadeln im Mund rüber, um die richtigen Maße abzustecken. Sie streite mit der Nachbarin, ob der Saum sieben oder zehn Zentimeter breit sein müsse, erklärt sie mir, davon hänge es ab, wie der Stoff fällt. Je breiter der Saum, desto schwerer der Stoff unten, umso hübscher der Faltenwurf. Leider hatte sie das beim Kauf nicht bedacht, und nun reichen ihre Bahnen nur für drei Zentimeter Saum, sonst hingen sie irgendwo zwischen Fensterbrett und Boden, weder Fisch noch Fleisch.

Ich behaupte, um sie zu beruhigen, ich könne mir nichts Schöneres als eine Gardine mit drei Zentimetern Saum vorstellen.

Wenig später schaue ich mir vor dem Einschlafen die zugezogenen Vorhänge wie ein Bilderbuch an. Sie sind noch besser als der Hirschwandteppich. Meine Gute-Nacht-Geschichte hat immer dieselben Helden. Herren im Frack und mit Zylinder kreisen auf Hochrädern in der Manege. Livrierte Kutscher dirigieren die Pferde vor ihren Zweispännern mit der Peitsche, die über die Federkronen der Tiere hinwegsaust. Damen mit Ameisentaillen vollführen auf Zehenspitzen Tänze auf roten Zirkusbällen. Ein Clown zaubert ein Kaninchen aus seinem Hut. Je länger ich hinschaue, desto lebendiger wirken die Artisten auf dem Stoff. Bald quietschen Räder, knallen Peitschen, wiehern Pferde und schlagen Hufe auf, die eine oder andere Figur verneigt sich vor dem Publikum.

Jede gute Hausfrau schreibt ihre Lieblingsrezepte mit der Hand in ein Schulheft. Die Nachlässigen meinen, sich alles merken zu können oder halten Mengenangaben für überflüssig und fügen die Zutaten nach Gutdünken zusammen. Nina besitzt ein richtiges Kochbuch. Eines Tages werde es auf mich übergehen, verspricht sie.

Das *Buch vom schmackhaften und gesunden Essen* hat einen unscheinbaren blauen Einband. Es erzählt davon, dass früher schmackhaftes und gesundes Essen nur reichen Leuten zugänglich war, heute dagegen allen Werktätigen. Dass es ein Verdienst unserer Revolution sei, dem sowjetischen Volk nicht nur Freiheit, sondern auch materiellen und kulturellen Wohlstand gebracht zu haben. Ninas Ausgabe ist von 1952. Der Onkel nennt das Kochbuch spöttisch das »Sowjetische Evangelium«. Zunächst von der Schwägerin gegen Vorauszahlung erstanden, dann von Nina geerbt, wird es im Belikowschen Haushalt gehegt und gepflegt. Ich weiß nicht, was ein Evangelium ist. Das heiße so viel wie frohe Botschaft für den Magen, erklärt mir Nina.

Ich liebe es, mir im Kochbuch die farbigen Fotos der Speisen anzuschauen. Dank ihnen weiß ich, wie Spargel, Trüffel und Ananas aussehen, geschält und ungeschält. Die Rezepte nennt Nina theoretisch, weil man bereits an der Zutatenliste scheitere. Doch das stört mich nicht, ich bin ja nicht die Köchin.

Manchmal vertreibe ich mir die Zeit damit, die Speisen mit Bleistift in meinen Malblock zu übertragen. Wenn mir die Proportionen nicht gelingen, verlege ich mich auf das Abpausen der Umrisse. Ich zeichne das Muster der Servietten und der Tischdecke nach. Beim Füllen der Kristallgläser mit brauner Flüssigkeit – laut Flaschenetikett mit armenischem Weinbrand namens Ararat –, der Obstschalen mit Pfirsichen und Trauben, des Schüsselchens mit schwarzen Oliven achte ich sorgfältig auf jeden Strich, sogar auf die Schatten unter den Tellern. Ohne zu wissen, zu welcher Art der Fisch in der Mitte der Tafel gehört, statte ich ihn mit langen Barthaaren und einem gezackten Rückenkamm aus.

Ich stelle jedoch fest, dass meine schwarzweißen Bilder bei weitem nicht so appetitlich aussehen wie die Vorlagen in Ninas Buch. Sie behauptet, schon der Anblick eines reich gedeckten Tisches wirke sättigend, aber sie hat Unrecht. Vom Umblättern der Seiten werde ich nie satt, selbst dann nicht, wenn ich besonders lang bei Kuchen und Desserts verweile.

Eines Abends bringt Ninas Bruder einen Stoffbeutel mit und lässt mich raten, was drin ist. Ich ertaste einen runden Behälter. Mein Onkel entnimmt dem Beutel eine Blechdose und hält sie mir unter die Nase. »Lies!«, befiehlt er. »Schwarzer Kaviar«, lese ich laut. Den habe er unter der Hand von Anglerfreunden bekommen, berichtet der Onkel stolz. »Anglerfreunde«, schnaubt Nina, »nenn sie doch beim rechten Namen, deine Freunde: Wilderer sind es!« Der Onkel sagt irgendein Schimpfwort verbunden mit »Weiber«. Der Kaviar ist glibberig, sehr salzig und gar nicht schmackhaft. Ich bin enttäuscht, und der Onkel ist es auch. Frauen wüssten doch die besten Dinge im Leben nicht zu schätzen, sagt er. Nicht den Kaviar, nicht die Jagd und nicht den Schnaps.

Der Onkel ist kein richtiger Säufer. Es ist nur so, dass er zuweilen das Maß vergisst, seit seine Frau tot ist. Ninas Schwägerin war Röntgenassistentin in einer Ambulanz. Ein Foto von ihr steht gerahmt auf der Kommode. In dunkler Bluse mit weißem Spitzenkragen ähnelt sie einer

Musterschülerin. Ich glaube, sie war freundlich zu den Patienten und hat ihre Arbeit gern gemacht. Die bestand darin, einen Schwesternkittel zu tragen, Patienten Anweisungen zu geben und Knöpfchen am Röntgenapparat zu drücken.

Einmal fühlte sie sich am Ende ihrer Schicht unwohl, was sie auf ihre beginnende Schwangerschaft schob. Dritter Monat, sagte Nina. Die Schwägerin kam nach Hause, um sich auszuruhen. Nur ein Stündchen, dann sei sie wieder auf dem Damm. Nur ein Stündchen hinlegen, durchatmen und ein bisschen Zwieback, das würde helfen. Es sei ja nicht das erste Mal.

Doch bald war klar, dass diese Übelkeit von anderer Art war. Ein Monteur entdeckte in der Ambulanz einen Defekt des Röntgenapparats, durch den ungehindert Strahlung ausgetreten war. Für Ninas Schwägerin kam die Entdeckung zu spät. Sie verbrannte innerlich, bekam Blasen und Flecken auf der Haut, und sogar die Zunge verfärbte sich … Statt sich wieder zu berappeln, blieb die Frau liegen und starb. Nach kurzer Leidenszeit, wie der Onkel sagt, was ein Glück für sie gewesen sei.

Seitdem trinkt Ninas Bruder gelegentlich ein Gläschen mehr als ihm guttut, und zum Arzt kriegen ihn keine zehn Pferde mehr, lieber wolle er, wenn seine Zeit gekommen sei, ohne Diagnose und Behandlung verrecken.

Im Herbst gibt es Familienzuwachs. Ninas Mutter kehrt von der Sommerdatscha zurück, um bei ihren Kindern zu überwintern. Sie bringt Kartoffeln, Äpfel und Birnen zum Einlagern im Keller mit, hat Dutzende Gläser Marmelade eingekocht, Gemüse sauer eingelegt. Das mache sie jedes Jahr so, solange sie ihren Garten selbst versorgen kann.

Lange werde es freilich nicht mehr gehen. Das sagt sie, jedoch gebrechlich sieht sie nicht aus. Eher wie eine träge Bärin, vor der man sich nicht fürchten muss.

Es wird eng im Haus, das eher ein Häuschen ist. Nina solle sich um eine eigene Unterkunft bemühen. Oder habe sie etwa vor, ihre Zeit weiterhin als seine Haushälterin totzuschlagen? Was mich betreffe, so könne er, der Onkel, ihr Folgendes sagen: Solange sie keinen festen Wohnsitz und geregelte Arbeit vorzuweisen habe, werde man ihr niemals erlauben, mich an Kindes statt anzunehmen. Sie täte also gut daran, diese Hoffnung schnell und endgültig zu begraben.

»Nina, du hast dich da in etwas verrannt. Wie willst du mit deiner Vorgeschichte Kinder erziehen? Hast doch jetzt ein Schräubchen locker, und wer will's dir verdenken. Überlass Vika ihrer eigenen Mutter. Ihr Weiber bringt das Kind noch ganz durcheinander.«

»Ach, sei still, Nikolai! Natürlich kümmert sich Nina um das Mädchen. Wenn sie dafür eine Bescheinigung braucht, werden wir ihr eine Bescheinigung besorgen. Nina hat der Mutter ihr Wort gegeben. Zählt das für dich nicht, Nikolai?«, fragt meine neue Großmutter und Verbündete gegen den Onkel.

Der meint es nicht böse. Ich glaube, er will einfach nur Herr in seinem eigenen Haus sein.

Ninas Mutter widmet ihre ganze Zeit und Energie meiner Erlösung aus amtlicher Obhut, so nennt sie es. Dafür muss Folgendes zusammenkommen: Wohnung, Arbeit, Gerichtsbeschluss. Man dürfe sich nicht scheuen, klein anzufangen, sagt sie, und müsse dabei die richtige Reihenfolge einhalten. Sie vermittelt Nina über Bekannte eine Wohnung zur Untermiete, deren Hauptmieter wegen der

Lohnzulagen in den Hohen Norden gezogen seien, wo auch immer das ist. Und eine Arbeit für Nina findet meine neue Großmutter auch, in der Studentenkantine der Pädagogischen Hochschule, der Bildungsbereich gelte als seriös, was nicht unerheblich sei.

Ich weiß, sie tun das alles für mich. Ich soll dauerhaft bei Nina bleiben, wie eine Tochter bei ihrer Mutter. »Das wäre doch schön, oder?«, fragt Nina. Irgendwie richtig sei es auch, jedenfalls richtiger als wenn ich im Heim aufwüchse, während sie einen Platz in ihrem Leben für mich freihalte.

»Damit wäre doch niemandem gedient, nicht wahr, Vika?«

Nina schaut mich nur kurz an, als habe sie Angst vor Einwänden.

»Ich werde für dich sorgen, bis deine Mutter zurückkommt. Sieh mich einfach als ihre Gesandte. Oder ihre Stellvertreterin. Jeder wichtige Mensch hat einen Stellvertreter.«

»Meine Mutter ist kein wichtiger Mensch«, sage ich. »Sie leitet keine Fabrik und auch kein Krankenhaus. Sie ist ein Häftling.«

»Ach, Vika.« Ninas Stimme klingt weich, auch wenn sie vorwurfsvoll ist. »Du redest Unsinn, und das weißt du auch. Deine Mutter war sogar Brigadierin! Das wird nicht jede!«

»Trug sie da einen weißen Kittel und ein Häubchen bei der Arbeit?«

Nina schluckt. »Nein, das wäre nicht passend gewesen, bei dem Wind, dem Wetter und dem Staub da draußen …«

Ich verstehe. Für draußen ist Weiß wirklich nichts.

Manchmal ertappe ich mich dabei, dass ich Nina Belikowa beobachte. Ich schaue sie an, wenn sie beschäftigt ist und mich ebenfalls beschäftigt glaubt. Beim Kartoffelschälen führt sie so geschickt das Messer, dass unter ihrer Hand regelmäßig hauchdünne braune Spiralen bis zum Boden wachsen, während meine Schalen kurzen dicken Holzschnitzen gleichen. Wenn man Ninas Girlanden aufliest, kann man daraus eine hohle Kartoffel bilden. Ich versuche, ihre Technik nachzuahmen, doch entweder ist mein Messer stumpf oder meine Kartoffeln nicht ebenmäßig genug. Nina verweigert mir eine schärfere Klinge, überlässt mir jedoch die glattesten Knollen.

Sie kennt meine Mutter besser als ich. Immer wieder schleicht sich der Gedanke ein, dass die beiden durch ihre Gesetzesbrüche verbunden sind. Ich bleibe deshalb stets wachsam, sogar beim Kartoffelschälen.

»Warum warst du eigentlich im Gefängnis, Tante Nina?«, frage ich. Eine halb geschälte Kartoffel rutscht mir aus der Hand und rollt unter den Tisch. Aber auch die Schalenspirale, an der Nina gerade arbeitet, gerät sehr kurz. Mit einer Antwort rechne ich nicht, ich will nur ihre Reaktion sehen, die verräterischen Kennzeichen einer Komplizin. Nina legt das Messer beiseite, kräuselt die Stirn.

»Man könnte sagen, der Liebe wegen.«

Ich lächle unsicher. Dass ihr keine bessere Ausrede eingefallen ist! »Du machst Witze, Tante Nina! Wegen der Liebe kommt man doch nicht ins Gefängnis.«

»Unter Umständen schon.«

»Unter welchen Umständen?«

»Wohl kaum unter glücklichen.«

»Ah, verstehe«, lüge ich und bin erleichtert, denn Liebe, selbst unter unglücklichen Umständen, scheint mir kein allzu großes Verbrechen zu sein.

Ich glaube, es wäre schön, ein richtiges Zuhause zu haben, nicht nur an den Wochenenden. Bei Nina in Charkow, unter der Gardine mit dem Zirkusvolk, auch in einem Zimmer ohne Wandteppich.

Vor dem Lesesaal begegnet mir Tatjana-Tamara. Sie ist braungebrannt aus dem Pionierlager zurückgekehrt und noch größer und blonder. Einzelne ihrer Haarsträhnen sind von der Sonne schlohweiß gebleicht, selbst die Augenbrauen sind viel heller. An ihren Ohrläppchen baumeln zentimeterlange Gehänge mit bunten Steinchen und Perlen. Es kümmert sie nicht, dass das Tragen von Schmuck in der Schule verboten ist. Ihrer Bluse spannt über den spitzen Brüsten. Sie will grußlos an mir vorübergehen, doch ich stelle mich ihr ohne nachzudenken in den Weg und höre mich laut und deutlich sagen:

»Meine Mutter lebt in Charkow und arbeitet an der Pädagogischen Hochschule.« Tatjana-Tamara zögert kurz. Dann sagt sie: »Pah, wer's glaubt«, zuckt mit den Schultern und zwängt sich an mir vorbei durch die Tür. Ihre kegelförmig hervorstehenden Brüste berühren mich dabei leicht, und die verbotenen Ohrgehänge schwingen so wild hin und her, als flögen sie gleich davon. Ich sehe ihr hinterher, auf ihr strohgelbes Haar, das in Wellen bis zum unteren Rand der Schulterblätter reicht. Ich spüre eine Wärme an der Stelle, wo ihr Körper den meinen gestreift hat. Wegen des unerlaubten Tragens von Schmuck werde ich sie nicht verraten.

Nina mag in ihrer Wohnung nicht allein sein. Sie fürchtet sich vor der Nacht und lässt immer das Licht an. Freitags sitzt sie nach der Arbeit mit ihrer Mutter am Küchentisch, sie spielen Dame, während auf dem Herd die Kohlsuppe köchelt. Die beiden warten auf mich. »Da kommt unsere Freude«, werden sie gleich wie aus einem Mund sagen.

Ich trete ein, stelle die Schultasche ab und setze mich zu ihnen. Die beiden sagen nichts. Heute keine Freude, weil die Sorge früher da war – so jedenfalls schauen sie drein.

Sie spielen lustlos Dame und ermahnen mich nicht, als ich Oma einen Tipp zum Überspringen von Ninas weißem Stein gebe. Oma lässt Nina mit kleinen Tricksereien gewinnen. »Genug«, sagt Nina und fegt plötzlich die Magnetsteine vom Brett. Teilweise bleiben sie einzeln liegen, manche grüne verbinden sich mit ihrem weißen Gegner, andere stoßen sich ab, widersetzen sich jeder Zusammenführung, ob mit Freund oder Feind. Ich schaue sie mir gern an, untersuche, auf welche Entfernung sie sich anziehen oder abstoßen. Beide Sorten tragen die Silhouette eines Segelschiffs auf dem Rücken. Mitunter ist der Abdruck nicht ganz scharf, dann sieht es aus, als hätte das Schiff einen Schatten.

Ich sammle die heruntergefallenen Steine ein, prüfe, ob alle beisammen sind. Nina packt das Spiel schweigend weg. »Was ist denn los mit euch?«, frage ich. Oma seufzt. Ach, es sei schon alles nicht einfach für Nina, sagt Oma, vor diesem Tag habe sie sich seit Langem gefürchtet. Warum musste sie auch die vielen Briefe schreiben, an die ganz oben, an die Minister für dieses und für jenes und an deren Stellvertreter auch … Aber wer hätte denn ahnen können …

Nina schneidet ihr das Wort ab. »Mama, jetzt hör mit diesem Geschwätz auf! Es ist alles in Ordnung. Vika, hol dir einen Löffel und iss.«

Ich bin folgsam und ein wenig verstört über den Wortwechsel und ihre Barschheit.

Die Person, mit der unsere Direktorin spricht, fällt mir sofort auf. Sie sieht verkleidet aus, trägt eine übergroße Wattejacke, die unserem dickbäuchigen Hausmeister passen würde, darunter einen geblümten Rock, dessen Saum ungleichmäßig herabhängt. Die Hände stecken in durchlöcherten Handschuhen ohne Finger, die Füße in schiefgelaufenen Männerschuhen. Zum Clownskostüm fehlt nur noch eine rote Knubbelnase.

Kurz kommt mir der Einfall, die beiden könnten über den Besuch einer Zirkusvorstellung verhandeln.

»Vika, wo steckst du denn, ich habe schon zweimal nach dir gerufen!«

Rita Lasarewna nimmt mich an die Hand. Während wir näher kommen, starrt die fremde Frau mich an, als sei ich das entlaufene Zirkuskind und nicht sie.

»Vika, das ist deine Mutter.« Rita Lasarewna versucht vergeblich, meine Hand abzuschütteln. Ich lasse sie nicht los, und ich glaube ihr auch nicht. Wieso erzählt sie mir solchen Unsinn?

Diese Frau kann nicht meine Mutter sein. Meine Mutter ist jung und schön.

NINA BELIKOWA,

CHARKOW, 1958

,

Manchmal denkt Nina darüber nach, was ein politischer Mensch ist. Jemand, der illegale Flugblätter verteilt? Auf Versammlungen Reden hält? Ein Parteiabzeichen trägt? Sie weiß es nicht, glaubt aber, dass nur ein politischer Mensch auch ein politischer Häftling werden dürfte.

Wenn Nina zurückblickt, wundert sie sich mitunter. Dass mit ihr alles so lange gut gegangen ist, ganz ohne ausgeklügelte Strategie. Sie hatte wesentliche Ereignisse kommen und gehen sehen, ohne selbst in deren Strudel hineingezogen zu werden. Sie hatte oben am Rand gestanden und hinabgesehen.

Sich still zu verhalten, seiner Arbeit nachzugehen, keinen Anlass für Gerede zu bieten – all das hatte vielen anderen nichts gebracht. Nina dagegen war unbehelligt geblieben. Wahrscheinlich hatte sie einfach Glück gehabt. Die Geschehnisse hatten ihren Lauf anderswo genommen, und sie war geblieben, auch ihre Eltern waren noch da, das Haus gehörte noch ihnen, derselbe Hund bellte im Hof und im Garten reiften Jahr für Jahr Kartoffeln, die ihnen niemand wegnahm.

Der Mann, den sie erwählte, erzählte ihr, sie sei ihm zuerst im Lesesaal der Institutsbibliothek aufgefallen. Ihm war nicht entgangen, dass sie sich immer an denselben

Platz setzte, nahe am Fenster. Es hatte ihm gefallen, wie sie beim Lesen an einem Bleistift kaute und dabei die Lippen spitzte. Diese Bewegung habe ihn an ein schnüffelndes Mäuschen erinnert. Er könne ihr das nicht erklären, aber er habe das anziehend gefunden.

Nina hatte es gefallen, wie er »anziehend« sagte, sie hielt die Wortwahl für ein Zeichen von Seriosität und wärmte ihr Herz daran.

Die Fabrik, in der Nina damals arbeitete, hatte sie zu einer Weiterbildung delegiert. Ein Jahr lang hatte sie Abendkurse besucht, und nun bereitete sie sich auf die Abschlussprüfung vor.

Unter dem Vorwand, aktuelle Fachliteratur einsehen zu müssen, war auch ihr Verehrer ein häufiger Gast im Lesesaal geworden, wo er darauf wartete, dass Nina sich in seine Richtung wenden möge, damit er ihr zulächeln konnte. Doch Nina nahm nichts außer ihrer Lektüre wahr. Mehrere Wochen hatte er gebraucht, um sie anzusprechen, eigentlich mit der Absicht, sie ins Kino einzuladen.

Am Ende fragte er sie nach einem Blatt Papier. »Verzeihung, Fräulein, haben Sie vielleicht ein Blatt Papier für mich?« Was hatte er sich für diese Dummheit gescholten, ein Esel wäre schlauer ans Werk gegangen als er. Immerhin hatte sie von ihren Büchern aufgeschaut, den Bleistift beiseitegelegt und ihn einem langen prüfenden Blick unterzogen. Nina war kurzsichtig, vom Zusammenkneifen der Augen entstanden senkrechte Falten über der Nasenwurzel. Schweigend riss sie ein Blatt aus ihrem Block und reichte es ihm. Er nahm es und blieb neben ihr stehen. Nicht so lange, dass es unangenehm geworden wäre, höchstens eine halbe Minute.

Es war ihm unmöglich, sich zu entfernen, bevor er sein Ziel erreicht hatte: Mit Nina ins Kino zu gehen. Da gab ein Mann wie er nicht so schnell auf! Er wollte wenigstens ein mutiger Esel sein. Er erinnerte sich an den Stift, der hinter seinem rechten Ohr steckte, kritzelte mit diesem Stift seine Einladung auf das Papier und schob ihr die Botschaft hin.

Nina studierte das Blatt und sagte Ja. Er meinte später, es habe sehr lange bis zu diesem Ja gedauert, seine Hoffnung, erhört zu werden, sei bereits ins Trudeln geraten. Und sie habe ihn nicht einmal angesehen dabei, halb genuschelt sei das Wort aus ihrem Mund gekommen und nur dank seiner gespitzten Ohren nicht gänzlich unter den Tisch gefallen.

Nach dem Kino sagte Nina wieder Ja, dieses Mal etwas deutlicher, und schließlich heiratete sie ihn. Niemand hatte damit noch gerechnet, denn im Bemühen, sich aus den Ereignissen um sie herum herauszuhalten, war Nina vierzig geworden. Manche waren in ihrem Alter bereits Großmütter.

Ninas Eltern dankten heimlich Gott und offen der Partei, dass der späte Schwiegersohn kein dahergelaufener Tagedieb, sondern ein großkalibriger Kandidat mit Verbindungen war. Und die Familie des Kandidaten hatte sich schon lange jemanden gewünscht, der den unsteten Junggesellen an die Kandare nahm.

Ninas Mann war der Neffe eines bekannten staatstreuen Künstlers und selbst Architekt. Er entwarf Datschen für überarbeitete Volksvertreter, die sich nach Ruhe im Grünen sehnten. Man sagte ihm dank des Onkels gute Beziehungen zum Kreml nach. Ninas Freundinnen, deren

Männer bereits verhaftet, verurteilt und verbannt waren, beneideten sie um ihr Glück.

Mit dem kann dir nichts passieren, sagten die Freundinnen, und Ninas Eltern hofften dasselbe. Im Nachhinein fragt sich Nina, wo sie damals ihre Augen und Ohren hatten. Doch alle hatten es sich angewöhnt, Dinge auszublenden, besonders solche, die ihren Alltag zu beeinträchtigen drohten. Und im Übrigen hatte man sich nichts vorzuwerfen, also auch nichts zu befürchten.

Nina zog mit ihrem Architekten in eine hübsche Wohnung mit Balkon, die Frischvermählten erhielten Glückwünsche von ganz oben. Als Nina den Absender sah, überkam sie eine ungewohnte Starre in den Fingern, die es ihr schwer machte, den Brief zu öffnen. Ihr Mann lachte sie aus, als sie ihm ihre Besorgnis beichtete. Schwungvoll riss er den Umschlag auf.

»Siehst du! Keine Granate drin, Hasenfuß!«

Heraus fiel eine Karte mit Blumenmuster. Langstielige rote Rosen, dekoriert von zwei goldenen Ringen in Reliefdruck.

Das Eheleben begann mit Unregelmäßigkeiten. Nina hatte gedacht, ein Architekt sitze tagein, tagaus an seinem Reißbrett und zeichne Grundrisse. Grischa erklärte ihr, dass er Bauherren und Baustellen besuchen müsse, allerlei wichtige Geschäfte hielten ihn mitunter tagelang von zu Hause fern. Nach der Arbeit in der Fabrik saß Nina allein in der Wohnung und dachte verwundert, so fühlt sie sich also an, die Ehe.

Irgendwann bemerkte Nina, dass Grischa seinen Ehering nicht mehr trug. Der Ring drücke und müsse bei Gelegenheit zum Goldschmied geschafft werden, sagte Grischa. Von seiner nächsten Dienstreise brachte er Nina eine Bernsteinkette mit. Er legte sie ihr eigenhändig um, küsste ihren Nacken und sagte, Ninas Augen hätten dieselbe Farbe, Bernsteiniris samt Goldeinsprengseln.

Mit der Kette um den Hals sah Nina in den Spiegel und gefiel sich. Der Sitz ihres Eherings war nicht zu beanstanden. Kaum hatte sie sich an ihren neuen Namen gewöhnt, kündigte sich ein Kind an, worüber Nina nicht wenig staunte, hatte sie doch geglaubt, aus dem fruchtbaren Alter bereits heraus zu sein. Plötzlich bekam sie alles, was ihrem Dasein bislang gefehlt hatte, in einer Art Express-Sendung nachgeliefert, als würde irgendwer eine lange liegengebliebene Wunschliste endlich abarbeiten: Mann, Hochzeit, Wohnung, Kind, eins nach dem anderen fiel ihr zu, wie Trommelschläge fallen bei einer Militärparade.

Die Nina von heute blickt auf die Nina von damals zurück und sieht eine Frau, die überrumpelt war von all den Gaben. So viel Glück für sie allein? Doch je länger ein Zustand währt, desto mehr stellt sich Gewohnheit ein. Wenn sie ihren Mann jetzt betrachtete, fiel ihr immer häufiger der Nachbarsjunge aus ihrer Kindheit ein, der gerne die Farbschicht von Schmetterlingsflügeln kratzte, um zu sehen, was dann passiert.

Grischa präsentierte ihr stolz einen Kinderwagen, ein deutsches Modell, besorgt über gute Freunde mit den nötigen Kontakten. Nina erinnerte ihn daran, dass sie darüber hinaus noch eine Wiege, Babykleidung, Windeln, Lätzchen, Decken und vor allem die regelmäßige häusliche Anwesenheit des Gatten brauche. Dieser verwies auf seine beruflichen Pflichten, von denen das Wohl und Wehe der Familie abhänge. Habe er seiner Frau nicht zu einem Kind verholfen? Die schöne Wohnung mit Südbalkon und

Vorhängen an den Fenstern nicht zu vergessen. Ein eigenes Nest und Kinder. Genüge ihr das etwa nicht?

Nina fuhr Anetschka im Kinderwagen spazieren. Grischa hatte sich zwei- oder dreimal über das Baby gebeugt, dutzi-dutzi gemacht und gesagt, seine Tochter sehe genauso aus wie er in dem Alter. Für mehr reichte seine Zeit nicht, denn er war ein gefragter Architekt, und die Volksvertreter waren ungeduldige, anspruchsvolle Kunden.

Allmählich schlichen sich die Streitereien ein, bis sie die Übermacht gewannen. Worum es im Einzelnen ging, ist nicht mehr wichtig. Wichtig ist, dass sie ihr zunehmend die Kraft raubten. In Grischas Abwesenheit dachte Nina daran, wie gut alles angefangen hatte und was aus ihnen innerhalb kürzester Zeit geworden war: ein Mann, der trinkt, und eine Frau, die zetert.

Hätte sie jemand gefragt, hätte Nina behauptet, es gehe ihr nur um das Kind. Die Aufmerksamkeit des Vaters stehe der Tochter zu, die noch nicht für sich selbst sprechen könne. Weshalb sich Nina zu ihrer Sprecherin berufen fühle.

Sie sprach mit lauter Stimme, um von Grischa gehört zu werden, so viel ist sicher. Bestimmt war der eine oder andere Vorwurf gefallen. Ob sie dabei mit Scheidung drohte, kann sie nicht mehr mit Bestimmtheit sagen. Es endete jedenfalls häufig mit Geräuschen. Flüchen. Türenknallen. Hastigen Schritten im Treppenhaus.

Dann war Stille. Nina lauschte, ob das Baby weiterschlief. Irgendwo hatte sie gehört, Muttermilch würde sauer, wenn Frauen einer größeren nervlichen Anspannung ausgesetzt sind. Sie fragte sich gerade, wie sie herausbekommen könnte, ob ihre Milch sauer geworden war, als es an der Tür klopfte. Es war kein zaghaftes Klopfen, vielmehr schlug jemand mit der ganzen Handfläche auf das Holz.

Heute noch fragt sich Nina, warum sie damals die Tür geöffnet hatte. War es ihr schade um die Tür gewesen, um dieses Viereck aus Holz, um den soliden Griff, das gut geölte Schloss? War sie von Angst, Arglosigkeit oder Gewohnheit geleitet? Wen hatte sie zu sehen erwartet? Grischas Freunde, jemanden von den Nachbarn, den Postboten?

Nina war zur Tür gegangen und hatte sie geöffnet, weil ihr niemand das Baby aufwecken sollte.

Im Treppenhaus standen eine Frau und zwei Männer, einer davon kam ihr bekannt vor. War es ein Kollege aus der Fabrik? Jemand aus der Buchhaltung? Oder aus der Kaderabteilung? Dieser Besucher sagte, man wolle ihr eine Auszeichnung für besondere Verdienste überreichen, sie solle dafür mitkommen, es werde nicht lange dauern.

Nina war erleichtert, Anetschka schlief ungerührt weiter, und ihre eigenen guten Leistungen in der Fabrik würden endlich einmal anerkannt. Sie hatte die Norm stets erfüllt, eine Weiterbildung an der Abendschule verdienstvoll abgeschlossen. Sofort schwebte Nina ihr Bild an der Tafel der Besten vor. Sie würden ein Foto von ihr machen wollen, sie sollte sich wenigstens die Wimpern tuschen und die Haare in Ordnung bringen, vielleicht noch Lippenstift auftragen. Sie malte sich aus, wie sie bei ihrer Rückkehr Grischa die Urkunde unter die Nase halten würde, da schau mal, wie erfolgreich deine Frau ist! Die Sorge um die Süße ihrer Milch war vergessen.

»Jetzt sofort?«, fragte Nina mit Blick auf Anetschkas Wiege.

Natürlich sofort, das Baby könne hier bleiben, die anwesende Genossin werde sich darum kümmern. Nina ließ die Frau eintreten, die sich selbst einen Stuhl nahm und immerhin leise nach dem Namen des Kindes fragte.

»Anetschka«, sagte Nina ebenso leise, während sie sich schnell etwas überwarf, einen leichten Sommermantel, sie würde ja gleich wieder zurück sein.

»Sie hat einen festen Schlaf. Und sollte sie doch anfangen zu weinen, geben Sie ihr den Schnuller.«

Wenn Nina an dieser Stelle nicht rechtzeitig eingreift, beginnt in ihrem Kopf ein Film abzulaufen. Dann sitzt sie im Kinosaal und weiß, dass sie weder abschalten noch rausgehen kann. Sie sieht, wie sie beim Verlassen der Wohnung noch einmal einen Blick zurück auf die Tür wirft. Sie murmelt etwas von einem vergessenen Schlüssel, ob sie kurz umkehren dürfe? Er liege sicher noch auf dem Küchentisch. Keine Sorge, beruhigten sie ihre Begleiter, sie brauche keinen Schlüssel, die bei Anetschka wachende Kollegin würde ihr jederzeit wieder öffnen.

Die beiden Männer nahmen sie in die Mitte. Niemand erwähnte mehr Ninas Auszeichnung, und beim Frauenuntersuchungsgefängnis angekommen, rechnete auch Nina nicht mehr mit einer Urkunde.

Die Erinnerung an die dann folgenden Tage ist ihr abhandengekommen. Sie habe so gut wie im Koma gelegen, erzählten die Frauen in ihrer Zelle, ständig hätten sie Nina zwicken müssen, damit sie nicht ganz ins Jenseits abdriftete.

Jemand sagte, vielleicht der Untersuchungsrichter oder einer von seinen Bütteln, Ninas Mann habe sie nicht besuchen wollen. Ein anderer war der Meinung, Nina dürfe ihr Kind nicht sehen, um sie vor weiterer Verwirrung zu schützen.

Das Urteil wurde schnell verlesen. Zehn Jahre Haft in einem Arbeitsbesserungslager, das sei durchaus moderat für ihr Vergehen. Nina zeigte sich undankbar. Ob zehn oder fünfzig Jahre, was machte das für einen Unterschied, wenn man zu Hause einen Säugling hatte! Der Ermittler erinnerte sie daran, dass ihre Äußerungen während des Verhörs auf eine staatsfeindliche konterrevolutionäre Einstellung hatten schließen lassen. Äußerungen, die auch Ninas Mann hellhörig gemacht, sein staatsbürgerliches Gewissen zu Recht beunruhigt hatten.

Nina verstand nicht, wieso die ihren Mann erwähnten. Sie trieb vielmehr die Sorge um den Verbleib des Schnullers um. Sie hatte die Kommissarin, diese nach Rauch stinkende Ledermantelbolschewistin, gebeten, der Tochter den Schnuller zu geben, sollte diese aufwachen und anfangen zu weinen. Nun erschien es Nina lebenswichtig, sich zu vergegenwärtigen, ob der auf oder unter dem Tisch gelegen hatte, griffbereit oder versteckt. Sie war tagelang nicht davon abzubringen, dass das Schicksal ihres Kindes vom Vorhandensein des Schnullers abhing.

Nina malte sich Szenen aus, die nach ihrem Weggang zu Hause abgelaufen sein könnten. Sie erinnerte sich weder an das Alter noch an das Gesicht der Kommissarin, aber gewiss besaß diese Frau keinerlei Erfahrung im Umgang mit Säuglingen. Geschultes Personal suchte man in dieser Branche vergeblich. Vielleicht hatte sie aus Langeweile angefangen zu rauchen, einen Hustenanfall bekommen und das Baby aufgeweckt. Hatte sie es schreien lassen oder auf den Arm genommen? Vermutlich waren die beiden nicht lange in der Wohnung geblieben. Wo war Anetschka hingebracht worden?

Nina verlangte nach Papier und Stift, um Briefe nach Moskau zu schreiben, Begnadigungsanträge an den Genossen Stalin persönlich, denn sie sei unschuldig und ihr Kind werde verhungern, wenn man sie weiter festhielte. Der Kindesvater sei verantwortungslos, häufig auf Reisen und habe im Gegensatz zu ihr keine Brüste. Deshalb müsse sie dringend nach Hause.

Stift und Papier bekam sie nicht, man habe schließlich nichts zu verschenken, sie solle sich welches von zu Hause schicken lassen. Wie sie aber um etwas von daheim bitten sollte, wenn ihr jeglicher Briefwechsel untersagt war, das erklärte man ihr nicht.

Am Anfang verschwendete Nina viel Kraft in der Hoffnung, etwas zu bewirken. Das Komatöse war von ihr abgefallen und einer sinnlosen Geschäftigkeit gewichen.

Lass es sein, sagten die einen. Finde dich ab, sagten die anderen. Sie meinten es gut. Schlägt man mit dem Kopf an eine Wand, passiert nichts, außer dass er blutet und schmerzt. Erst wenn man das kapiert und verinnerlicht hat, wird es leichter. Bei Nina hatte es Monate gedauert.

Als Nina nach wochenlanger Fahrt aus dem Zug stieg, ahnte sie nicht, wo sie angekommen waren, denn die fensterlosen Viehwaggons waren nicht dazu geeignet gewesen, die Aussicht zu bewundern. Das Tageslicht blendete sie, ein schneller Rundblick gab keinen Aufschluss, vergeblich suchte Nina nach einem Ortsschild. Die bewaffneten Zugbewacher übergaben die Neuankömmlinge an die Eskorte vor Ort, Namenslisten wurden abgeglichen, um festzustellen, dass bis auf die üblichen Transportverluste niemand fehlte. Beim Wortwechsel der Wachen fiel das Wort »Karabas«. Ringsum Pfiffe, Rufe, Hundegebell.

Nina versuchte, aus den abgehackten Gesprächen der Umstehenden das Wichtigste herauszufiltern.

Von Karabas hatten manche schon gehört, der Ort war bekannt als das größte Auffangbecken für Menschenware in der Gegend. Man wägte leise murmelnd die Vor- und Nachteile möglicher Einsatzgebiete ab. Eine nicht mehr ganz junge Frau fürchtete sich am meisten vor den Minen. Man werde leicht verschüttet, sehe tagelang keine Sonne und ruiniere seine Lunge, ganz zu schweigen vom Gesicht – als ob es bei der noch darauf ankäme. Sie sei bereit, jede andere Arbeit zu verrichten, nur nicht in einem Bergwerk. Zumindest seien sie hier vor Holzschlag sicher, sagte eine andere, weit und breit kein Baum zu sehen.

Die Landschaft war in der Tat karg, steppenartig, der Boden staubig, unterbrochen von Inseln mit niedrig wachsendem stachligem Gebüsch und trockenen Grasbüscheln. Brandgeruch lag in der Luft, am Horizont stiegen Rauchschwaden auf. Die Kohle brennt, sagte jemand. Unter euren Füßen liegen meterdicke Kohleflöze. Deswegen bringen sie Menschen hierher, wegen des schwarzen Goldes. Das müsse nach oben, das Land brauche Energie.

Hinter der Bahnstation, die kaum diese Bezeichnung verdiente, erhob sich eine Wand aus Stacheldraht. Das Gelände dahinter war durch ein Metalltor zu betreten. Die Gefangenen wurden nach Männern und Frauen getrennt auf Baracken verteilt.

Nina verbrachte mehrere Tage an diesem Transitpunkt, zur Quarantäne, wie man ihr erklärte. Dann ging es ohne jede Erklärung weiter. Frühmorgens sammeln, Abmarsch. Soldaten führten sie und die fünfzig anderen durch die Steppe. Hundegebell erinnerte Nina regelmäßig daran, nicht zurückzubleiben, nicht aus der Kolonne auszuscheren. Der Ruf ihrer bewaffneten Begleiter »Ein Schritt aus der Reihe gilt als Fluchtversuch!« klingt ihr noch heute in den Ohren. Das Gerede der anderen verstummte bald, Fragen nach dem Ziel blieben ohnehin unbeantwortet. Am Nachmittag wurden die Soldaten unruhig, sie waren mit ihrem mobilen Gut zu langsam vorangekommen. Das Ziel war einen Tagesmarsch entfernt, es musste vor Einsetzen der Dunkelheit erreicht werden. Die Aufpasser drängten zur Eile, bekräftigten ihre Anweisungen mit Stockhieben für die besonders Lahmen.

Später erfuhr Nina, dass sie an diesem Tag vierzig Kilometer zurückgelegt hatten. Sie war erstaunt, dass sie das überhaupt konnte, so weit laufen, ohne umzufallen. Das weitverzweigte Lager hatte seinen Hauptsitz in Dolinka, dort erwarteten sie hinter halbwegs repräsentablen Verwaltungsgebäuden aus Stein nur Lehmbaracken. Jetzt erst spürte sie die Müdigkeit, die Füße ließen sich kaum heben. Wie sie auf ihre Pritsche gekommen war, war ihr am nächsten Morgen schleierhaft.

Als Nina erfuhr, dass ihr Einsatzort eine Lehmziegelei war, wusste sie nicht, ob das Glück oder Pech war. Zeit, darüber nachzudenken, blieb ihr ohnehin nicht, hatte sie doch zu lernen, was einen guten Lehmziegel ausmacht.

Nina wurde der Brigade der Kira Teplowa zugeteilt, den Schlafplatz würde ihr Olessia Lepanto, zweite Helferin oder Stellvertreterin der Brigadierin, zeigen. Nina hatte die genannte Funktion sofort wieder vergessen. Olessia bereitete sie auf die Wanzen vor. Es mache keinen Unterschied, ob man oben oder unten liege, sie erwischten einen überall. Du wirst dich daran gewöhnen, sagte sie leichthin.

Nina gelang es nicht sogleich, Olessia einzuordnen. Ihre Höflichkeitsfloskeln, die runderen Bäckchen und die noch vollständigen Zahnreihen führten sie in die Irre. Dennoch kannte sich Olessia mit nächtlichen Verhören aus, während derer man von einer Lampe geblendet wird, bis Gesicht und Augen brennen, Schlafentzug, wirkt ohne Blutergüsse, ist lautlos, billig und jederzeit verfügbar. Früher habe sie bis zur Hüfte reichende Zöpfe besessen, jetzt trage sie das Haar kurz, das sei im Lager praktischer.

Olessia sagte, sie stamme aus Leningrad, sei Buchhalterin gewesen und ledig. Festgenommen hatte man sie in Sommerschlappen am Schwarzmeerstrand, und verurteilt zu acht Jahren, wovon sie bereits über die Hälfte abgesessen habe. Erst erscheint es einem endlos, und dann geht es doch irgendwann vorüber.

Kira Teplowa schimpfte über die Lehrerinnen, Musikerinnen, Opernsängerinnen und Balletttänzerinnen in ihrer Brigade, die auch nach Monaten nicht die erforderliche Leistung brächten, weil sie in ihrem bisherigen Leben noch nie wirklich gearbeitet hätten. Was solle man mit solchen nutzlosen Weißhändchen anfangen!

Anfangs stellte sich auch Nina nur wenig geschickt an.

Aufgrund einer ungewöhnlichen Hitzewelle im kasachischen Frühsommer trocknete die Lehmmischung in den Förmchen viel zu schnell, was zu Rissen im Material führte und die Aufseher zu Wutausbrüchen reizte. Eine Charge war komplett unbrauchbar. Man hatte Ninas Brigade zur Strafe die Tagesration gekürzt, was im Sommer nicht so schlimm war. In den warmen Monaten konnte sich jede selbst helfen. Nina aß Sauerampfer vom Wegesrand, Nachtschattenbeeren und Hanfkörner. Sie hielt eine Hand unter den Blütenstand, schüttelte mit der anderen die Pflanze und schob, was auf der Hand landete, in den Mund. Die Körner sind nussig, ölig, wenn man sie zerkaut. Viel nahm sie so allerdings nicht zu sich.

Jemand hatte herumposaunt, Olessia Lepanto werde in ihrer NKWD-Akte als italienische Gräfin geführt und säße wegen Spionage.

Nina muss zugeben, Olessia hat sich recht lange gut gehalten. Das war so eine fixe Idee von ihr: aufrecht bleiben! Egal, was sie mit dir machen. »Die aufrecht durch das Feuer gehen« sei der Wahlspruch ihrer Sippe gewesen, und der kam bei Olessia gleich nach dem Vaterunser.

Bald machten die Ziegelsteine aus Ninas Hand einen durchaus ordentlichen Eindruck. Zudem klagte sie nicht über Hitze, Kälte, Staub oder Durst, das wäre ja auch verschwendete Zeit gewesen. Sie und Olessia witzelten, das Schleppen von Ziegelsteinen forme den weiblichen Körper durchaus vorteilhaft.

Die Beste in Ninas Brigade schaffte bis zu hundertachtzig Ziegel in einer Schicht. Das sei zu wenig, urteilten die Aufseher. Nina fand, das sei mehr als genug.

Die Fingernägel der Opernsängerin waren längst abgebrochen. Sei's drum, sie sei froh, dass sie sich statt mit Baumstämmen im Wald nur mit Lehmziegeln abgeben müsse, wenngleich diese im nassen Zustand sicher ihre zwanzig Kilo wögen. Beim Holzeinschlag kämen die Probleme im Kreuz und im Unterleib noch schneller. Sie habe von Frauen gehört, die ihre Beine zusammenkneifen müssten, damit nichts von innen herausfällt. Schauderhaft, daran zu denken!

Im Wald gebe es aber Pilze, wandte die ehemalige Balletttänzerin ein, die in jeder freien Minute ihre knorrigen Füße gegen die Schmerzen rieb. Auch sei die Luft dort gut, viel besser als hier in der Wüste. Und dann erinnerten sich alle, wonach ein Wald riecht, welche Pilze wo wachsen, und stritten darüber, ob Schneestürme grundsätzlich angenehmer als Sandstürme seien oder ob es darauf ankomme, wie, wo und wann es einen erwischt.

Bald kannte Nina die Geschichten aller Frauen, lange hielt keine hinterm Berg. Worüber hätten sie auch sonst reden sollen. Weil sie von sich selbst nicht gut zu erzählen wusste, meinten die anderen, sie spiele die Geheimnisvolle und habe etwas zu verbergen. Abgeholt habe man sie von zu Hause, um ihr eine Ehrenurkunde für gute Leistungen in der Produktion zu überreichen? Und das habe sie, Nina, auch nur eine Sekunde lang geglaubt? Die Frauen wieherten los wie ein Haufen Irrer, über diese Neue, die sie wohl auf den Arm nehmen wollte.

Nina verletzte der Spott der anderen. Hätte es denn etwas geändert, wenn sie weniger gutgläubig gewesen wäre? Stimmt, gaben die Frauen versöhnlich zu, was man glaube oder nicht, das mache keinen Unterschied.

Die Arbeit in der Ziegelei fegte den Kopf leer. Den ganzen Tag in praller Sonne gebückt, Lehmmischung anrühren, kneten, Formen damit füllen, die verfestigten Ziegelrohlinge aus der Form lösen, zum Weitertrocknen in den Schatten legen. Für die Ziegel gab es Schatten. Für die Häftlinge ein bisschen Wasser. Es war immer zu wenig. Am Abend fiel Nina auf ihre eigenhändig mit Schilf ausgestopfte Bettauflage, während Olessia versuchte, den Lehmstaub aus ihren Kleidern zu klopfen. Ein Unterfangen, dessen Vergeblichkeit sie lange nicht einsehen wollte.

Moskau verlangte immer schönere Zahlen von den Lagerverwaltungen. Man hörte, die Leitung des Karlag in

Dolinka sei unzufrieden mit der Arbeitsleistung der Frauenbrigaden. Die Frauen seien zu anfällig. Eine ganze Krankenbaracke war voll mit solchen, die einen Ochsenkarren hätten ziehen können, aber nicht mehr ganz richtig im Kopf waren. Mit denen konnte man nichts anfangen. Hunger, Durst, Befehle, Strafen – die waren gegen alles unempfindlich geworden.

Um ein Haar wäre Nina auch dort gelandet, in der Hütte mit den Irren. Sie kann bis heute nicht sagen, was sie gerettet hat. Vielleicht waren es die Ziegelsteine. Oder das Theater.

Eine der Verwirrten fragte ständig: Hast du Kinder? Das ist gut. Oder schlecht. Wenn du eine Frau um den Verstand bringen willst, nimm ihr die Kinder weg und warte ab!

In Erwartung neuer Befehle zeigten die Aufseher größere Strenge und achteten plötzlich auf Schönschrift in ihren Büchern. Ein junges Ding hatte am Ende des Tages die Ergebnisse in die Spalten einzutragen und wehe, sie verschrieb sich. Statt runder Bögen hinterließ ihre Hand Buchstaben, die angepieksten Luftballons ähnelten.

Es sickerte durch, dass ein Personalwechsel an der Spitze der Lagerabteilung mehr aus den Häftlingen herausholen sollte.

Damit begann das Theater.

Irgendwann hatte Olessia Nina gegenüber fallen lassen, dass sie vor dem Krieg Schauspielerei studiert habe, wegen ihrer Herkunft jedoch nach wenigen Semestern von der Schule geflogen sei. So eine wie sie dürfe Arbeiter- und Bauernkindern keine Studienplätze wegnehmen. Das mit der Gräfin nahm ihr Nina nicht ab, aber schauspielern konnte Olessia zweifellos. Sie schlang sich eine Decke um die Schultern, begann in der Baracke umherzulaufen, ganz finstere Verkünderin, und rezitierte Dante:

Es war in unseres Lebensweges Mitte,
Als ich mich fand in einem dunklen Walde;
Denn abgeirrt war ich vom rechten Wege,
Wohl fällt mir schwer, zu schildern diesen Wald,
Der wildverwachsen war und voller Grauen
Und in Erinnrung schon die Furcht erneut:
So schwer, dass Tod zu leiden wenig schlimmer.

Die Frauen ringsum lauschten andächtig, und wenn Olessia stehen blieb und donnerte: »Lasst, die ihr eingeht, alle Hoffnung fahren!«, da schien es auch Nina, als hätte dieser Dante direkt in ihr Jahrhundert geblickt.

Olessia erzählte ihr, in Italien stünden seine Werke in jedem Haushalt direkt neben der Bibel. Woher konnte sie das wissen? Vielleicht war ja doch etwas dran am Spionagevorwurf. Angeblich sprach Olessias Mutter mehrere Sprachen, mal waren es acht, mal achtzehn, je nach Olessias Tagesverfassung, und der große Fjodor Schaljapin sei bei ihnen zu Hause ein und aus gegangen.

Nina ließ Olessia fabulieren, es schadete ja nicht und lenkte ab.

Ende Oktober fiel über Nacht der erste Schnee und blieb liegen. Schicht für Schicht wuchs die weiße Decke unter den Füßen in die Höhe. Der Winter überzog das Land mit Eiseskälte, zu der sich ein schneidender Wind gesellte. Ninas Brigade verbrachte Stunden damit, die Wege freizuschaufeln, die in Kürze wieder verweht waren.

Seit die ehemalige Perückenmacherin Alewtina wegen Alters und allerlei Gebrechen für die Ziegelei nicht mehr zu gebrauchen war, arbeitete sie in der Krankenbaracke, brachte in ihren Kleidern Abend für Abend den Geruch nach Desinfektionsmittel und Siechtum mit. Heute nur drei Tote, sagte sie nach einem guten Tag. Die Toten machten ihr Arbeit und ein wenig Angst, vor allem die Infektiösen. Mundschutz tragen, Kleidung ausziehen, desinfizieren, das hieß ausräuchern, Goldfüllungen in Anwesenheit von Zeugen entnehmen – nicht auszudenken, wenn sie, die Hilfsschwester, so ein missgestaltetes Klümpchen selbst eingesteckt hätte! –, Aktenvermerke verfassen. Name, Vorname, gestorben am …, an …, Unterschrift, Dienstsiegel. Die Ärztin diktierte, Alewtina schrieb. Schreiben Sie: »Lungenentzündung«. Schreiben Sie: »Tuberkulose«. Schreiben Sie: »Kardiale Insuffizienz«. Die Ärztin setzte ihr Signum blind unter die Diagnosen. Im Grunde hätte Alewtina auch »Entkräftung« oder »Unterernährung« schreiben können, hätte ihr der Sinn nach einer Mutprobe gestanden. Doch kein Mensch bei Verstand hätte den Bollerofen wieder aufs Spiel gesetzt, den Alewtina in der Krankenbaracke genoss, während sie Formulare ausfüllte, solche über die Anzahl von sichergestellten Goldkronen in zweifacher Ausfertigung.

Während alle Welt erkrankte oder starb, schien Olessia in den Wintermonaten förmlich aufzublühen. Nina versucht sich zu erinnern, was ihr zuerst aufgefallen war. Etwas an ihrem Gang? Ihr fülligeres Aussehen? Zunächst war Nina erstaunt, dass Olessias Gesicht statt zu verfallen im Gegenteil sogar weniger verhärmt wirkte. Man hat also sogar dich rumgekriegt, Olessia, war damals Ninas erster Gedanke. Es war ihr ein wenig unangenehm, denn wer war sie, zu urteilen. Triebe sind wie Flöhe, und Flöhe kümmern sich nicht um Verbote. Am Ende bekommen sie noch die Aufrechtesten klein, dachte Nina und empfand dabei weder Trauer noch Genugtuung. Auch keine Enttäuschung. Sie nahm es hin. Manche wärmten sich am Bollerofen, andere bekamen Sonderrationen zugesteckt und wieder andere verloren ihre Goldzähne.

Olessias weichere Gesichtszüge zeugten unverkennbar von einer besseren Versorgungslage. Diese vermutete Nina nicht nur in sporadischen Päckchensendungen, die einen, wenn's gut lief, vor dem Hungertod bewahrten, sondern in regelmäßigen Zuwendungen vor Ort. Jemandes Liebchen wird sie geworden sein.

Vernünftig, entschied Nina schließlich, solange die Hülle noch etwas wert ist. Dass sie das nicht gleich zu sehen vermocht hatte, lag an ihrer eigenen Hülle und am Neid, der sich in ihr regte. Doch der Neid ist ein blinder dummer Maulwurf, der überall seine Häufchen hinterlässt. Man darf ihm nicht zu viel Aufmerksamkeit schenken.

Erst als Olessia bei der Arbeit ihre Wattejacke aufknöpfte, weil sie ins Schwitzen kam, entdeckte Nina, dass deren Hemd über der Körpermitte etwas zu spannen begann.

»Du bist ja von Sinnen! Was hast du dir nur dabei gedacht?!«

»Muss man dabei denken?«

»Es ist doch schon fast vorbei für dich! Noch ein Jahr, und du wärst draußen. Was soll jetzt bloß werden?«

Nina weigerte sich zu begreifen, was sie sah. Hatte man ihr nicht gleich am ersten Tag gesagt, halte dich fern von Männern? Hatte man sie nicht ausreichend gewarnt, unsere Baracken, ihre Baracken, gegenseitiges Besuchen verboten! Du hier rein, sie dort rein. Früh raus, Appell, Arbeit, Appell, Nachtruhe. Dazwischen gibt es nichts!

Offensichtlich hatte sich Olessia über solcherart Befehle hinweggesetzt und gab jetzt die unbefleckte Empfängnis. Vater, welcher Vater? Sie könne keinen Namen nennen. Es sei einfach passiert. Irgendwann irgendwo zwischen Appell, Arbeit, Appell und Nachtruhe. Ein vaterloses Kind. Das komme eben vor. Sie sei nicht die Erste und nicht die Letzte.

Olessia erhielt gutgemeinte Anweisungen, wie sie die unwillkommene Leibesfrucht loswerden könne. Heißes Wasser fiel aus, da nicht aufzutreiben. Selbst an Badetagen war es nur lauwarm für die Glücklichen des ersten Durchgangs, die Nachfolgenden wuschen sich die Gänsehaut. Olessia solle es mit Eiswannen versuchen, riet Gulsat. An Schnee und Eis herrsche kein Mangel. Sprünge aus angemessener Höhe oder Treppenstürze seien effektiver, sagte Alewtina, zumindest einen Versuch wert. Daneben falle ihr noch die gute alte Stricknadel als Mittel der Wahl ein.

Olessia sagte, sie denke gar nicht an Abtreibung. Die Frauen wurden unruhig. Wer rede denn hier von Abtreibung? Niemand! Eine Fehlgeburt könne jede ereilen, zumal in diesem Klima, unter diesen Bedingungen … Das passiere gewiss hundertfach, da würde niemand Fragen stellen. Wahlweise könne man mit Arbeitsverweigerung und Aufsässigkeit mindestens drei Tage Karzer provozieren. Ein längerer Aufenthalt in unbeheizter feuchter Einzelzelle bei Brot und Wasser sei fast so gut wie ein Eiswannenbad, um das Gewünschte zu bewirken. Blödsinn, sagte Alewtina, wenn es drauf ankommt, seien Hitze und Kälte in solchen Fällen so nutzlos wie ein Dampfbad für Tote. An das Naheliegende hätten sie wohl nicht gedacht: Mit dem Heben schwerer Lasten erledige sich das Problem oft von allein.

Olessia sagte, sie wolle das Kind austragen. Dann hätte sie für ein Jahr etwas Warmes neben sich im Bett liegen.

Abwarten, unkte Gulsat. Nicht alles, was verpackt ist, erreicht den Empfänger.

Selbst wenn, es würde gleich nach Ankunft sterben, sagte Alewtina ungerührt. Vergebliche Mühe.

Und wenn es stürbe, nachdem Olessia es im Arm gehalten hätte, würde das die Sache nur schlimmer machen, und am Ende winke womöglich die Baracke der Verrückten. Man wolle sie ja nur warnen.

Alewtina kannte solche Fälle aus der Krankenstation. Frauen, die sich der Hoffnung hingaben, eine Schwangerschaft würde sie vor schwerer Arbeit bewahren! Die nach verbesserten Rationen mit mehr Brot und einer Sonderzuteilung Milch gierten, ohne sich dafür abschuften zu müssen. Dämliche Schnepfen! Schwangere Häftlinge verdarben die Statistik, nach den Gesetzen des Lagers durfte es sie eigentlich nicht geben. Die Zunahme an Schwangerschaften sei auf allgemeine Disziplinlosigkeit und Sittenverfall unter den Gefangenen beiderlei Geschlechts zurückzuführen. Kein Grund für irgendeine Vorzugsbehandlung der Verursacherinnen. Aber das wollten die Gänse nicht wahrhaben. Glaubten, sie würden das große Los ziehen, nur weil ihnen ein Bauch wuchs. Statt Lehmziegelei vielleicht eine Tätigkeit in der Küche oder in der medizinischen Versorgung.

Nur Nina hatte Mitgefühl. Was Olessia vorhatte, war sicher nicht vernünftig, vielleicht war es sogar völlig irrsinnig, aber irgendwie auch notwendig. Ein Kind war notwendig, selbst auf die Gefahr hin, durch seinen Verlust verrückt zu werden.

Nina sagte: Gott erhalt's. War das nicht eine Art Versprechen? Als hätte sie mit ihrem Wort eine unausgesprochene Patenschaft übernommen.

Das nächste, woran Nina sich erinnert, ist Olessias Nase. Plötzlich erschien sie ihr etwas dicker und weniger gerade als sonst. In die Krankenbaracke war Olessia damit nicht marschiert, sonst hätte es Alewtina brühwarm berichtet. Olessia hatte wie üblich durchgearbeitet, japste aber beim Abendbrot neben Nina durch den Mund nach Luft wie ein erschöpfter Langstreckenläufer.

»Du atmest schwer«, sagte Nina.

»Nein.«

»Ich höre es.«

»Vielleicht eine Schleimhautschwellung. Etwas in der Art.«

»Man sollte es kühlen. Und richten, bevor es zu spät ist.«

»Es wächst auch so zusammen. Es ist nur die Nase, kein Bein.«

Nina beließ es dabei. Sie gab Olessia einen Stofffetzen, den sie zuvor im lehmigen Wasser angefeuchtet hatte, als kalte Kompresse. Schaden könne es nicht, versicherte sie, zumal Lehm heilende Kräfte nachgesagt würden.

Die Lagerärztin bestellte ihre Hilfsschwester Alewtina zur Überbringerin der Nachricht: Die Gefangene Lepanto habe sich sofort zu einer Untersuchung einzufinden.

»Lässt es sich noch verbergen?«, fragte Olessia. Nina schüttelte mit dem Kopf.

Olessia nickte zufrieden. Zu spät für einen Abbruch.

Die Lagerleitung erhielt umgehend eine ärztliche Bestätigung über die bestehende Schwangerschaft. Ein Aktenvermerk wurde gemacht, in Alewtinas schönster Handschrift. Die Gefangene Lepanto, O. P., verweigere jegliche Angaben zum Kindesvater. Es sei zu vermuten, dass dieser sich noch in ihrem Umfeld aufhalte, dass die Beziehung fortbestehe, womöglich mit beiderseitigen Fluchtgedanken, oder schlimmer noch, dass der Romanze illoyales Verhalten zugrunde liege, sofern es sich um einen Lagerbediensteten handele.

Daher wird beschlossen, die Gefangene Lepanto zu verlegen. Begründung: Einteilung für schwere Arbeiten wegen Ungehorsams. Bedenken: keine.

Heute hat Nina in einem langwierigen Papierkrieg einen Etappensieg errungen. Irgendein Rädchen hat sich unter ihrem stetigen Druck irgendwo in Bewegung gesetzt und mit seinen rostigen Zähnen ein anderes Rädchen angestoßen. In irgendeiner Amtsstube hat sich irgendjemandes Hand entschieden, den Vermerk »stattzugeben« auf Ninas Gesuch zu kritzeln. In Folge flatterte im fernen Dubowkino ein Brief mit amtlichem Siegel ins Haus. Betreff: Überführung von Schutzbefohlenen. Die Anweisung lautete, ein Kind, namentlich Makarowa, Viktoria, auf Wunsch ihrer Angehörigen umgehend von Sibirien nach Charkow zu verlegen.

Ninas Genugtuung währt kurz. Auch Erleichterung will sich nicht einstellen. Seit das Kind endlich da ist, wirkt es wie aus dem Nest gefallen, alles ist ihm fremd, es macht den Schnabel nicht auf. Zwecklos zu fragen: Was ist los, wo drückt der Schuh, gibt es Ärger? Tag für Tag geht Nina ins Heim wie andere zur Arbeit. Sie hat eine geregelte Tätigkeit: Vika dabei zuzusehen, wie sie wieder zu Kräften kommt.

Ninas Bruder lässt das Haus verkommen. Als stattlicher Witwer im besten Alter hat er sich seinen Wildgänsen verschrieben, statt auf Brautschau zu gehen. Nina ist zu seiner Haushälterin und zur Ziehmutter eines fremden Kindes geworden. Wenn sie morgens aufwacht, machen sich die Aufgaben des Tages in ihrem Kopf breit, und selbst bei längerer Betrachtung erkennt Nina noch ihren Sinn.

Der Bruder schaut ihrem Treiben zu, am Anfang argwöhnisch, wohin das alles führen soll. Er hat sich eingerichtet in seinem frauenlosen Alltag, ein alter Bär in seinem Revier, jeden Eindringling mürrisch beäugend. Manchmal lässt er seine Schwester spüren, dass sie auf Bewährung unter seiner Beobachtung steht. Wer weiß, ob sie nicht wirklich was auf dem Kerbholz hat? Schlimmer noch, wer weiß, ob man sie nicht gezwungen hat, irgendwelche Papiere zu unterschreiben? Mit welchem Auftrag man sie vorzeitig entlassen hat?

Zu bequem, um lange nach Antworten auf diese Fragen zu suchen, stellt ihr Bruder fest: Wie seine Gänse ihr Gelege mit Daunen auspolstern, um die Brut warmzuhalten, versucht auch Nina, ihr Nest zu bauen. Ein Nest für das Findelkind, das sie neuerdings verhätschelt. Und diesem Küken ist tatsächlich anzusehen, dass es ihm an Nestwärme mangelt.

Nina richtet Vika eine Ecke ein, in der sie sich wohlfühlen soll, in ihrer Nähe. Vikas Unterschlupf bekommt weiß getünchte Wände, Gardinen mit Szenen artistischer Darbietungen an den Fenstern und einen Läufer vor dem Eisenbett, damit Vikas Füßchen es warm haben, wenn sie sich morgens ins Freie tasten.

Ist dein Gänschen denn schon flügge, brummt Ninas Bruder mit schnapsgeschwängertem Atem, und sie möchte ihn am liebsten dafür ohrfeigen, möchte ihre Hand erheben und sie auf seine graustoppelige Wange niedersausen lassen, bis die Stoppeln abfallen wie schlechtsitzender Putz von einer Wand.

Nina beginnt darauf zu achten, den Namen Olessia in den Gesprächen mit Vika nicht unnötig zu erwähnen. Sie vermeidet es, »deine Mutter« zu sagen, weil diese zwei Wörter Viktorias Brustkorb mit Wut zu füllen scheinen.

Nina wartet ab, welcherart Folgen ihr Verzicht zeigt. Es gibt für ihre Zurückhaltung eine gute Erklärung, soll Olessia nur danach fragen. Erst muss Nina das Kind besser kennenlernen, um es auf die Ankunft die Mutter vorbereiten zu können. Wozu das Mädchen vor der Zeit verwirren?

An Anetschka denkt Nina jetzt seltener. Während der Haftzeit überkam Nina zuweilen der Tagtraum, ihre Tochter sei noch am Leben. Manchmal war sie sogar zuversichtlich, alle wiederzusehen, wenn sie herauskäme: Mutter, Bruder, Tochter. Nur der frühere Ehegatte, der konnte ihr gestohlen bleiben. Überhaupt Männer: Das Kapitel war abgeschlossen. Wenn die anderen fragten, was hast du denn vor da draußen? Wartet jemand auf dich?, fiel Nina keine Antwort ein.

In den letzten Lagerjahren berichtete die Mutter in Briefen von allerlei Ereignissen, die an Nina vorübergegangen waren. Und Nina schrieb zurück, welche Blumensorte sie am Grab ihrer Tochter gepflanzt haben wollte. Von April bis Oktober soll jeweils eine andere blühen, da gehört etwas Planung dazu. Sie bat die Mutter, sich mit Saatgut zu bevorraten, und sei es im Tausch mit den Nachbarinnen. Noch im Lager hatte sich Nina vorgenommen, den Garten zu bewirtschaften, ihr Bruder hatte ja kein

Händchen dafür. Wenn er sie denn überhaupt über seine Schwelle ließe, davor war ihr ein wenig bange. Wer hatte schon gern solche wie sie im Haus? Sie war ja keine Normale, sondern eine Politische, um die normale Leute einen Bogen machten. Ihr Bruder hatte womöglich Scherereien ihretwegen gehabt, wer hätte denn mit so einer Schwester auch gänzlich ungeschoren davonkommen sollen? Sie war eine unnütze Verwandte, egal wie man es drehte und wendete.

Damals war es Olessia gewesen, die Nina an ihre Fingerfertigkeit bei der Herstellung von Lehmziegeln erinnert hatte. Eine ganze Lehmziegelmanufaktur könne Nina zu Hause gründen und so viele Ziegel produzieren, dass es für vier Wände reiche, mindestens jedoch für ein neues Scheißhaus! Nur das Dach müsste ihr Bruder vielleicht selbst aufziehen, da soll keiner von »unnütz« reden, und der Bruder schon mal gar nicht!

Das sagte Olessia, als Nina erfuhr, dass ihr zwei Jahre erlassen wurden, denn alle um sie herum wussten, daheim wartete keine Tochter auf sie.

Sie war ja selbst schuld. Die eigene Mutter hatte sie gewarnt: Nina, überlass das Kind nicht fremden Leuten. Und was tat Nina: Ließ sich blenden von der Aussicht auf eine Urkunde! Wozu hätte denn diese Urkunde getaugt, wahrscheinlich nicht einmal zum Hinternabwischen. Die Mutter hatte gesagt, die Pest geht um, schau auf der Straße niemandem ins Gesicht, zieh dir das Kopftuch tiefer in die Stirn, und was tat Nina: öffnete der Seuche noch die Tür! Immerhin war ihr eine Adresse geblieben. Das hatte sie vielen anderen voraus.

Nina freut sich, dass Viktoria artig Wildgansbraten isst, gefüllten und ungefüllten, dass sie nach dem Essen fragt, wohin die Hautreste und die sauber abgenagten Knochen kommen.

Der Hund frisst's. Und was der nicht frisst, wird verbuddelt. Für schlechte Zeiten!

Der Hausherr macht Späße, häufig dumme, daran wird das Mädchen sich gewöhnen müssen, der lässt sich nicht mehr ändern. Doch wenn Viktoria an einem Samstag oder Sonntag mal nicht mit am Tisch sitzt, erkundigt sich Ninas Bruder inzwischen nach »seinem Gänschen«, und selbst Nina weiß mitunter nicht, wie ernst er das meint.

Viktoria stellt ihr keine Fragen, weil sie sich keine Blöße geben will. Niemand soll glauben, dass ihr etwas an der Frau liegt, die ihre Mutter ist. Nina begreift, dass sie aus zweierlei Gründen im Vorteil ist: Sie war zuerst da, und sie ist nicht Vikas Mutter. Sie erntet die Zuneigung, die sich aus der Abneigung gegen Olessia speist.

Im Übrigen sei meiner Dankbarkeit versichert, schreibt Olessia an Nina adressiert. Sie nehme sich die Zeit für eine Verpuppungsphase. Natürlich werde aus ihr kein Schmetterling mehr, jedoch sei eine gepflegte Motte doch auch schon was. Als solche wolle sie Viktoria bald gegenübertreten. Einstweilen lasse sie alle grüßen.

OLESSIA LEPANTO,

KIEW, 1958

❜

Zurückgekommen bist du wohl, doch Nina war schon vor dir da. So wie du sie gebeten hattest. Finde Vika, hattest du sie gebeten. Und Nina hatte es dir versprochen, mit ihrem Ehrenwort.

Sie hätte es nicht halten müssen. Was zählt schon ein Ehrenwort unter Sträflingen? Sie hätte aufgeben können. Jeder weiß, dass ein Heimkind kaum leichter aufzuspüren ist als eine Laus im schwarzen Haar.

Nina hätte sagen können: Es tut mir leid, Olessia, ich habe alles versucht, aber leider vergeblich. Das wäre höflich gewesen, und du hättest ihr keinen Vorwurf gemacht. Jede kann scheitern, wer sollte das besser wissen als du.

Stattdessen schickte Nina dir einen Brief mit der Heimadresse. Keine veraltete, längst überholte, sondern eine, die sie persönlich überprüft hatte und unter der sie deine Tochter Vika leibhaftig angetroffen hatte.

So viel hat Nina dir voraus, und das gestehst du ihr auch zu. Doch anstatt es dabei zu belassen, schlich sie sich ungebeten in Vikas Leben. Zuerst zaghaft, als deine Beauftragte, als bloße Überbringerin der Botschaft. Ninas Aufgabe war die Vermittlung gewesen, das Kind bei Laune hätte sie halten sollen, ein wenig Hoffnung spenden, um die restliche Trennungszeit zwischen euch zu überbrücken. Sie hätte Vika daran erinnern sollen, dass jemand an sie denkt, dass du noch da bist. Das war alles, worum du Nina ersucht hattest. Doch bald stellst du fest, dass eine Botin keine Dienstmagd ist. Unverfroren strebt diese eine Erweiterung ihrer Befugnisse an. Vika brauche eine feste Bezugsperson. Und das sei nun mal sie, Nina. Weil sie vorher da war, vor dir.

Immer fehlt es dir an Zeit. Siebzehn Jahre lassen sich eben nicht wieder aufholen, wenn man sie zwischendurch verloren hat. Aber lass es gut sein. Fakt ist, Nina spielt eine Rolle in Vikas Leben und du nicht. Es könnte sein, dass sich daran auch nichts mehr ändert, denn du hast diese Bescheinigung erhalten zur Vorlage bei Behörden. Darin steht, Lepanto, O. P., sei aufgrund psychischer Zerrüttung nicht in der Lage, die elterliche Sorgepflicht zu erfüllen. Du bist Mitte vierzig, zerrüttet und hast zu viel Zeit verloren.

Eine wie du, das hatte man dir gleich in den ersten Tagen gesagt, werde es besonders schwer haben.

Was heißt das, eine wie du?

Eine, die noch etwas auf den Rippen hatte, eine, die frisch von draußen kam, deren Gesicht, bis auf leichte Augenringe vom Schlafentzug, noch nicht gezeichnet war – so eine wurde beobachtet. Sie versuchten, ihr Missfallen nicht zu deutlich zu zeigen. Noch so eine von den Rührmich-nicht-an-Prinzesschen, die ihre Hände in Freiheit nur zum Schminken benutzt hatten.

Jemand riet dir, eine weite Jacke zu tragen und dir eine dicke Schicht Dreck ins Gesicht zu reiben. Manchmal helfe das vor begehrlichen Männerblicken. Du bedanktest dich auf eine so liebenswürdige Art, als rette allein dieser dahingesagte Rat dich vor allen Widrigkeiten der

Zone. Dieses Übermaß an Höflichkeit brachte dir deinen Ruf ein. Fortan hieß es bei deinem Erscheinen nur noch: Die Gräfin kommt.

Deine erste Station war die Viehwirtschaft. Es ging um die Produktion von Wolle, Fleisch und Milch. Für die Lagersowchose hütetest du Zonenschafe in der Steppe. Bewachung: Schäferhund. Fluchtgefahr: keine.

Man hat dich lange damit aufgezogen, dass du in deinen ersten Monaten im Lager kein Essen mehr anrührtest, bloß weil dir jemand vom Ganovenvolk reingespuckt hatte. Statt den schäumenden Fleck vorsichtig abzuheben, ließest du angewidert gleich den ganzen Teller stehen. Dein Verhalten sorgte ringsherum für bellendes Gelächter. Man schloss Wetten ab, wann du aufgeben würdest, die Wetteinsätze waren niedrig.

Du magertest schnell ab, doch der Hungertod drohte dir nicht. Du weißt, wem du das zu verdanken hast. Nicht deiner Willenskraft. Sondern einem Mann mit Geduld und guten Beziehungen. Zuverlässig wie der Lauf der Jahreszeiten schickte er dir Lebensmittelpakete, obgleich er mit dir weder verwandt noch verschwägert, allenfalls irgendwann einmal verlobt gewesen war.

Der Mann bewies einen langen Atem. Selbst während der Kriegsjahre kamen seine Päckchen an, manchmal waren sie aufgerissen, mit durchwühltem und womöglich unvollständigem Inhalt, etliche werden dich auf deinen verschiedenen Etappen verfehlt haben. Diejenigen, die ankamen, enthielten Zwieback, Dörrobst, Zwiebeln, Knoblauch, Sauerkraut in Gläsern, Sonnenblumenkerne, Marmelade, Honig und Zucker, mitunter fanden sich sogar Zitronen darin.

Was gab es wegen dieser Päckchen für ein Gerede! Schon über geringere Vorkommnisse, selbst wenn sie sich nicht um Essen drehten, wurde begierig getratscht. Bei deinen Sendungen aber waren alle ganz aus dem Häuschen. Die Gräfin habe wieder eine Sonderration bekommen, hieß es dann. Woher der Mann das wohl alles habe? In welcher Beziehung er wohl zu dir stünde? Ein Verwandter, ein Liebhaber, ein Verehrer, ein Spitzel? Sie nannten ihn deinen »Müsjöh«, um dich zu kränken.

Es war euch verboten, Lebensmittelpakete in die Baracken mitzunehmen, aus gutem Grund: um den sozialen Frieden nicht zu gefährden. Unter den Augen eines Bewachers suchtest du dir noch im Postraum etwas zum sofortigen Verzehr aus, eine Knoblauchzehe mit grünem Keimling, getrocknete Aprikosen und Pflaumen, ein bisschen Zwieback, in Honig getunkt. Die Zitronenschalen teiltest du dir ein, bei entsprechender Sparsamkeit ließ sich recht lange ein Aufguss daraus machen. Egal wie dünn er war, deine Mithäftlinge rochen es sofort.

Wenn die Glut ein Knistern vorausgeschickt hatte, muss es im Bellen des Hundes untergegangen sein. Es ist nicht ausgeschlossen, dass du, vom Zirpen der Grillen und von der sirrenden Luft des Nachmittags eingelullt, auf einem warmen, trockenen, nach Sommer duftenden Stück Erde, der Versuchung eines Nickerchens erlegen warst.

Der Wind hatte die Glut aus dem Nichts in die Steppe gefegt. Plötzlich bestand die Luft aus Rauch, du hörtest den Hund von irgendwoher kläffen, hörtest dich selbst aus Leibeskräften nach ihm schreien. Du hieltest dir einen Rockzipfel als Atemschutz vor die Nase, versuchtest, die Herde in die richtige Richtung zu treiben. Die Angst machte dir Beine und nahm dir das Denken ab. Irgendwie entkamst du ins Sichere, sammeltest dich und zähltest mit zitternder Hand deine Herde durch. Der Hund war wieder aufgetaucht, unverletzt, doch stinkend nach verbranntem Fell. Du schautest an dir herab, alles schien heil zu sein, nur den Rocksaum hattest du dir irgendwo eingerissen.

Am Ende fehlten dir zwei Schafe. Mit dem Hund an deiner Seite, als erhofftest du dir von ihm Geleitschutz, erstattetest du der Lagerleitung Bericht. Wie du die toten Tiere zu ersetzen gedächtest?, war die erste Frage. Dir fiel nichts ein. In deiner Akte wurde vermerkt: Sabotage, Strafverlegung, Lehmziegelei.

Wie alle, beäugte auch Nina Belikowa dich nach ihrer Ankunft, jedoch nicht nur aus Neid, sondern auch aus Bewunderung. Eines Tages kam sie mit einer Bitte auf dich zu: Ihr Briefpapier sei ausgegangen, ob du von deinem Wohltäter nebst Essbarem auch Stifte und Papier geschickt bekämst, die du gegen irgendetwas anderes eintauschen würdest? Sie schreibe Briefe an ihre Tochter, ganz so, als sei diese noch am Leben, das helfe ihr über die Zeit. Ob du wüsstest, wie sich das anfühlt, Briefe an eine tote Tochter zu schreiben, ob du selber Kinder habest?

Nein, sagtest du. Leider keine Familie. Weder Vater noch Mutter noch Geschwister. Alle … verstorben. Den Bruder erwähntest du nicht, den einzigen, der überlebt hatte und sogar dem Lager entgangen war, der irgendwo unbehelligt weiterlebte, nur weil er einen Buchstaben in seinem Nachnamen ausgetauscht hatte, und damit zu einem Fremden geworden war, jedenfalls so lange, bis du ihm zugestandst, dass ein Buchstabe allein noch keinen zum

Verräter machte. Die Rechnung hatte sich inzwischen gewandelt: Von seinerzeit sieben waren neuerdings nur noch zwei übrig.

Der Wohltäter, erklärtest du Nina Belikowa, sei Konstantin, deine Jugendliebe, dein Kostik. Er besitze ein Sommerhaus im Süden, da wachse auch ohne sein Zutun viel im Garten. Der Mann habe nach deiner Kenntnis keine besondere Vertrauensstellung, sei weder Parteisekretär noch beim NKWD, sondern ein einfacher Straßenbauingenieur. Allem Anschein nach wirtschafte er gut, im Krieg und im Frieden, denn es reiche für euch beide. Treu und ergeben warte er, bis du zurückkämst.

Treu und ergeben? Etwa eine Liebesgeschichte?

»Ach, Liebe! Erzähl mir bitte nichts von Liebe.« Nina Belikowa verzog ihr Gesicht, als habest du etwas Ungebührliches gesagt. »Liebe gibt es nicht, nur Triebe. Egal, was unsere Wächter sich einfallen lassen, um Männer und Frauen im Lager getrennt zu halten, die Triebe bekommen sie nicht unter Kontrolle. Triebe sind das Einzige, was bleibt, wenn der Zivilisationslack ab ist. Und der fängt so schnell zu splittern an, dass du nicht bis drei zählen kannst!«

Du wolltest Nina damals nicht widersprechen, sie nicht mit halbseidenen Einwänden verwirren, zumal du aus ihrer Stimme endlich eine wiedererlangte Selbstsicherheit heraushörtest. Der Neuankömmling gewann langsam Oberwasser.

Von den Heimerzieherinnen hast du gehört, dass Vika sich versteckt, wenn du sie besuchen kommst. Im ganzen Haus müsse man sie suchen, und ohne die Hilfe der Kleinen, die alle Verstecke kennen, wäre sie kaum zu finden.

Man könne sich dieses Benehmen nicht erklären, Vika sei sonst ein folgsames Kind, ganz und gar unauffällig.

Du versuchst, es zu verstehen. Wahrscheinlich hat sie sich unter »Mama« jemand ganz anderen vorgestellt. Eine weniger jämmerliche Figur, wer weiß. Folglich will Vika allein über das Strafmaß bestimmen, sich zu deiner kleinen Richterin aufspielen, zur Anklägerin im Namen enttäuschter Hoffnung. Wer wird dich verteidigen?

Nina schweigt vorerst, sie lässt dir Zeit, ein paar Dinge zu sortieren, vor allem dich selbst. Du bist ihr dankbar.

Doch es gibt da eine weitere Person, an die du Erwartungen knüpfst. Ob auch sie etwas von dir will, musst du erst herausfinden. Zuerst schickst du Konstantin eine Nachricht, Datum und Zeit deiner Ankunft, ein Angebot zur Wiederaufnahme alter Beziehungen, getarnt als Danksagung. Als Student hatte er deine älteren Geschwister unterrichtet, zu einer Zeit, da die Mutter Angst hatte, euch zur Schule zu schicken, der allgemeinen Gesetzlosigkeit wegen. Du warst damals noch zu klein, selten sprach er einen vollständigen Satz in deine Richtung. Nur einmal fiel ihm deine Vorliebe für weiße Kleider auf, und er machte eine Bemerkung, die freundlich klang. Es gab keinen Grund für dich, ihn besonders zu beachten, zumal er euren Haushalt noch rechtzeitig vor der Krim-Blockade verließ. Der Sommer 1920 ging vorüber, die Ferien jedoch hörten nicht auf.

Deine Mutter legte Wert auf eure körperliche Ertüchtigung bei Wind und Wetter. Sie lehrte dich selbst die Grundlagen der Mathematik, zwischendurch etwas Literatur und Fremdsprachen – Englisch, Französisch, Italienisch –, nebst Exkursen in die Philosophie und Geschichte.

Bald nach Konstantins Abreise quittierte auch der Gärtner seinen Dienst. Bevor du mit deiner Freiluftgymnastik nach Mutters Anleitung begannst, fegtest du das liegengebliebene Laub weg. Dabei stieg dir der Geruch der taufeuchten Blätter in die Nase, und du begriffst, was Lida meinte, wenn sie sagte, morgens im Schatten röchen die Laubhaufen nach Gruft, schauerlich sei das. Wäre der Gärtner noch da gewesen, hätte er das Laub auf den Kompost geschafft, nun lag es im Weg herum und vermoderte direkt vor der Haustür.

Du holtest eine Schubkarre aus dem Geräteschuppen, befandst die Gärtnerschaufel als viel zu groß und unhandlich für dich, sammeltest mit bloßen Händen Laub ein und warfst es in die Schubkarre. Du erkanntest schnell, dass du so nicht viel ausrichten würdest, also knietest du dich nieder und schaufeltest die Blätter auf deinen Rock, stets auf der Hut, ob jemand aus dem Haus anrückte, um dir Einhalt zu gebieten. Dann hieltest du das Saumende nach oben, und störtest dich nicht daran, dass darunter deine nackten Beine zu sehen waren. Es erforderte einige Übung, mit dem gefüllten Rock aufzustehen. Sobald du fest auf beiden Füßen standst, kipptest du den Inhalt in die Schubkarre.

Der Mutter erklärtest du die Flecke auf der Kleidung später damit, dass du ausgerutscht und der Länge nach hingefallen seist. Sie trug es mit Fassung, nahm dir die Schmutzwäsche zum Einweichen ab und bedachte dich mit der tröstlichen Bemerkung, zum Glück sei dir nichts geschehen!

An verregneten Nachmittagen überwachte die Mutter deine Tanzschritte auf dem Wohnzimmerparkett. Lidas blasse Hände begleiteten euch auf dem Klavier, dein nächstälterer Bruder gab den Tanzpartner, dessen Arm du nur auf Zehenspitzen erreichtest.

Lidas Zukunft als Pianistin auf den Bühnen der Welt war ein wenig in die Ferne gerückt, seit auf der Krim kaum noch fähige Musiklehrer aufzutreiben waren. Doch der Aufbau einer neuen Gesellschaft laufe eben nicht viel anders ab als der Bau eines Hauses, beschwichtigte euch dein Vater. Es dauere immer länger als geplant und mache mehr Schmutz als gewünscht.

Du beherrschst den Knicks und gängige Begrüßungsfloskeln akzentfrei in mehreren Sprachen. Wie oft ließ dich deine Mutter wiederholen: Je suis très heureuse… Madame, Monsieur … bis sie mit deiner Artikulation zufrieden war.

Du hattest noch nie Gelegenheit, diese Sätze anzuwenden. Nicht einmal während der paar Semester Schauspielschule kamen dir deine Sprachkenntnisse und deine Umgangsformen zugute. Schon in der Grundausbildung hatte jemand verlauten lassen, das Rollenfach der jugendlichen Liebhaberin sei derzeit nicht gefragt. Nach deinem Rausschmiss belegtest du notgedrungen einen Buchhalterkurs, für den du immerhin ein Zertifikat erhieltest. Das war deine gesamte Karriere.

Deine Familie war inzwischen verstorben, zerfallen und verborgen, und du hattest den schlaksigen Kostik aus den Augen verloren. Als du ihn Jahre später wiedersahst, hättest du seinen vollständigen Namen nicht mehr nennen können und erkanntest ihn dennoch wieder in der Menge, aus der er herausstach. Nicht nur wegen seiner Größe, es war seine Haltung, die dir gefiel. Die jugendliche Unbeholfenheit war verflogen, bei ihm wie bei dir. Du warst eine blühende Frau mit zwei Fingerbreit Speck auf den

Hüften und Zöpfen, die du mühelos zweimal um den Kopf wickeln konntest. Du fragtest ihn, wie es ihm gehe, was ihn nach Leningrad geführt habe, was für ein Zufall es sei, ihn hier zu treffen. Am dringendsten wolltest du wissen, ob er eine Frau habe, womöglich Kinder, er war ja einiges älter als du. Wenn du ehrlich bist: weder das eine noch das andere hättest du ihm damals gegönnt.

Jetzt steht Konstantin tatsächlich am Bahnhof, natürlich mit Blumen, ganz Gentleman der alten Schule. Die siebzehn Jahre haben ihn kaum verändert. Du siehst einen gereiften Mann vor dir, der an den Schläfen vielleicht ein wenig grau geworden ist, sich jedoch nach wie vor aufrecht hält, den Kopf hoch erhoben. Das gefällt dir. Ein Mann darf nicht krumm gehen, lautete schon einer der wichtigsten Ratschläge deiner Großmutter an ihre Enkelinnen. Sie dürfte mit deiner Wahl zufrieden sein, du bist es immer noch.

Konstantin ist nicht dein Ehemann, vielleicht hat ihn das gerettet. Ein Ehemann hätte vermutlich als Spion gegolten wie du, und Spione schicken keine Päckchen, sie haben sie selbst nötig. Du bist dankbar, dass du keinen Ehemann, sondern einen Kostik hast.

Jetzt hält er Ausschau nach dir, sieht aber durch dich hindurch ohne ein Zeichen des Erkennens. Du willst ihm schon zuwinken, vielleicht ist er kurzsichtig und zu eitel, eine Brille zu tragen, das sähe ihm ähnlich. Sein Mantel sitzt perfekt, ein grauer Zweireiher, farblich passend zu den buschigen Augenbrauen, die Schuhe auf matten Glanz poliert.

Da verstehst du, dass er nach einer anderen Ausschau hält. Er sucht nach der Frau, die du nicht mehr bist, und sein Fehler geht ihm nicht auf. Geht ihm nicht auf, obwohl er direkt vor ihm steht, ihm fast schon auf die Zehen tritt. Konstantin lässt den Blumenstrauß sinken, folgt der letzten Passagierin, die aus dem Zug steigt, mit enttäuschtem Blick. Er schaut kurz auf seine Uhr, überlegt wohl, ob er noch bleiben oder gleich gehen soll. Konstantin macht kehrt.

Du hast einen langen Weg hinter dir, soll etwa alles umsonst gewesen sein? Die Pakete, die Treue, das Warten?

Du rufst den Mann bei seinem Namen. Er dreht sich um, neigt leicht den Kopf, formt eine Frage in seinem Gesicht.

»Kennen wir uns?«

Dir scheint, als halte er dich mit den Blumen auf Abstand. Lilien, Nelken und Rosen, in Rot-Weiß komponiert, samt Beiwerk aus Farn. Als der Strauß endlich in deinen Händen liegt, ist dein erster Impuls, ihn wieder zurückzugeben, was dich sofort reut. Es ist nicht seine Schuld.

Dass Konstantin dich fast hätte stehen lassen, werde er weder sich selbst noch deinen Richtern je verzeihen.

Verzeihen, erwiderst du, das sei ein großes Wort.

Seit du in Kiew lebst, hast du es dir angewöhnt, in den Pausen zwischen deinen neuen Verpflichtungen vor dem Kinostudio am Prospekt des Sieges auf und ab zu flanieren. Dort wärmst du deine Hoffnung auf, hältst sie sorgsam am Köcheln. Denn erkalten darf sie nicht, soll dich vielmehr auch morgen noch nähren.

In der Früh, bevor die anderen Menschen zur Arbeit eilen, kehrst du die Innenhöfe und die Bürgersteige. Weil damit ein Bett im Hausmeisterkabuff verbunden ist. Alle müssen an dir vorüber, solche, die kommen, und solche, die gehen. Du lernst die Bewohner kennen, erfährst, wer mit wem einen Haushalt teilt, wer wen besuchen will, beobachtest geheime Liebschaften. Versprichst mal zu schweigen und versprichst mal zu reden, ganz nach Belieben. Geschenke möchtest du keine, vielen Dank. Du hörst, welche Wünsche deine Nachbarn umtreiben. Deren Kinder fürchten sich anfänglich vor dir. Du siehst es an ihren Blicken und daran, wie ihr Spiel einschläft, wenn du nur in die Nähe kommst, als hätte der Fluch der bösen Fee sie durch dein Zutun im Dornröschenschloss überrascht.

Später verlieren sie ihre Scheu und werden frech. Einmal verstecken sie deinen Besen und die Kehrschaufel. Den Besenstiel findest du nach langer Suche wieder, von einem Rock und einer Bluse umhüllt. Ein kleiner Junge, der nicht mitspielen will, erklärt dir, dass der so verkleidete Besen am Ende die mit Schleife geschmückte Kehrschaufel heiraten sollte. Aber den Kindern ist vorher die Lust ausgegangen. Besucher werden sich über die Vogelscheuche im städtischen Innenhof wundern.

Du staunst, wie selbstverständlich die Kinder von Mama und Papa reden und ertappst dich bei der Frage, warum ihnen das so leicht von der Zunge geht. Ab und zu entdeckst du leere Pfandflaschen vor deiner Schlafkammer, ausgespült und ordentlich in Reihe hingestellt. Du wartest ab, ob das ein Dummejungenstreich ist. Niemand vermisst die Flaschen, niemand will sie zurückhaben, dir stehen sie im Weg. Also bringst du sie irgendwann weg. Fortan rufen dir die Kinder »Flaschensammlerin!« hinterher.

Im Massagesalon nebenan ölst du abends deine Hände ein und knetest vom Tageswerk müde Rücken. An der

Begrüßungsmiene mancher Kunden erkennst du, dass sie deine Kraft unterschätzen, bis du dich über ihre Verspannungen hermachst. Bald loben sie dein Geschick und das Feingefühl deiner Lehmziegelfinger. Sie werden gesprächig und erzählen dir von den Freuden und Nöten ihres Alltags.

Es ist das Gewöhnliche an ihrem Leben, das dich aus der Fassung bringt, das den Fragen nach Gerechtigkeit, nach Schuld und Sühne, wieder Tor und Türe öffnet. Wie oft hast du schon versucht, sie abzuriegeln? Du hast bereits eine erkleckliche Anzahl von Stunden darauf verschwendet, vergeblich nach dem Warum zu fragen. Dabei liegt gar kein tieferer Sinn im Geschehenen. Nun übe Barmherzigkeit, hüte deine Zunge und vergib deinen Feinden. Du zweifelst zwar daran, dass irgendjemand deiner Vergebung bedarf, allein dein Nachtschlaf wird es dir danken.

Immerhin bist du jetzt Werktätige, erhältst Lohn für deine Arbeit. Es ist wenig, doch darauf kommt es dir nicht an. Mit den Einträgen im Arbeitsbuch willst du deine Sesshaftigkeit beweisen. Willst zeigen, dass du ehrenwerten Tätigkeiten als Hausmeisterin und Masseurin nachgehst, die in einem neuen Antrag auf Herausgabe deiner Tochter aufzulisten sind. Auch Zerrüttung lässt sich kitten wie eine schadhafte Straße mit heißem Teer.

Du stehst am Prospekt des Sieges und schaust dir die Leute an, die im Kinostudio ein und aus gehen. Du hoffst, dass sie dich bemerken, sich an deinen Anblick gewöhnen. Du stehst vor den Filmplakaten, tust so, als studiertest du die Ankündigungen. Komödien, Abenteuer, Märchen. Du hast schon mehrfach das Groß- und das Kleingedruckte gelesen, hast dir alle Namen eingeprägt. Auf keinen Fall willst du bedürftig wirken. Erst kürzlich ist es dir passiert, dass ein Passant dir eine Münze zugeworfen hat. Achtlos hatte er im Vorbeigehen in seine Tasche gegriffen, und plötzlich war das Geldstück leicht scheppernd vor deinen Füßen gelandet. Junger Mann, Sie haben etwas verloren, hast du ihm hinterhergerufen, aber er hat sich nicht mehr umgedreht. Du hast die Münze aufgehoben, man lässt doch kein Geld auf der Straße liegen.

Die Rezeptionistin hat dich bereits einmal fortgejagt, als du das Gebäude betreten wolltest. Du hattest nur gefragt, ob Statisten gesucht werden. Statist kann jeder Dahergelaufene sein, warum nicht du. Du würdest dich nicht scheuen, durch eisiges reißendes Wasser zu waten, eine Fahne zu schwingen, egal welcher Farbe, unter sengender Sonne oder im tiefen Schnee auszuharren, je nach Bedarf für die Bösen oder für die Guten zu kämpfen und auf allen Hochzeiten zu tanzen, auf die der Regisseur dich schickt. Nur in die U-Bahn würdest du nicht einsteigen, aber das könnten ja andere übernehmen.

Um weder bedürftig noch dahergelaufen zu wirken, hast du die Hände in die Taschen deiner Wattejacke gesteckt. Im gegenüberliegenden Park gibt es einladende Spazierwege, doch etwas hält dich hier fest. Du lugst durch die Tür, jedes Mal, wenn sie aufgeht. Eine andere Rezeptionistin hat Dienst. Heute Statistenrollen im Angebot?, könntest du sie fragen. Fragen ist nicht verboten. Du suchst dir auf einem Plakat das längste Wort aus und zählst an den Buchstaben wie an Blütenblättern ab: hineingehen, nicht hineingehen, hineingehen, nicht hineingehen. Auf den letzten Buchstaben fällt ein »nicht hineingehen«. Morgen ist auch noch ein Tag.

Du fürchtest, wenn du zu lange herumstehst, könnte jemand herauskommen und mit der Polizei drohen. Jemand könnte sagen: Such dir einen anderen Platz zum Betteln, Alte! In deinen Akten würde vermerkt: Antragstellerin geht unerlaubter Bettelei vor dem Kinostudio nach.

Als der Mann aus der Tür getreten ist, musst du dem Eingang gerade den Rücken gekehrt haben. Das Nachdenken über deine Akte hat dich unaufmerksam gemacht. Du spürst bloß, wie dich jemand von hinten am Ellbogen festhält.

Warten Sie schon lange? Warum sind Sie nicht hereingekommen?

Du starrst den Mann an. Er wirkt ungeduldig, als würde ihn das Gespräch mit dir von wichtigeren Dingen ablenken. Du kennst ihn nicht, und er kennt dich nicht, da bist du dir ganz sicher. Du überlegst, ob du ihn darüber aufklären solltest, deine Zunge jedoch ist ausgetrocknet und unbeweglich, du kannst sie nicht vom Gaumen lösen.

Kommen Sie bitte schnell, wir müssen weitermachen!

Du begreifst, dass er dich an der Rezeptionistin vorbeilotsen wird. Du vermutest, dass ihm das nicht einmal Schwierigkeiten bereiten wird, dass er gar nicht darüber nachdenkt, denn der ist ganz bestimmt mehr als ein Statist.

Du lässt dich von ihm mitziehen, mit einem Auge ängstlich auf die Rezeptionistin schielend. Sie tut dir nichts, du hast jetzt einen Beschützer. Im Studio angekommen, drückt man dir ein Blatt Papier in die Hand.

Das ist Ihre Szene.

Du siehst dich mehreren Personen gegenüber, die dich prüfend betrachten. Sie fragen dich nach deiner Berufserfahrung.

Ja, Erfahrung sei vorhanden, reichlich.

Wo, seit wann, welches Fach?

Seit Jahren wechselnde Bühnen, Gastspiele, klassisches und modernes Repertoire.

Du schaust auf den Zettel, während du sprichst. Die Sätze verschwimmen. Atme tief durch, deine Lunge wird dir dankbar sein. Ein kleiner Auftritt, was konntest du schon verlieren? Vielleicht ließen sie dich am Ende die Fußböden wischen?

VIKTORIA M.,

CHARKOW, 1960

,

Langsam aber sicher haben wir Amerika eingeholt. Ein wichtiger Mann lobt die Fleischproduktion im Land und spricht von ihr als einer Schwalbe, der schon bald Adlerflügel wachsen werden. Ich versuche mir eine Schwalbe mit Adlerschwingen vorzustellen. Ob so eine wirklich fliegen kann?

Dann und wann klagt Nina, sie wisse gar nicht mehr, welche Wurstsorte sie kaufen solle, so vielfältig sei die Auswahl in den Geschäften. Wie in Amerika! Und selbst der Onkel gibt zu, dass ein gutes Stück Rindfleisch etwas ganz anderes ist als zähe Wildgans.

Solange die Nächte kurz sind, nimmt mich Nina für einige Tage mit in die Sommerdatscha auf dem Land. Dafür erwirkt sie eine Sondergenehmigung, zumal während der Ferien die Regeln im Heim gelockert sind. Die Menschen im Dorf beschäftigt etwas. Sie wirken ungehalten, dabei gibt es am Wetter nichts auszusetzen, die Sonne steht hoch und die Vögel tschilpen, darunter gewiss die eine oder andere Schwalbe. Die Nachbarn beachten mich wenig, wenn sie auf einen Schwatz hereinkommen. Sie fragen nicht, woher Ninas Mutter plötzlich eine Enkelin habe. Sie nennen uns die Städter, und es hört sich nicht übermäßig respektvoll an.

Seit es gilt, Amerika zu überholen, brütet unsere Obrigkeit ständig etwas aus. Regelmäßig gibt sie Absichtserklärungen heraus. Ein straffer Zeitplan ist einzuhalten: In vier Jahren soll Amerika endlich überholt, in zwanzig Jahren der Kommunismus aufgebaut sein.

Eile war noch nie ein guter Ratgeber, und solch wirre Ideen kommen nur von oben, sagen die Bauern. Die letzte Idee sei gewesen, den Privatbesitz von Nutzvieh zu verbieten. Schnell war daraus ein Beschluss geworden und dieser noch schneller umgesetzt. Am helllichten Tage seien Menschen in Lkws gekommen und hätten das Vieh von der Weide auf die Ladeflächen gezerrt. Tränen habe es gegeben und Geschrei, als nähme man den Bauern die Kinder weg. Dabei ging es um einen guten Zweck: mehr Fleisch fürs Volk. Und man habe die Bauern auch entschädigt. Aber niemand wollte ihnen sagen, wer nun, da die Kühe geschlachtet waren, die Kälbchen auf die Welt bringen werde.

Nina runzelt die Stirn. In der Tat, das wäre vorher zu bedenken gewesen. Zurück in Charkow kauft sie Frischfleisch im Laden, verteilt es portionsweise in Behälter und stopft diese in das kleine Gefrierfach, bis es kaum noch zugeht. Sie mästet mich mit Kochsalami, Leberwurst und gebratenen Fleischwurstscheiben. Iss dich satt, Vika, sagt sie, so etwas Gutes wird es nicht mehr lange geben.

Tatjana-Tamara berichtet mit leuchtenden Augen von einem Automaten, der seit Neuestem am Eingang des Zentralen Kaufhauses steht. Gegen Einwurf einer kleinen Münze werde auf Knopfdruck ein Glas mit Sodawasser gefüllt. Man habe sogar die Wahl zwischen Wasser pur oder mit Sirup. Mit Sirup koste es etwas mehr, drei Kopeken statt einer.

Zu gern hätte Tatjana von dem neuen Getränk probiert, aber Rita Lasarewna habe sich geweigert, sich in die lange Schlange der Durstigen einzureihen. Außerdem sei es unhygienisch, aus Gläsern zu trinken, die zuvor schon hunderte Unbekannte benutzt haben. Deshalb wisse Tatjana nicht, welche Wassersorte besser schmeckt. Sie habe jedoch alles genau beobachtet, es sei im Grunde sehr einfach, den Automaten zu bedienen. Das Glas müsse man vor dem Gebrauch direkt im Automaten in der dafür vorgesehenen Mulde reinigen. Dazu drehe man es um. Durch Druck von oben spritze aus kreisförmig angeordneten Düsen Wasser in das Glasinnere und spüle es aus. Rita Lasarewna habe diese Methode jedoch nicht überzeugt, mit ihrer allgegenwärtigen Angst vor Bakterien. Überall wittere sie Syphilitiker, nicht mal vom Boden dürfe man etwas aufheben. So genau weiß keiner von uns, was das für eine Krankheit ist, sie muss wohl sehr gefährlich sein und allerorts lauern. Schon Babys im Mutterleib können sich damit anstecken, dabei haben die doch gewiss von nirgendwo etwas aufgehoben.

»Und wenn man keine passenden Münzen dabei hat, was ist dann?«, fragt Pummel-Nadja, die später Ärztin werden will, mindestens aber Krankenschwester.

Dann, Tatjana lächelt besserwisserisch, gebe es Methoden, die sie uns vorerst nicht verraten werde. Die funktionieren nämlich nur, wenn keiner zuguckt.

Ich habe irgendwo gelesen, dass diese Automaten bald in jeder größeren Stadt, sogar vor jedem größeren Bahnhof und in der Nähe von Einkaufszentren stehen sollen. Wir haben sie dem Staatsbesuch des Glatzkopfs in Amerika zu verdanken. Dort bekomme man nicht nur Getränke, sondern sogar Schokolade und verpackte Butterbrote aus Automaten.

In der Schule haben wir gelernt, dass den ersten Verkaufsautomaten ein sowjetischer Ingenieur bereits in den 1930er Jahren entwickelt habe. Ninas Bruder, mein neuer Onkel, lacht nur, er kenne solche Entwicklungen und wisse, wohin sie führen. Er wette mit mir: Kaum aufgestellt, würden die Automaten beschädigt, die Gläser kaputtgehen oder geklaut werden, die eingeworfenen Münzen an einem Rückholfaden zurückgezogen, und nach einer Weile sei die gesamte Entwicklung Schrott. Und wer soll regelmäßig Sirup nachfüllen, noch dazu in mehreren Geschmacksrichtungen!, und schauen, dass die Wasserleitungen dicht sind? Manche Neuerung sei eben – mit Verlaub – für den Arsch, und jeder mit gesundem Menschenverstand wisse das im Voraus.

Der Onkel ist Jäger und kein Techniker, ich glaube nicht, dass er sich besonders gut mit Verkaufsautomaten auskennt. Ich finde sie schön, sie sehen aus wie Kühlschränke mitten auf der Straße – ohne Türgriff, mit Knöpfchen und einem Loch im Bauch.

Man wollte das Beste, aber es kam wie immer, pflegt der Onkel zu sagen, wenn etwas schiefgeht. Das sei die ganze Philosophie im Leben. Merk dir das, Mädchen! Ich verspreche, es zu verinnerlichen. Das Beste zu wollen ist eben nicht genug.

Im September melden die Zeitungen und Rita Lasarewna, dass aufgrund der außerordentlich guten Maisernte wie jedes Jahr hunderte Schüler und Studenten zu einem Einsatz in der Landwirtschaft delegiert werden.

Erstmalig betrifft es meine Klasse, endlich sind wir alt genug!

Wir werden in Bussen zu einem Maisfeld gefahren. Ich muss ganz hinten sitzen, die vorderen Plätze teilen sich die Klassenschönsten.

Seit unser Staatsoberhaupt Amerika überholen will, sprießen überall Maisfelder. Schöne Farmen hätten die Amerikaner und verstünden eine Menge von Mais, das müsse man ihnen schon lassen, aber: Was die können, können wir besser!

Unser Staatsoberhaupt heißt Nikita Sergejewitsch, er ist ein kleiner dicker Mann mit Glatze, ich kenne ihn von Fotos aus der Zeitung und seine Stimme aus dem Radio. Mais scheint ihm gut zu schmecken, denn er will die gelben Kolben zu unserem »zweiten Brot« machen. Alles für das Wohl des Volkes! Er droht den fetten Kühen im fernen Staate Iowa, sie bald das Fürchten zu lehren; wenn erst unsere Kälbchen dank seines Fünfjahresplans fleischiger heranwachsen und mehr Milch geben, dann können sich die amerikanischen Farmer aber warm anziehen!

Unser Regierungschef hält viel von der Landwirtschaft. Oft tragen die Bilder in der Zeitung Unterschriften wie N.S. mit Bauern, N.S. im Kuhstall, N.S. mit Mais, N.S. besucht eine Schweinemastanlage.

Witze stehen nicht in der Zeitung. Ein Bauer und ein Schriftsteller kommen im Zug ins Gespräch über den obersten Mann im Staate. Sagt der Bauer zum Schriftsteller: Sie sind zu beneiden, von Literatur versteht er wenigstens etwas! Den hat Ninas Bruder neulich nach der Jagd erzählt. Es war kein guter Tag für ihn gewesen, nur dreiundvierzig erlegte Wildgänse.

Die Kolchose »Morgenröte« hat die Patenschaft über unser Heim übernommen. Damit aus uns keine Stubenhocker werden, will man dafür sorgen, dass wir den Kontakt zu Mutter Erde nicht verlieren.

Im Bus werden Pionierlieder angestimmt. Ich singe nicht mit, bewege nur die Lippen zum Text. Ich habe ja schon den Chor verlassen müssen, weil ich nicht singen kann, ich möchte nicht auch noch aus dem Bus geworfen werden.

> Lodert zu Flammen empor, in blauer Nacht,
> wir sind Pioniere, Kinder der Arbeiterschaft.
> Es naht die lichte, glückliche Zeit,
> der Pioniere Ruf ist ›immer bereit‹!

Es folgt »Das Lied vom fröhlichen Trommler«. »Lauter, Vika!«, ermahnt mich Rita Lasarewna. »Sitz gerade, hier wird nicht gedöst!«

Sie gibt mit der rechten Hand den Takt vor und wiederholt eine Strophe, wenn uns die nächste nicht einfallen will.

> Steh mal früher auf, steh mal früher auf,
> wenn der Morgen sachte am Tor erscheint,
> wirst du sehn, wirst du sehn,
> wie ein fröhlicher Trommler
> nach den Ahornschlägeln greift.

Der Bus stoppt. Am Eingang der Kolchose klebt ein Plakat. Eine junge Bäuerin hält einen Maiskolben in der Hand, der größer ist als sie selbst. Bei näherem Hinsehen erkenne ich, dass die einzelnen Maiskörner sich am dickeren Ende in Fleischkonserven, Eierschachteln und Milchkannen verwandeln. Darüber steht: »Mais – Quelle des Wohlstands«. Die kurzsichtige Maja Filipova buchstabiert mühsam, fragt dann: »Ich verstehe das nicht. Wie kann aus Mais Milch werden?«

»Was bist du für eine Gans. Wo kommt die Milch her?«

»Von Kühen.«

»Was fressen Kühe?«

»Gras.«

»Und Mais! Mais ist gutes Futter für Nutztiere. Gutes Futter gibt Fleisch, Eier und Milch! Kapierst du es jetzt?«

Maja Filipova öffnet den Mund und lässt ihn wieder zufallen, um beleidigt zu schweigen. Eigentlich gehört ihr eine Brille mit fingerdicken Gläsern, aber die trägt sie nie. So oder so, zu den Klassenschönsten wird sie nie gehören. Zu den Klügsten allerdings auch nicht.

Die Felder seien so groß und der Ertrag so reich, dass es neben modernen Erntemaschinen helfende Hände brauche, erklärt uns ein Mitarbeiter der Kolchose. Wir hören zu, stolz, mit einer so wichtigen Aufgabe betraut zu werden. Einige laufen zum Feld, ohne Anweisungen abzuwarten. Der Mann pfeift sie zurück. Er zeigt uns, wie man die Maiskolben mit der Hand herausbricht. Wer von den Jungs sich das zutraue? Alle, die sich melden, und es melden sich alle, bekommen einen Jutesack. Sobald er gefüllt ist, tragen sie ihn zur Sammelstelle und schütten die Ernte zu einem immer größer werdenden Berg auf. Dort sitzen wir Mädchen, schälen die Kolben aus den Hülsen heraus und reißen ihnen die Haarbüschel am oberen Ende ab. Der Aufseher nennt diese Fäden »Bart«. Am häufigsten sehe ich Genka barfüßig hin und her laufen. Er wirft die Maiskolben ausgerechnet mir vor die Füße, so oft, dass es kein Zufall sein kann.

Rita Lasarewna macht Kontrollrunden zwischen den Jungen- und Mädchenbrigaden.

Die Bäuerinnen der Kolchose, die am Hinterkopf verknotete Kopftücher mit Goldfäden und Blumenmustern, tragen, schauen häufig in unsere Richtung, wechseln einige Sätze über »arme mutterlose Heimkinder« und versorgen uns mit gut gesalzener und gebutterter Buchweizengrütze. Die scharfen Kanten der Maishülsen schneiden mir in die Fingerkuppen. Rita Lasarewna erwähnt im Gespräch mit den Bäuerinnen lobend unseren Arbeitseifer. Gute Schüler. Fleißige Helfer. Keine nutzlosen Esser.

Männer in zerlumpter Kleidung ziehen mit Gurten um die Schultern ein Schiff flussaufwärts hinter sich her. Es ist mit Waren voll beladen. Das Segel ist eingeholt. Die Männer sind erschöpft, einer wischt sich soeben den Schweiß von der Stirn, einem anderen hängt die Pfeife im Mundwinkel, eine Mütze beschattet sein Gesicht. Letzterer ist groß und hager.

Elf Kerle zähle ich, nur der jüngste in ihrer Mitte hat noch keinen Bart. Das Ufer ist sandig, der Fluss breit. Wir betrachten ein Gemälde von Ilja Repin, es heißt »Die Wolgatreidler«. Der Maler zeige die Unterdrückung der Arbeiter und Bauern unter dem Zaren, erklärt der Lehrer, ihr trauriges Dasein in Abhängigkeit von den Launen des Gutsherrn, dem sie schutzlos ausgeliefert waren. Ich stelle mir einen adligen Grundbesitzer vor, der aussieht wie Iwan der Schreckliche und seine unfreien »Bauernseelen« auf dem Markt je nach Bedarf kauft oder verkauft. Diese dürfen sein Land ohne Erlaubnis nicht mehr verlassen, ebenso wenig wie deren Kinder und Kindeskinder. Ein Marktschreier preist die Ware an. Heute arbeitsfähige Seelen im besten Alter zu verkaufen.

Der Lehrer erzählt uns von Willkür und Grausamkeit, von Leibeigenschaft, Rechtlosigkeit, miserablen Arbeitsbedingungen und Armut – alles Dinge, die heute in unserem Land glücklicherweise überwunden sind. Ich freue mich, in unserem Land zu leben.

Deine Mutter kommt. Dieser Satz lässt mich erstarren. Fensterbretter als Orte der Wünsche meide ich schon lange. Denn gelegentlich gehen Wünsche tatsächlich in Erfüllung. Und das kann einen in Schwierigkeiten bringen.

Als der Tag gekommen ist, verstecke ich mich im Schlafraum der Kleinen. Dort werde ich zu schnell gefunden, Maxim hat mich verraten. Der fiese kleine Wurm hat, nur weil er irgendwo das Wort »Mama« aufgeschnappt hat, nur weil jemand »Vikas Mama ist da« gesagt hat, sofort alle auf Lenin geschworenen Ehrenworte vergessen und die Meute geradewegs zu meinem Versteck geführt.

Sie versuchen, mich unter dem Bett hervorzuziehen, ich wehre mich, igele mich ein. Nur fehlen mir die Stacheln, auf meinen Armen bleiben Abdrücke zurück.

NINA BELIKOWA,

CHARKOW, 1960

Die Dinge haben ihren Lauf genommen, sagt sich Nina, wie es Dinge eben tun. Sie hatte einen Freundschaftsdienst erwiesen, weil er im Rahmen ihrer Möglichkeiten lag. Unmögliches hätte sie nicht versprochen.

Das, was als harmlose Gefälligkeit gesät worden war, hatte sich unversehens zu einer Angelegenheit ausgewachsen, die Nina nun wie hochgeschossenes Bambusrohr überragt. Sie fragt sich selbst, wie sie hatte übersehen können, dass ihr da etwas über den Kopf wächst und wie sie Olessia erklären soll, dass sie zu keinem Zeitpunkt versucht hatte, es aufzuhalten.

Die Nachbarin aus der zweiten Etage klopft an, im Lädchen an der Ecke sei ein Block Schokoladenbutter geliefert worden. Wenn sie sich beeile, könne für sie noch etwas abfallen.

Nina, die nicht weiß, wer auf die Idee gekommen ist, Schokolade mit Butter zu mischen, greift nach ihrer Handtasche und macht sich sofort auf den Weg. Ihre Vika liebt das neu in Mode gekommene Produkt, das noch aus dem größten Hungerhaken einen braven Esser macht.

Hinter der Ladentheke hantiert die Verkäuferin mit einem fallbeilartigen Messer, um Stücke vom großen Butterblock abzuschneiden und auf die Waage zu legen. Nina hält ihr den Kassenbon hin, den die Verkäuferin auf eine

Stahlnadel mit Holzfuß spießt. Sie wickelt die abgewogene Ware in Transparentpapier und schiebt sie Nina zu.

Vika wartet nicht, bis Nina die fettige süße Masse auf der Brotscheibe glatt gestrichen hat. Sie fährt gleich mit dem Finger hinein und leckt ihn ab, saugt noch die Reste unter dem Fingernagel hervor.

»Das gehört sich nicht«, sagt Nina. »Wasch dir die Hände vor dem Essen. Iss im Sitzen. Essen im Stehen bekommt der Verdauung nicht.«

Es sind die Weisheiten ihrer Mutter, die Nina wiederholt, weil sie sie nach wie vor für richtig hält.

Sie reicht Vika den gefüllten Teller und beobachtet, wie sein Inhalt in Vikas Mund verschwindet. Sie denkt daran, dass es ein gewohnter Anblick für sie sein könnte, einer Tochter beim Essen zuzuschauen. So alltäglich, dass sie nichts Besonderes mehr daran fände.

»Wieso schaust du mich so an, Tante Nina?«

»Weil du so ein hübsches und kluges Mädchen bist.«

Weil du so bist, wie meine Tochter sein könnte, sagt Nina nicht.

Vikas Blick bleibt zweifelnd, wenngleich zwei kaum sichtbare Wangengrübchen Zufriedenheit erahnen lassen. Vielleicht sind diese Grübchen aber auch nur wegen des Schokoladenbutterbrotes entstanden.

»Sag bitte meiner Mutter, sie soll mich nicht mehr besuchen. Sie hat es vorher nicht gemacht, jetzt muss sie das auch nicht nachholen.«

»Das werde ich ihr nicht sagen, Vika. Darüber kann nur ein Gericht bestimmen.«

»Dann sag es dem Gericht.«

Olessia ist überraschend nach Charkow gekommen. Sie behauptet, sie sei in Zeitnot, und bittet Nina um ein Treffen in der Nähe der Oper. In Wahrheit, glaubt Nina, meidet Olessia Ninas Wohnung, um nicht daran erinnert zu werden, dass es Vikas neues Zuhause ist. Sie würde Vikas Kleidungsstücke, Vikas Schuhe, Vikas Bett, Vikas Haare auf den Polstern erkennen.

Nina ist pünktlich am Treffpunkt. Der Springbrunnen gegenüber der Oper steht still, nur das Wasser im Becken kräuselt sich leicht, ein Bonbonpapier treibt auf der Oberfläche, Olessia verspätet sich.

Vika hat gefragt, ob sie am Samstag ein paar Freunde einladen darf, aber auf keinen Fall soll es schon wieder Wildgansbraten geben. Nina geht im Geiste die Aufgaben für die kommenden Tage durch: Vika braucht eine weitere Schuluniform zum Wechseln, der Umschlag des Russischlehrbuchs ist gerissen und muss erneuert werden, statt Wildgansbraten wird Nina Tortenböden backen und Vanillecreme zubereiten, für Vikas Lieblingstorte »Napoleon«.

Was Olessia wohl zu bedenken hat? Mit der Bewirtung von Dante, Shakespeare und Goldoni wird sie keinen allzu großen Aufwand haben.

Da kommt sie mit wehenden Kleidern, bemalt und aufgehübscht, eine alternde Diva, ohne je eine junge gewesen zu sein.

»Nina! Gut siehst du aus.«

»Du auch. Wie neu.«

»Das ist geliehen. Theaterfundus.«

»Ich wusste gar nicht, dass man sich am Theater Kleider ausleihen kann.«

»Kann auch nicht jeder.«

»Heißt das, du arbeitest jetzt beim Theater?«

Olessia weicht aus. Selbst vor dem Opernhaus fällt sie auf, mit diesem papageienbunten Seidenschal, den sie sich auf eine Art um den Kopf geschlungen hat, dass seine Enden hinten wie ein Schleier herabhängen.

»Ich bin auf der Durchreise, wollte dich und Vika sehen, wer weiß, wann sich wieder eine Gelegenheit bietet.«

»Gelegenheiten kann man schaffen.«

»Es sieht so aus, als ob ich dauerhaft in Kiew bleibe.«

»Vika hat hier Freunde gefunden.« Nina versucht, diese Nachricht so beiläufig wie möglich einzustreuen.

»Das freut mich.«

»Sie fragt oft nach dir. Wieso du so selten kommst.«

»Ich käme öfter, wenn ich könnte … Das habe ich ihr gesagt, dir übrigens auch.«

»Du musst viel zu tun haben in Kiew.«

»In der Tat. Du kennst das, Nina. Am Anfang soll die Maschine zum Laufen gebracht werden. Meine stottert noch. Du hattest dafür länger Zeit.«

Nina ist unschlüssig, ob Olessias Worte als Vorwurf gemeint oder einfach nur dahingesagt sind. Kann man jemandem vorwerfen, dass er mehr Zeit hatte?

Olessia starrt beharrlich in eine Richtung. Mit einem Auge sieht Nina das Plakat, ein Mann kauert inmitten eines Lichtkegels auf nacktem Bretterboden. Sein Gesicht liegt im Schatten, seine Haltung zeugt von einem ungeheuer großen Verlust.

Auf dem Spielplan der Oper steht *Eugen Onegin*.

»Die heutige Vorstellung ist ausverkauft.« Nina erkennt es am handgeschriebenen Zettel, den jemand mit zwei Reißzwecken auf dem Plakat befestigt hat.

»Egal«, sagt Olessia, »ich kenne das Stück, und die Vorlage sogar Wort für Wort.«

»Was hast du denn jetzt vor?«

»Nina, ich wollte dir sagen, dass du natürlich auch in Zukunft zur Familie gehörst.«

Die Frau sei wieder da gewesen, erzählt Vika. Manchmal sitze sie einfach neben ihr und schweige. Oder sie lasse sich von Vika durchs Heim führen und Sachen erklären, die sie selbst wissen müsste. Wie man eine Tischdecke bestickt, einen Reißverschluss einnäht oder Raglanärmel strickt. Dabei sollte es doch umgekehrt sein, dass die Tochter von der Mutter lerne!

»Lass ihr die Freude an deinen Fertigkeiten, Vika. Vielleicht hatte sie nie Zeit für so etwas.«

»Du kannst das doch auch.«

Nina denkt daran, was sie voneinander lernen könnten, wenn Vika bei ihr wohnte und nicht nur am Wochenende zu Besuch käme. Außerdem würde sie jeden Tag Vikas Haare frisieren, und weniger neidisch den Zopfkranz der Nachbarstochter Valentina begaffen. Die Mädchen würden sich anfreunden und in Ninas Wohnung ihre hübschen Köpfe zusammenstecken.

OLESSIA LEPANTO,

KIEW, 1959

,

Du hast die Rolle bekommen. Wieder ist es nicht die jugendliche Liebhaberin, den Part werden sie dir niemals geben. Du spielst die kuriose Alte, eine Nebenfigur mit einigen Auftritten und wenigen Sätzen. Immerhin eine Rolle, die im Abspann genannt wird. Dein Name wird auf den Leinwänden des Landes zu sehen sein. Du stellst dir vor, dass Viktoria ihn lesen wird. Wird sie stolz auf dich sein? Auf ihre Mutter, die Schauspielerin?

Du sitzt in der Maske, die wenig Arbeit mit dir hat, schlüpfst in Kostüme, hast plötzlich Kollegen, erhältst Gage. Nach dem Drehtag lädt der eine oder andere zu einem Gläschen in seine Wohnung ein. Du fühlst dich an die Abende bei Woloschin erinnert. Der Alltag hat hier keinen Zutritt. Der Regisseur, warmgetrunken, bescheinigt dir Charisma. Meine liebe Olessia Pawlowna, sagt er, das haben Sie hervorragend gemacht! Die Zuschauer lieben skurrile Typen. Wir werden Sie im Auge behalten.

Du bist im Raritätenkabinett gelandet und weißt nicht, ob du dich daran stören sollst. Vielleicht ist die Nische der Absonderlichkeiten genau dein Fach, für ein anderes taugst du nicht. Die jungen Dinger, frisch von der Schauspielschule, behandeln dich wie eine alte Frau, überlassen dir abends ihren Platz im Bus. Sie spüren, dass irgendetwas an dir anders ist, dass es nicht nur die Jahre sind, die euch voneinander trennen. Aus Höflichkeit oder Verlegenheit lassen sie sich nichts anmerken.

Dankbar ziehst du mit ihnen um die Häuser, verschweigst beharrlich deine Adresse, kehrst irgendwann allein in dein Hausmeisterkabuff zurück. Die Kinder ärgern dich nicht mehr, sie schlafen längst in ihren Betten, wenn du die Straßenkleidung gegen dein Nachthemd tauschst. Der Unrat im Hof wartet vergeblich auf deinen Besen.

Ein Kameramann zieht aus, er hat ein Haus am Stadtrand gebaut, seine Wohnung wird frei. Ein Zimmer mit allen Bequemlichkeiten – Wasser, Gas, Balkon, Telefonanschluss –, mitten in Kiew. Der Regisseur legt beim Meldeamt ein gutes Wort für seine beste Nebendarstellerin ein. Sobald du den Erhalt dreier Schlüssel mit deiner Unterschrift bestätigt hast, lädst du alle in dein neues Heim ein.

Du leihst dir bei der Nachbarin Einmachgläser aus, weichst sie in der Badewanne ein, um das blasse Etikett »Birkensaft gezuckert sterilisiert« abzukratzen, füllst sie zur Hälfte mit Wasser. Dann hältst du inne: Wo willst du um diese Jahreszeit Blumen finden? Du gehst hinaus, suchst die Straße ab, schneidest kahle Zweige von Sträuchern, verteilst sie auf deine improvisierten Vasen, und hoffst, dass niemand sie umwirft.

Deine Gäste kommen. Die jungen und die älteren, die Künstler und deren Anhang. In diesen Kreisen haben alle ein Telefon, du tauschst Nummern aus, rufst Leute mitten in der Nacht an, weil du weißt, dass sie nicht schlafen. Und schlafen sie doch, machst du sie eben munter.

Aus irgendeinem Grund sehen sie dir das nach. Lieben deine kleinen Verrücktheiten. Finden dich putzig. Kunst schläft nicht, sagst du ihnen, und sie antworten lächelnd, wie wahr, nur der Künstler, der brauche ab und zu Ruhe, auch Sie, Olessia Pawlowna. Sie halten dich für zerbrechlich, obwohl du biegsam bist wie ein Weidenzweig, empfehlen dir Schonung und regelmäßige Mahlzeiten.

Die Telefonnummern deiner neuen Freunde füllen dein Notizbuch, doch da sind noch die alten, die Entlassenen, die Begnadigten, die Ehemaligen, die wie du versuchen, Fuß zu fassen in der Gegenwart. Es hat sie in alle Teile des Landes verschlagen, halbe Weltreisen wären nötig, um sie zu besuchen. Diese alten Freunde willst du auch nicht vergessen, wie sie alle heißen, Konstantin, Sofia, Jewdokia, Natalja, Nina …

Der Gedanke an Nina macht dich nervös. Natürlich musst du sie sehen, mit ihr reden, mit ihr ganz besonders. Sie wirkt unruhig in letzter Zeit. Du kennst sie, weißt, was sie beschäftigt, hast ihr ja selbst zu dieser Beschäftigung verholfen, zu einem Wegweiser da draußen, einer Leitplanke für Erstverwirrte in Freiheit, die sonst leicht Beute der Ziellosigkeit werden. Du dachtest, dein Ziel sei groß genug, um es mit Nina zu teilen, ihr ein Stück des Weges zu überlassen, bis du sie einholen würdest.

Jetzt stellst du fest, dass Nina einen Vorsprung hat, den du ihr selbst verschafft hast und von dem du keinen Schimmer hast, wie er zu überbrücken ist. Früher hätte sie einfach gesagt: Olessia, wir rasten, bis du da bist. Heute wartet sie nicht mehr auf dich. Der Weg hat sie verändert, oder sie den Weg, jedenfalls erkennst du nicht mehr, wohin er führt.

Noch wagt sie nicht, die Bitte laut auszusprechen. Doch du spürst, wie sie ihr auf der Zunge schwirrt, surrt und vibriert. Die Bitte ist im Schweigen gewachsen und irgendwann weißt du, dass sie sich um das Wörtchen Adoption dreht. Da ist die Bitte schon groß wie eine Säule, hinter der du Nina kaum noch erkennst.

Nina holt weit aus. Zuerst spricht sie von Vikas Wohlergehen. Von Vikas Lebensmittelpunkt in Charkow. Von der Einbindung in ihre Familie. Von den Freunden, Lehrern, schulischen Erfolgen, der Auszeichnung für aktives Mitwirken in der Arbeitsgemeinschaft Literatur. Alles Dinge, von denen du keine Ahnung hast und die Nina geläufig sind.

Du seist zu lange weg gewesen, sagt Nina. Das sei schwer aufzuholen, zumal bei Kindern in diesem Alter.

Du kannst nicht widersprechen.

Man dürfe das Kind nicht wieder hin und her schieben, sagt Nina, nachdem es während seines ganzen Daseins wie ein unerwünschtes Paket herumgereicht worden war.

Natürlich nicht.

Nina ist eine Frau der vernünftigen Sätze. Das hast du immer an ihr geschätzt. Sie sagt: Es ist doch nur eine Unterschrift, Olessia! Eine Formalität. Aber einer Adoption muss die leibliche Mutter zustimmen.

Jetzt ist ihr das Wörtchen endlich herausgeschlüpft.

Vielleicht bist du wie ein Hund auf einem Heuhaufen. Mit dem Heu kann der Hund nichts anfangen, aber er lässt auch keinen anderen heran. Nina hofft, du gibst das Kläffen auf und wirst vernünftig.

Das Familiengericht schickt dir Formulare, selbst als du sie in den Händen hältst, kannst du kaum fassen, was du siehst. Nina hat einen Antrag auf Vikas Adoption gestellt. Sie weiß von deiner Bescheinigung, sie weiß von deiner zu kleinen Wohnung und von deinen ungeregelten Arbeitszeiten. Vielleicht hättest du lieber Buchhalterin bleiben sollen.

Aber warum fragen sie dich jetzt nach deiner Zustimmung? Bist du plötzlich so wichtig geworden, dass dein Wort irgendein Gewicht hat? Wie viel zählt denn das Wort einer psychisch Zerrütteten?

Du kreuzt auf dem Formular »nein« an, mit so viel Nachdruck, dass die Stiftspitze das Papier durchlöchert. Sagst zu Nina, dass du nicht anders entscheiden konntest, obwohl du glaubst, sie wäre eine gute Mutter, vielleicht eine bessere als du, sogar ganz bestimmt eine bessere als du.

Nina sieht dir nicht ins Gesicht. Die Frau der vernünftigen Sätze ist inzwischen ein bisschen verrückt geworden. Zumindest hat sie sich in eine verrückte Idee verbissen. Die Idee eines Kindes. Muss es denn ausgerechnet das deine sein?

Bei deinem letzten Besuch hattest du Viktoria ein halbes Dutzend Freikarten fürs Kino geschenkt. Du fragst sie, welche Filme sie sich angesehen hat. Keinen, sagt sie. Man hätte sie und ihre Freundinnen nicht in die Vorstellung gelassen, weil etwas mit den Karten nicht stimmte. Sie sagt, solche Geschenke brauche sie in Zukunft nicht mehr. Es sei beschämend gewesen. Wie eine Idiotin habe sie dagestanden – deinetwegen! Sie sagt natürlich: »Ihretwegen!«, schleudert dir dieses »Ihretwegen« wie ein Geschoss aus einem Katapult entgegen. Du bist trotzdem froh. Weil sie »solche Geschenke« gesagt hat und nicht »keine Geschenke«.

Einmal fragt sie, ob du sie bald aus dem Heim zu dir holst. Wann gedenken Sie, mich mitzunehmen? Meint sie vielleicht: Wenn Sie schon meine Mutter sind, gehört sich das so!

Trotz ihrer abweisend verkniffenen Augen fühlst du dich getröstet. Immerhin hält Vika es für möglich, bei dir zu wohnen. Sie kennt den Inhalt deiner Bescheinigung nicht. Du sagst, du müsstest noch ein wenig sparen, um ihr ein Bett kaufen zu können. Jedes Kind brauche ein eigenes Bett, das sei von den Behörden so vorgeschrieben, dafür könnest du nichts. Ein paar Monate noch, länger werde es nicht mehr dauern.

Du gewöhnst es dir an, von jeder deiner Gagen eine Blumenvase zu kaufen. Du verteilst sie in deiner Wohnung auf dem Boden und auf den Fensterbänken, denn außer einer Matratze hast du noch keine Möbel. Deine Gäste wissen, dass du dich über Blumen freust, auch über stibitzte aus dem Stadtpark.

Du denkst, wenn jemand vom Vormundschaftsgericht unangekündigt vorbeikäme, um deine Wohnverhältnisse zu beurteilen, würde er bemerken, wie frisch und blumig es bei dir riecht.

Als du Wochen später von Dreharbeiten nach Hause zurückkehrst, empfangen dich immerhin Trockensträuße. Das Wasser in den Vasen ist zuerst verfault, dann verdunstet und hat bei seinem Rückzug nur schwarze Ränder hinterlassen. Die Blütenblätter zerbröseln unter deinen Fingern, bevor du sie in den Müll werfen kannst.

Deine Kollegin Natalia empfiehlt dir den Duft nach frisch Gebackenem. Wo gebacken wird, fühle sich jeder geborgen, sogar Gesandte vom Vormundschaftsgericht.

VIKTORIA M.,

CHARKOW, 1961

Ich spüre Blicke auf uns. Möglicherweise wundern sich die Leute, was das für ein komisches Paar ist, diese Alte mit dem Kind. Was haben die beiden miteinander zu schaffen, mögen sich die Leute fragen. Vielleicht denken sie das aber auch nicht, vielleicht ist ihnen egal, wer an ihnen vorbeigeht, weil sie alle zu viele eigene Sorgen haben, um sich um andere zu kümmern.

Erwachsene haben immer Sorgen. Dabei sagen sie, das Leben sei leichter geworden, kein Vergleich zu früher, und in Zukunft werde es immer besser werden. Schon heute müsse man kaum mehr Schlange stehen, höchstens für etwas Ausgefallenes. Es ist noch nicht lange her, da standen sie für alles stundenlang an, mitunter ging eine ganze Nacht für einen Laib Brot drauf. Manchmal ließen sie sich eine Nummer geben, auf dem Handrücken mit einem Kopierstift notiert, der auf Haut nur schrieb, wenn man die Spitze mit der Zunge anfeuchtete. So konnten sie gleichzeitig in mehreren Schlangen anstehen. Kamen sie jedoch zu spät zurück, war ihr Warteplatz verfallen und alles umsonst gewesen, die ganze Zeit und die ganze Hoffnung, beides keine Mangelwaren, aber doch auch nicht grenzenlos vorhanden.

Aus der finsteren Vergangenheit ist der Weg offen in das lichte Morgen, steht an einer Hauswand geschrieben.

Heimkinder haben den Vorteil, dass sie von ihren Eltern nicht zum Schlangestehen geschickt werden. Wir bekommen alles geliefert. Der Nachteil ist, wir werden womöglich nicht ausreichend auf das Leben vorbereitet. Einmal nach der Schule stellte ich mich in einer Schlange an, die sehr lang war. Es gab wohl etwas Besonderes, was, weiß ich nicht mehr genau. Weil die Schlange so lang war und meine Blase bald derart drückte, dass ich das Gefühl bekam, ich müsse mir die Beine zu einem Doppelknoten zusammenbinden, sagte ich zu der Frau vor mir, ich käme gleich wieder. Ich sagte es laut, und ich glaubte, sie habe genickt. Als ich wiederkam, wollte mich diejenige, die hinter mir in der Reihe gestanden hatte, nicht mehr reinlassen, und die Frau vor mir scherte sich nicht darum. Sie könne sich nicht an mich erinnern, sie habe schließlich im Rücken keine Augen. Seitdem weiß ich, dass es beim Schlangestehen immer auf den Hintermann ankommt.

Ich sehe die Frau neben mir an und denke: Wieso hast du mir nicht wenigstens das beigebracht. Sie lächelt zurück, wohl glücklich, dass mein Blick sie nicht nur zufällig streift.

Von der offenen Ladefläche eines Lkw werden Teppiche verkauft. Ein Mann preist sie als »echt persische Importware« an. Interessenten bleiben stehen, berühren einen Teppichzipfel, streichen über die »echt handgeknüpften Fransen«. Jemand sucht nach einem Aufnäher auf der

Rückseite. Der Mann fragt: »Was wühlen Sie da? Können Sie keinen echten Perser erkennen?« Einige erkundigen sich nach dem Preis, schütteln mit dem Kopf und gehen weiter.

Die Teppiche gibt es in verschiedenen Größen, in bunten Mustern, mit und ohne Fransen, wahrscheinlich sind sie schön. Ein Kunde fragt mit suchendem Blick: »Haben Sie Auslegware?«

Der Verkäufer schenkt ihm keine Beachtung, doch der Kunde wiederholt seine Frage. »Siehst du hier irgendwo Auslegware? Also hab ich auch keine! Ich habe persische Teppiche! Mach die Augen auf!«

Marktfrauen sitzen hinter ihren Ständen. Eine Melonenverkäuferin knackt flink wie ein Eichhörnchen Sonnenblumenkerne, die sie aus ihrer Kitteltasche hervorholt. Der Boden zu ihren Füßen ist mit leeren, auseinandergebissenen Schalen bedeckt. Ich sehe in ihrem Mund einen Goldzahn blitzen. Einem Goldzahn können die Schalen nichts anhaben. Bei Rita Lasarewna hat das andauernde Knacken der Sonnenblumenkerne eine Kerbe im Schneidezahn oben rechts hinterlassen. Ständig fährt sie mit der Zunge über den abgenutzten Zahnrand, als wolle sie ihn wieder glätten.

»Probier mal, Mädchen, wenn du von meinen Melonen gekostet hast, willst du keine anderen mehr!«

»Nimm doch, Vika«, sagt die Fremde an meiner Seite, die sich für meine Mutter ausgibt.

Die Verkäuferin schneidet ohne meine Antwort abzuwarten mit einem Messer ein Dreieck in die Melone und entnimmt ihr eine Pyramide aus Fruchtfleisch. Ich schmecke keinen Unterschied zu früheren Melonen in meinem Leben, diese ist nicht einmal besonders süß.

Granatäpfel liegen neben Säckchen mit eingelegten geraspelten Möhren und chilischarfem Sauerkraut koreanischer Art. Ich komme an Eimern vorbei, die bis zum Rand mit Sonnenblumenkernen gefüllt sind, mit den kleinen schwarzen oder den länglichen weißgrau gestreiften. Jeweils in der Mitte steht ein gefülltes Glas zum Verkauf bereit. Das ist das Maß, zweihundert Gramm für zehn Kopeken.

Jede Verkäuferin preist ihre Ware an. Jede behauptet, ihr Produkt sei besser als das der anderen.

»Möchtest du etwas?«, fragt die Frau neben mir. Fast flehend schaut sie mich an. Ich verstehe nicht warum, haben ihr meine Wünsche doch früher nichts bedeutet.

An der nächsten Marktecke werden rote Hähne aus gebranntem Zucker am Holzstiel verkauft. Es sieht hübsch aus, wie das Sonnenlicht hindurchfällt, je länger man an ihnen lutscht, desto heller und durchscheinender werden sie. Rusudan und Klawdija würden sich mit mir um einen solchen Hahn am Stiel prügeln, aber die haben auch keinen Schimmer von Kultur und guten Sitten.

»Nichts«, sage ich, »ich möchte nichts.«

»Komm«, die Frau, die meine Mutter sein will, zieht mich mit. Ich lasse mich mitziehen. Wir verlassen den Markt. Sie freut sich, wenn sie meine Stimme hört, also schweige ich, frage nicht, wohin sie will und richte den Blick auf meine abgestoßenen Schuhspitzen. Am rechten Schuh löst sich die Sohle, obwohl der Hausmeister sie bereits einmal geklebt hat. Er hat sie dick mit Leim beschmiert und den Schuh unter ein Tischbein geschoben, damit der Druck die Flächen wieder zusammenfügt. Seitdem passt mir der Schuh nicht mehr, er hinterlässt einen roten Rand auf der Haut, der erhaben ist wie eine wulstige Narbe.

Am Zentralen Kaufhaus geht die Frau zielstrebig auf eine Menschentraube abseits des Eingangs zu. »Lassen Sie mich durch, meiner Tochter ist schlecht, sie braucht einen Schluck Wasser!« Niemand von den Wartenden versucht, meine Begleiterin an ihrem Tun zu hindern. Teilnahmslos schauen die Leute zu, wie sie einen faltbaren Plastikbecher, der aus mehreren unterschiedlich großen Ringen besteht, aus ihrer Tasche hervorholt, ihn in Form zieht, ihn in die Öffnung des Automaten stellt, und eine Münze einwirft. Gelbe Flüssigkeit tröpfelt in den Behälter, gefolgt von Sprudelwasser. Der Strahl versiegt von allein, bevor der Becher überläuft. Dann halte ich ihn in der Hand. Es schmeckt wie normales Wasser, das auf der Zunge perlt. Erst als ich fast ausgetrunken habe, fühle ich die klebrige Süße der Sirupschicht, die auf dem Boden verblieben ist. Jetzt habe ich Tatjana-Tamara etwas voraus.

Die Frau bringt mich ins Heim zurück. Sie will mich zum Abschied auf die Wange küssen, weil es sich so gehört zwischen Mutter und Kind. Schnell wende ich den Kopf zur Seite. Sie bleibt stehen, ich warte, dass sie endlich geht. Es tue ihr leid, sagt sie, irgendwann würde ich alles verstehen. Sie bekommt keine Antwort, weil ich denke: Dieser Tag ist weit entfernt.

»Ich weiß, was du denkst«, sagt sie, »aber glaub mir, du liegst falsch.« Ihre Hand, mit der sie mir winken will, sinkt auf halbem Wege wieder nach unten. Ich sehe das nur aus einem Augenwinkel, weil ich ihr bereits den Rücken zudrehe.

Die Leiterin der Arbeitsgemeinschaft Literatur stellt uns ein neues Buch vor. Sie sagt, es sei ein besonderes Buch.

Von außen grau, groß und dick wie Ninas versteckte Bibel, schwer wie zwei Backsteine, geschrieben von vielen Menschen. Im Vorwort ist die Rede von Arbeitern und Bauern, Ministern und Lehrern, Akademikern und Studenten, Schriftstellern und Malern, Publizisten und Seeleuten, Hausfrauen und Schülern.

All diese Menschen, sagt die Leiterin der Arbeitsgemeinschaft Literatur, berichteten in Briefen und Artikeln von den Ereignissen eines einzigen Tages auf der ganzen Welt. Dieser Tag ist der 27. September 1960.

Sie lässt uns das Buch aufschlagen. Die Autoren widmen ihr Werk irgendeinem Parteitag. In großer Schrift begrüßen sie das neue Antlitz unseres Planeten. Sie verkünden das baldige Ende kolonialer Sklaverei und den Niedergang des Kapitalismus, sehen den Triumph des Guten über das Böse in nicht mehr allzu ferner Zukunft voraus.

Die AG-Leiterin spricht von einem monumentalen Vorhaben. Wir wissen nicht, meint sie den Siegeszug des Kommunismus oder die Fertigstellung des papiernen Backsteins?

Sie lässt uns im Buch blättern. Den Seiten haftet noch der Geruch nach frischer Druckerschwärze an, an manchen Stellen kleben sie leicht zusammen. Am besten gefallen mir die Fahnen der zwischen 1935 und 1960 neu gegründeten Staaten, weil sie im Gegensatz zu den vielen Schwarzweißfotos im Band farbenfroh sind wie Bonbonpapier. Wenn ich mir sicher wäre, nicht dabei erwischt zu werden, würde ich sie am liebsten ausschneiden. Die Weltbevölkerung besteht am 27. September 1960 aus zwei Milliarden und hundertsechzehn Millionen Menschen, lese ich. Sie sind mehr oder weniger glücklich, je nachdem, wo sie leben. In den Städten unseres Landes werden Krankenhäuser eröffnet, ein metallurgisches Kombinat stellt einen Rekord bei der Stahlherstellung auf, in Bukarest freuen sich Schulkinder über kostenlose Lehrbücher, in New York, Stadtteil Manhattan, hat es gebrannt, in London streiken die Werftarbeiter, in Bonn landet eine Familie auf der Straße, weil sie ihre Miete nicht bezahlen konnte. Beim weiteren Blättern stoße ich auf das Bild einer Frau mit neugeborenem Baby. Sie hält vollkommen selig die Augen geschlossen, verdeckt mit der Hand den Kopf des Säuglings, sucht mit der Nase seinen Duft. Dessen nackte Füßchen strampeln ihr entgegen. Daneben lese ich: »Das Glück einer Mutter, das Lächeln eines Kindes … Was kann wichtiger sein für einen Staat, in dem das Volk regiert?« Die beiden leben in der Deutschen Demokratischen Republik.

Ich kann mich nicht erinnern, was ich am 27. September 1960 getan habe.

Maja Filipova schiebt eine verbeulte Handkarre vor sich her. Ihre wasserfarbenen Augen wirken hinter den Brillengläsern wie durch eine Lupe vergrößert. Der Inhalt der Handkarre scheppert jedes Mal, wenn Maja es nicht schafft, einer Unebenheit auf der Straße auszuweichen. Wir könnten Straßenmusikanten sein, Schrottmusikanten, unsere Instrumente sind Pfannen, Töpfe, Draht und Löffel.

Manche Leute weisen uns gleich an der Pforte ab, andere versprechen Spenden für die nächste Altpapiersammlung, einige schicken uns weiter zum Nachbarn.

»Schon wieder ihr«, sagt eine ältere Frau, bei der wir auf gut Glück klopfen, »das dritte Mal in dieser Woche!«

»Das kann nicht sein«, stammelt Maja Filipova, »wir haben gerade erst angefangen.«

»Na dann kommt rein! Wollen mal schauen, ob ich noch etwas für euch habe!«

Im schief zusammengezimmerten Schuppen hinter dem Haus finde ich ein rostiges Bügeleisen, von der Sorte, die noch kein Kabel mit Stecker haben. Weil es zierlich aussieht, überrascht mich sein Gewicht, als ich es am Holzgriff anheben will. Es besteht wohl aus einem hübschen Batzen Eisen. Bevor es früher einsatzbereit war, musste das Bügeleisen auf dem Küchenofen erhitzt werden, erklärt die Besitzerin, will es jedoch nicht hergeben.

»Aber das könnt ihr haben«, sagt sie und zeigt auf ein durchgelegenes Eisenbett unter dem Schuppenvordach. Die Schrauben sind mit dem Material verwachsen, der blaue Anstrich geht an vielen Stellen in rotbraunen Rost über.

»Dann nehmt es eben im Ganzen mit«, schlägt die Eigentümerin vor. Maja fragt leise, ob die Alte sich lustig mache über uns pflichtgetreue Pioniere? Ob man das irgendwo melden könne? Oder müsse?

Ich sage laut, das Bett würden unsere Jungs abholen, sobald wir ihnen ein Signal geben. Die Klasse sei in Gruppen aufgeteilt, sonst würde man ja die Leute erschrecken, wenn wir gleich mit dreißig Mann in die Höfe einfielen.

Für dreißig wäre es bei ihr in der Tat ein wenig zu eng, pflichtet mir die Frau bei.

Da entdecke ich das Waschbrett in der Ecke. Wenn man es von Staub und Spinnweben befreite, wäre es fast wie neu. Nina würde sich darüber freuen. Außerdem könnten wir es gut für unser Straßenorchester gebrauchen. Ein Waschbrett gehört nicht ausrangiert in einen Schuppen.

»Was ist denn damit?«, frage ich und deute darauf.

»Da ist ja mehr Holz als Metall dran«, bemerkt Maja ganz richtig.

Die Besitzerin macht eine Handbewegung, die in etwa bedeutet, »weg damit«.

Vorbeugend nehme ich Maja das Ehrenwort ab, mich nicht zu verpfeifen, auch wenn Holz im Grunde kein Schrott ist, da sind wir uns einig.

Ich trage mein Fundstück, weil unser Ziehwagen bereits voll ist. Wir kippen dessen Inhalt auf den Schulhof, der zunehmend einer Schutthalde gleicht. Ein Topfdeckel aus Aluminium dreht sich kurz wie ein Kreisel, bevor er zum Stehen kommt.

Der Pionier ist drei Dingen ergeben: der Heimat, der Partei und dem Kommunismus.

In meiner Brust brennt es. Als hätte die Luft Angst vor dem Feuer, dringt sie nur kurz in die Lunge ein und entweicht sofort wieder mit einem leichten Pfeifen. Mitunter, je nachdem, wie viel Schleim sich ihr in den Weg stellt, klingt es nach einem Rasseln oder Blubbern. Ich kann nichts dagegen tun. Mein Kopf fühlt sich wie eine Kissenfüllung an. Die Frau, die meine Mutter sein will, und nicht davon abzubringen ist, kühlt mir mit einem feuchten Baumwolltuch die Stirn. Wiegt es so schwer, dass ich kaum die Augen öffnen kann?

Ich befinde mich in einem Zimmer ohne Möbel. Es ist unmöglich, sich darin aufrecht zu bewegen. Ich versuche auf allen vieren voranzukommen, doch bei jeder Bewegung beginnt der Boden zu schwingen. An manchen Stellen öffnet er sich, und ich sehe, dass er aus Lehm und Stroh besteht und völlig brüchig ist. Ich weiß nicht, welche Richtung ich einschlagen soll, damit er mich hält, kann nicht sagen, ob es in diesem Raum Fenster oder Türen gibt, zu sehr bin ich damit beschäftigt, den Löchern unter mir auszuweichen. Es fällt mir nicht ein, um Hilfe zu rufen, vielleicht weiß ich, dass ohnehin niemand kommen wird. Möglicherweise fehlt mir die Stimme, es geht lautlos zu in diesem Traum. Der Boden reißt und niemand hört es. Auch ich höre meinen Schrei nicht.

Später wache ich auf, weil Nina mir ein Glas Wasser an die Lippen hält. Ich versuche zu trinken, doch mein Hals ist so eng, dass viel danebengeht. Nina schimpft nicht, etwas Weiches wischt die Nässe weg.

In einem klaren Moment fällt mir auf, dass sie nie gemeinsam bei mir sind, Freitag bis Sonntag ist Nina-Zeit, da lässt sich die andere, die ich beharrlich sieze, nicht blicken. Ihre Freundschaft ist verschwiegen. Nach vielen Jahren scheint es ein Wiedersehen ohne Freude zu sein. Wenn sie sich beim Kommen oder Gehen doch mal begegnen, fällt die Begrüßung knapp aus, ein kühles Nicken, keine Berührung.

»Lungenentzündung«, höre ich den Arzt durch einen dichten Nebel sagen, »Penicillin, Bettruhe und eine gute Pflege erforderlich.«

Ich schlafe viel. Ob draußen Tag oder Nacht ist, kann ich nicht unterscheiden. Das Fenster ist verdunkelt, wie damals, als ich Scharlach hatte. Wann immer ich aufwache, ist jemand bei mir. Welche von den zwei Frauen es ist, kümmert mich wenig.

»Ich habe deiner Mutter in einem Brief geschrieben, dass es dir bessergeht«, sagt Nina. Das Sprechen fällt mir schwer, als sei die Kehle vom langen Schlaf eingerostet.

»Einen Brief?«, krächze ich.

»Sie ist in einer wichtigen Angelegenheit verreist. Ich soll dir ausrichten, dass du in guten Händen bist und dass sie bald zurückkommt.«

Meine Augenlider fühlen sich zugeklebt an. Ich fange an, daran zu reiben, um die Verkrustung zu lösen, dennoch kann ich Nina nicht klar sehen. Wo ich sie vermute, deuten bunte Flecken ihre Kleidung an, und was rosa darüber schwebt, muss ihr Gesicht sein. Ich blinzele. Immerhin ist die Wand so weiß wie vorher.

Ich bin in guten Händen, in einem schönen Land.

NINA BELIKOWA,

CHARKOW, 1961

,

Vikas Schule hat die Kinder zum Altmetallsammeln geschickt. Pioniere für die Heimat. Eine gute Sache. Die Schüler ziehen mit Wägelchen um die Häuser, fragen die Anwohner höflich nach entbehrlich gewordenen Gegenständen. Sie bekommen alte Töpfe, Fahrradgestelle, Schürhaken, rostigen Draht, verbogene Aluminiumlöffel.

Als Vika nach Hause kommt, schleppt sie etwas unter dem Arm. Sie ist außer Atem, aber glücklich wie jemand, der soeben einen Schatz geborgen hat.

»Wo hast du das her?«, fragt Nina.

»Aus dem Schuppen einer alten Frau. Sie hat es mir geschenkt. Es ist für dich.«

Vika sagt, sie habe gleich an Nina gedacht, als sie das Waschbrett entdeckte. Das Waschbrett reicht Vika bis über die Knie, sie hat es den ganzen Weg keine Sekunde losgelassen. Allem Anschein nach ist das Gerät kaum genutzt worden, der Holzrahmen ist hell und wirkt solide, und das verzinkte Wellenfeld würde noch mindestens weitere dreißig Jahre halten.

»Die alte Frau hat es dir für die Schrottsammlung gegeben, nicht für mich.«

Vika beteuert, dass an so einem Waschbrett kaum Metall dran sei und Nina daher kein schlechtes Gewissen zu haben brauche.

»Ich habe kein schlechtes Gewissen. Aber wir werden niemandem davon erzählen, obwohl ich mich sehr darüber freue. Ein Waschbrett gehört in jeden Haushalt, es frisst weder Brot noch Strom und ist kaum kaputt zu kriegen. Eine Anschaffung für die Ewigkeit.«

»Nein nein, nur für solange, bis ich dir eine Waschmaschine kaufen kann, die alles selbst regelt!«

Die Waschmaschine ist ein Versprechen, das über den Zweijahresplan der Pioniere hinausgeht.

»Und wenn es sie noch nicht geben sollte, dann werde ich sie für dich entwickeln!«

Nina weiß, dass Vika es ernst meint. Das Mädchen erzählt keine Märchen, und es macht auch sonst kaum Ärger. Nur einmal, da hatte Vika absichtlich ihren Schultisch beschmiert, mutwillige Schädigung des Volkseigentums wurde ihr vorgeworfen, und Nina musste im Lehrerzimmer vorstellig werden. Vika hatte ihren Namen in die Tischplatte geritzt, schlimmer jedoch war der Satz darüber.

Was für ein Satz das war, wollte Nina von ihr wissen. Vika wand sich.

Etwas Politisches?, insistierte Nina. Oder eher etwas Unflätiges? Oder gar beides?

Den Wortlaut könne Vika leider nicht wiedergeben.

Warum denn nicht?

Weil das Ganze ihr mittlerweile peinlich sei.

Unter etwas Peinliches hättest du deinen Namen nicht setzen sollen.

Vika zuckte mit den Schultern. Sie habe sich nichts dabei gedacht, es sei doch nur einer von Onkels Witzen gewesen.

Zur Strafe musste Vika, mit freiwilliger Unterstützung von Maja Filipova, in einem Subbotnik-Einsatz alle

Tische im Klassenzimmer blank schrubben und glatt schmirgeln.

Nach dieser Geschichte gab es keine Abweichungen mehr, jedenfalls keine, die Nina zu Ohren gekommen wären.

»Eine Waschmaschine braucht einen starken Motor, der alles antreibt«, sagt Vika altklug. »Und der Rest ist Mechanik.«

An Waschtagen stellt Nina das Waschbrett in einen Bottich. Sie behandelt die nasse Wäsche mit einem Klumpen Haushaltsseife, drückt und reibt Helles und Dunkles nacheinander über die Rillen. Nach dem dritten Spülgang beginnt sie, die leicht ausgewrungene Wäsche durch die Mangel zu drehen. Vika kann es kaum erwarten, die Kurbel selbst zu bedienen. Sie müht sich mit den feuchtschweren Bettlaken und -bezügen ab. Bald beginnt sie vor Anstrengung zu ächzen. Jedes Mal gehen ihr einige Knöpfe kaputt, obwohl Nina sie zur Vorsicht mahnt. Als Strafe für ihre Unachtsamkeit muss Vika die neuen Knöpfe selbst annähen.

Nach dem erfolgreichen Abschluss der Altmetallsammelwochen – Vikas Schule konnte 2,7 Tonnen Schrott abliefern, was sogar die Lokalnachrichten meldeten – sollen sich die Pioniere weiterhin nutzbringend betätigen. Vika hat die Wahl, den Jungen Freunden der Grenzschützer oder den Jungen Freunden der Feuerwehr beizutreten. Sie kann sich als Pionier-Naturfreund an der Begrünung von Parkflächen und Straßen beteiligen oder alten Menschen beim Tragen der Einkaufstaschen helfen. Nina beginnt für Vika gelesene Zeitungen zu bündeln, jedes Bündel wiegt sie zu drei Kilogramm Altpapier ab, damit die Last für Vikas Händchen nicht zu groß wird.

OLESSIA LEPANTO,

KIEW, 1959

,

Konstantin hat dir einen langen Brief geschrieben. Dass er dich nicht erkannt hat, mache ihm ein schlechtes Gewissen. Unter dem schlechten Gewissen leide sein Schlaf. Wenn er schlecht schlafe, laufe sein ganzes Leben aus dem Ruder. Dabei sollte die Begegnung mit dir doch alles, was verpasst war oder brach lag, wieder in Gang setzen.

Konstantin könne sich seine Blindheit weder erklären noch verzeihen, ein Narr sei er, der auf deine Vergebung hoffe. Wer würde sich denn in siebzehn Jahren Lagerhaft nicht verändern? Selbstverständlich habe die Zeit an euch beiden genagt und tiefe Spuren hinterlassen! Es sei reiner Dusel gewesen, dass er nicht wie du habe unter Tage buckeln müssen, sondern bequem an einem Schreibtisch alt werden durfte, allenfalls von Dienstreisen aus der gewohnten Umgebung gerissen. Auf drei Seiten macht er dir seine ernsten Absichten deutlich. Wegen eines unbedachten Moments auf dem Bahnhof müsse man doch nicht gleich die ganze gemeinsame Zukunft verwerfen! Er umgarnt dich, ganz wie früher, schickt Pralinen, Gedichtbände, Parfüm.

War je von einer gemeinsamen Zukunft die Rede? Du erinnerst dich vage an eure Verlobung vor langer Zeit. Du willst nicht, dass Konstantin sich dir verpflichtet fühlt. Er ist nicht dein Ehemann, und du siehst keinen Grund, daran etwas zu ändern, jedenfalls nicht jetzt. Willst keinen Stiefvater in ein Boot holen, in dem schon zwei Mütter sitzen.

Konstantin behauptet, er habe die ganzen Jahre auf dich gewartet und du könnest ihn nicht davon abbringen. Darauf besteht er, obwohl du ihn wiederholt gebeten hast, keine Scherze mit dir zu treiben.

Er tut empört, was du wohl von ihm glaubtest, ob denn sein Wort nichts gelte?

Du willst ihn so nicht sehen, aufgebracht und verletzt, haderst mit dir, weil du ihm die Enttäuschung auf dem Bahnhof nicht erspart hast. Du hättest für die Päckchen dankbar sein sollen und ansonsten schweigen, das wäre klug gewesen.

Jetzt hörst du dich sagen: »Lass uns Freunde bleiben«, wofür du dich verachtest und ein bisschen auch Konstantin, weil er dir am Ende zustimmt.

Er fügt sich dir und bleibt dein Freund, bescheiden in seinen Ansprüchen. Wenn er dich besucht – niemals ohne Blumen oder Konfekt – geht ihr untergehakt spazieren, du stellst dabei fest, dass sein Rasierwasser angenehm riecht. Du bittest Konstantin um seinen Seidenschal, weil dir kühl sei, und vergisst absichtlich, ihn später zurückzugeben, woran er dich natürlich nicht erinnert. Der Schal bewahrt Konstantins Duft, gibt ihn sogar an deine Kleidungsstücke als eine flüchtige Note weiter. Von fern gebt ihr ein hübsches Liebespaar ab, aus der Nähe immerhin das rührende Bild einer Mutter mit ihrem Sohn.

Mit derselben Zuverlässigkeit wie zuvor seine Päckchen ist Konstantin selbst zur Stelle, wenn du den Wunsch nach seiner Begleitung äußerst. Im Botanischen Garten fachsimpelt ihr über allerlei Pflanzenarten, einmal mehr bist du beeindruckt von seinen umfassenden Kenntnissen, die über seinen Gemüsegarten weit hinausreichen. Er repetiert mit dir deine Rollen, und nennt dich seine Sarah Bernhardt.

Du lachst ihn aus. Vielleicht wärst du noch für den Part einer Schwindsüchtigen geeignet, als Kameliendame jedoch eine glatte Fehlbesetzung. Du zwingst ihn, die Furchen in deinem Gesicht zu begutachten, er leugnet sie oder behauptet unverfroren, es liege nur am unvorteilhaften Licht. Oder er zieht sich auf Ingenieurs-Lyrik zurück: Schönheit sei wie Energie, sie gehe nicht verloren, werde nur umgewandelt.

Du widersprichst und bist ihm doch für seine charmanten Lügen nicht weniger dankbar als für all die Päckchen.

Kostik sei bis zum Scheitel in seine Arbeit eingetaucht, die Jahre seien mit dem Verfassen von Traktaten über die ideale Beschaffenheit von Sand-, Kies- und Schottertragschichten im Straßenbau verflogen. Als gefragter Fachmann habe er Baustellen im ganzen Land kennengelernt, jedoch nirgendwo eine andere Frau.

Bei einem Besuch in seiner Wohnung hast du heimlich Schubladen geöffnet, während er in der Küche einen kleinen Imbiss zubereitete. Hast wie ein Einbrecher zwischen Schallplatten und Büchern nach Frauenspuren gesucht, Briefen, Notizen und Namen, als hättest du irgendein Anrecht auf ihn. Ach, der Pelzmantel, der habe seiner verstorbenen Mutter gehört. Ein Erinnerungsstück, von dem er sich nicht trennen mag, obwohl er ihn jederzeit für eine Menge Geld auf dem Basar losschlagen könnte. Behalt ihn für meine Schwiegertochter, soll seine Mutter gesagt haben, als sie den Nerz selbst nicht mehr tragen konnte.

Seither warte er immer noch auf die Gelegenheit, ihn zu verschenken.

Du wirst rot, wenn er so redet, als wäret ihr nicht mindestens ein halbes Leben zu alt für solche Gespräche.

Irgendwann willst du ihm von Vika und Nina erzählen. Es gebe da eine verfahrene Geschichte, von der er nichts ahne. Ich habe eine Tochter, beginnst du endlich, und nimmst dir vor, so nah wie möglich bei der Wahrheit zu bleiben.

VIKTORIA M.,

CHARKOW, 1962

Der Onkel sei unmöglich, sagt Nina. Ich solle ja nicht auf sein Geschwätz hören.

Am Vorabend des Wahltags besuchen wir ihn und Großmutter zu Hause. Onkel Nikolai hat immer noch keine Frau. Wenn er eine hätte, würde sie ihn bestimmt nicht mehr zur Jagd lassen, sondern verlangen, dass er sich daheim neben ihr langweile.

»Sie würde vor allem aufpassen, dass du nicht so viel trinkst.«

»Was du nicht sagst, Schwesterchen. Dafür habe ich doch Mama und dich.«

Er tätschelt seiner alten Mutter die fleckige Hand und zwinkert Nina zu.

Ich mag den Onkel. Ich glaube, er hat ein mutiges Herz, ein Jäger darf ja auch kein Angsthase sein.

Dann kommt er auf die Politik zu sprechen. »Die Wahlen in unserem Land sind wie im Paradies. Gott setzte Adam Eva vor und sagte, wähle dir eine Frau!«

Er klopft sich auf die Schenkel vor Lachen. »Der ist gut, was?«

Nina schimpft mit ihm.

»Was hast du bloß? Ich erzähle das doch nicht auf der Straße. Und aus der Familie wird mich niemand verpfeifen!«

Still gebe ich ihm Recht.

»Und, wie sieht's mit deinem Pionierbeitrag zum Wahltag aus?«

Tatsächlich sind in der Schule alle ganz irre davon. Nicht einmal nach dem Unterricht lassen sie uns in Ruhe. Ich bin es schon etwas leid.

»Den Kandidaten zu Hause und in der Nachbarschaft vorstellen, wie er heißt, wo er arbeitet, und was er für unser Land tun will.«

»Wie heißt er denn?«

Plötzlich bin ich unsicher. Karpatow? Kadrenko? Kapustin? Der Onkel grinst.

Gut, dass wir einander nicht verpfeifen.

Fremde Männer und Frauen durchstreifen das Heim. Einige halten Blöcke in der Hand, in die sie Notizen machen. Sie lassen sich von der Leiterin unsere Zimmer zeigen. Erzieherinnen müssen strammstehend ihre Fragen beantworten, über Zu- und Abgänge informieren, Namenslisten vorlegen. Wir hören ihre Füße treppauf, treppab und über die Etagen eilen.

»Leute vom Amt!«, flüstern wir uns warnend zu. Eine Kommission aus der Stadt, die etwas zu prüfen hat. Die Qualität der Verpflegung, die Sauberkeit der Schlafräume und der Sanitäranlagen, das pädagogische Konzept oder den Läusebefall.

Die Kommission interessiert sich auch für die Außenanlagen. Die Heimleitung, die Belegschaft und die Gäste stehen im Hof, betrachten den Baumbestand, während wir sie mit plattgedrückten Nasen durch die Fenster beobachten.

Endlich werden die Aktendeckel geschlossen, und die Kommission verlässt das Gelände. Kaum hat sich hinter dem letzten Besucher das Tor geschlossen, bestürmen einige ganz Ungeduldige die Erzieherinnen. Wer hat schon gerne Kommissionen im Haus, die kommen ja nicht von ungefähr.

Die Erzieherinnen weichen aus. Sie ziehen sich zur Beratung zurück. Kopf oder Zahl. Reden oder Schweigen?

Erst Tage später werden wir zum Appell gerufen. In der Zwischenzeit sind Legenden entstanden, allerdings keine für die Ewigkeit. Die einen sagen, unser Heim solle zum Vorzeigeheim für die ganze Ukraine werden. Deshalb werde auch unser erster Mann im Staate, der dicke Maisbauer Nikita, in Kürze höchstselbst das Heim besichtigen. Die Kommission sei vorgeschickt worden, um die vorher erforderlichen Arbeiten einzuschätzen und in Auftrag zu geben. Bald wird in der Zeitung ein Bild erscheinen: N.S. mit Zöglingen des Charkower Kinderheims N.K. Krupskaja.

Ich gebe nichts auf das Gemunkel. Was würde mir auch ein Vorzeigeheim nützen. Ich habe zwei Mütter zur Auswahl, keine von beiden holt mich zu sich. Die eine nennt mich ihre Freude, die andere hat tausend Ausreden. Sie sagt, sie sei obdachlos, aber sie lügt. Es gibt gar keine Obdachlosen in der Sowjetunion. Sie sagt, sie habe unregelmäßige Arbeitszeiten, deshalb habe man sie gefragt, wie sie sich das vorstelle, ein Kind in Abwesenheit zu erziehen. Das dürfte ihr kaum schwerfallen, schließlich war sie immer abwesend. Wer ist diese obdachlose Lügnerin überhaupt? Und was habe ich mit ihr zu tun?

Rita Lasarewna sagt, sie wolle mit uns ein Vertrauensgespräch führen. Dazu habe sich das pädagogische Kollektiv entschlossen, um Gerüchten den Nährboden zu entziehen. Sie wisse ja, wie empfänglich unsere jungen Gemüter für Gerüchte seien, welche Unruhe ein falsches Wort stiften könne.

Viele von uns werden jetzt richtig munter. Was hat sie gesagt? Welche Gerüchte? Einer fragt: »Dürfen wir nun endlich angeln gehen?«

Bevor Rita Lasarewna anfängt, knotet sie die Hände zusammen, zerknüllt dabei das Papier, das bei ihrem Vortrag als Erinnerungsstütze dienen soll. Ihre Rede beginnt stockend, als ringe sie um jedes Wort, als koste sie dieser Kampf Energie, die ihr Körper nicht bereitstellen kann, weshalb ihre Stimme brüchig und schwach klingt.

»Liebe Kinder!«

Mir fällt auf, dass Rita Lasarewnas Augen gerötet sind. Die Schwellung ist wässriger Natur. »Jahr für Jahr haben wir Neuzugänge willkommen geheißen und andere mit Wehmut verabschiedet. Jetzt ist es wieder soweit. Sieben unserer älteren Jungen und Mädchen werden uns bald verlassen. Sie beginnen eine Berufsausbildung und werden als Traktoristen, Melkerinnen und Mechaniker ihren Beitrag zum Aufbau einer besseren Zukunft leisten. Nadja hat die Aufnahmeprüfung an der Medizinischen Fakultät bestanden. Sie wird später Menschen beim Gesundwerden helfen. Herzlichen Glückwunsch, Nadja!«

Der Stolz und die Freude festigen vorübergehend Rita Lasarewnas Stimme. Nadja errötet unter unseren Blicken. Sie versucht sich hinter die größere Tatjana zu schieben. Ich stelle mir Nadja als Ärztin vor. Sie trägt einen weißen Kittel und eine Brille mit Goldrand, hört Patienten mit dem Stethoskop ab und stellt unleserliche Rezepte aus. Sie diagnostiziert mit einem Blick Tuberkulose oder Windpocken, schickt die Menschen zum Genesen in Sanatorien und Krankenhäuser und erhält von dort Dankesbriefe, die nach Meer, Sonne oder Desinfektionsmittel riechen.

Vielleicht wird aus ihr eine Impfärztin, eine von der Sorte, die vom Gesundheitsamt in die Schulen geschickt werden. Unsere Impfärztin quartierte sich für einen Tag im Ruheraum ein. Dort steht eine Liege, für den Fall, dass jemandem schlecht wird. Eine Krankenschwester war für das Auskochen der Instrumente verantwortlich, sie reichte der Ärztin die sauberen Spritzen aus einer Nierenschale, während die benutzten in einem Behälter über dem Gasbrenner köchelten. Während ich wartete, hörte ich blubbernde Geräusche und sah Dampf daraus aufsteigen. Wir wurden klassenweise zum Impfen aufgerufen, sollten eine Reihe bilden und den linken Arm freimachen. Die Krankenschwester hakte meinen Namen auf ihrer Liste ab. »Tut nicht weh, Viktoria«, sagte die Ärztin. Das Mädchen, das vor mir dran war, hatte sich weggedreht und die Augen geschlossen gehalten. Ich schaute genau hin, wie die Nadel unter meiner Haut verschwand. Sie war riesig, mit einem schrägen Anschnitt, damit sie leichter in die Hautschichten eindringen kann. Die ovale Öffnung war mindestens zwei Millimeter lang. Die Ärztin drückte mit dem Kolben eine farblose Flüssigkeit in meinen Oberarm hinein. Als sie die Nadel herauszog, drückte sie einen Wattebausch auf die Einstichstelle. »Das war's schon! Hat doch gar nicht wehgetan, Swetlana!«

»Viktoria«, korrigierte ich.

Die Krankenschwester machte auf dem Blatt mit meinem Namen einen Vermerk hinter dem Datum. Ich erkannte das Wort Vakzine, für den Rest blieb keine Zeit.

Schrift, die kopfsteht, kann ich nur mühsam entziffern. Ich durfte gehen, der nächste Schüler war dran. Artjom lächelte tapfer, er ist ein Held, der keine Furcht vor Nadeln kennt.

Von einer früheren Impfung ist auf meinem Oberarm eine Narbe zurückgeblieben, die wie eine Brandwunde mit unscharfen Rändern aussieht.

Noch weiter zurück liegt der Besuch einer Aufklärungsärztin. Ich nenne sie so, aber vielleicht war sie gar keine Ärztin, denn sie trug keinen weißen Kittel, sondern ganz normale Kleidung. Sie teilte unsere Jahrgangsstufe in Mädchen und Jungen ein. Die Jungen durften im Klassenzimmer sitzen bleiben, wir Mädchen mussten uns im Gang aufstellen. Die Ärztin erzählte uns von der Notwendigkeit, die Unterwäsche täglich zu wechseln und von der Monatshygiene, die uns bald beschäftigen werde. Larissa neben mir kicherte. Ich verstand den Anlass ihrer Heiterkeit nicht. Die Ärztin erzählte seltsame Geschichten. Etwa die von der Ballerina, die wegen ihrer monatlichen Unpässlichkeit keine Vorstellung ausfallen lassen durfte und besonders darauf angewiesen war, dass durch ihr weißes Tutu nichts zu sehen und zu riechen war. Denn das hätte sonst ihren Tanzpartner irritiert, der sie deshalb bei einer komplizierten Hebefigur hätte fallen lassen können, und das wolle ja niemand.

Gut, dass ich nicht vorhabe, Ballerina zu werden. Dafür bekomme ich die Beine nicht hoch genug, irgendwie sind sie zu schwer und etwa so gelenkig wie Bahnschienen.

Wenn schon Ärztin, dann Herzchirurgin, denke ich. Wenn man den Brustkorb öffnet, zuckt und pulsiert es leuchtend rot darin. Das habe ich im Fernsehen in einer medizinischen Dokumentation gesehen. Es hat mir gefallen, kein Vergleich zu den farblosen Knochen. Ich stelle es mir weit interessanter vor, am Herzen herumzuschneiden, als Brüche zu gipsen oder Nadeln in Oberarme zu stechen. Deine ruhige Hand entscheidet über Leben oder Tod. Aber Nadja kann das nicht. Soll sie lieber Windpocken kurieren.

»Wir haben euch beim Erwachsenwerden begleitet«, sagt Rita Lasarewna. »Viele unserer ehemaligen Zöglinge stehen längst auf eigenen Beinen, haben wichtige Berufe ergriffen.«

Tatjana gähnt hinter vorgehaltener Hand. Rita Lasarewna glättet den Zettel mit ihren Notizen.

»Die Geschichte der sowjetischen Erziehungsanstalten ist … dank der Anstrengungen seitens der Pädagogen … eine beispiellose Erfolgsgeschichte. Seit dem Ende des Krieges gibt es immer weniger verwahrloste und elternlose Kinder. Diese überaus erfreuliche Entwicklung führt aber auch dazu, dass … «

Rita Lasarewna verstummt. Kann sie ihre eigene Schrift nicht lesen? Sie schaut angestrengt auf das Blatt, lässt es sinken, blickt über unsere Köpfe hinweg.

» … führt dazu, dass ehemals überfüllte Kinderheime nun geschlossen oder zusammengelegt werden können.«

Sie wartet. Darauf, dass wir verstehen, was das heißt, ohne dass sie es uns sagen muss. Aber wir verstehen es nicht. Einer fragt: Was heißt denn das jetzt?

»Is' nix mit angeln«, sagt ein anderer.

Tatjana schüttelt ungläubig den Kopf. Nadja, die künftige Ärztin, muss sich keine Sorgen machen. Auch die zukünftigen Traktoristen, Melkerinnen und Mechaniker stehen unbeteiligt herum. Nur wir Jüngeren versuchen zu begreifen, was Rita Lasarewnas Rede für uns bedeutet.

Die Kommission hat beschlossen, das Charkower Kinderheim N. K. Krupskaja zu schließen, seine Bewohner auf andere Heime zu verteilen oder in Pflegefamilien zu geben. Der Beschluss ist sofort umzusetzen.

»Das ist dein Tag, Vika«, sagt Rita Lasarewna. »Heute bekommst du ein neues Zuhause.« Sie begleitet mich zur Verhandlung. Verhandelt wird meine Zukunft. Von Menschen, die ich nicht kenne. Der Vormundschaftsrat besteht aus einer Vorsitzenden, mehreren Erzieherinnen, Vertretern des Patenbetriebes und der Stadtverwaltung. Rita Lasarewna ist als meine Betreuerin geladen. Sie soll mir die Angst vor der fremden Umgebung nehmen.

Die Kommission hat beschlossen, im Zuge der Heimauflösung möglichst viele Kinder in Familien zu vermitteln. Plötzlich muss alles ganz schnell gehen. Ich Sonderfall bin über Nacht zum Glücksfall geworden, denn ich gelte als leicht vermittelbar. Gleich zwei Anträge über meinen künftigen Lebensmittelpunkt liegen zur Entscheidung vor.

Der Sitzungssaal ist mit dunklem Holz verkleidet. Ich würde gern mit der Hand darüberstreichen. Wie es sich wohl anfühlt, glatt und glänzend wie es aussieht? Wahrscheinlich darf man es nicht anfassen, wegen der Fingerabdrücke. Man würde mich sofort überführen und gleich an Ort und Stelle verurteilen. Rita Lasarewna beruhigt mich, ich dürfe den Vormundschaftsrat nicht mit einem Gericht verwechseln, hier tue man mir nichts, und Fingerabdrücke könne man wegwischen. Ich halte dennoch

Abstand zur getäfelten Wand. Auch wenn es kein hohes Gericht sei, müsse man sich vor einem Vormundschaftsrat einwandfrei benehmen, schärft mir Rita Lasarewna ein. Die Hände an der Kleidernaht belassen, als wären sie dort angewachsen. Nicht schniefen. Nicht stieren. Nur sprechen, wenn man gefragt wird. Verstanden, Vika?

Ich trage mein schönstes Kleid, neue Haarbänder und polierte Schuhe. Meine Fingernägel sind kurz geschnitten, damit sich kein Dreck darunter absetzt. Jeder soll sehen, dass die Zöglinge des Charkower Kinderheims N. K. Krupskaja anständige Menschen sind oder vielmehr zu solchen heranwachsen.

Im Besucherraum erkenne ich zwei Personen: Nina und die andere Frau sitzen sich gegenüber. Meine beiden Mütter sehen sich nicht an. Man könnte glauben, ihnen liegt daran, möglichst viel Abstand zwischen sich zu bringen. Die eine ordnet ständig ihre Kleider. Es ist wohl nicht der Moment, ihr zu sagen: Du kommst zu spät. Die Verhandlung hat noch nicht begonnen.

Die Vorsitzende sitzt auf einem hölzernen Thron mit Schnitzereien und rotem Samtpolster. Ich frage Rita Lasarewna, warum die Frau keinen schwarzen Umhang mit weißem Lätzchen trägt, sondern aussieht wie sie und ich. »Amtsroben werden von Richtern getragen«, zischt die Erzieherin. »Das habe ich dir schon tausendmal erklärt, Vika! Sie werden dich gleich fragen, bei wem du bleiben willst. Überlege es dir gut, davon hängt ab, was aus dir wird! Es ist deine Entscheidung, in welche Richtung der Zug fährt – und bedenke, dass Züge nicht so einfach wenden.«

Das Gesicht der Vorsitzenden ist rundlich mit rosigprallem Doppelkinn, die Brüste zeichnen sich keilförmig unter der schwarzen Bluse ab, die Stoff genug für ein Segel hergäbe. Das blondierte Haar hat die Frau hinter die Ohren gekämmt. Bevor sie etwas sagt, setzt sie eine Lesebrille auf ihre Nasenspitze. Vor ihr liegt eine Akte. Meine Akte.

»Du bist also Viktoria Makarowa.«

Das ist mein amtlicher Name, ein Künstlername gewissermaßen, wie ich inzwischen weiß, den man mir gegeben hat, um Spuren zu verwischen. Ein Name, der weder mit Mutter noch mit Vater etwas zu tun hat, der aus dem Nichts kam, aber ich habe mich an ihn gewöhnt und nicke. Rita Lasarewna hebt die Hände zu einem Trichter, sprich lauter, soll das heißen. Vor Gericht und Kommissionen ist die Wahrheit laut und deutlich zu sagen.

»Heute soll entschieden werden, wie es mit dir weitergeht, wo dein neues Zuhause sein wird. Wir haben zwei Möglichkeiten, Viktoria. Schau genau hin.«

Die Vorsitzende deutet mit der Hand zuerst nach rechts, dann links.

»Da ist deine leibliche Mutter, die dich verlassen hat, als du noch in Windeln lagst. Und dort ist die Mutter, die dich erzogen, gepflegt und mit allem versorgt hat, was ein heranwachsendes Mädchen wie du braucht. Bei wem möchtest du bleiben?«

Die Vorsitzende schickt jeden Tag Kinder irgendwohin, sie hat eine gute Vermittlungsquote, selbst Halbstarke bekommen Eltern von ihr. Mit mir will sie sich nicht lange aufhalten. Ihre Frage hört sich an, als stelle sie mich vor die Wahl zwischen Kartoffeln und Reis zum Mittag, da braucht es fürwahr keine lange Bedenkzeit.

Sie wartet auf meine Antwort, hat bereits die Lippen zu einem Hü geformt, als wolle sie mich antreiben. In ihrem Gesicht braut sich etwas zusammen. Ich glaube, bald verliert sie die Geduld mit mir.

NINA BELIKOWA,

CHARKOW, 1962

❜

Am Wahltag strömen die Menschen zu den Urnen. Sie beeilen sich, ihrer Pflicht nachzukommen, je später sie kommen, desto geringer stehen ihre Chancen beim anschließenden Sonderverkauf.

Vika hat das Fenster geöffnet, um nachzuschauen, woher das laute Getöse kommt. Ein Schwarm Vögel zieht wild kreischend vorbei. Er fliegt so niedrig, dass die hundertfachen Flügelschläge zu hören sind. Passanten bleiben stehen, starren nach oben. Sogar der Himmel verdunkelt sich vorübergehend.

»Sie bilden keine Formation«, sagt Vika naseweis.

»Wir müssen gehen«, sagt Nina, »zieh dich flink an, sonst ist die Wurst aus.«

Vika weiß inzwischen, dass Wurst für vieles steht, sie ist gleichsam die Verdichtung des Mangels.

Nina wertet ihren Alltagsmantel mit einem Sonntagstuch und neuen Handschuhen auf.

Die Wahl findet in Vikas Schule statt. Im Foyer sind Schultische zu einer langen Theke aneinandergereiht. An den Wänden hängen Plakate mit Losungen, angefertigt von vielen fleißigen Pionieren. »Alle auf zur Wahl!« »Ich stimme für den Frieden.« »Die Partei – unser Steuermann.«

Am Eingang informiert eine Tafel über den Lebenslauf des Kandidaten.

»Die habe ich gemacht«, sagt Vika.

»Und trotzdem wusstest du gestern nichts über ihn zu erzählen?«

Vika tut ungerührt. »Er heißt Karpenko.«

Nach Einwurf des Stimmzettels mit dem Namen des Kandidaten betrachtet Nina das Warenangebot, das sie nicht jeden Tag zu Gesicht bekommt. Vika wünscht sich etwas Besonderes. Ein Grüppchen Frauen vor ihnen diskutiert über den Geschmack von industriellem Auberginenaufstrich. Eine andere hat das letzte Glas mit bulgarischem Paprika in Marinade erstanden. In ihr erkennt Nina eine der Erzieherinnen aus Vikas Heim. Sie grüßt freundlich.

»Ach Sie sind es, Nina Petrowna! Und Vika! Die Kleine hat sich übrigens aktiv an den Wahlvorbereitungen beteiligt.«

»Das freut mich«, sagt Nina. Sie möchte an diesem Ort kein langes Gespräch vom Zaun brechen, die Erzieherin nimmt sie jedoch verschwörerisch zur Seite.

»Haben Sie schon von den Gerüchten gehört, Nina Petrowna?«

Vika betrachtet in einiger Entfernung ein Tablett mit Baisers, trotzdem senkt Nina die Stimme.

»Nein. Was für Gerüchte meinen Sie?«

»Oh. Ich dachte, es wäre schon durchgesickert. Auf uns kommen große Veränderungen zu.«

»Veränderungen?«, wiederholt Nina verwirrt.

Die Erzieherin wird im Vorbeigehen von einer älteren Frau angestupst.

»Kommst du, Mascha?«

»Meine Mutter, ich muss gehen. Auf Wiedersehen, Nina Petrowna! Bis morgen, Vika!«

Nina bleibt beunruhigt zurück.

In der darauffolgenden Woche nimmt die Unruhe noch zu, auch im Kinderheim N. K. Krupskaja. Vika kommt Nina am nächsten Freitag aufgeregt entgegengelaufen, es gebe Neuigkeiten, und was für welche! Das Heim soll geschlossen werden!

»Was wird dann aus mir, Tante Nina?«

Nina will nicht verraten, dass sie es nicht weiß.

»Lass mich erst mit Rita Lasarewna sprechen.«

Man teilt Nina mit, dass im Zuge der Umstrukturierungsmaßnahmen die Wünsche der größeren Kinder selbstverständlich Berücksichtigung finden. Der Vormundschaftsrat werde die ihm bekannten Bezugspersonen zur Verhandlung laden. Weiteres folge in Kürze.

Nachdem die Vorsitzende des Vormundschaftsrates festgestellt hat, dass Viktoria Makarowa leibhaftig vor ihr sitzt, stimmt sie ihre Litanei an. »Wir sind heute zusammengekommen, um …« – so beginnen Hochzeiten, Beerdigungen und Parteiversammlungen.

Nina horcht in sich hinein. Hat sie sich etwas vorzuwerfen? Wortbrüchig ist sie nicht geworden. Die Dinge haben eben einen anderen Weg genommen. Im Grunde hatte Nina sie nie in der Hand.

Was hätte sie wohl gedacht, hätte ihr jemand vor drei Jahren gesagt, sie würde eines Tages in den Sitzungssaal Nr. 43 des Vormundschaftsrates geladen, weil dort über ein Kind zu entscheiden war, welches sie als das ihre ansah?

Viktorias störrisches Haar bedarf der Pflege. Beim Flechten versuchen immer einzelne Spitzen dem Zopf zu entkommen. Damit das Ergebnis überzeugend ist, kämmt Nina das Haar sorgfältig und verlangt von Vika stillzusitzen. Sie spült das Haar nach jeder Wäsche mit Essigwasser, obwohl Vika sich über den Geruch beschwert. Nach einer Stunde ist er verflogen.

Heute ist Vikas Haar zu einem Pferdeschwanz gebunden. Es war weniger Sorgfalt als Eile im Spiel, mutmaßt Nina. Zumindest hat die Erzieherin das von Nina gekaufte neue schöne Haarband genommen, und nicht das heimeigene grau-verwaschene.

Hier wird keine Schuld verhandelt, Nina steht nicht vor Gericht. Dennoch stehen ihr die Härchen am Rücken fühlbar zu Berge. Es ist Olessias Anwesenheit, auf die Ninas Haut reagiert.

OLESSIA LEPANTO,

CHARKOW, 1962

,

Unter den Briefen, die eine Nachbarin während deiner Abwesenheit für dich entgegengenommen hat, sticht ein amtlicher Umschlag hervor. Der Anblick von Behördenpost lässt deinen Puls seit jeher hochschnellen. Du zögerst, den Brief zu öffnen, schleichst um ihn herum, als hättest du zuerst tausend andere, wichtigere Dinge zu erledigen. Lüftest die Wohnung, lässt in der Küche einen Schwung rostgetöntes Wasser ab, bis es wieder klar aus der Leitung strömt, setzt einen Kessel auf und bereitest eine Kanne Tee zu. Du verrührst drei Löffel Zucker im Glas, gießt etwas von dem Tee zum Abkühlen in die Untertasse, schlürfst den Inhalt in wenigen Schlucken aus. Ein Tropfen rinnt dir am Mundwinkel herab, du wischst ihn weg, deine Fingerkuppe bleibt klebrig.

Im Sitzen nimmst du dir den Umschlag vor, schneidest ihn vorsichtig mit einer Messerspitze auf.

Dass der Vormundschaftsrat dich zu einer Sitzung einlädt, kommt für dich überraschend. Hast du Vorwarnungen ignoriert? Haben die Behördenvertreter dich womöglich nicht zu Hause angetroffen, als sie sich von der Geborgenheit in deiner Wohnung überzeugen wollten? Du inspizierst deinen Vorratsschrank auf Mehlwürmer mit dem ernsten Vorsatz, künftig häufiger zu backen, um des Duftes und der Heimeligkeit willen.

Am Tag vor dem anberaumten Verhandlungstermin gerät buchstäblich alles ins Trudeln. Wegen eines Erdbebens im Süden steht zu befürchten, dass dein Rückflug gestrichen wird. Einige Kollegen haben in Panik den Drehort verlassen, nur weil dort einige Gesteinsbrocken herabgefallen sind. Verängstigte Touristen drängen sich am Bahnhof, um befürchteten Nachbeben zu entgehen und mit einem der überfüllten Züge abzureisen. Dich lassen Werte auf der Richterskala völlig kalt. Für dich zählt bloß, dass du pünktlich in Charkow ankommst, koste es was es wolle. Du willst Viktoria sagen, dass sie sich endlich ein Bett aussuchen darf, dass du regelmäßig backen wirst, sobald sie bei dir wohnt, und dass es schön sein wird.

Natürlich wird es schön sein. Es ist normal, wenn Mutter und Tochter gemeinsam backen, das Alltäglichste auf der Welt.

Dein Flugzeug startet mit Verspätung, vor der Verhandlung bleibt dir zu wenig Zeit, um bei Nina vorbeizufahren, ohnehin bist du dir nicht sicher, dort willkommen zu sein. Sie hat sich dir gegenüber verschlossen wie ein Köfferchen. In einem Schaufenster prüfst du dein verschwommenes Spiegelbild, steckst dir die Haare hoch, ziehst notdürftig den Lippenstift nach, die Perlenkette um deinen Hals gehört eigentlich in die Requisitenkammer.

Man wird dir die Hast ansehen und die Furcht vor dem Straucheln.

Behände nimmst du die Stufen, die unter dem achtsäuligen Portikus zum Haupteingang führen. In diesem Gebäude tagen also die Erben Salomos, denkst du flüchtig, nach dem Raum suchend, wo heute ein weiser und gerechter Schiedsspruch gefällt werden möge. Weisheit und Gerechtigkeit – nichts Geringeres schwebt dir vor. Es verblüfft dich, woher du plötzlich solch große Erwartungen hast, als hättest du nicht längst gelernt, ihnen aus dem Weg zu gehen. Ein unaufmerksamer Moment und schon haben dich die Erwartungen wieder eingeholt, belagert und gestürmt. Und jetzt sitzt du in der Falle.

Die Vorsitzende des Vormundschaftsrates, eine bullige Person von der Sorte, die kleinen Kindern Angst einflößt, mustert dich mit diesem Blick, den du bereits kennst. So betrachten Passanten auf der Straße Abweichungen aller Art.

Sie erklärt dir beiläufig, dass Viktoria nun alt genug sei, um ihre eigenen Entscheidungen zu treffen. Dazu solle sie heute befragt werden, deshalb seien Zeugen geladen.

Deine Tochter kommt herausgeputzt in den Saal, stur nach unten starrend, es fehlt ihr an Spannung in den Schultern. Sie macht sich klein, hält den Blick gesenkt auf die Fersen ihrer Erzieherin, als seien von dort Anweisungen zu erwarten. Hast du ihr nicht mehr als einmal gesagt, sie solle stets nach vorn schauen und sich aufrecht halten? Dich selbst erinnert ein stechender Schmerz im Rücken daran, wenn du diese Familienregel vernachlässigst. Ihr macht es offenbar nichts aus.

Du stellst fest, dass Nina es erneut geschafft hat, vor dir da zu sein. Sie sitzt in der zweiten Reihe. Gealtert kommt sie dir vor, im Haar dominieren graue Strähnen. Ohne ihren Jahrgang zu kennen, bist du dir sicher, dass sie die fünfzig längst überschritten hat.

Die Vorsitzende des Vormundschaftsrates eröffnet das Verfahren. Du suchst in ihrer Erscheinung vergeblich nach Anzeichen für Weisheit und Gerechtigkeit. Allenfalls Erfahrung machst du aus und wirst dich damit zufriedengeben müssen.

»Wir sind heute hier, um …«

Diese Person hat eine Stimme, der du nicht lange zuhören möchtest. Wie ein schlecht geflickter bollernder Kessel. Was weiß sie über dich, Vika und Nina? Welche Erkenntnisse schöpft sie aus der Akte vor sich?

»… zu entscheiden, in wessen Obhut Viktoria Makarowa übergeben werden soll.«

Die Frau spricht Vika direkt an.

»Wir haben zwei Möglichkeiten … Und du hast die Wahl. Bei wem willst du bleiben? Schau genau hin! Hier Sicherheit und Kontinuität … Da unsteter Lebenswandel … Vergleiche, denke nach und treffe deine Entscheidung!«

Fallen diese Sätze tatsächlich, oder gaukelt sie dir dein Gehirn vor?

Viktoria schweigt. Ihr welliges Haar ist zurückgekämmt, die Stirn liegt offen, du siehst es dahinter brodeln. Wäre das vermaledeite Erdbeben nicht gewesen, hättest du vorher mit ihr sprechen können. Weil du das versäumt hast, weiß sie noch gar nichts von dem Bett. Du witterst darin einen Nachteil für dich, als stünden Ninas Schlafgelegenheiten gegen deine, versprochenes gegen bereits vorhandenes Bett.

Du rechnest kurz nach, wie lange es her ist, seit Vika das Wort Mama gelernt und damit dich gemeint hat. Zwölf Jahre? Sie sagte Mama, Schnee, Bär. Später Wald und Kartoffel. Sie wollte ihre Kartoffel zerdrückt und gesalzen haben. Am liebsten noch mit gehackter Zwiebel bestreut. Deine Tochter war mit einer Zwiebel glücklich zu machen. Zwiebel und Salz verlangte sie als Brotbelag und ein bisschen Schmalz, damit ihr nicht alles wieder von der Brotscheibe fiel. Bevor sie hineinbiss, drückte sie die Zwiebelschicht mit der Hand fest. Dann kaute sie gründlich, um den Genuss zu verlängern. Herabgefallene Zwiebelstücke sammelte sie auf, auch die staubigen vom Boden.

Monat für Monat gehörte es zu deinen größten Sorgen, irgendwoher Kartoffeln, Zwiebeln und Schmalz zu bekommen. Zweihundert Gramm Salz lieh dir eine Nachbarin. Der Rest gestaltete sich schwieriger. Hättest du dir dein Wintergemüse irgendwo am Wegesrand ziehen sollen? In Tagträumen hattest du dir einen kleinen Garten angelegt, bestehend aus einem Kräuterbeet mit Lauch, Petersilie und Dill, vielleicht auch Meerrettich und Sauerampfer, einigen Furchen mit Kartoffeln, schnell wachsenden Radieschen für den kurzen Sommer. Kohl für Kohlsuppe statt Mohrrüben, die dir zu langsam reiften, nach vielen Wochen waren sie kaum so groß wie dein kleiner Finger.

Der Garten erfuhr mit der Zeit einige Umgestaltungen, blieb jedoch weiterhin imaginär. Deine Nachbarin sagte, das Kind brauche dringend Vitamine, und gab dir ein Rezept für Fichtennadelsud.

An Fichtennadeln herrschte kein Mangel.

Jeden Morgen, nachdem du Viktoria über einen dicken Teppich aus Fichtennadeln in den Kindergarten gebracht und dich verabschiedet hattest, rief sie Mama hinter dir her wie alle Kinder ihren Müttern. Bis zu dem Tag, an dem du einen Fehler machtest.

Doch jetzt ist es zu spät, vergangene Fehler zu bereuen, du kannst nichts mehr tun, außer dem Geschehen tatenlos beizuwohnen. Was tut sich wohl hinter Ninas Stirn, der Anblick ihres Rückens enthüllt dir wenig. Steif schaut sie nach vorn, sie fühlt deine Anwesenheit, und versucht sich ihr zu entziehen.

Euer Wiedersehen in Taischet lag schon eine Weile zurück, als im März 1953 aus dem Lagerlautsprecher der Trauermarsch von Chopin erklang und die Nachricht vom Tode Stalins alle in Aufruhr versetzte. Du hattest vor der Baracke ein paar tänzelnde Schritte gemacht und teils erschrockene Blicke geerntet. Nina sagte, jetzt seist du wohl ganz verrückt geworden.

Du denkst daran, wie sie einige Jahre später in die Baracke gestürmt kam und fragte, wer ihr einen Koffer verkaufen könne, sie müsse dringend ihre Sachen packen. Ein Königreich für einen Koffer!

»Du verdirbst die Preise«, sagte jemand.

»Was ist denn los, gehst wieder auf Etappe?«, fragte eine andere dösig.

Keine Etappe! Weder Verschickung, Verbannung noch Versetzung stünden Nina bevor. Sondern vorzeitige Entlassung!

Das Wort »vorzeitig« rüttelte alle auf. Man hatte wohl schon von solchen Maßnahmen gehört, jedoch hatte es bisher noch keine von euch Politischen getroffen.

Nina sprach von Amnestie. Von ihren zehn Jahren hatte sie acht in unterschiedlichen Lagern verbracht, der Rest sei ihr nun erlassen worden, und deshalb fange sie schon mal an, von jeder Einzelnen Abschied zu nehmen, damit sie am Ende keine vergesse.

Du beobachtetest damals, wie ihre anfängliche Freude allmählich der Angst vor dem unverhofften Leben draußen wich. Weder Menschen noch Aufgaben warteten dort auf sie, abgesehen von der Mutter und dem Grab ihrer Tochter. Schweigend hörtest du Nina in diesen Momenten zu, weil du glaubtest, Worte seien nicht nötig, richteten womöglich Schaden an. Trost kann sich als heimtückisch erweisen.

Du fühltest dich ihr gegenüber in der Pflicht, weil Ninas Tochter tot war und deine lebte. Du gingst von ungleichen Verlusten aus, obwohl du selbst lange nichts mehr von deinem Kind gehört hattest, was deine Annahme hätte stützen können. Von deiner früheren Nachbarin, die für das Glas voll Salz schließlich nichts hatte haben wollen, wusstest du, dass deine Tochter im Kinderheim Nummer drei gewesen war. Die gute Frau ging manchmal hin, aus alter Freundschaft, um nach Vika zu sehen, und hatte erfahren, das Kind sei bereits vor geraumer Zeit weggebracht worden. Sein Verbleib sei unbekannt. Die Nachbarin hatte Gicht und ein Hüftleiden, eine Reise traute sie sich nicht zu, außerdem musste sie ihre Kartoffeln vor Dieben schützen, denn bald war wieder Pflanzzeit.

Du ahntest: Wenn du jetzt nichts unternimmst, würde sich Vikas Spur ganz verlieren. Du würdest es nicht einmal erfahren, wenn ihr etwas zustieße. Hättest allenfalls ein diffuses Gefühl in dir, irgendwo oberhalb des Zwerchfells, in der Magengrube oder zwischen den Ohren, aber selbst darauf wolltest du nicht vertrauen.

Die Möglichkeit, die sich durch Ninas Amnestie plötzlich vor dir eröffnete, überrumpelte, überwältigte und überflutete dich zugleich, vielerlei Schwebendes spülte nach oben, dein Schädel drohte zu bersten unter dem Druck der wichtigsten Frage von allen. Gelähmt vor Angst, Nina könnte bereits andere Pläne ins Auge gefasst haben, wartetest du auf die Antwort.

Nina hat Vika nie gesehen. Nur einmal ihr Strampeln durch deine Bauchdecke gefühlt. Manche hatten dich gewarnt, das Treten werde vor der Zeit aufhören, deine Haut sei zu dünn, um das Kind von allem abzuschirmen, das werde nicht ohne Folgen bleiben. Aber Vika kümmerte sich nicht um die Folgen. Sie wuchs einfach weiter.

»Sag, Nina, wärst du bereit, nach meiner Tochter zu suchen?«

Nina hätte gleich Nein sagen oder sich Bedenkzeit erbitten, sich in Ausflüchte retten können, etwa, das Ziel liege nicht auf ihrem Weg. Dann hätte sich dein armer Kopf notgedrungen wieder beruhigt. Aber Nina sagte Ja, ohne das leiseste Zögern, und damit war es beschlossene Sache gewesen und unumkehrbar.

Nina hat Vika gefunden und deine Begnadigung erwirkt. Ohne sie wärst du nicht hier. Du bist ihr dankbar. Diese Dankbarkeit wiegt so schwer, dass sie dich schier erdrückt. Warum will Nina dich nicht ansehen? Sie ist auch ein bisschen zerrüttet, das wird es sein, die einzig mögliche Erklärung. Du würdest sie gerne umarmen, ihr irgendetwas sagen, was ihr Freude bereitet. Dass du mit Vikas Entwicklung sehr zufrieden bist. Weil Nina daran ihren Anteil hat.

Aber natürlich weißt du, dass es nicht das ist, was Nina hören möchte.

Wie teilt man ein Kind durch zwei Mütter?

An dieser Schwierigkeit sind schon Philosophen gescheitert, und hier gibt es weder Philosophen noch weise Könige. Nur Nina, Vika, dich und diese kommunale Kommission, die ein Urteil über euch zu fällen hat. Ein Gespräch mit dir ist im Protokoll nicht vorgesehen.

Die lästige Stimme dringt wieder in dein Ohr. Die Ratsvorsitzende fragt deine Tochter, ob sie entschieden habe, bei wem sie bleiben möchte. Sie redet von anderen Kindern, die jetzt bestimmt gern an Vikas Stelle wären, wegen ihrer großen Auswahl an möglichen Müttern.

Nina war dir anfangs reserviert vorgekommen, entrückt vom Geschehen um sie herum. Die Brigadierin Kira Teplowa hatte sich als Neuzugang eine Frau gewünscht, die zupacken kann und die die Norm erfüllt, keinen Klotz am Bein der anderen. Nina hatte diese Hoffnungen enttäuscht, jedenfalls auf den ersten Blick. Sie erklärte, sie habe vorher am Fließband der Fabrik »Hammer und Sichel« gearbeitet. Zuletzt habe sie sich im Mutterschaftsurlaub befunden, mit dem Pressen von Lehmziegeln kenne sie sich nicht aus. Die Brigadierin wies Nina den Schlafplatz über dir zu, deshalb fühltest du dich ein bisschen für sie verantwortlich. Du sahst dir ihre Ergebnisse eine Woche lang an, korrigiertest ihre Körperhaltung und die Arbeitsabläufe, schütteltest wiederholt den Kopf, machtest es dir zur Aufgabe, ihre Langsamkeit zu kaschieren. Sie verstand wohl, dass du dir Zusätzliches aufbürdetest, damit sie am Ende des Tages nicht auf die Hälfte ihrer Ration verzichten musste.

Deine Hände waren zu der Zeit braungelb, aufgeschwemmt vom ständigen Kontakt mit dem Lehm, die Gliedmaßen schmerzend, der Verstand geschmolzen von der Sonne und trübe wie Brackwasser.

Es dauerte eine Weile, bis du begriffst, wie versehrt Nina war und wie verwandt darin mit dir. Nina wanderte auf einem schmalen Grat, alles hing davon ab, ob es dir gelänge, sie rechtzeitig auf sicheren Boden zu ziehen.

Du teiltest Konstantins erste Sendung, die dich in diesem Lager mit Monaten Verspätung erreicht hatte, mit Nina. Es war ihr peinlich, dass die langsamste Arbeiterin etwas vom dicksten Päckchen abbekam. Du lachtest und beruhigtest sie: Im Wettbewerb um den schönsten Lehmziegel war sie nicht mehr die Letzte. Es laufe schon viel besser mit ihr, das merke sie auch daran, dass die Brigadierin seltener fluche.

Ihr bautet Luftschlösser, phantasiertet, was ihr alles machen würdet, sobald das Lager vorbei wäre. Heiraten, ans Meer fahren, auf der Bühne stehen, vor allem aber möglichst schnell eine möglichst große Entfernung zwischen euch und diese Steppe bringen.

Wobei Nina nicht heiraten wollte. Sie zöge jeden Lehmziegel einem Ehemann vor. Du hieltest das damals für einen gelungenen Scherz.

Eines eurer Hirngespinste erfüllte sich dank eines kunstverliebten Offiziers, der mit eurem Auftritt eine Delegation beeindrucken wollte, um selbst befördert zu werden. »Dieser Malinov, der neue Lagerkommandant«, verriet euch Galka, die Diebin aus Baracke neun, »ist 'n schräger Typ. Der hat Romane im Büro stehen.«

Oberstleutnant Malinov hatte geschwind erkannt, dass die wöchentliche Vorführung von Schwarzweißfilmen über Krieg, Sieg und Liebe nicht den gewünschten arbeitssteigernden Effekt hatte. Als eine erste Amtshandlung ersetzte er den Leiter der Kulturabteilung, ernannte irgendeinen vollkommenen Neuling zum Nachfolger und übernahm faktisch dessen Aufgaben. Die Ära des Laientheaters, der Akkordeonständchen und Volkstanzeinlagen war vorüber. Er ließ in den Baracken nach inhaftierten Künstlern suchen, um die Kulturbrigade zu erweitern, ihm schwebte in dieser Hinsicht etwas ganz und gar Vorbildliches vor. Dafür war er bereit, alle Mitglieder für die Zeiten der Proben und die Aufführung von der Arbeit freizustellen. Es fanden sich verdiente Regisseure, Schauspieler, Sänger, Tänzer, eine ganze Musikkapelle, eine Kostümbildnerin und ein Maler fürs Bühnenbild. Mit dem Verweis auf deine absolvierten Semester an einer namhaften Schauspielschule wurdest auch du in die Riege aufgenommen.

Das Klubgebäude bekam auf Malinovs Anweisung einen neuen Anstrich, die Fenster wurden abgedichtet und Löcher im Dach gestopft. Weitere Verschönerungen überließ Malinov euch Häftlingen. Tamara Tschernyschowa dekorierte die grob gezimmerte Theaterbühne mit Schilfrohr, Gulsat Kusaibajewa flocht Kränze aus herumliegenden Strohresten, um damit das Brettergerüst zu schmücken. Malinov verbot strengstens, Kulissen als Brennmaterial zu verwenden. In Zukunft sei dafür zu sorgen, dass der Ofen im Klubgebäude ausreichend befeuert werde, und zwar auch nicht mit Schilf, getrocknetem Kuhdung und dergleichen, sondern mit anständigem Brennmaterial, welches nicht nur Qualm und Hustenreiz erzeuge. Das Publikum solle wenigstens für zwei Stunden warme Füße haben, es würde schon allein deshalb begeistert und dankbar sein.

Du warst die Erste, die abends, als alle auf ihren Pritschen dahindämmerten, laut danach fragte, was Malinov eigentlich im Sinn habe: ein Konzert, bestehend aus Chor und Musikdarbietung? Ein Bühnenstück? Gar eine Operette mit Orchester? Irgendwo in der Zentrale gab es doch einen Fundus für Musikinstrumente.

Malinov hörte sich eure Vorschläge an. Theater? Nichts dagegen einzuwenden. Eine Tragödie? Auf keinen Fall! Für das aufzuführende Stück stellte er Bedingungen. Leichte Kost, »etwas zum Lachen« sollte es sein. Gern Klassik, sofern unbedenklich und unangreifbar, da behalte er sich das letzte Wort vor.

Riina Solemas, einstmals gefeierte Theaterregisseurin auf baltischen Bühnen, schlug Goldoni vor, *Der Diener zweier Herren*, eine vollkommen harmlose Verwechslungskomödie …

Malinov ließ sie gar nicht erst ausreden. Nein, er wolle nichts von Dienern hören. Das klinge ihm zu sehr nach unterdrückter Klasse, die sich in ihrer Unfreiheit eingerichtet habe, anstatt aufzubegehren. Er sah fragend in die Runde. Niemand widersprach.

Riina Solemas brachte *Un curioso accidente* ins Spiel, eine weitere Komödie von Goldoni, absolut argloses Liebesgeplänkel aus dem 18. Jahrhundert … Eine verliebte Tochter überlistet ihren reichen Vater, um mit ihrem armen Liebsten vereint zu werden. Am Ende sind alle Beteiligten glücklich, die armen und die reichen, die hässlichen und die schönen, die jungen und die alten. Insofern eine ideale Handlung. Und nicht zuletzt habe sie, Riina Solemas, bereits Erfahrung mit der Inszenierung und bürge dafür, dass das Stück in jeder Hinsicht funktioniere, sowohl für die Akteure, das Publikum und die hohen Gäste.

»Wunderbar«, sagte Malinov, »in zehn Tagen ist Premiere.«

Außer einem kurzen Schlucken war der Regisseurin nichts anzumerken. Du wünschtest dir nicht, an ihrer Stelle zu sein. Zehn Tage können sehr kurz sein, wenn man sie nicht im Karzer verbringt. Du dachtest an die Auswahl der Schauspieler, die Proben, das Bühnenbild, die Kostüme, die Perücken!

Malinov bestellte beim Maler kunstvoll gestaltete Einladungen für die gesamte Obrigkeit, Offiziere des NKWD nebst Gattinnen sowie die angekündigten Delegierten aus Moskau.

Wie ernsthaft ihr an die Sache herangingt, als winkte euch für schauspielerischen Einsatz unter erschwerten Bedingungen eine Generalamnestie!

Eure zusammengewürfelte Truppe übte *Un curioso accidente* Tag und Nacht ein, niemand klagte über Müdigkeit. Du meldetest dich aus eigenem Antrieb für die Rolle des hässlichen Dummchens, nachdem die Regisseurin die schöne Heldin mit der schrägäugigen Gulsat besetzt hatte. Riina Solemas ließ dich wissen, dass du durchaus für das Mauerblümchen taugtest.

Die schon vorher als Malerin im Klub beschäftigte Sofia Bekker entwarf die Kostüme. Jemand hatte sie mal hinter ihrem Rücken eine Kurtisane genannt, ein Wort, das für dich auf die Bühne gehörte, ebenso wie Sofias Leben, das bereits zu einem großen Teil hinter ihr lag.

»Wer ist das?«, fragte Nina mit interessiertem Blick auf die Ältere.

Sofia sei früher die Schattenfrau eines Admirals gewesen, erklärtest du der nichtsahnenden Freundin. Für eine kurze Zeit sei sie an seiner Seite quasi die erste Frau im Staate gewesen. Danach ging es bergab mit Sofia, Verhaftung folgte auf Verhaftung, Lager auf Gefängnis, Verbannung auf Entlassung, und wieder von vorn, jahrzehntelang.

Den Zuschnitt und das Nähen der Kostüme übernahm der Lagerschneider, ein Mann, von dem man munkelte, er habe früher im Dienste eines gekrönten Hauptes gestanden. Er selbst schwieg eisern dazu.

Malinov stellte Stoffreste aus der Lagerschneiderei und gebrauchtes Verbandsmaterial aus dem Lazarett zur Verfügung. Als Leihgabe, versteht sich, nachdem Sofia Bekker ihm geduldig erklärt hatte, wie Mullbinden zu

Manschetten und gerüschten Rokoko-Krägen umgearbeitet werden können.

Eine Mitgefangene, die in ihrem früheren Leben Friseurin gewesen war, versprach, für standesgemäße Haartrachten zu sorgen. Sie beschwatzte den Mechaniker, euch aus seinem Vorrat Flachsfasern zu leihen, er würde sein Material zur Abdichtung von Rohren unbeschadet zurückbekommen. Du hattest zugesehen, wie sie den Flachs um einen Besenstiel wickelte. Mit etwas Geduld bekam das Material Locken. Es wurde vorsichtig vom Stiel gelöst, mit Klebstoff am Hutinnenrand befestigt, zum Abschluss mit zerriebener Kreide überpudert, fertig war die Haarpracht für die beiden holländischen Kaufmannstöchter.

Nina gab zu bedenken, dass beim Absetzen der Hüte auch die Lockenpracht verschwände …

»Dann bleiben die Hüte eben auf«, bestimmte Riina Solemas.

Nur Tamara lehnte als Zofe Marianne jegliches Kunsthaar ab. Sie hatte Naturlocken, denen weder Sonne noch Hunger etwas anhaben konnten. Jedenfalls nicht in den ersten Haftjahren. Schon mit wenigen Zentimetern Länge begannen sie sich zu Korkenziehern zu ringeln. Tamara hatte sich von zu Hause Essig schicken lassen, damit ihr Haar vom seltenen Waschen mit Asche nicht abstumpfte. Alewtina, die ehemalige Friseurin, war schon an die fünfzig, Tamara kaum zwanzig. Die Alte betrachtete die Haare der Jüngeren mit einer sprachlosen Bewunderung, die an Gier grenzte.

Von den vier männlichen Figuren in Goldonis Stück bekam einer einen stumpfen Degen aus Holz, ein anderer goldene Schulteraufnäher aus Messingabfällen als Rangabzeichen, er spielte den französischen Leutnant.

Sofia Bekker entschied, dem holländischen Kaufmann ein Kissen um den Bauch zu binden, damit dem mageren Kerl sein Wohlstand wenigstens etwas anzusehen war. Für die Damenhüte verwendete Sofia stärkeres Papier. Malinov persönlich hatte es zur Verfügung gestellt, zusammen mit Karton für die Krempen. Sofia malte Kreise, schnitt sie akkurat aus und fertigte aus den Resten kleine Röschen zur Dekoration. Da ihr keine Pfauenfedern zur Verfügung standen, schmückte sie die Kopfbedeckungen mit Hühnerfedern. Bei der Generalprobe maulte Gulsat, sie sähe damit wie eine Indianerbraut aus.

Ihr zuliebe klebte Sofia Stroh an die Hutaußenseiten, formte aus halbverfaulten Mohrrüben kleine Kügelchen. Mit Hilfe von Nadeln und Nähgarn zu Weinreben arrangiert, verzierten sie Gulsats Krempe. Mit gewissem Abstand betrachtet sah es beinahe hübsch aus. Stillleben mit Karotten im Strohbett nanntest du diese vergängliche Kreation bei dir, während du selbst mit den Hühnerfedern vorliebnahmst. Ein Dummchen stellt keine Forderungen. Sofia eilte dir mit ihren Papierrosen zu Hilfe, die sich auf deinem Hut zu mehrlagigen Trichtern entfalteten.

Es betrübte sie, dass zu dieser Jahreszeit keinerlei Grün aufzutreiben war. Um dem Publikum eine Vorstellung von den schönen Möbeln im Haus des Kaufmanns zu vermitteln, nähte sie farbenfrohe Patchwork-Überwürfe für eure Holzstühle. Die Fassade des eindimensionalen Kleiderschranks bepinselte sie mit Holzkohle, Kreide und Lehm, bis er tatsächlich einem antiken Möbelstück ähnelte. Und um das Bühnenbild abzurunden, schnitt sie aus Pappe Bäumchen aus, die jedoch in Ermangelung auch nur annähernd grüner Farbe braun bleiben mussten.

Du fühltest Ninas geschickte Hände an deinem Kostüm. Sie hatte dank deiner Fürsprache bei Riina den Posten der Garderobiere ergattert. Das Ensemble richtete hinter der Bühne einen Umkleideraum ein, dort achtete Nina darauf, dass beim An- und Ausziehen keine Bänder und Borten von den Kostümen abfielen, alles war ja nur behelfsmäßig befestigt.

Zwischendurch malte Sofia ein Plakat, das die Vorstellung und die Beteiligten ankündigte. Nur heute und hier: *Ein seltsamer Zufall.* Ein Lustspiel von Carlo Goldoni. Es spielen: Giannina – Gulsat Kusaibajewa. Constanza – Olessia Lepanto. Bühnen- und Kostümbild – Sofia Bekker.

Am Abend der Aufführung war euer Lehmziegeltheater in der kasachischen Einöde voll bis auf den letzten Stehplatz. Hinter dem Vorhang beobachtetest du das Gewusel im Publikum. Malinov begleitete die geladenen Gäste persönlich an ihre Plätze in den ersten Reihen, deutete vor den Damen sogar eine Verbeugung an. Die Ehefrauen hatten sich für diesen Anlass in Schale geworfen, ihr Schmuck glitzerte, die Nasen waren gepudert, die Lippen rot nachgezogen, die Wimpern mit verdünnter Schuhwichse schwarz getuscht. Malinov, ohne weibliche Begleitung, saß etwas drall in seiner Paradeuniform am Rand, jederzeit bereit, in das Geschehen auf der Bühne einzugreifen, sollte etwas nicht nach Plan laufen. Sein nervöses Gebaren erinnerte dich an einen Theaterdirektor, dessen Privatvermögen auf dem Spiel stand. Für einen kurzen Moment warst du neugierig: Welchen Gewinn er sich wohl von eurem Auftritt versprach? Was geschähe, wenn er ausblieb?

Gulsat mimte mit schwarzumrandeten Augen gekonnt die schöne Holländerin, vergaß jedoch an drei Stellen ihren Text. Die baltische Regisseurin rang die Hände, Nina soufflierte. Über deine Auftritte lachten die Leute schallend. Du bekamst für dein Dummchen den längsten Applaus. Die Regisseurin und Malinov lächelten, die eine erleichtert, der andere zufrieden. Hinten in der Garderobe, wo das Lampenfieber nachließ, sagte Nina, sie habe jemanden »Zugabe!« rufen hören.

Das Theaterspiel in der Lehmbaracke war nichts als ein glücklicher Moment, flüchtig wie Spiritus in der Kehle eines Gewohnheitstrinkers. Die Proben, die Kostüme, das ganze Drumherum ging am Ende doch zu sehr zu Lasten der Normerfüllung, befand Malinov, zumal aus seiner Beförderung nichts geworden war.

Nicht lange nach der gemeinsamen Aufführung traf dich Ninas Entsetzen über deine Schwangerschaft. Vielleicht deine einzige Chance auf ein Kind. Wer weiß, ob es draußen nicht schon zu spät dafür wäre. Du wolltest jemanden haben, jemanden von Bedeutung, von einer Wichtigkeit, die schwerer wiegt als ein Verzicht.

Nina benahm sich anfangs, als hätte sie eine ganze Heilsarmee hinter sich, um dich gefallenes Mädchen aus dem Dreck zu ziehen. Sie sträubte sich lange, dich zu verstehen, nahm nur die Probleme wahr, die auf dich zukämen. Warnte dich unermüdlich vor einer Baracke, unter deren Dach solche wie du am Ende landeten. Wer einmal dort drin gewesen war, sei nicht mehr fähig, jemals wieder ein normales Leben aufzunehmen. Ob du da mit aller Macht hinwolltest? Nina, die Schwarzmalerin. Aber sie war nicht allein. Auch die anderen Frauen schlossen Wetten ab, ob du es bis zum neunten Monat schaffen würdest, bei der Plackerei mit euren Zwanzig-Kilo-Ziegelblöcken.

Sie sollten es nie erfahren, denn der sechste Schwangerschaftsmonat läutete deinen Abschied von den Lehmziegeln ein. Aufsässigkeit, Widerspenstigkeit, Uneinsichtigkeit hatte man dir von oben attestiert, grundlegende Zweifel am Erfolg der bisherigen Arbeitsbesserungsmaßnahmen seien angebracht. Was sollte aus dem Kind einer solchen Mutter werden?

Darüber machte sich Nina ebenfalls Sorgen, und du bist dir sicher, dass sie nach deinem Abtransport mit unbekanntem Ziel nicht damit aufhörte, weil ein Kind sie umtrieb, auch ein fremdes.

Bald nach deiner Ankunft im nächsten Lager sehntest du dich nach der Lehmziegelei zurück. Und nach der Sonne. Inmitten der kasachischen Wüste fehlte sie dir plötzlich. Zwar stand sie dort zuverlässig am Himmel, doch den sahst du nicht mehr. Man hatte dich zur Grubenarbeiterin in einem Bergwerk gemacht.

Es fühlte sich an, als tauche dich jemand in einen Bottich mit Teer und befehle dir zu schwimmen. Bei deiner ersten Fahrt mit dem Förderkorb nach unten wagtest du nicht, dich zu rühren, in der Erwartung, das Seil risse jede Sekunde. Die Wände des Schachts glänzten feucht, die Luft fühlte sich kaum kühler an als oben. »Vom Kohlenstaub bekommen viele Bergarbeiter Bronchialasthma.« Woher dieser Satz plötzlich in deinem Kopf auftauchte? Er stammte aus einer Unterrichtsstunde mit deiner Mutter, in der es um weltweite Vorkommen von Bodenschätzen ging.

Du hieltest dir die Hand vor den Mund und versuchtest, flach zu atmen. Der Blick des Aufsehers blieb an deinem Bauch haften. Er habe keine Geburtshelfer unter seinen Leuten, was er mit dir anfangen solle? So weit sei es noch nicht, sagtest du. Strafversetzt wegen schlechter Führung? Soso. Frauen sollen ja ruhig mit anpacken, eine dicke Leibesmitte sei jedoch hinderlich in den schmalen Gängen, nicht dass du ihm irgendwo stecken bleibst.

Der Mann war witzig, und los wurde er dich nicht. Also wies er dich an, zur Eingewöhnung Instrumente zu tragen, eine Arbeit für Zwölfjährige sei das, auf seine Verantwortung. Du warst an einen guten Menschen geraten.

Von früh bis spätabends warst du fortan umgeben von der Enge des Stollens. Schwarzer Staub setzte sich überall fest, drang in die Nase ein und lagerte sich auf den Schleimhäuten ab, der Speichel schmeckte staubig. Wenn beim Husten etwas Schleimiges auf deiner Hand landete, war es von dunklen Schlieren durchzogen. In gebückter Haltung schienen dir die Instrumente schnell an Gewicht zuzunehmen, um die Mittagszeit wogen sie gewiss das Doppelte. Dich aufzurichten, war dir nicht möglich, von allen Seiten stützten dich feuchtkalte Wände, bewahrten dich vor unbedachten Schritten, am Ende gar vor einem Sturz. Irgendwoher tropfte es immer. Dünne Rinnsale sickerten am Boden entlang, Wasser drang in die Schuhe ein, fiel dir von oben in den Nacken. Das ständige Kopfeinziehen machte deinen Rücken krumm. Auch dein Gefühl für die Abfolge von Tag und Nacht hatte dich verlassen.

Unbeeindruckt von alledem, zeigte sich Vika entschlossen, ihre Zeit auszuschöpfen. Keinen Tag zu früh kam sie im Gefängniskrankenhaus zur Welt. Die Schwester schickte dich mit Wehen raus in den Gang, es sei gerade kein Bett frei und eine Geburt sei keine Krankheit. Leise solltest du sein und dich nicht so anstellen, seist nicht die Erste und nicht die Letzte, die das durchmacht, die anderen, die Fieberkranken und die Infektiösen, bräuchten ihren Schlaf. Wäre ohnehin besser, sich von ihnen fernzuhalten. Sie empfahl dir, aus dem vergitterten Fenster zu schauen und die Schneeflocken zu zählen, das lenke von den Schmerzen ab. Erst als du auf allen vieren krochst und etwas zum Hineinbeißen suchtest, holte sie dich rein, führte dich zu einem Bett, es war bereits früher Morgen. Jemand beschwerte sich über dein Geschrei.

Lebendgeburt, weiblichen Geschlechts, voll ausgetragen, notierte die Schwester.

»Wie soll es heißen?«, fragte sie.

Du, noch etwas benommen, beim Versuch aufzustehen war dir schwarz vor Augen geworden, nanntest den Namen.

»Vater?«

Du schwiegst.

»Kein Vater?«

»Schreiben Sie: unbekannt.«

»Das geht nicht, jedes Kind braucht einen Vatersnamen.« Sie trug etwas in das Formular ein, später lasest du, dass sie den unbekannten Vater mit dem Vornamen eines großen Revolutionärs bedacht hatte – damit das Kind es leicht habe im Leben, trotz der problematischen Mutter. Viktoria und Felix standen nun nebeneinander, Sieg und Glück seien damit dem Mädchen gewiss.

Mit der Lebendgeburt erwarbst du den Anspruch auf eine Säuglingserstausstattung. Dazu gehörten etliche Meter Baumwollstoff für Windeln, abzuholen in der Lagerverwaltung gegen eine Bescheinigung vom Krankenhaus.

Immerhin, als stillende Mutter durftest du über Tage bleiben. Nachts wachtest du auf und wähntest dich im Schacht, der Pritschenboden über dir die Stollenwand, und wenn du mit der Hand darüberstrichst, fühlte es sich feuchtkalt an. War es das Holz oder ein Kohleflöz, aus dem es beständig nässte? Du konntest nicht erkennen, ob es Wasser oder Milch war.

Da niemand wusste, wohin mit dir, übertrug man dir die Aufsicht über die Entladung aus den Grubenwagen. Dank deiner Milchdrüsen warst du zur Vorarbeiterin geworden, Aufsichtsführende Lepanto, Herrin über Protokolle der Fördermengen und Tagesnormen. Doch der Grubenwagen genoss weitaus größeren Respekt als du, weil er zu einem entfesselten Tier werden konnte, wenn bei voller Ladung etwas schiefging. Auch einem leeren Grubenwagen solltest du dich nicht in den Weg stellen, Tier bleibt Tier. Die Alten sprachen von »Zwischenfällen«, die im Bergbau nun einmal nicht ausblieben, wer lässt sich schon gern und ganz ohne Gegenwehr die Eingeweide plündern.

Am Tage deiner Entlassung, es waren tatsächlich acht Jahre vergangen und keine Stunde weniger, erfuhrst du, dass diese Entlassung nicht Freiheit bedeutete. Das Verbüßen deiner Strafe brachte dir nur eine »Verbannung mit dauerhafter Wohnsitznahme« ein. Von deinem künftigen Wohnort hattest du noch keinerlei Vorstellung, außer der Gewissheit, dass er nicht allzu wohnlich sein würde. »Nowaja Butarowka« stand auf deinem Entlassungsschein, der dir fortan den Pass der freien Menschen ersetzte, eine Ortschaft, die niemand kannte.

Auf dem Rücken deine gesamte Habe in einem Bündel und im Arm dein einziges Glück namens Viktoria Felixowna, verließest du das Lager mit dem Ziel, dich in einem gottverlassenen Nest im Gebiet Krasnojarsk niederzulassen.

Selbstverständlich empfing dich niemand mit offenen Armen. Was sollte man mit dir anfangen, welche Arbeit dir geben, einer Frau mit Säugling, die zu schwach war, einen Spaten zu halten? Auf solche hat man hier nur gewartet! Als Buchhalterin warst du nicht zu gebrauchen, zu heikel bei deinem Lebenslauf, den man schwarz auf weiß vor sich hatte. Du äußertest den Wunsch, im Kulturbereich zu arbeiten. Wünsche zu äußern war nicht verboten, selbst völlig hanebüchene.

Kultur sei die Seele der sozialistischen Gesellschaft, hattest du argumentiert. Gewiss, gewiss, keine Frage, ohne Kunst und Kultur sei keine fortschrittliche Gesellschaft denkbar, erst recht nicht die fortschrittlichste auf der ganzen Welt! Künstler und Kulturschaffende seien gewissermaßen die modernen Titanen, auf denen das neue Weltgefüge ruhe. Dafür brauche man breite Schultern. Schiefer Blick in deine Richtung. Man riet dir, es zunächst mit der AG Theater zu versuchen, die Freitagabend wöchentliche Treffen im Klubhaus abhielt. Darüber hinaus sei eine Anstellung als Aushilfe für die Be- und Entladung im örtlichen Sägewerk geboten, um deinen Lebensunterhalt zu sichern.

Du beriefst dich auf eine Handverletzung, eine vom Grubenwagen verursachte Quetschung mit chronischen Folgen, zugezogen bei einer früheren Tätigkeit im Bergbau. In einem Bittbrief an die Behörden batest du, aus den genannten Gründen von einem Einsatz im Sägewerk abzusehen. Der Brief blieb unbeantwortet, ob ihn überhaupt jemand gelesen hatte, vermagst du nicht zu sagen. Schließlich verhalf dir ein ärztliches Attest dazu, der Be- und Entladung zu entgehen, stattdessen wurdest du als Reinigungskraft im Sägewerk eingestellt, der Geruch nach Sägespänen verursacht dir noch heute Übelkeit.

Die Fenster des Kindergartens waren mit Gittern in Form einer aufgehenden Sonne versehen. Die Sonnenstrahlen hatte man in einem freundlichen Blau gestrichen, sie waren das Freundlichste am ganzen Gebäude.

Du gabst Vika in die dortige Kleinkindgruppe, musstest dich jeden Morgen aus Vikas Ärmchen winden. Das Sägewerk spendete als Patenbetrieb Brennholz an die umliegenden Kindereinrichtungen, Vikas Finger blieben dennoch kalt. Das Holz aus dem Sägewerk eignete sich nicht, um es unter der Kleidung zu schmuggeln, zu unhandlich waren die Stücke, schon von dem Versuch hattest du Abstand genommen. Wer in einer Käsefabrik arbeitet, soll nicht hungern, und wer im Sägewerk kehrt, soll nicht frieren, das ist nur folgerichtig. Die kleineren Scheite waren als Anmachholz zu gebrauchen, Stunde um Stunde sammeltest du sie zu einem griffigen Bündel, in Vorfreude auf den Abend. Vika sah häufig verweint und verrotzt aus und sprach nicht viel. Auf Fragen schüttelte sie nur mit dem Kopf. Du begannst dir Sorgen zu machen. Vikas Erzieherin hatte dir von Anfang an nicht gefallen, ein tumbes Weib ohne jedes pädagogische Feingefühl. Du dachtest schon darüber nach, die Tochter in einen anderen Kindergarten zu bringen, und wenn du dafür jemanden bestechen müsstest.

Dann unterlief dir ein Fehler, vielleicht dein folgenschwerster. Als hättest du in acht Jahren nichts dazugelernt und nichts begriffen. Als hätte da noch ein Rest Kühnheit in dir geschlummert. Kühnheit hört sich gut an, an andere, mögliche Bezeichnungen für dein Handeln willst du lieber nicht denken.

In der AG Theater hieß man dich einmütig als neues Mitglied willkommen, es gab in dem Kaff nicht allzu viele

Bewerber. Fortan war Freitagabend dein Sonntag, bedeutete es doch, mit Menschen zusammen zu sein, die wie du die Sprache liebten und in ihr für ein paar Stunden aufgingen, als berge noch die schäbigste Rolle eine ganze Welt.

Die Arbeitsgemeinschaft bestand aus sieben festen Mitgliedern, mehrheitlich Frauen. Deine Tochter fand ein Kindermädchen in Gestalt der Großmutter, die für euch Provinzschauspieler Tee kochte und den Raum sauber hielt. Sie blätterte mit Vika in einem zerfledderten Bilderbuch und ließ das Kind die Laute von Katze, Hund und Kuh nachmachen, was zuweilen die Proben störte. *Das Jubiläum* von Tschechow stand auf dem Programm. Dir, dem Neuzugang, hatte man die Rolle der alten Frau übertragen, weil sie dir wie auf den Leib geschnitten sei, erklärte Gorolenko, der künstlerische Leiter. Die Stückeauswahl sei wegen des Männer-Frauen-Verhältnisses im Kollektiv heikel, gab er zu, Doppelbesetzungen seien mitunter unvermeidlich, ganz zu schweigen von der Problematik der Themensetzung, und zu lang dürfe es auch nicht sein, man gehe hier im Hinterland zeitig zu Bett. Heitere Einakter liefen am besten.

Eines Freitags, als Vika bereits auf zwei zusammengerückten Stühlen eingeschlafen war, hatte dir vermutlich die Wärme des Tees die Zunge gelockert. Draußen fiel unaufhörlich Schnee in großen Flocken, drinnen brannten nach Probenschluss die Kerzen. Kurz wolltet ihr noch zusammensitzen, bevor ihr zur Nachtruhe auseinandergingt. In dieser, wie du glaubtest, gelösten und freundschaftlichen Atmosphäre, rutschten dir einige Bemerkungen heraus, die du heute kaum noch wortgetreu wiederzugeben vermagst. Möglicherweise erwähntest du die aktuelle Versorgungslage im Landkreis, deine Suche nach adäquatem Wohnraum, es war ja denkbar, dass jemand unter den Anwesenden jemanden kannte, der gerade etwas Passendes zu vermieten hatte, von Freund zu Freund. Vermutlich fielen im Laufe des Abends auch die Worte Brot, Kartoffeln, Fleisch – spricht man nicht zwangsläufig über Dinge, die einem am Herzen liegen?

Wenig später bezeugten drei Personen unabhängig voneinander, du habest geklagt, dass du am Verbannungsort keine Wohnung fändest; dass du dein Kind wegen des kärglichen Angebots in den Läden kaum satt bekämst; dass im Ausland alles besser funktioniere. Man sei über deine Worte entsetzt gewesen, wo doch jeder wüsste, dass die Beschwerden der Bürgerinnen und Bürger jederzeit ein offenes Ohr bei den zuständigen Organen fanden, die stetig an der Verbesserung der Lebensbedingungen arbeiteten. Verleumdung sei deshalb mit Strenge zu ahnden.

Sie kamen in der Frühschicht ins Sägewerk, du glaubtest erst, es gehe um die Holzscheite. Vielleicht hätte es für die Holzscheite weniger gegeben, möglicherweise nur drei oder fünf Jahre. Aber um die ging es nicht.

Erneut standst du vor einem Untersuchungsrichter, es kam dir vor, als würdest du alte Bekannte besuchen. Du wusstest im Voraus, was dich erwartete, stelltest dich auf zermürbende Stunden ein. Draußen war helllichter Tag, durch das vergitterte Fenster hofftest du hin und wieder einen Blick auf den Himmel zu erhaschen, stattdessen blieb dir nur die Sicht auf den schattigen Innenhof. Der Ermittler war wortkarg, das Verhör bestand zunächst aus der Feststellung von Personalien. Ob dein Name Lepanto, Olessia Pawlowna laute? Das konntest du schwer leugnen.

Er schob dir das Protokoll hin. »Unterschreiben Sie!« An das Schriftstück waren die Zeugenaussagen geheftet, die dich überführten. Zu deiner früheren Anklage wegen Spionage gesellte sich der Vorwurf antisowjetischer Propaganda. So eine warst du also. Agitatorin und Sprachrohr des Klassenfeindes.

Du erbatest dir Zeit, das Protokoll nebst Anlagen zu lesen. Aufsässigkeit witternd, wachte der Ermittler plötzlich auf, sah dir zum ersten Mal ins Gesicht, um die Quelle deines Ungehorsams aufzuspüren. Ob du die Zeugen persönlich kanntest?

Du sagtest Ja.

Wozu dann dieses Affentheater von wegen erst Protokoll lesen? Unterschreiben und fertig!

Es tröstete dich, unter den Namen der Zeugen nicht den von Gorolenko zu finden.

Er habe leider schon oft feststellen müssen, sagte der Ermittler, auf einmal redselig geworden, dass solche wie du es schlicht nicht anders haben wollten. Immer wieder säßen Unbelehrbare von deiner Sorte vor ihm, welche die ausgestreckte Hand der Versöhnung zurückwiesen und es vorzögen, in einem bockigen Entwicklungsstillstand zu Lasten der Allgemeinheit zu verharren. Wenn dir vorher deine acht Jahre nicht geholfen hätten, müsse man eben nachlegen. Der Staat sei geduldig.

Zehn Jahre Arbeitsbesserungslager, lautete dein neues Urteil.

Es war dir an jenem Tag, als stünde um dich herum mit einem Mal alles still.

Sie kamen auch in den Kindergarten, um Vika ihrem Alter gemäß in ein Heim zu überführen. Die Kleine wird geschrien, gebissen, gekratzt und nach Mama gerufen haben, bis ihr die Stimme versagte. Erinnern kann sie sich daran nicht. Ebenso wenig wie du, denn du warst nicht dabei.

Dich schickte man in den Wald zum Holzeinschlag. »Für schwere Arbeiten geeignet«, hatte man dir bescheinigt.

Mehrmals wurde dir ein Wiedersehen mit Vika versprochen, man wolle das Kind doch nicht der Mutter entfremden! »Die Familie ist die kleinste Zelle des Staates.« Deine Bedenken seien völlig unbegründet, für Vika werde bestens gesorgt.

Am Ende wusstest du nicht, in welchem Heim deine Tochter untergebracht war, in welcher Himmelsrichtung du nach ihr suchen solltest, falls du je die Gelegenheit dazu bekämst, und ob sie überhaupt noch lebte.

Ungefähr zu dieser Zeit, in einem Zustand »hochgradiger Zerrüttung«, warst du Nina in Taischet wieder begegnet. Man trifft sich immer zweimal im Leben und innerhalb der Zone auch öfter. Inmitten des Gedränges von Ankommenden und Abreisenden, des Gebrülls, des Hundegebells, lauschtest du auf die Schritte deiner Tochter, die nicht kamen. Nina sprach dich an, sagte dir, du dürftest nicht dort sein. Ihr Gesicht verriet dir, was sie dir nicht sagte: dass du kaum noch wiederzuerkennen warst.

Du flüstertest ihr den Grund für deine Anwesenheit und die Nummer deines Lagerpunktes zu, in der Hoffnung, Nina würde damit etwas anzufangen wissen. Du sehntest dich nach einer Vertrauten. Seit du unermüdlich Eingabebriefe um des Aufenthaltsortes deiner Tochter willen schriebst, wollte man dir nicht mehr als flüchtige Bekanntschaften lassen. »Lepanto, Sachen packen«, war für dich ein häufig gehörter Befehl, den du jetzt unbedingt vermeiden wolltest.

Im Holzeinschlag arbeiteten abseits von euch freie Leute, deren Alltag nicht von Morgen- und Abendappellen bestimmt war. Obwohl euch Häftlingen der Kontakt streng verboten war, hattest du jeden von ihnen in Augenschein genommen, ob einer davon verlässlich genug wirkte, um Auskünfte über deine Tochter einzuholen. Doch wie solltest du dich im Nachhinein erkenntlich zeigen? Und womit sie im Vorfeld locken?

»Himmelarschundzwirn, achte auf die Säge, Lepanto!«, brüllte die Brigadierin.

An deinen Handflächen wuchsen schmerzende Schwielen, häufig batest du um Pausen, dein Glück, dass die junge stramme Rosa Arbeit für zwei nicht scheute. Sie glaubte, sie greife einer gebrechlichen Alten unter die Arme, was nur recht und billig sei, solange ihre eigene Kraft noch sprudelte.

Beim Fällen von Baumstämmen ertapptest du dich dabei, beinahe wehmütig an das Sägewerk zurückzudenken. Bei der abendlichen Rückkehr auf das Zonengelände fiel dir eine Kolonne von Neuankömmlingen auf. Nina war nicht darunter. Sie könnte beim nächsten, übernächsten Transport dabei sein, hier ging keiner verloren. Männerlager gab es jede Menge, Frauenlager nur wenige. Du würdest sie früher oder später wiedersehen. Nina hatte es versprochen.

Heute strahlt Ninas Rücken greifbare Nervosität aus. Auch ihm hat die Arbeit zugesetzt. Nach den Ziegelsteinen haben euch die Bäume den Rest gegeben, obwohl Nina ihren Lagerkoffer schon Jahre vor dir packen konnte. Wie mühelos sind Schönheit und Jugend in die Flucht zu schlagen!

Was erhofft sich Nina von dieser Verhandlung? Es scheint dir, als ginge es ihr um den Ausgleich von Verlusten, während du dich weigerst, deinen überhaupt anzuerkennen.

Natürlich bist du mit Befürchtungen und Vorahnungen in diese Sitzung gegangen, sie haben anfänglich weit mehr Raum eingenommen als die Hoffnung. Aber die Hoffnung ist wie ein Hefeteig. Du stülpst ihr einen Deckel über, und sie hebt ihn immer wieder an, lugt verstohlen durch die Spalte. Du zwingst dich, besonnen zu bleiben: Herausschwappen wird sie nicht. Deine Hoffnung ist durchsetzt mit Luft, im Grunde eine hohle Angelegenheit. Und doch martert sie dich. Gaukelt dir vor, da wären irgendwo zwischen Vika und dir unsichtbare Bande gespannt, Nachwirkungen der Nabelschnur.

Die Befürchtungen dagegen haben sich verdichtet. Dornig umrankt von deinen Vorahnungen bilden sie eine Barrikade, die kaum zu stürmen ist.

Es sei denn, denkst du, hoffst du, es sei denn …

Im Sitzungsraum des Vormundschaftsrats geht Viktorias Stimmchen fast unter. Sie murmelt ihre Antwort nur vor sich hin. Doch mag dein Rücken auch kaputt sein, dein Gehör funktioniert einwandfrei.

Viktoria hat sich entschieden. Sie hat sich wie von allen erwartet entschieden.

Du kannst nicht sagen, es käme überraschend. Überhaupt nichts kannst du sagen, denn es fragt dich niemand.

Plötzlich hörst du jemanden scharf die Luft einziehen, außerdem ist da ein Geräusch, als stünde einer hastig auf, um wegzulaufen.

Dieser jemand, das bist du selbst.

VIKTORIA M.,

CHARKOW, 1962

,

Die Vorsitzende des Vormundschaftsrats schaut von der Akte zu mir hoch. »Nun Vika? Hast du über alles nachgedacht?«

Ich habe darüber nachgedacht, dass ich mit Müttern wenig Erfahrung habe. Wie soll ich entscheiden, welche die bessere für mich ist? Rita Lasarewna scheint mir etwas vorsagen zu wollen. Ich verstehe nicht, welche Worte ihr Mund lautlos zu formen versucht. Ehre die, die dich erzogen hat? Oder: Vergiss nicht die, die dich geboren hat?

»Hast du dich entschieden, bei wem du bleiben möchtest, Vika?«

Als ich schweige, setzt sie nach: »Draußen warten noch andere Kinder, die nicht so viel Glück haben wie du.«

Ich halte alles auf. Warum wirft sie nicht einfach eine Münze?

Aus den Augenwinkeln blicke ich zu den beiden Frauen hinüber, die meinetwegen da sind. Ich weiß nicht, worin mein Glück bestehen soll. Säße nur eine dort, hätte ich es leichter.

Was hat die andere bewogen, hierher zu kommen? Sie hätte da bleiben sollen, wo der Wind über die Steppe pfeift und literweise vergorene Stutenmilch getrunken wird. Niemand hat sie gerufen. Jetzt sitzt sie hier und behauptet vor allen Leuten, ich hieße genauso wie sie. Dabei gefällt mir ihr Name gar nicht, ich mag ihn nicht mit ihr teilen.

Nina hält die Hände gefaltet wie alte Frauen beim Amen in der Kirche. Sie will gefasst wirken, wenn das Urteil, oder was auch immer, verkündet wird. Als hätte sie sich auf Schlimmes eingestellt. Was kann einem vor Gericht sonst widerfahren?

Die Vorsitzende hüstelt und beginnt von der Bedeutung eines geregelten Lebenswandels zu schwadronieren. Die Arbeitszeiten der Pflegepersonen müssen einen kindgerechten Alltag ermöglichen. Sie erwähnt lange Abwesenheiten und unregelmäßige Einkünfte, die der Beruf der leiblichen Mutter erschwerend mit sich bringe. Das alles müsse berücksichtigt werden.

Warum sagt sie nicht gleich, dass der Beruf meiner Mutter »ehemaliger Häftling« ist?

Letztes Jahr saß ich mit Maja Filipova im Kino und habe insgeheim auf den Auftritt der Oberin gewartet. Du wirst mich erkennen, Vika, hatte meine Mutter gesagt. Und als sei sie sich dessen nicht sicher, hatte sie hinzugefügt: Achte auf den Auftritt der Oberin. Bis vor uns auf der Leinwand ein runzliges Gesicht unter einer Nonnenhaube auftauchte. Die Haube ging über in einen schwarzen Umhang, der Blick dazwischen war düster wie der eines verwunschenen Raben.

Meinetwegen kann sie Schauspielerin sein oder das Laub in den Höfen zusammenkehren. Mit mir hat das nichts zu tun. Allerdings ist mir aufgefallen, dass Maja Filipova seit diesem Kinobesuch meine Nähe sucht und mich durch ihre dicken Brillengläser anstiert, als wolle sie mich gleich um ein Autogramm bitten.

Ich spüre wieder etwas Bohrendes auf mich gerichtet, es sind die Augen auf dem Thron. Von mir aus hätte die Vorsitzende ruhig weiterreden können. Nun aber soll ich etwas sagen. Alle warten darauf.

Die anderen Augen weichen mir aus. Nina mustert die Rückenlehne vor ihr. Sie gleicht selbst einer Lehne, wankt nie. Will ich sie mit meiner Antwort zum Wanken bringen?

Die andere gleicht einer angeschossenen Wildgans. Kann nicht mehr fliegen, doch für den Jagdhund wäre sie noch viel zu zappelig.

»Vika?«

Ich will es loswerden, bevor es womöglich irgendwo verloren geht. Gedanken können nämlich von jetzt auf gleich verschwinden. Und dann liegt plötzlich eine Entscheidung auf dem Tablett, und keiner hat eine Ahnung, woher sie kommt.

»Ich bleibe bei Nina Petrowna«, sage ich und hoffe, dass mich niemand hört.

Die andere aber hat mich vernommen, wie ich überrascht und innerlich befriedigt feststelle. Für ihr Alter scheinen ihre Ohren gut zu funktionieren. Sie springt auf, gibt einen komischen Laut von sich, läuft zum Ausgang wie auf der Flucht. Saalwächter schließen mit gleichmütigen Gesichtern hinter ihr die Tür.

Die Vorsitzende schlägt die Akte mit meinem Namen zu.

»Ich gratuliere. Eine gute Entscheidung, Vika.«

Woher will sie das wissen? Ich höre ihr nicht länger zu, haste nach draußen, stolpere über die Kante des Teppichs im Gang. Plötzlich habe ich Angst, dass die Frau nicht mehr da ist. Gerade noch war es mir egal, hat mein rechter Mundwinkel herablassend gezuckt, und jetzt will ich unbedingt, dass sie da ist. Was mache ich nur, wenn sie fort ist?

Hinterherlaufen werde ich ihr nicht. Einen Schritt noch, dann kehre ich um.

Sie sitzt auf der Treppe. Vermutlich ist das in öffentlichen Gebäuden verboten, aber sie tut es trotzdem. Ihr gerüschter Rocksaum fließt über die Stufen. Ich stelle mich neben sie, schaue auf sie herab.

»Es tut mir leid«, sage ich ganz leise. Sie sieht mich an, versucht zu lächeln. Der Mund bringt ihre Fältchen in Bewegung, sogar die auf der Stirn fahren in die Höhe. Sie hat wirklich viele für ihr Alter, ihr Gesicht sieht aus wie die Einfahrtschneise eines Bahnhofs.

»Mach dir meinetwegen keine Sorgen, Vika.«

Zum ersten Mal fällt mir auf, dass ihre Augen inmitten der Runzeln schön geblieben sind. Groß und braun wie bei einem Kalb. Und irgendwie traurig. Ich könnte ihr die Hand auf die Schulter legen, sie vielleicht sogar umarmen. Es würde sie gewiss trösten.

Ich wäge Einsatz und Gewinn ab und lasse es bleiben.

»Ich werde Sie besuchen«, sage ich stattdessen. Ihren Namen bekomme ich nicht über die Lippen. Sie nickt. »Darüber würde ich mich sehr freuen, Vika.«

Jemand von der Kommission ruft über den Gang, wir sollen wieder hereinkommen. Es seien noch Papiere zu unterzeichnen, Einwilligungsformulare, die meine Zukunft besiegeln. Sie erhebt sich und sagt, sie wisse, in welch gute Hände sie mich gebe.

Auf meiner Zunge kribbelt es. Widerspruch sammelt sich an der Spitze, doch bevor er ausbrechen kann, schlucke ich ihn hinunter, ohne zu wissen warum.

Nina drückt wortlos meinen Kopf an ihre Brust, darunter höre ich ihr Herz pochen.

Ich will, dass sich nichts ändert. Für Nina und für mich. Was die andere will, ist mir egal. Ich bin ihr böse, obwohl alles so gekommen ist, wie ich es wollte. Warum hat sie sich kein bisschen gewehrt?

Eine hässliche Krähe hat sich auf meiner Schulter niedergelassen und krächzt mir unentwegt ins Ohr: Wie leicht sie dich aufgegeben hat! Wie leicht! Wie leicht!

NINA BELIKOWA,

CHARKOW, 1963

,

Nina steht im Sommer gerne abends am offenen Fenster und schaut hinaus auf die Straße. An vielen Stellen wölbt sich der Asphalt unter dem Druck keimender Samen. Nina weiß, die aufgegossene Schicht ist viel zu dünn, um der Natur standzuhalten. Zu schnell gebaut. Der Untergrund zu nachlässig vorbereitet. Irgendwann wird die Asphaltdecke aufreißen. Es ist wie mit Lehmziegeln, die haben auch nur Bestand, wenn sie mit der erforderlichen Sorgfalt geformt und gebrannt sind, denkt Nina flüchtig.

Andere kümmern sich nicht um die Stolperfallen. Laufen drüber weg, bemerken sie kaum unter dem federnden Schritt der Jugend. Wie die jungen Leute in Grüppchen herumflanieren und lachen. Wie sie einander gefallen wollen. Die Jungs lässig mit einer Zigarette im Mund, die Mädchen mit frisch eingedrehten Locken, geschminkt, parfümiert und in Stöckelschuhen. Viktoria nennt sie verächtlich Grazien. Die Grazien sind wieder unterwegs. Nina hat es aufgegeben, für den Nagellack und den Lippenstift der Tochter Schlange zu stehen. Viktoria will nichts davon wissen.

Im Winter schichtet Nina zwischen die Fensterscheiben mehrere Lagen Watte, um die Ritzen gegen Zugluft abzudichten. Dann streut sie Konfetti auf die Watte und findet das hübsch. Sie sitzt vor dem Fenster und schaut zu, wie die bunten Konfetti-Schnipsel im Laufe des Winters verblassen. Im April, wenn das Papier unansehnlich geworden ist, wirft Nina es weg und verstaut die Watte bis zum nächsten Winter in einem Karton. Jahr für Jahr ärgert sie sich über ausgeblichene Papierstückchen, die hartnäckig in der Watte festhängen.

Olessia hat Nina nie einen Vorwurf wegen Vikas Entscheidung gemacht. Wahrscheinlich wird es ihnen nicht mehr gelingen, zu inniger Freundschaft zurückzufinden, aber sie versuchen nett zueinander zu sein. Sie wollen es Vika nicht unnötig schwer machen. Nur hin und wieder benehmen sie sich wie geschiedene Eltern, die darüber streiten, bei wem das Kind die Ferien verbringen soll.

Wenn Vika bei Olessia ist, begleitet Nina ihre Mutter in die Kirche, um nicht allein zu sein. Dort trifft sie fast nur alte Witwen. Kaum ein junger Mensch verirrt sich dorthin. Oder Nina besucht ihren Bruder. Nach der Jagd fällt mit den Gänsen immer genügend Arbeit an: rupfen, ausnehmen, waschen, kochen, braten, essen. In der warmen Jahreszeit beschäftigt sie sich im brüderlichen Garten, der sonst gänzlich brachläge.

Nina glaubt, Olessia suche Ablenkung im Beruf, gönne sich keine Sekunde Pause, um nicht grübeln zu müssen. Obwohl ihre Rollen mitunter nur aus einem einzigen Satz bestehen, erkennen die Menschen sie auf der Straße wieder. Ihr Gesicht ist unvergesslich. Von den Dreharbeiten schickt sie Briefe aus allen Ecken des Landes und darüber hinaus.

Manchmal wünscht sich Nina, Olessia möge einfach nicht mehr heimkommen, vielleicht würde dann alles einfacher.

OLESSIA LEPANTO,

KIEW, 1963

,

Du hast dich kopfüber in deine Arbeit geflüchtet. Jede Rolle kommt dir wie ein schützendes Dach vor. Sobald du sie ablegen musst, fühlst du dich ausgeliefert.

Du bekniest Nina, sie möge dir deine Tochter schicken, zu einem wichtigen Anlass, deinem Geburtstag. Nina sperrt sich. So ein weiter Weg für so ein junges Mädchen! Wer soll sie unterwegs beschützen? Noch nie sei Viktoria allein verreist. Du spürst Ninas Angst, doch helfen kannst du ihr nicht, willst es auch gar nicht, soll sie allein damit fertig werden.

Dir hatte auch keiner geholfen.

Kinder und Säufer tragen die Wahrheit auf der Zunge, heißt es. Deine Tochter hat gesprochen, und du hast es hingenommen, weil dir nichts anderes übrig blieb. Nun musst du dich damit abfinden. Alles was du sagst, kann gegen dich verwendet werden.

Deine Tochter trifft die Entscheidungen, und du lockst sie mit einem Sortiment an Versprechungen: der leibhaftigen Anwesenheit ihres Lieblingsschauspielers, einem Vorrat ihrer Lieblingspralinen, einem Rundgang durch Kiew, sowie mit allerlei kleinen Geschenken. Du hast dich auf eine längere Belagerung eingestellt, darauf, dass nur steter Tropfen den Stein höhlt, und kannst es kaum glauben, dass Viktoria sofort zusagt. Sie klingt am Telefon düster und abweisend wie immer, jedoch ihr »Ja« ist unmissverständlich. Du stehst mit dem Hörer in der Hand, horchst noch hinein in das Tuten, nachdem Vika längst aufgelegt hat. Sie hat »Ja« gesagt, du hast es deutlich gehört. Deine Finger formen um den Hörer eine triumphal geballte Faust.

Nur kurz denkst du darüber nach, dass Vikas Zusage womöglich nicht auf eigenen Antrieb, sondern auf Ninas Einfluss zurückgeht, und damit letztlich pure Pflichterfüllung ist. Dann schiebst du den Gedanken beiseite, wild entschlossen den Besuch deiner Tochter auszukosten.

Als du sie vom Bahnhof abholst, hält Vika einen Sicherheitsabstand zu dir ein, gibt den griesgrämigen stummen Backfisch, der nichts an sich heranlassen will, weil ihn alles langweilt, am meisten natürlich deine Anwesenheit. Indessen begnügst du dich damit, sie einfach in deiner Nähe zu haben, kannst nicht verhindern, dass dein Gesicht davon blüht wie ein Apfelbaum im April – als säße in jeder Pore eine Knospe.

Du hast das Gefühl, Vika sei weniger stachlig. Als seien die Widerhaken eingefahren. Als möchte sie etwas ausbügeln, irgendwo vermutete Risse kitten. Sie stellt sich unbeholfen an, doch was macht das schon? Sie ist bei dir.

Meine Tochter, sagst du zu jedem, der deine Wohnung betritt, das ist meine Tochter! Unmöglich, das Mädchen nicht zur Kenntnis zu nehmen.

Deine Freunde verfallen in Staunen. So plötzlich bist du an eine Tochter gekommen, und dann gleich an eine, die dir auf den Kopf spucken kann, na das ist ja mal eine Überraschung! Wo hast du denn so eine große Tochter bisher nur verstecken können? Ob du noch weiteren Nachwuchs verheimlichst? Olessia, Olessia!

Du lächelst die Neckereien und Fragen einfach weg, und auch Vika lässt alles über sich ergehen, als hätte sie nie etwas anderes gemacht, als neben dir zu stehen und deine Gäste zu begrüßen.

VIKTORIA M.,

CHARKOW, 1963

,

Sobald ich aus dem Haus gehe, macht sich Nina Sorgen. Sie hat Angst, ich könnte nicht zurückkehren, sie eintauschen gegen die andere.

Sie sagt aus lauter Höflichkeit, es gehöre sich, seine Mutter zu besuchen, aber in Wirklichkeit meint sie: Bitte, Vika, bleib hier, bei mir.

Ich kann ihr nicht erklären, warum es mich plötzlich fortzieht. Weil ich es selbst nicht verstehe. Ich fahre jedenfalls nicht, um der Frau, die sich meine Mutter nennt, eine Freude zu bereiten.

Nur drei Tage, länger werde ich es dort nicht aushalten, verspreche ich Nina. Weil es das ist, was sie hören will. Drei Tage sind eine überschaubare Zeit.

»Deine Mutter wird sich freuen, Vika, wenn du sie an ihrem Geburtstag besuchst.«

Das werden wir ja sehen. Olessia Pawlowna könnte in meiner Nähe wohnen, doch sie zieht die Hauptstadt vor und lässt mich für einen Besuch quer durchs Land fahren.

Ich erkenne sie schon durch das Fenster, noch bevor der Zug hält. Sie ist merkwürdig gekleidet. Bunt wie eine Wahrsagerin auf dem Jahrmarkt, nur die Glöckchen an den Füßen fehlen. Wallekleider in mehreren Lagen sollen wohl über ihre dürre Gestalt hinwegtäuschen. Als sie mir die Hand reicht, sehe ich, dass diese Finger keine Hexe aus dem Knusperhäuschen locken würden, knochig wie sie sind.

Die Leute gucken uns an, wie wir nebeneinanderher laufen. Ich trage eine selbstgenähte Tasche und weiß nicht, worüber ich mit ihr reden soll. Sie auch nicht. »Hattest du eine gute Fahrt, wie geht es Tante Nina«, ist alles, was sie fragt. Gut, sage ich und dann schweigen wir. Und dabei denke ich die alten Sätze: Diese Frau will deine Mutter sein. Kinder von guten Müttern kommen nicht in Heime…

Sie schaut immer traurig aus, wenn sie mit mir zusammen ist. Irgendwann strengt es mich an, deswegen immerzu wütend zu sein. Zeitweise vergesse ich es und erinnere mich erst wieder daran, wenn sie mich etwas fragt. »Geht es gut in der Schule?« oder »Wie heißen deine Freunde?« Ja, ja, sage ich, es geht gut, und meine: Es läuft alles bestens ohne dich.

»Eine hübsche Tasche hast du da. Selbst gemacht?«

»Ja«, antworte ich, »Mama hat mir geholfen. Ich habe schon drei davon verschenkt.« Sage es und vergesse dabei, dass ich auch für sie eine zum Geburtstag genäht habe, nur ist es mehr ein Beutel geworden, denn was will schon eine alte Frau wie sie mit einer Umhängetasche. Nina hat mich überredet. »Wenn du schon zu ihr fährst, dann nicht mit leeren Händen!«

Der Baumwollbeutel liegt verpackt und mit Schleifchen umwickelt in meiner Tasche. Er ist aus blauem Stoff mit grünen Nähten, blaues Garn gab es nicht. Ich habe ihn von außen mit bunten Knöpfen verziert, man kann ihn sogar öffnen und schließen, im Innenfutter gibt es ein Extrafach für Utensilien wie Handspiegel und Puderdose, Gegenstände, die manchen Frauen wichtig sind. Das

Modell ist in meinem Kopf entstanden und das Werk meiner Hände, ein Unikat. Ich würde es am liebsten selbst behalten.

Es ist noch kalt. Der Frühling ist nur auf dem Papier angekommen.

Ich bin zum ersten Mal bei ihr zu Hause. Früher hat sie mich aus tausend vorgeschobenen Gründen nicht zu sich kommen lassen. Nach dem Lager habe ihr niemand Arbeit gegeben. Sie habe in der ersten Zeit ohne Geld und Dach über dem Kopf bei Freunden und Verwandten geschlafen, auch mal auf dem Bahnhof oder im Sommer auf Parkbänken, das wollte sie mir nicht zumuten. Aber jetzt würde alles anders. Jetzt hat sie eine Arbeit, Geld und eine eigene Adresse. Fehle nur noch ich.

Ihre neue Wohnung ist winzig, jedoch mit eigener Küche und kleinem Bad. Nina nennt meine Mutter eine glückliche Nutznießerin der Planerfüllung des hauptstädtischen Wohnungsbauprogramms. Ich glaube, da klingt ein wenig Neid durch.

Sie hat kaum Möbel. Ein eisernes Bettgestell mit durchhängendem Netz, einen Holztisch, zwei Hocker, eine Klappliege für mich. Die hat sie ausgeliehen. Damit ich nicht auf dem Boden schlafen muss. Damit ich es bequem habe, fast so wie zu Hause. Die Fenster sind nicht verhangen. Eine nackte Glühbirne spendet Licht. Es fehlen Regale. Bücher stapeln sich auf dem Dielenboden. Zuoberst liegt die *Göttliche Komödie*. Der Titel kommt mir bekannt vor, den habe ich irgendwo schon mal gehört. Ich schlage das Buch auf, lese kurz darin. So redet doch kein Mensch. Darunter liegen Puschkins *Kleine Tragödien*. Das Gelage während der Pest. Ich blättere, bis Mary ihren

Klagegesang anstimmt, und lege beide Bücher wieder zurück. So viele düstere Sätze.

Über dem Bett hängt statt eines Wandteppichs ein kitschiges Madonnenbildnis mit Kind. Das betrachte sie gerne, sagt die Frau, die sich meine Mutter nennt, weil das Bild sie an mich erinnere.

Ich verdrehe die Augen. Was habe ich mit diesem dicken Heiligenschein-Baby gemein? Was sie auch sagt, alles klingt falsch.

An der gegenüberliegenden Wand klebt ein Filmplakat. Ein Film von Artur Klim. Die Hauptakteure, zwei schöne Menschen, ein Liebespaar, lächeln sich an. Im Hintergrund sind die Nebenfiguren, ihrer Unwichtigkeit entsprechend, verkleinert dargestellt. Ein Gesicht erkenne ich sogar unter der seltsamen Kopfbedeckung. Den dazugehörigen Namen suche ich auf dem Plakat vergeblich.

Die Frau lässt mich nicht aus den Augen. Sie sagt, sie müsse in meiner Nähe sein, um zu glauben, dass ich wirklich da sei. Sie beobachtet mich während des Essens.

Sie ist keine gute Köchin, zum Mittag tischt sie eine dünne versalzene Nudelsuppe auf. Sie selbst vergisst zu essen, weil sie mich unaufhörlich anstarrt. Ich bin doch kein seltenes Tier! Bevor ich ihr das sagen kann, weist sie mich zurecht.

»Du solltest den Löffel anders halten, Vika, das ist nicht vornehm, wie du das machst, wer hat dir das bloß beigebracht?«

Ich halte inne, den Löffel in der Schwebe, Suppe tropft herunter, landet auf dem Tellerrand und spritzt von dort auf meine Bluse.

»Erste Regel: Sitze stets gerade, mach den Rücken nicht krumm!«

Ihr gefällt also auch nicht, wie ich sitze.

»Schon besser, siehst du, jetzt bleiben die Ellbogen da, wo sie hingehören.«

Ich schaue nach, wo meine Ellbogen hingehören.

»Jetzt führe den Löffel zum Mund, nicht den Mund zum Löffel!«

Ich schlürfe so geräuschvoll es geht den Rest der Suppe direkt aus dem Teller. In ihren Augen erkenne ich Mitleid, wahrscheinlich gilt es mir, dem mutterlos aufgewachsenen Kind.

Nach dem Essen bittet mich die Frau, ihr beim Backen zu helfen. Sie stellt Rapsöl, Mehl, Eier und eine Schale mit Rosinen auf den Tisch. Nein, kein Geburtstagskuchen. Den Hefeteig habe sie schon vorher angerührt, der sei fertig. Daraus wollen wir kleine Vogelfiguren formen, Lerchen sollen es werden, die den Frühling ankündigen. Das Öl brauchen wir für das Backblech, das Mehl zum Ausrollen, die Eier zum Bestreichen der fertigen Teilchen. Sie zeigt mir, wie man eine Teigrolle verknotet, aus dem einen Ende wird das Köpfchen, aus dem anderen das Schwänzchen mit zwei Einschnitten. Als Augen drückt sie zwei Rosinen in die weiche Masse. Je mehr der Teig beim Verarbeiten aufgeht, desto runder werden unsere Lerchen. Bald sehen sie aus, als würden sie gleich platzen. In ihrem Inneren werden kleine Zettelchen mit Kalenderweisheiten eingebacken. Das sei so Brauch am Lerchentag im März, erklärt sie. Der Winter solle sich symbolisch an den Teigvögeln satt fressen, in einen tiefen Schlaf fallen und dem Frühling Platz machen. Und weil ich so schön schreibe, dürfe ich die Papierschnipsel für die Lerchenbäuche beschriften. Sie gibt mir eine Pappschachtel mit Blättern aus einem alten Abreißkalender und sagt, ich solle mir die besten Sprüche heraussuchen. Ich fange an zu sortieren. Vieles erscheint mir unpassend. Unter dem Bild einer strahlenden Mutter mit Baby auf dem Arm lese ich: »Das größte Glück einer Frau ist die Mutterschaft«. Ich werfe das Blatt in den Müllsack.

Einen Moment lang denke ich daran, die düsteren Sätze aus dem Pestgelage und Dantes Höllenkreisen in die Lerchenbäuche zu schreiben. »Einst blühte dieses Land in Frieden und Geborgenheit.« Oder: »Durch mich geht man hinein in die Stadt der Trauer.« Ja, das gefiele mir, aber ich traue mich nicht.

An Ninas Geburtstagen kommt allenfalls eine Handvoll Leute. Es gibt Essen und Trinken, Ninas Bruder schwärmt von der Wildgansleberpastete und erzählt Witze, die jeder schon kennt.

Jetzt treffen die ersten Gäste der Anderen ein. Die Tür bleibt angelehnt für die nächsten. Sie nehmen Platz auf dem Bett, den Hockern, der Klappliege oder stehen zwischen Wohnzimmer und Küche oder am Fenster. Manche Gesichter kommen mir bekannt vor. Ich habe sie schon irgendwo gesehen, ich glaube, es war im Kino oder in der Zeitung. Die meisten Ankömmlinge scheinen sich untereinander zu kennen. Sie lachen, umarmen sich, tätscheln einander die Schulter, reden laut. Im allgemeinen Stimmengewirr schnappe ich einzelne Wörter auf. Es geht um Rollen, Drehbücher, Drehorte, Kostüme, Schauspielkollegen und Regisseure. Um schlechte und gute, bekannte und Neulinge, beliebte und um einen Kotzbrocken von Regisseur. Wer was erlebt hat, wem was passiert ist. Einmal wird die sehr junge Geliebte eines Regisseurs erwähnt. Ich weiß, was eine Geliebte ist. Niemand muss mir das erklären, niemand muss nach mir schielen, als sei das Gesagte nicht für meine Ohren bestimmt. Könige, Partisanen, Revolutionäre und Kommissare – sie alle haben eine Geliebte im Film. Damit kenne ich mich aus.

Die Gastgeberin spricht mit allen Besuchern, dabei will sie mich neben sich haben. Keinen Schritt darf ich weichen. Steif wie eine Schaufensterpuppe, die Finger um ein Glas Limonade gepresst, stehe ich an ihrer Seite. Es gibt in der ganzen Wohnung keinen Platz, wo ich mich kurz verstecken könnte.

»Das ist also deine Tochter, Olessia?«

»Schon so ein großes Mädchen!«

»Höflich und wohlgeraten!«

»Was bist du nur für eine Geheimniskrämerin!«

Allerdings findet man mich ein wenig schüchtern. Ich sage die ganze Zeit kaum ein Wort. Diese Menschen sind mir fremd, aber sie kennen die Frau, die meine Mutter sein will. Sie streichen mir ungefragt über den Kopf, wollen wissen, was ich mal werden möchte – vielleicht auch Schauspielerin wie die Mama?

Wenn ich eine Bühne betrete, fange ich an zu zittern. Letztes Jahr habe ich mich für die Theater-AG angemeldet, aber nur wegen Aljoscha. Ich habe keinen Satz fehlerfrei deklamiert. Nach zwei Proben sagte ich, dass ich lieber die Souffleuse sein möchte. Obwohl ich Aljoscha mehrfach aus peinlichen Pausen gerettet habe, wollte er sich weder mit mir treffen noch Liebesbriefe austauschen.

Die Gäste bieten mir Pralinen in schönen bunten Schachteln an. Die gibt es nur in Moskau, denke ich, denn nie zuvor habe ich solche hübschen Verpackungen gesehen. Auf dem Pappdeckel ranken sich rote Rosen um Buchstaben aus goldener Prägeschrift.

Ich trage ein Tablett mit den gebackenen Hefeteigvögeln herum, biete sie jedem mit einem Knicks an, achte dabei auf meine Körperhaltung und drücke den Rücken durch. Ich fühle mich beobachtet, die Mutter folgt mir überallhin mit ihrem Blick, auch wenn sie spricht und dabei laut lacht. Sie wirkt gar nicht mehr traurig, obwohl ich dabei bin. Die Gäste beißen den Lerchen den Kopf oder den Schwanz ab, manche brechen sie zuerst mit der Hand auf, um den von mir eher nachlässig beschriebenen Zettel aus dem Bauch zu ziehen.

Der Regisseur erhebt sein Glas und lässt alle auf »unsere liebe Olessia Pawlowna« anstoßen. Und dann sagt er, dass er auch die Tochter der lieben Olessia Pawlowna nicht vergessen dürfe. Plötzlich sind alle Augen auf mich gerichtet, ich blicke in einen Gläserwald.

Als ich wieder im Zug nach Charkow sitze, und die Frau, die sich meine Mutter nennt, draußen vor dem Fenster ihre Hand zum Abschied hebt, schaue ich weg. Soll sie so lange stehen und winken, bis ihr dieses grelle Tuch, das mich mit seinen rotgoldenen Blüten an eine Konfektschachtel erinnert, von den Schultern rutscht und in den Bahnhofsdreck fällt.

Sie hat mich getadelt, für Wörter, die ich benutze.

»Sprich ordentlich, Vika, ich will keine Gossensprache aus deinem Mund hören!«

Diese Frau macht mich noch komplett sprachlos.

»Ich bin sicher, du verstehst, was ich meine, oder, Viktoria? Solches Rotwelsch gehört nicht in den Wortschatz eines halben Kindes!«

Madame ist verärgert, sie nennt mich Viktoria, sonst bin ich Vika. Ich möchte ihr sagen, dass unser Wortschatz nicht deckungsgleich ist, es nie war und es nie sein wird, aber dann schweige ich doch feige.

Nina stört sich an meiner Sprache nicht. Sie kauft mir zum ersten Mal ein Kleid in der Damenabteilung. Es gefällt ihr wegen der fröhlichen Musterung. Jeweils zwei rote Kirschen am Stiel schmücken sich mit zwei grünen Blättchen auf weißem Grund. Das Kleid ist tailliert, endet zwei Fingerbreit unter den Knien – das war ihr wichtig – und hat einen runden kragenlosen Ausschnitt. Ein roter Lackgürtel ist mit Schlaufen fixiert. Den findet Nina besonders schick.

Maja Filipova sagt, ich sehe damit wie eine wandelnde Tischdecke aus. Ich hätte ihr dafür die Brille von der Nase schlagen können. Trotzdem trage ich das Kleid einen Sommer lang, Nina sagt, es gibt nichts Traurigeres als neue Kleider, die jahrelang ungetragen im Schrank hängen.

Maja Filipova besucht nach der Heimschließung weiterhin meine Schule, deshalb sind wir so etwas wie Freundinnen geblieben. Maja zieht es an lauen Sommerabenden in die Stadt, auf die Flaniermeile der Verliebten. Ich gehe unwillig mit, in meinem Kirschenkleid aus der Damenabteilung und mit Schuhen, die mich fünf Zentimeter größer machen. Ich hätte sie nicht nötig, denn ich bin auch ohne Absätze schon 1,75 Meter groß, und das sei mehr, als einer Frau zu Gesicht stünde, jammert Nina. Wenn sie an mir hochschaut, wackelt sie besorgt mit dem Kopf.

»Eieiei, wie schnell du gewachsen bist, Vika!«, sagt sie, es klingt jedes Mal wie ein Vorwurf. Oder sie sagt: »Wo willst du nur hin, Vika, vielleicht die Wolken melken?«

Ist sie heiterer Stimmung, dann fragt sie: »Vika, hast du heimlich Hefe gegessen?«

Ich wollte sie nie enttäuschen, aber gegen das Wachstum bin ich machtlos. Nina sagt, in meinem Alter könne man sogar hören, wie sich die Knochenzellen im Schlaf teilen, das mache sich mit einem leisen Knistern bemerkbar, und wenn man am nächsten Morgen aufsteht, sei man schon einen Zentimeter größer. Manchmal stelle sie sich nachts neben mein Bett und lausche, wie ich wachse.

Mit einem Eis in der Hand machen Maja und ich unsere erste Runde. Wenn uns jemand anspricht, kichert Maja verlegen, während ich stumm bleibe. Ich bin ja nur Maja zuliebe dabei. Es ist mein roter Lackgürtel, der ungewollt die Blicke anzieht, das nächste Mal werde ich ihn vorher ablegen.

»Schau mal, wie die da mit dem Arsch wackelt!«, bemerkt Maja, in einem Ton, in dem sich Neid und Kritik die Waage halten. Ich folge der Richtung ihres Zeigefingers. Die Figur und der Gang kommen mir bekannt vor. An den strohblonden Haaren erkenne ich Tatjana-Tamara. Sie geht am Arm eines jungen Mannes, der Majas Aufmerksamkeit bereits von hinten fesselt.

»Der wird dich nie im Leben angucken«, sage ich.

»Das ist doch komplett egal«, faucht Maja zurück, »er kann mir doch trotzdem gefallen! Ich finde ihn fesch!«

»Hallo Tatjana!«, rufe ich. Sie dreht sich um, fixiert mich mit ihren stark geschminkten Katzenaugen. Wohin sie auch ginge, nie würde sie allein dastehen, das wissen wir beide, Maja Filipova und ich, sofort.

»Hey du … wer bist du gleich? Hab deinen Namen vergessen.«

»Vika«, helfe ich nach.

»Ja, richtig, Vika. Lange nicht gesehen. Wie geht's euch so?«

»Uns geht's gut. Wir wohnen jetzt zu Hause. Aus unserem Heim ist ein Kindergarten geworden, aber das hast du ja bestimmt mitbekommen. Und was machst du?«

»Ich hab ein Zimmer im Studentenwohnheim. Das ist mein Freund Daniil. Wir wollen bald heiraten.«

Maja fallen fast die Gläser aus der Brille. Ich glaube, er ist wirklich fesch, einer zum Festhalten. Mit dem zu tanzen, muss sich gut anfühlen.

»Was habt ihr heute noch vor?«, frage ich, den Blick fest auf Daniil gerichtet.

Maja tritt mir gegen den Fuß.

»Mal schauen, was der Abend so bringt ...«

Ich glaube, Tatjana will tunlichst vermeiden, dass zwei Rotznasen wie wir sich einem schmucken Paar wie ihnen an die Fersen heften.

Jetzt könnten wir uns gegenseitig eine schöne Zeit wünschen und wieder auseinandergehen, wäre da nicht plötzlich eine Idee in meinem Kopf aufgetaucht. Sie hat mich aus dem Hinterhalt angesprungen und mich leicht ins Wanken gebracht. Ohne dass ich ihr vorher auf den Zahn hätte fühlen können, hüpft sie mir von jetzt auf gleich ungeprüft ins Freie.

»Falls ihr noch nichts vorhabt«, sage ich und genieße dabei jedes Wort, »geht doch ins Kino, da kommt ein Film mit meiner Mutter!«

Tatjana-Tamara zieht eine ihrer sorgfältig geformten Augenbrauen hoch. Obwohl sie sich wirklich Mühe gibt, gelingt es ihr nicht, ihre Neugier zu kaschieren.

»Hast du gesagt, mit deiner Mutter? Ein Film im Kino?«

Ich nicke triumphierend. Selbst zwanzig Minuten später, als Tatjana und Daniil längst außer Sicht sind, spüre ich keine Reue, meine Schritte federn wie straff gespannte Gummilitze. Maja Filipova kommt mir kaum hinterher.

NINA BELIKOWA,

CHARKOW, 1964

Gelegentlich denkt Nina Sätze, die ihr unrecht erscheinen. Dass ihr beim Anblick des Kindes nichts anderes einfällt als: Dies ist meine liebe Tochter, an der ich Wohlgefallen finde. Man würde sie für verrückt erklären, wenn jemand von diesen Gedanken erführe.

Nina hört jeden Morgen Radio und Viktorias Schuhe auf den Treppenstufen klackern, bis die Haustür ins Schloss fällt. Von oben sieht sie ihr Mädchen das Haus verlassen. Sie schaut ihr so lange nach, bis Vika an der nächsten Kreuzung nach rechts zur Schule abbiegt.

Vika interessiert sich für Technik. Statt später als Stewardess Lutschbonbons an Passagiere zu verteilen, will sie inzwischen lieber Triebwerke bauen.

Nina erzählt überall, der Fortschritt der Technik liege demnächst in Vikas Händen, und Vikas Verstand werde seinen Beitrag leisten, um die Menschheit voranzubringen. Ihr Bruder brummt etwas von »Jungschwan« und »Vollmauser«. Es klingt liebevoll.

Olessia schickt Vika regelmäßig Briefe, und Nina hegt eine leise Hoffnung, dass sie ungelesen in die Kommode wandern. Nina vermisst häufig Nadeln, Nähgarn oder kleine Löffel. Vika weiß nie etwas über den Verbleib dieser Dinge, aber Nina findet sie immer in ihrem Zimmer.

Als Nina das Foto entdeckt, sucht sie gerade nach der Schere. Es steht auf Vikas Schreibtisch, angelehnt an einen Bücherstapel, sodass Vika es ständig vor Augen hat, wenn sie von ihren Schularbeiten aufschaut. Nina geht näher an die Aufnahme heran. Sie sieht eine Handvoll Menschen auf einer Sommerwiese sitzen. Eine lebenshungrige Truppe auf einem Ausflug in die Natur, in der Mitte Olessia in Sphinxpose. Olessia trägt ein auffälliges Kleid mit Blumenmuster, um das Haar hat sie ein Kopftuch geschlungen und die Enden elegant im Nacken verknotet, sie blickt gedankenverloren in die Ferne und lächelt. Alle anderen sind Randfiguren.

Als Nina nach wenigen Schritten wieder zurück in der Küche ist, fühlt sie sich, als sei sie kilometerweit gelaufen, und wozu sie die Schere brauchte, weiß sie auch nicht mehr.

Nina weiß, dass sie eine vernünftige Tochter hat. Es gab noch keinen Tag, an dem sie umsonst auf Vikas Schritte gelauscht hätte, denn Vika ist immer pünktlich. Trotzdem steht Nina jedes Mal mit leichter Unruhe am Fenster und hält Ausschau nach dem lockigen Haarschopf im Sommer und nach der Bommelmütze im Winter.

Manchmal denkt sie, das hört nie auf. Soll es auch nicht.

OLESSIA LEPANTO,

AUF REISEN, 1964

,

Gestern bist du nach Drehschluss in der fremden Stadt spazieren gegangen. Es war einer dieser lauen Abende, an dem sich Geräusche und Gerüche leicht verbreiten, weil nicht das leiseste Lüftchen weht. Ein zarter Rosenduft aus einem der zahlreichen Gärten lockte dich an. Im Schutz der Dunkelheit wolltest du durch die Zaunlatten greifen, um ein, zwei Blumen abzubrechen. Du warst allein unterwegs, niemand hielt dich von dieser Torheit ab.

Sofort kläffte ein Hund, der Hausherr folgte ihm auf dem Fuße mit Beschimpfungen. Einbrecher! Halunken! Kriminelles Pack! Vor nichts schrecken sie heutzutage zurück!

Du bliebst auf deinem erzwungenen Rückzug mit dem Uhrenarmband zwischen zwei hohen Zaunlatten hängen und wusstest dir nicht anders zu helfen, als dem wütenden Mann zu schmeicheln, du habest ohne jede böse Absicht nur an seinen wunderschönen Rosen gerochen, deren Duft nach Sonnenuntergang besonders intensiv sei. Du klangst wie eine reuige Schülerin, diese Tonlage gelingt dir immer mühelos.

Der Hausbesitzer musste sehr schwache Augen haben, denn deine Stimme genügte, um ihn gnädiger zu stimmen. Nun erahnte er auf der anderen Seite auch deinen Umriss. Etwas luftig-weißes, schmales und eindeutig Weibliches lockte im Dunkeln.

Der Hausherr änderte den Ton und die Taktik. Er sei Tadschike, sein Herz groß, sein Haus auch, du könntest als seine siebte Ehefrau bei ihm wohnen. Dein Wort könnte einen glücklichen Mann noch glücklicher machen, alles liege in deiner Hand.

Du hattest schon lange keinen Heiratsantrag bekommen, im Hotel wartete niemand auf dich. Du beschlossest, das Spiel noch eine Weile fortzusetzen, es machte dir unerwartet Freude. Warum nicht die erste?, fragtest du, wer will schon die siebte sein.

Der Hausherr wand sich ein wenig. Nun, jede habe ihren Platz, und die ersten sechs seien bedauerlicherweise schon belegt. Du würdest jedoch keiner etwas wegnehmen, beruhigte er dich. Der häusliche Frieden sei nicht gefährdet, ob nun eine Frau mehr oder weniger in der Hütte lebe, solange der Mann das letzte Wort habe ... So halte er es, und damit sei er immer gut gefahren.

Was für ein Spaßvogel, dachtest du, und maltest dir aus, wie morgen alle über dein kleines Abenteuer lachen würden.

Was denn deine Aufgabe als seine siebte Ehefrau wäre, fragtest du den Mann, du wollest dich schließlich nicht langweilen. Ach, da habe er einige schöne Ideen für dich, erwiderte dein neuer Verehrer, nicht den kleinsten Finger müsstest du dir schmutzig machen, dafür gebe es schließlich die anderen. Wie wäre es mit ein wenig Trällern im Duett mit den Vögelchen? Er liebe nämlich Musik, Gesang und alles Harmonische, seine übrigen Ehefrauen glänzten leider nicht auf diesem Gebiet. Außerdem könntest du von früh bis spät wie ein Schmetterling seine Rosen umflattern, sie mit dem Schlag deiner Flügelchen bestäuben, dich an ihrem Duft berauschen ... Du sähest, er biete dir ein leichtes Leben. Dein Gesprächspartner tänzelte ein wenig auf der Stelle und tat, als würde er einen Rocksaum heben. Sein Hund wedelte heftig mit dem Schwanz, entzückt über den Schabernack des Herrchens.

Endlich befreitest du dein Handgelenk aus der Holzumklammerung, das Laternenlicht fiel auf dein Gesicht.

Da begann der Tadschike erneut von Dieben und Betrug zu schreien. Der Hund tat es ihm nach und bellte die gesamte Straße wach. Erst als du an der dritten Kreuzung verschnauftest, wurde es wieder still.

Zurück im Hotel nahmst du deine Uhr in Augenschein. Der Glasdeckel war leicht zerkratzt, ob seit heute oder schon länger, konntest du nicht mit Sicherheit sagen. Am Ärmel deiner Strickjacke aus feinem Garn waren einige Fäden gezogen, bedauerlich, jedoch kein Schaden, der nicht leicht zu beheben wäre. Du glättetest das Gewebe so gut es ging, zogst die Maschen mit einer Häkelnadel nach innen und verknotetest sie dort.

Dann riefst du Viktoria an, die nicht ans Telefon ging, wähltest die Nummer einer Journalistin, der du vor Monaten ein Interview versprochen hattest, weil dir das junge Ding so vollkommen arglos erschienen war. Niemand nahm ab, dabei mussten sie doch zu Hause sein um zwei Uhr nachts.

Du hast dich mit Viktoria am Meer verabredet. Nina hat ihr erlaubt, den Sommer mit dir zu verbringen. Du musst um Erlaubnis fragen, wenn du deine Tochter sehen willst, und du hast sie bekommen.

Dieses Mal erübrigt sich die Quartiersuche. Als Nachfahrin eines Volksdichters stellt dir der Schriftstellerverband einen Platz im verbandseigenen Erholungsheim zur

Verfügung. Es ist das ehemalige Haus Woloschins, in dem du dir mit Vika ein Zimmer teilst. Du bist von der Zusage überrascht gewesen. Handelt es sich um den Versuch einer Wiedergutmachung, oder schlicht um ein Versehen?

Ihr verbringt lange faule Stunden auf der schattigen Terrasse des Anwesens. Urlauber kommen und gehen, mit dem einen oder anderen verweilst du im Gespräch, und vergisst dabei nie, deine Tochter ebenfalls als Nachfahrin des Dichters vorzustellen. Sie soll wissen, dass ihr beide das Anrecht habt, hier zu sein. Der dichtende Vorfahr ist über die Jahrhunderte zum Klassiker geworden, seine Verse haben Eingang in die Schullektüre gefunden. Demnach liegt Vika die Poesie gewissermaßen im Blut, vielfach verdünnt zwar, aber unbestritten.

Eine Gruppe jüngerer Autoren ruft zum Mitternachtsbaden auf, kaum einer will sich ihnen anschließen. Alsbald kehren sie mit tropfnassem Haar und Gänsehaut zum Lagerfeuer zurück, an dem sich Vika wärmt. Sie lauscht den Stimmen der Hausgäste, die aus eigenen Texten und Versen lesen, eine alte Tradition hier – wie die Kartoffeln, die immer noch aus der Glut gefischt werden, wenn die Schalen kohlrabenschwarz sind.

Tagsüber liegt ihr am Strand auf Handtüchern, die eure Haut vor dem erhitzten Kiesstrand schützen. Wenn Viktorias nackte Fußsohle versehentlich auf die heißen Steine trifft, zuckt ihr ganzes Bein zurück. Ihre Riemchensandalen hat sie achtlos irgendwohin geworfen, sie nützen ihr nichts, weil sie zu ungeduldig ist, die Schnallen zu schließen. Im Ferienquartier schneidet sie die Fersenriemchen kurzentschlossen ab. Sie macht dieselbe Art Schlappen daraus, wie du sie einundvierzig getragen hast.

Ein Ausflug entlang der Küste führt euch in das Haus der Malerin, deiner alten Bekannten. Sie malt Vika in der Hängematte, Vika unter einem Weinstock sitzend, Vika mit einer Blume in der Hand. Die Nachbarn glauben, sie habe eine Großmutter mit Enkelin als Kundschaft.

Abends, wenn Hitze und Trägheit abnehmen, schlendert ihr durch die Stadt. Du zeigst Viktoria das alte Haus. Du nennst es das alte Haus, obwohl nur noch das Fundament übrig ist. Während des Krieges wurden die Mauern Stein für Stein abgetragen, um dem Bau einer Munitionsfabrik zu dienen.

Du fragst dich, welches Leben deine Tochter heute führen würde, wäre sie hier aufgewachsen. Du weißt, solche Gedanken sind müßig. Sie schleichen sich ein als kleine Tagträumerei, sind gut für einen Rückzug aus dem Alltag, bittersüß und harmlos.

Viktorias Schuhsohlen klackern im Straßenstaub. Du trittst mit dem Absatz auf ein Steinchen, dein rechter Fuß knickt um. Du bleibst stehen, reibst den schmerzenden Knöchel und siehst dir aus einiger Entfernung die kleine Pension an, die sich vollmundig Hotel nennt und auf dem Fundament des zerstörten Sommersitzes deiner Familie erbaut wurde. Du kennst die Wirtin, sie ist redselig und führt ihre Gäste gerne in den Weinkeller, den einzigen original erhaltenen Gebäudeteil, wie sie betont. Sie habe lediglich über dem Eingang die Tafel mit der antik verschnörkelten Inschrift anbringen lassen.

Ein hübscher Reim, ob er von Puschkin sei, hast du gefragt. Nicht ausgeschlossen, war die Antwort der Wirtin, von einem Zwinkern begleitet.

Aus der Nähe stellt sich heraus, dass der Keller heute bis auf wenige Meter zugeschüttet ist, dass es eigentlich nichts zu sehen gibt, aber sie wird nicht müde, zu erzählen, welche Weine dort über die Jahrhunderte eingelagert waren, alle aus hiesigen Rebsorten, die sie umgehend unter Zuhilfenahme ihrer Finger aufzählt. Einige davon baue sie selbst noch im Innenhof an, für den Eigenbedarf und besondere Gäste, auch solche wie euch, die im Schatten um einen wurmstichigen Holztisch sitzen und sich den guten Krim-Wein schmecken lassen. Den Muskateller, das Gold von Sugdeja und den Genueser. Du hast sie alle gekostet, hast Viktoria daran riechen lassen, und jede Sorte ausgiebig gelobt. Du glaubst, die Wirtin mag dich. Sie hält dich für eine bedeutende Persönlichkeit.

Weiter hinten auf dem Grundstück dient die ehemalige Familiengruft als Lagerhaus.

Du schaust über die akkurat geschnittene Hecke auf die Fassade des Hotels. Es ist viel kleiner als das ursprüngliche Gebäude. Da, wo jetzt ein Rosengarten verkümmert, stand früher die Bibliothek. Vor Jahren hast du für Viktoria nach dem Gedächtnis einen Grundriss des Hauses gezeichnet. Eine Spielerei, ohne jeden Anspruch auf Richtigkeit. Du bewahrst die Zeichnung zusammen mit den Schreiben des Liegenschaftsamtes und einigen persönlichen Briefen in einer Mappe auf. Es ist der Grundstock deines Nachlasses. Du bist dir sicher, er wird noch wachsen.

Viktoria äußert den Wunsch, für deine Mappe Zeitschriften zusammenzutragen, die sich mit dem historischen Erbe der Krim beschäftigen. In ihren Worten schwingt eine Ernsthaftigkeit mit, die dich überrumpelt, weil du nicht im Geringsten mit ihr gerechnet hast. Dich überflutet eine Welle aus Glückseligkeit. Vika erlaubt dir deine Vergangenheit!

Deine Tochter hat lange aprikosenfarbene Beine. Du freust dich über deren Anblick und kämpfst bei allem Frohlocken gegen die Versuchung an, das Mädchen auf der Stelle zu umarmen. Du fürchtest, sie würde sich losreißen und dir davonlaufen.

Du erzählst Viktoria von den nachgedunkelten Ahnenporträts, die in der fensterlosen Galerie noch düsterer wirkten. Bei den Namen der Personen musst du passen. Als du Kind warst, fehlte die Zeit, sich solche Details einzuprägen. Gut erinnerst du dich an ein Bildnis deiner englischen Großmutter. Auf dem Porträt blickte sie ein wenig streng, ihre Sommersprossen hatte der Maler geflissentlich übersehen.

Eine beträchtliche Mitgift soll sie von der Insel mitgebracht haben und für ihren guten Geschmack gerühmt worden sein. Eine alte Ausgabe der *Krim Essays*, die du in einer Universitätsbibliothek aufgespürt hast, beschreibt die Inneneinrichtung des Hauses im Jahr 1913 und berichtet von einer Vielzahl aus ganz Europa importierter Möbel. Die Aufzählung beinhaltet einen riesigen Bronzelüster, einen geschnitzten Stuhl mit hoher Lehne, fast ein Thron, der einmal sogar das Gesäß Alexanders I. getragen haben soll, massive Holzschränke aus dem 18. Jahrhundert, Letztere mit Wurzelholzintarsien, sicher sehr teuer. Die Einrichtungsgegenstände müssen lange unterwegs gewesen sein, um auf die Krim zu gelangen. Weder Fotos noch Zeichnungen sind davon erhalten geblieben.

Ein Reiseschriftsteller fand die Vitrinen im Speisezimmer mit englischem Porzellan bestückt, durchscheinenden Tässchen mit Rosenmuster aus der Wedgwood Manufaktur. In den Wäscheschränken stapelten sich Leintücher mit Familienwappen. In allen Räumen hingen barock umrahmte Landschaftsmalereien an den Wänden, Cornwall und Wales in Öl. Der Autor erwähnt, dass in der Bibliothek die ledergebundenen Bände nach Sprachen sortiert gestanden hätten, englische, französische und russische Klassiker getrennt von den Zeitgenossen.

Viktoria saugt deine Geschichten von kauzigen, liebevollen, verarmten Tanten, englischen Großmüttern, verloren gegangenen Onkeln, Brüdern und dichtenden Urgroßvätern auf wie ein Schwamm. Während du sprichst, tut sie ungerührt, als gehe sie das alles nichts an. Verstummst du aber, dauert es nicht lange, bis sie fragt: und weiter? Du hast eine Brücke zu ihr gebaut, ein zartes Gebilde noch, doch du hoffst, mit der Zeit und vielen Geschichten die Tragfähigkeit zu verbessern.

Verschwiegen bist du nur, wenn Vika nach ihrem Vater fragt. Da schließen sich deine Lippen, klappen zusammen wie die Hälften einer Muschel, und es folgt Stille wie auf dem Meeresgrund. Viktoria lauert auf den kleinsten Hinweis, irgendeinen heimlichen Wink, eine Mitteilung in Zeichensprache. Sein Name? Wer war er? Woher kam er?

Du vertröstest auf später. Ja, später, dann, wenn, irgendwann …

Wie könntest du ihr erklären, dass du selbst kaum etwas über ihren Vater weißt? Dass ihr ein paar Blicke gewechselt habt, das Kennenlernen nur aus wenigen Sätzen bestand. Bei euren seltenen Treffen war für Gespräche keine Zeit. Die Angst vor Entdeckung erzog zur Vorsicht, Stummheit und Behändigkeit.

Weil der Mann häufig mit Reparaturen betraut war, besaß er einen Schlüssel zu einem winzigen fensterlosen Verschlag, in dem ihr zu zweit nur eng aneinandergeschmiegt stehen konntet. Dort lagerte Werkzeug, es roch nach ranzigem Motorenöl, Metallspäne bohrten sich durch die Kleidung in die Haut. Bei jeder Bewegung bestand die Gefahr, im Dunkeln in ein Sägeblatt zu greifen, oder, Gott bewahre, etwas umzuwerfen. Die Berührungen waren daher hastig und achtsam zugleich, beider Lippen darauf bedacht, keinen Laut entweichen zu lassen. Du erinnerst dich an das Kratzen der Bartstoppeln. An die Form seiner Augenbrauen, die du mit dem Finger nachgezeichnet hast, um die widerspenstigen glänzenden Borstenhärchen zu glätten. An die Furchen auf seiner Stirn.

Es war zu kurz, zu schnell vorüber, um sich mehr einzuprägen. Du schaust deine Hände an, bemühst dich heraufzubeschwören, was sie damals empfunden haben, als sie über seine Haare strichen. Zumindest bist du dir sicher, dass sein Schopf dunkel war mit einem eigensinnigen Wirbel am Ansatz.

Irgendwann hatte es geheißen, der Mann sei bei einem Fluchtversuch erschossen worden. Als er fiel, sollen seine Füße Richtung Zone und sein Kopf Richtung Zaun gezeigt haben.

Dein Vater, sagst du zu Viktoria, war kein Feigling.

Vika liest dir aus dem Reiseführer vor. Wohlhabende Familien hätten in dem Ort zur Zarenzeit ihre Sommervillen gebaut, die betuchteren am Strand, die bescheideneren im Tal. Es verwundere daher nicht, dass Lenin ebenfalls Gefallen an dem Landstrich gefunden und das Örtchen aufgrund seiner malerischen Lage zu einem Erholungsort für die Arbeiter und Bauern des Landes bestimmt habe. So unterschrieb er 1920 ein Dekret über die Nutzbarmachung der Krim zum Zwecke medizinischer Therapien für die Werktätigen der Sowjetunion und setzte einen Verwaltungsleiter für die künftigen Heilstätten der gesamten Halbinsel ein. Dieser Funktionär besichtigte im Sommer darauf sein neues Hoheitsgebiet mit einer waffenstarrenden Eskorte, um sich ein Bild von der Lage zu machen. Sein Fahrzeug zeigte sich mit Maschinengewehren gespickt dem Volke. Derlei martialische Ausstaffierung war den unsicheren Zeiten geschuldet, die Feinde der Sowjetmacht seien damals noch zahlreich gewesen.

Gerade habt ihr euch auf einer Bank niedergelassen, weil Viktorias Füße brennen, als aus dem Nachbarhaus ein älterer Mann heraustritt. Er ist so etwas wie dein alter Bekannter.

»Na, junge Frau, hat es Sie wieder mal in unsere Gefilde verschlagen?«, begrüßt er dich. »Dieses Mal nicht allein?«

»Ein paar Tage Ferien mit meiner Tochter«, sagst du. Du hoffst, dass er genauer hinsieht, dass er laut eine Ähnlichkeit feststellt, dass er sagt, die junge Dame sei dir wie aus dem Gesicht geschnitten.

Der Mann macht eine Bemerkung über das Wetter.

»Schwalben tief im Fluge – Gewitter kommt zum Zuge. Fliegen die Schwalben in den Höh'n, kommt ein Wetter, das ist schön.«

Nicht zum ersten Mal fragst du ihn beiläufig, ob er die Familie Lepanto kenne, die vor dem Krieg in einem Haus umgeben von Weinbergen gewohnt habe. Euer Dialog ist wie ein Spiel. Ihr tut, als könntet ihr euch an die vorangegangenen Gespräche nicht erinnern.

Ein Haus umgeben von Weinbergen? Er lacht. Davon gebe es hier viele. Gehe es ein bisschen genauer?

Großgrundbesitzer? Nach den Grenzen der Ländereien brauche er wohl nicht zu fragen, wer wisse das heute noch. Die Sommerresidenzen der alten Herren hätten die neuen flugs unter sich aufgeteilt, die Weinberge habe man über Nacht in eine Kolchose eingegliedert. Wein und Sekt aus dem Ort seien weltbekannt. Er schenke seiner Frau seit vielen Jahren zum Geburtstag eine Flasche Fürst Golizyn. Einmal hätten sie es mit echtem französischen Champagner versucht, aber nein, das war nichts. Keine Konkurrenz für Fürst Golizyn. Von Bordeaux wolle er gar nicht reden. Scheußliches Zeug, das nach Essig schmecke.

Nein, mit dem Haus der Familie Lepanto könne er nicht dienen. Aber ein Sanatorium empfehle er gerne, je nach Beschwerden. Bewegungsapparat, Verdauung oder, er wolle ja nicht indiskret sein, was Frauenmäßiges?

Viktoria kichert. Ein drolliger Alter, so ähnlich wie du, muss sie wohl denken. Du nickst unbestimmt, sagst etwas von Erschöpfung. Zu viel Arbeit. Stellst es dir schön vor, in einem Kurpark zu sitzen, Gedichte zu lesen und Viktoria bei dir zu haben.

Nicht zu vergessen sei die Festung der Genueser, mahnt euer Gegenüber mit erhobenem Zeigefinger, die müsse man einfach gesehen haben! Die Stadt wachse, die Touristen kämen, viel sei passiert in den letzten Jahren.

Je länger er redet, desto größer ist dein Verdacht: Der Mann ist ein Zugezogener. Woher soll er wissen, wie viel an den Geschichten der Wirtin mit dem verschütteten Weinkeller echt ist?

In den örtlichen Archiven hattest du vor Jahren Einsicht in Papiere erhalten, die den Abriss des Anwesens bestätigten. Das Inventar gelte als verschollen, die Villa wurde mehrfach geplündert. Nach dem Krieg soll noch eine geschnitzte Truhe in einem kleinen Heimatmuseum erhalten geblieben sein, vielleicht aus dem Nachlass deiner englischen Großmutter. In irgendeinem Register war sogar ihr Name zu lesen, Elizabeth Abbott, verheiratete Jelisaweta Lepanto, konvertiert zum Glauben ihres russisch-orthodoxen Gatten. Deine Mutter hatte einmal fallenlassen, die Schwiegermutter habe mit den englischen Möbeln im Krimschen Klima ein gutes Leben geführt.

Viktoria schaut dich an, als sähe sie eine Märchenerzählerin vor sich.

Bist du eine? Schließlich ist nichts davon übrig geblieben, was deine Worte bestätigen könnte. Nicht der kleinste Beweis. Den Springbrunnen im Garten, den ein Schriftzug mit dem Wappenspruch der Lepantos zierte, hattest du nicht wiedergefunden. Die Wirtin sagt, der sei wohl längst zugeschüttet und von der Grasnarbe zugedeckt. Aber sie habe von den liegenden Marmorlöwen gehört, die zu zweit den Eingang zur Terrasse bewacht haben sollen. Einen Marmorlöwen zu verschleppen, dürfe nicht einfach gewesen sein, aber so sei es nun einmal zugegangen während des Bürgerkriegs. Die Wirtin zeigt euch ihr Hochzeitsbild in Schwarzweiß, auf dem von ihr und ihrem Mann nur der Oberkörper zu sehen ist, wegen der Gummistiefel, die nicht zum Hochzeitskleid passten. Es ist eins von den Millionen Kriegshochzeitsfotos, die wegen der Schuhe unterhalb der Brust enden, um wenigstens eine Illusion von Feierlichkeit zu erlauben.

Nina tobt, als ihr nach den vereinbarten vier Wochen nicht zurück seid. Du schickst ihr zur Besänftigung ein Telegramm: »Keine Sorge, alles gut, machen Abstecher nach Leningrad.« Im Flugzeug schläft Viktoria schnell ein. Ihr Kopf sinkt gegen deine Schulter, du hast Angst, dich zu bewegen.

Du zeigst Viktoria das Stadthaus in Leningrad, das Heim deiner ersten Jahre. Durch die Fassadenfenster schaut man noch heute auf das wie eh und je trübe Wasser des Kanals. Wenn man aus dem Treppenhaus auf die Straße hinaustritt und am Flussufer nach rechts geht, kommt man nach wenigen Schritten zum Reiterstandbild des Ehernen Peter, dahinter erhebt sich der Gebäudekomplex der Admiralität, die vergoldete Kuppel der Isaakskathedrale folgt um die Ecke. Diese Wege bist auch du mit deiner Mutter gelaufen.

Ihr steht lange vor der Eingangstür. Vermutlich werdet ihr schon von den Mietern beobachtet, die sich belästigt fühlen. Viktoria ist unruhig.

Wenn jemand herauskommt oder hineingeht, schlägt euch ein muffiger Geruch entgegen. Es ist kein besonderer Geruch, so ähnlich riecht es in allen alten Treppenhäusern, um die sich seit Jahrzehnten keiner mehr kümmert.

Vika sagt, sie wolle auf keinen Fall reingehen. Diese Adresse habe nichts mit ihr zu tun.

Mit dir hat sie zu tun. 1917 hast du diese Wände zuletzt von innen gesehen. Du schreitest in Gedanken durch den Salon mit schweren roten Samtvorhängen an den Fenstern. Oder sind sie blau gewesen? Gemustert, gestreift?

Das Dessin des Morgenmantels, den deine Mutter trug, ist dir ebenso entfallen. Mal glaubst du, er war aus Satin, mit Rosen bedruckt, dann wieder eher aus Seide, nach chinesischer Art mit Lotusblüten bestickt. Nur die Existenz eines Morgenmantels, als Grundausstattung des Ankleidezimmers einer Dame von Welt, steht außer Frage. Du siehst deine Mutter mit einer Schreibfeder auf feines Briefpapier kratzen, vor ihr steht das offene Tintenfass auf dem aufgeklappten Sekretär. Tinte war für dich als Kind ein Faszinosum, wie gern hieltest du deine Nase über das Fäschen, aus dem es bedeutungsvoll roch, stecktest in einem unbeobachteten Moment deinen Finger hinein und verewigtest deinen Fingerabdruck heimlich auf einem Rest Papier.

Deine Mutter unterbrach ihr Schreiben immer wieder, um über das Blatt zu pusten, dass die Tinte schneller trocknete. Sie hatte Angst, mit dem Ärmel ihres Morgenmantels das soeben Geschriebene zu verwischen. Zum Abschluss wedelte sie mit dem frisch beschrifteten Umschlag in der Luft. Dann legte sie ihn auf ein Tablett, in dessen Glanz du dich spiegeln konntest. Die Kinderfrau würde den Brief später zur Post bringen, wenn sie mit euch einen Spaziergang machte. Meist ging Emma Fitzgerald mit euch den Kai entlang bis zum Stadtpark, blieb an jeder Brücke stehen, damit ihr, wenn keiner zusah und kein Schiff kam, Steinchen ins Wasser werfen konntet. Wollte sie streng sein, nannte sie dich »Alice«.

»I don't like to repeat it, Alice.«

»Don't touch this, Alice.«

»Have you heard me, Alice?«

Die Mutter hingegen rief dich Lessja und ärgerte sich, dass du nicht auf sie hörtest.

Weil deinem Vater viel an Gerechtigkeit lag, spendete er Geld für die Sache der Revolution. Eine bessere Welt gab es nun mal nicht umsonst, wer würde das bestreiten, darum zeigte er sich großzügig. Auf seinen Reisen als

Diplomat im Auftrag des Zaren soll er Flugblätter und sogar eine Bolschewiken-Zeitung geschmuggelt haben. Dafür sei er regelmäßig nach Deutschland gefahren, nach Berlin oder Leipzig, wo ihm ein anonymer Mittelsmann die druckfrischen Exemplare übergeben habe, direkt in Herrn Lepantos Diplomatenkoffer, der niemals kontrolliert wurde... Wenn er zurückkam, roch er nach Bahnhöfen und Weltläufigkeit.

Im Herbst 1917 wurden die Spaziergänge mit Emma eingestellt. Dein Vater wollte noch keinen ernsten Grund zur Beunruhigung sehen, meinte jedoch, man müsse dem Stier ja nicht freiwillig auf die Hörner steigen. So hielt er es einstweilen für besser, im Süden zu überwintern. Dort wäret ihr in Sicherheit.

Noch vor dem Jahreswechsel verabschiedeten deine Eltern in geordneter Eile das Personal, versahen die Polstermöbel und den Flügel mit weißen Überwürfen, verschlossen ihr Stadthaus und verließen Petrograd Richtung Krim.

»Olessia Pawlowna«, ruft dich Viktoria zaghaft zurück, »bitte bringen Sie mich nach Hause, ich bin sehr müde.«

VIKTORIA M.,

CHARKOW/KIEW, 1964

,

Ich weiß, dass Nina am Fenster stand, um mir nachzusehen. Das macht sie jeden Tag, seit vielen Jahren schon. Sonst drehe ich mich um und winke ihr zu. Heute habe ich es in der Aufregung vergessen. Das schlechte Gewissen hat mich die ganze Prüfung über nicht losgelassen.

Noch schlechter wird es, als ich anfange, meinen Koffer zu packen.

»Warum willst du unbedingt zu Olessia Pawlowna fahren?«, fragt mich Nina.

»Sie hat Konzertkarten besorgt.«

»Was ist das für ein Konzert?«

»Klavier, glaube ich.«

»Freust du dich drauf?«

Ihr Gesichtsausdruck erinnert mich an eine verletzte Gazelle. Sofort tut es mir leid, und ich behaupte, das Konzert interessiere mich kaum.

Bei jedem Abschied tut Nina so, als zöge ich ins Feld.

In der Konzerthalle spielt sich das Orchester ein. Es klingt ganz und gar nicht harmonisch. Mutter scheint das nicht zu stören, sie benimmt sich, als wohne sie hier, als habe sie maßgeblich am Programm mitgewirkt und freue sich nun, dass alles nach Plan läuft. Sie ist ein Fisch, und diese Umgebung darf ihr Wasser sein. Wenn Mutter auf die vollbesetzten Reihen hinter uns schaut, nicken ihr dutzende von Köpfen zu, streifen dabei auch mich mit einem freundlich interessierten Blick.

Statt der üblichen bunten Tücher und Bänder hat sie heute einen feingewebten weißen Schal um die Schultern geschlungen. Sie trägt von oben bis unten Weiß, und ich finde sie darin schön. Sie wird von allen gesehen. Wäre sie nicht meine Mutter und säße ich nicht neben ihr, würde auch ich sie von fern anstarren.

Schon bevor das Konzert beginnt, bin ich gelangweilt. Es sind überwiegend Menschen in Mutters Alter, die hier sitzen, Liebhaber klassischer Musik. Der erste Teil besteht aus einem Gezupfe, Geklimper und Geblase, von dem ich hoffe, es möge bald vergehen. In der Pause kauft Mutter mir eine Limonade, während sie sich mit ständig wechselnden Leuten so leichthin unterhält, als tanze sie einen Reigen. Wenn ich versuche, davonzuschleichen, winkt sie mich mit den Worten »das ist meine Tochter!« zurück. Allmählich dulde ich ihre unbändige Freude über meine Anwesenheit, beginne sogar, mich ein wenig darin zu sonnen.

Schließlich nehmen wir erneut unsere Plätze ein. Das Stimmengewirr im Publikum, das Handtaschengeraschel, das Blättern im Programmheft – all das versiegt, als der Solist die Bühne betritt. Er setzt sich an den Flügel, hält mit geschlossenen Augen kurz inne und beginnt zu spielen. Bei den ersten Tönen schaue ich gähnend auf die Uhr, dann auf die Bühne, sehe, wie die flatternden Hände des Solisten auf die Tasten niedersausen, ihnen ungeheuerliche Laute entlocken. Sein Körper beugt sich synchron mit seinem schwarzen Haarschopf vor und zurück.

Ich weiß nicht, wie viel Zeit vergangen ist, als jemand hustet. Ich bin empört! Die Musik hat mich wie die Gondel eines Riesenrads emporgetragen, dort oben war mir leicht und froh zumute. Das Husten aus den hinteren Reihen reißt mich jäh wieder hinab.

Ich drehe mich um, um den Frevler mit meinem Blick zu strafen. Er versteckt sich erfolgreich. Unverrichteter Dinge wende ich mich wieder der Bühne, der Musik zu, die mich bald wieder in weite, glückliche Ferne entführt.

Als es etwas später eine andere Person wagt, während der Vorstellung den Saal zu verlassen, bin ich völlig außer mir, aus so großer Höhe hat mich der Übeltäter hinabgestoßen.

Mutter schaut mich beunruhigt an.

Als der Applaus einsetzt, bleibt sie sitzen, bis der letzte Beifall verebbt ist. Ich bin ihr dafür verbunden, meine Beine fühlen sich an wie zwei Strohhalme.

»Vika, was ist mit dir?«, fragt sie schließlich besorgt, als ich keine Anstalten mache, mich zu erheben.

»Das war schön«, sage ich. »Fanden Sie nicht?«

»Rachmaninow ist wunderbar.«

Sie sagt es leichthin, als erlebe sie täglich, wie Musik sie von ihrem Körper trennt, bis sie mühsam wieder hineinfindet.

Während der ersten Schritte zittern mir die Knie, und ohne nachzudenken, hake ich mich bei Mutter unter. Wir verlassen die Konzerthalle, Arm in Arm, nicht wie zwei Fremde.

NINA BELIKOWA,

CHARKOW, 1969

,

Viktoria ist Studentin. Sie verlässt früh die Wohnung, verbringt die Nachmittage in der Bibliothek, trifft sich danach – an manchen Tagen zum Lernen, an anderen zum Vergnügen – mit Freunden, von denen Nina immerhin die Vornamen zu kennen glaubt. Es sind nette, aufrichtige Menschen. Manchmal bringt abends ein junger Mann Viktoria nach Hause. Nina sieht beide im Treppenhaus verschwinden, doch es folgen keine Schritte auf der Treppe, egal wie angestrengt sie lauscht und dabei den Atem anhält. Wenn sie die Tür einen Spaltbreit öffnet und dabei hofft, das Scharnier werde nicht quietschen, hört sie von unten flüsternde Stimmen, das Reiben von Kleidung, sie vermutet Berührungen und Küsse im Dunkeln. Wahrscheinlich wird Viktorias Jacke schmutzig sein. Es ist bereits vorgekommen, dass Nina Spinnweben und Staub vom bröckelnden Putz darauf entdeckt hat.

Mühsam erinnert sich Nina daran, dass da kein kleines Mädchen mehr die Stufen hochsteigen wird. Dass es vorbei ist. Dass ihre Pflicht erfüllt und damit zu Ende ist. Viel zu schnell ist es gegangen, die Jahre sind vorangeprescht und haben Nina zurückgelassen.

Endlich kommt Viktoria mit leicht geröteten Lippen herein, die Jacke vorn übereinandergeschlagen, als wolle sie etwas verdecken, und sagt, Mama, du hättest doch nicht auf mich warten müssen!

Nina wäscht Vikas Kleidungsstücke mit der neuen Waschmaschine. Das Waschbrett steht nach wie vor in der Abstellkammer, sie kann sich nicht davon trennen. Es war Vikas erstes Geschenk, völlig unmöglich, es wegzuwerfen. Auch ist Nina im Stillen davon überzeugt, dass die Wäsche in der Maschine bei Weitem nicht so sauber wird wie damals an ihren Waschbretttagen.

Wenn Viktoria mit abgekautem Bleistift über ihren Büchern sitzt und lernt, bewegt sich Nina auf Zehenspitzen durch die Wohnung. Nina hat es sich angewöhnt, nach Ähnlichkeiten zwischen sich und Vika zu suchen, und oft genug lagen sie auf der Hand.

Kürzlich kam es ihr vor, als hätte sie sich selbst am Schreibtisch gesehen, dort, wo Vikas Schopf die Tischlampe verdeckte. Eine junge Frau, die noch allerhand Dinge vor sich hat.

Jetzt denkt Nina häufig an Enkel. Sie würde mit ihnen im Stadtpark Karussell fahren, zusehen, wie sie mit ihren kleinen weißen Zähnen in Zuckerwattewolken beißen und später ihre klebrigen Münder mit dem Wasser aus dem Springbrunnen säubern.

Viktoria denkt nicht an Ninas Enkel. Sie hat ihre Abschlussprüfungen als Zweitbeste ihres Jahrgangs bestanden. Beende zuerst das Studium, hatte Nina stets geraten, dann hast du immer noch genug Zeit für Flausen. In diesem Punkt war sie sich sogar mit Olessia einig gewesen. Lerne erst einen anständigen Beruf, predigten beide unermüdlich.

Und Vika hat sich daran gehalten. Gern hätte Nina sie in einem Krankenhaus oder mit Zeigestock an der Tafel gesehen, aber Vika hat anderes vor. Sie tröstet Nina damit, dass zu ihrer künftigen Arbeit im Labor auch ein weißer Kittel gehören würde.

Vorerst bereiten sich die jungen Leute auf den Absolventenball vor. Vika sagt, Ball klinge in den Ohren der Hochschulleitung zu dekadent, deshalb sei in der Einladung unverfänglich die Rede von einem »Abschlussabend«. Sie würden natürlich trotzdem tanzen und Ballkleider tragen.

Viktoria reserviert acht Plätze. Sie lädt den jungen Mann ein, Freunde, den Onkel und ihre beiden Mütter. Vika will alles perfekt haben, das Kleid, die Frisur, die Tanzschuhe. Der Onkel verspricht, unter der Hand ein Döschen Kaviar mitzubringen. Der junge Mann möchte eine Rede halten, er wird etwas Nettes sagen, etwas Wichtiges, Zukunftsweisendes. Er wird sein Glas erheben, mit einem verliebten Blick Viktoria anschauen, und dann wird er etwas sagen, worüber er schon seit Langem nachdenkt, vielleicht ein Heiratsantrag. Zu früh wäre es nicht.

Nina hört dem jungen Mann gern zu. Er hat eine bedächtige Art, ist kein Hitzkopf, der nicht merkt, wie viel er trinkt.

Durch die Tür zur Garderobe erhascht Nina einen Blick auf feste Rundungen umhüllt von Satin und Kunstseide in allen Farben, nackte rosige Schultern, die nach Veilchen riechen. Unterröcke aus Tüll bringen Abendkleider zum Rascheln, Nina hört das Klappern von Absätzen, Stimmengewirr, so viel Jugend um sie herum macht sie ganz benommen.

Der Onkel tanzt mit Vika Polka und macht den anderen Mädchen schöne Augen wie ein junger Bursche. Nina sitzt allein am verwaisten Tisch, ganz Anstandsdame, der die Zöglinge entwischt sind.

Zwei Stunden später sieht Nina Vikas Schuhe unter dem Tisch liegen. Die Füße der Mädchen sind wund getanzt, die Gesichter gerötet, manche Spitzenborte hängt halb abgerissen herab, aufgetrennte Säume schleifen auf dem Boden, Haarsträhnen haben sich aus den Zöpfen gelöst. Neben dem Veilchenduft liegt Schweiß in der Luft, das Bukett eines fortgeschrittenen Abends.

Olessias Stuhl ist leer geblieben. Im letzten Moment hat sie abgesagt. Es tue ihr sehr leid, sie sei zu Dreharbeiten in Tallinn, völlig unmöglich, diese zu unterbrechen. In Gedanken jedoch sei sie bei Vika.

OLESSIA LEPANTO,

CHARKOW, 1975

,

Dein Enkel jauchzt vergnügt, wenn du vor ihm ein Rad schlägst. Du bist zufrieden, weil dir das Rad noch gelingt und ein kleiner Junge davon beeindruckt ist. Noch mal, ruft er. Beim dritten Mal wird dir ein wenig schwindlig, die Haarnadeln haben sich gelockert, graue Büschel stehen in alle Richtungen, deine Hochsteckfrisur ist dahin. Der Enkel stellt eine Ähnlichkeit zwischen dir und der »bösen Fee« im Märchen fest. Er sagt nicht: »Hexe«.

Du bist soeben von einer Beerdigung zurückgekehrt. Hast auf dem Friedhof Abschied von einer guten alten Freundin genommen. Der Weg führte die Trauergesellschaft an Grabsteinen mit Namensinschriften vorbei, von denen du etliche schon einmal gehört zu haben meintest. Bei einigen bist du dir ganz sicher. Du weißt, womit sich die betreffende Person zu Lebzeiten hervorgetan, welche Verdienste sie sich erworben hat, hier jedoch ist nichts davon mehr von Belang.

Am Ziel grenzte ein schmiedeeiserner Zaun das Familiengrab ab. Die älteste verschnörkelte Inschrift war auf 1883 datiert. Rechts und links erhoben sich kleinere, jüngere Grabsteine, von 1938, 1955, 1975. Du hast die mitgebrachten Blumen niedergelegt und dabei etwas gemurmelt, eine kurze persönliche Ansprache an diejenige gehalten, die bald unter der Erde zu Staub zerfallen wird. Im Stillen dachtest du, hier liegt ein Mensch mit weitem Horizont begraben. Ruhe sanft, liebe Sofia.

Noch lange nach ihrer Freilassung, vielleicht sogar für den Rest des Lebens, hatte Sofia Schwierigkeiten gehabt, geradeaus zu laufen. Es war, als habe sie den Hofgang, im Kreis und mit verschränkten Händen hinter dem Rücken, niemals hinter sich gelassen.

Die heilig gehüteten Kerzen
Hab ich entzündet, und in ihrem Schein
Begrüß ich mit dir, der nicht gekommen,
Das Jahr einundvierzig.

Bei eurem letzten Treffen hatte Sofia mit brüchiger Stimme Achmatowa rezitiert. »Poem ohne Held«. Der Anfang geht dir seither nicht mehr aus dem Kopf. Jemand hatte gesagt: In jeder Zeile glimmt Wahrhaftigkeit.

Der Altersunterschied zwischen Sofia und dir hatte euch nie etwas ausgemacht. Im Grunde zeigte er sich nur in der Haarfarbe. Während sie bereits vor Jahrzehnten ergraut war und zuletzt makelloses Weiß trug, sagtest du der Entfärbung noch mit allerlei Pülverchen und Pasten den Kampf an.

»Wart nur ab«, sagte Sofia, wenn du den herausgewachsenen Farbansatz unter Tüchern verstecktest. »Du wirst mich noch einholen.«

Der Enkel zerrt an dir. Er will Schlittenfahren gehen, du sollst ihn hinter dir her ziehen bis zum Brachland mit dem kleinen Rodelberg, und danach möchte er mit dir Kuchen backen. Du hast ihm versprochen, Zettelbotschaften in Teigvogelbäuche zu drücken, weil der Winter keine Anstalten macht zu gehen. Beim Verlassen des Hauses spürt ihr seine volle Kraft.

Dem Enkel ist die Ohrenmütze verrutscht. Blonde Locken kringeln sich unter dem Fell hervor, du schiebst ihm die Mütze wieder zurecht und fragst dich einmal mehr, woher dieses Kind kommt, braunäugig wie ein Rehkitz und mit Haaren wie reifes Getreide, von dir hat er das nicht. Etwas völlig Eigenes ist er, ein wundersames Produkt. Alles an ihm macht dich staunen, die seltenen Vika-Momente und der Widerschein des Schwiegersohns.

Neulich hat er gefragt, warum seine Mutter dich siezt, ob er dich auch siezen soll? Und warum er keinen Opa habe?

Von den Opas seien viele im Krieg geblieben, erklärtest du ihm, seiner jedoch sei erst später durch eine Kugel gestorben.

Eine verirrte Kugel?

Ja, manchmal treffen Kugeln irrtümlich.

Aber der Uropa, der wurde doch auch von einer Kugel getroffen?

Da hast du dich gewundert, was in seinem kleinen Kopf alles rattert, wer ihn mit solchen Dingen füttert, über die kein Kind nachdenken sollte.

Das stimmt. Die Kugeln saßen locker damals.

Bist du denn überhaupt eine richtige Gräfin?, fragt der Enkel weiter.

Woher hat er denn das schon wieder, denkst du. Und als du ihm nicht antwortest, befiehlt er dir: Mach schneller, Oma!

Du bist froh über die Aufforderung, ziehst den Schlitten aus ganzer Kraft, beginnst zu rennen, und bewegst dabei die Leine so, dass das Gefährt ein wenig ins Schlingern gerät, weil das dem Jungen gefällt. Lange hältst du das Tempo nicht durch, obwohl er dich mit lautem Juchzen anfeuert.

Du hast für den Enkel zu selten Zeit, so wie du für deine Tochter zu wenig Zeit hattest. Am Ende hat man für alles im Leben zu wenig Zeit gehabt.

Vor hellen Hintergründen wie dem Schnee hier verfolgen dich Schwärme winziger Fliegen. In Sibirien setzten dir die Mücken zu, hier sind es flimmernde Pünktchen. Mit zunehmendem Alter werden es immer mehr. Nichts Ernstes, hat der Arzt gesagt, altersbedingte Glaskörpertrübungen, irreparabel, jedoch nicht behandlungsbedürftig. Diese Fliegen wirst du nicht mehr los.

Genauso wenig wie die alten Fragen. Woran ein Mensch zerbricht, und ob man ihn danach im Innersten wieder zusammenfügen kann. Warum es die Mütter sind, die den Verstand verlieren, wenn man ihnen die Kinder nimmt, selten die Väter.

Was dich angeht, hast du dich stets bemüht, die Scherben in Ordnung zu halten.

NINA BELIKOWA,

CHARKOW, 1992

Seit einigen Jahren verlässt Nina kaum noch das Haus. Meist sitzt sie am Fenster, während der Fernseher läuft und auf allen Kanälen von den Umwälzungen in der Welt berichtet.

Vorher war das Leben überschaubarer gewesen. Es gab gute und schlechte Nachrichten. Die guten aus dem Inland, die schlechten aus dem Ausland. Die Letzteren kamen von weit her und mussten einen nicht bekümmern. Und an die Guten hatte man sich schnell gewöhnt. Man nahm sie gar nicht mehr wahr. So viel Gutes um einen herum! Jahr für Jahr, unabhängig vom Wetter, Superernten, Melkrekorde, auf jedem Industrieerzeugnis das »Zeichen für höchste Qualität«. Weder Regen noch Hagel konnten den sozialistischen Arbeitsablauf stören. Das war beruhigend und verlässlich. Wäre es nach Nina gegangen, hätte es so bleiben können.

Vor Kurzem hat Vika mit ihrem zweiten Mann eine Eigentumswohnung am Stadtrand von Charkow bezogen. Schnell noch das Geld retten, wer weiß, was noch alles kommt, hatte Vika gesagt. Die Wohnung liegt in einem Neubaugebiet, wo die Häuser nur an Nummern zu unterscheiden sind. Vika besitzt nun einen vollverspiegelten Einbauschrank im Schlafzimmer und ein Badezimmer mit italienischen Terrakottafliesen. Die ehemaligen Besitzer standen kurz vor der Ausreise nach Israel und wollten eilig verkaufen.

Es ist groß in Mode, nach Israel auszureisen. Früher begannen Eheanbahnungen mit einer Einladung ins Kino oder zum Eisessen, erinnert sich Nina. Neuerdings, erzählt Vika, versuchen Männer, Frauen mit einem Visum nach Israel aufzureißen! Kürzlich habe eine Kollegin nur mal schnell über die Straße Brot holen wollen, als ein Mann sie ansprach. Zuerst das Übliche, junge Frau, wie heißen Sie, darf ich Sie kennenlernen, ich heiße soundso… Um seine ernsten Absichten und sein geregeltes Einkommen zu bekunden, habe sich der Mann Vikas Kollegin als Zahnarzt vorgestellt. Da er noch bei seiner Mutter lebe, stand nicht zu befürchten, dass er bei Damenbesuch sofort über einen herfallen würde. Als letzten Trumpf habe er ein Visum nach Israel gezückt und vor Vikas Kollegin mit seinem Reisepass gewedelt. Die Kollegin ließ beste Wünsche an die Frau Mutter ausrichten und suchte das Weite.

»Warum hat sie denn nicht wenigstens nachgeschaut, ob das Visum echt ist?«, fragte Nina.

In der Küche fließt das Wasser nicht mehr ab. Vika sagt am Telefon: »Frag Kirill.«

Sie klingt kurz angebunden, verspricht nicht wie sonst, dass ihr Mann sich darum kümmern wird.

Vika ist vielbeschäftigt, der Schwiegersohn ist vielbeschäftigt, alle sind heute vielbeschäftigt, weil man sonst gar nicht über die Runden kommt, so kompliziert ist das Leben geworden.

Nina fragt Kirill. Sie glaubt, der Nachbar müsse Zeit haben, weil er häufig im Hof zu sehen ist, wenn andere einer geregelten Arbeit nachgehen. Kirill öffnet verschlafen die Tür, sein Bart ist mindestens fünf Tage alt. Nina erklärt ihm die Dringlichkeit, ein Sanitärproblem, er verstehe …

Kirill versucht, den Abfluss zu reinigen. Nina weiß nicht, ob seine Kenntnis von Abwassersystemen tiefergehender Natur ist, sie will sich ihren Zweifel nicht anmerken lassen.

»Haare«, vermutet er, »meist sind es lange Haare, die die Rohre verstopfen, in Verbindung mit Fett.«

Haare im Küchenspülbecken? Unwillkürlich fasst sich Nina in den Nacken, wo ihr Haarknoten ordentlich aufgewickelt von Haarnadeln zusammengehalten wird.

»Oder Essensreste. Sie glauben nicht, was die Leute alles in den Abfluss kippen. Speckschwartenstücke und Knochensplitter hab ich da schon rausgeholt.«

Kirill verlangt einen Eimer mit Wischlappen und eine Decke, um darauf zu knien, er habe es in den Gelenken.

Er schraubt etwas auf, stochert irgendwo herum, schraubt es wieder zusammen. Er lässt einen Klumpen diskret in den Eimer plumpsen, trägt ihn hinaus, reißt danach das Fenster zum Lüften auf. Dann wäscht er sich im Spülbecken die Hände, um zu prüfen, ob das Wasser abläuft.

»Vollbracht!«

Nina will sich erkenntlich zeigen. Kirill ist alleinstehend, sonst würde er sich nicht um fremde Abflüsse kümmern. Sie glaubt, jemand wie er wäre glücklich über eine warme Mahlzeit.

Nina stellt ihm einen Teller Suppe hin, als Dank für die Nachbarschaftshilfe. Sie hofft, dass der Borschtsch ihr halbwegs gelungen ist.

Kirill erzählt beim Essen, dass er über Jahre hinweg fünftausend Rubel für ein Auto zusammengespart habe. Einen gebrauchten Moskwitsch habe er kaufen wollen – sein Traum! Er hatte über Bekannte schon einen im Auge. Ein Handschlag noch – und das Geschäft wäre besiegelt gewesen.

Leider habe er dafür den richtigen Zeitpunkt verpasst. Denn gestern hätte er für dasselbe Geld noch ein Auto bekommen und heute nur noch eine Flasche Schnaps. Wie nennt man das?

Nina zuckt gedankenverloren mit den Schultern. Nie hätte sie gedacht, dass sie so alt werden würde … so alt, dass sie selbst das Kochen verlernt.

Das nennt man »Reform«.

Vielleicht, sinniert Kirill weiter, sollte er ein Unternehmen gründen. Ihm schwebe ein Büdchen an der Straßenecke vor, »Kirills heiße Snacks und Getränke«, mit bunten Auslagen, um Passanten anzulocken. Als Unternehmer würde er dort Pizza und Hotdogs, wie das neuerdings heiße, verkaufen. Er fürchte, mit normaler Arbeit sei derzeit kein Geld zu verdienen.

Nina braucht nicht viel zum Leben. Wer die Wohnung nicht mehr verlassen kann, wird genügsam. Vika schickt ihre Söhne nie ohne Tüten mit Lebensmitteln vorbei, um vorzubeugen, dass die Kinder bei Nina alles bis auf die Eiswürfel im Tiefkühlfach vertilgen.

Er sehe viele alte Frauen am Straßenrand hocken, sagt Kirill, früher hockten sie sonntags auf dem Markt, jetzt hocken sie täglich überall. Die Rente, die sie bekommen, sei nichts mehr wert. So sitzen sie und verkaufen für ein paar Münzen unnützen Plunder.

Kürzlich habe man zwei Blocks von ihrem Wohnhaus entfernt eine von Kugeln durchlöcherte männliche Leiche im Kofferraum eines weißen Mercedes gefunden. Die Einschläge des Kapitalismus kämen immer näher. Kirill senkt die Stimme. Nun operiere die tschetschenische Mafia bereits bei ihnen um die Ecke! Wenn man nicht aufpasse, gerate man als unbescholtener Bürger noch mitten in einen Bandenkrieg hinein!

Nina findet den Mann schwatzhaft. Gleichzeitig sieht sie in ihm einen Chronisten der Dinge, die ihr verborgen bleiben, weil sie draußen geschehen.

Vielleicht lässt er das mit dem Büdchen lieber. Man bekomme schnell Besuch von Leuten, die sich mit einem Gratis-Hotdog nicht zufriedengeben. Schutzgelderpressung sei momentan ein blühender Geschäftszweig. Die Einschläge des Kapitalismus … also, wie er schon sagte, die sind jetzt da.

Gelegentlich öffnet Nina ihren Kleiderschrank, stellt sich auf die Zehenspitzen und holt von oben einen Schuhkarton herunter. Beim letzten Mal hätte sie dabei fast das Gleichgewicht verloren. Steige mir ja nicht auf Leitern oder Stühle, hatte Vika gewarnt. Sie hat Angst, dass Nina stürzt, weil ein Sturz in diesem Alter oft der Anfang vom Ende ist.

Im Schuhkarton bewahrt Nina alle wichtigen Dokumente auf. Die Zweitausfertigung der Geburtsurkunde und den Todesschein ihrer Tochter, die Bescheinigung über die von ihrem Mann betriebene Scheidung in Abwesenheit, das Arbeitsbuch, den Rehabilitationsbescheid. Darin heißt es, Ninas Akte sei einer erneuten Prüfung unterzogen worden, wobei sich ein Straftatbestand anhand neuerer Erkenntnisse nicht bestätigt habe. Aus diesem Grunde sei das frühere Urteil aufgehoben worden, das Verfahren ist damit eingestellt.

Nina kennt den Wortlaut auswendig.

Ihr Mann habe ja nur gewollt, dass sie zur Vernunft komme. Es sei nie seine Absicht gewesen, seine Frau für zehn Jahre nach Sibirien zu bringen. Das hatte er stets gegenüber Ninas Mutter beteuert. Nur ein Denkanstoß hätte es werden sollen, damit Nina ihr Verhalten überdenke. Ein, zwei Stunden peinliche Befragung durch die Organe, um ihr Angst einzujagen. Wäre sie dann nicht geläutert und lammfromm zu ihm nach Hause zurückgekehrt? Dass die Sache einen anderen Verlauf genommen hatte – nun, dagegen sei er machtlos gewesen, was hätte er denn tun sollen, wenn die Turbine einmal läuft, solle man besser keine Hand hineinstecken …

Nina wirft die Papiere zurück in den Schuhkarton.

Unnützer Plunder, denkt sie, wie schon so oft.

VIKTORIA T.,

GEB. LEPANTO, 1993

Ich wollte eine Packung Schlaftabletten kaufen, die Apothekerin empfahl mir zunächst ein pflanzliches Beruhigungsmittel. Man solle mit dem Bewährten und Gutverträglichen anfangen, nicht wahr. Ja gewiss, nichts dagegen einzuwenden. Bewährt und gutverträglich ist mit Sicherheit die erste Wahl. Lassen Sie abends zwei Stück auf der Zunge zergehen, hatte die Apothekerin gesagt, trinken Sie ein Glas Rotwein dazu, und Sie werden schlafen wie ein Neugeborenes! Es klang gut. Als sei es erprobt, bestätigt durch eigene Erfahrung und nun zur Nachahmung empfohlen. Dankbar nahm ich drei Stück und trank zwei Gläser Rotwein und fand dennoch keinen Schlaf.

So sind sie alle: Lügen, damit man ihnen etwas abkauft, ob die Melonenverkäuferinnen auf dem Basar oder diese Apothekerinnen, die einem gepresstes Mehl als Medikament andrehen. Ich legte die angefangene Schachtel auf die Theke, ich knallte sie dieser Lügnerin geradezu hin. »Da haben Sie Ihren Baldrian zurück!«, rief ich aufgebracht. Im Nachhinein schäme ich mich dafür. »Ihre Kräutermischung ist wirkungslos! Geben Sie mir Schlaftabletten auf chemischer Basis, das Stärkste, was man ohne Rezept kaufen kann – sofort!«

Die Apothekerin zog die gezupften Augenbrauen in die Höhe, schnaubte wortlos, schob mir Morpheus 300 zu,

Höchstdosis eine Pille pro Tag, keinesfalls in Verbindung mit Alkohol, stand auf dem Beipackzettel.

Ab halb vier in der Nacht lag ich wach, versuchte sämtliche Gedanken aus dem Kopf zu pressen. Doch die kreisten und flatterten ungebändigt, immun gegenüber meinen Verdrängungsmechanismen. Erst die dritte Tablette stumpfte die Gedanken ab, legte ihnen Fesseln an, machte sie langsam, wie auch mich den ganzen folgenden Tag.

Wie kommt ein entgleister Zug wieder auf die Schienen? Kann er dann überhaupt noch weiterfahren? Oleg sagt, irgendwie wird es schon gehen. Das sagt er immer, und er lag noch nie falsch damit. Irgendwie geht es schon weiter, ob mit oder ohne Gleise.

Aber was ist mit den Passagieren? Oleg winkt ab, nennt mich sein närrisches ängstliches Häschen. Ich sei doch weder Fahrgast noch Lokomotive. Seiner Umarmung mit dem nachsichtigen Lächeln weiche ich aus. Vika, lass die Schlaftabletten sein, sagt er, dieses Zeug verkürzt das Leben.

Nur noch zwei, verspreche ich ihm. Zwei Tage oder zwei Tabletten, wer weiß schon, was ich meine.

In letzter Zeit erreichen mich Anfragen von Kulturredaktionen großer Zeitungen. Man sei für exklusive Details dankbar. Wie stehe es um die beliebte Schauspielerin Olessia Lepanto wirklich?

Sie selbst wird es ihnen nicht sagen. Mutter meidet Interviews, versucht Befragungen, Verhören aller Art aus dem Weg zu gehen. Mich hat sie nie um Verschwiegenheit gebeten. Ich hätte auch nichts weiterzuerzählen.

Vor zwei Wochen war ich auf einer Tagung, acht Stunden Referate über neueste Entwicklungen in der Pulvermetallurgie, draußen ein sonnendurchfluteter Oktobertag, in den Pausen Fachsimpelei unter den Linden – oder waren es Kastanien? – im Park, unterbrochen vom Mittagessen und Toilettengängen, abends ein Stehempfang mit Sekt und Häppchen. Smalltalk mit Kollegen, meine Branche ist speziell, man trifft immer dieselben. Mir wurde bewusst, dass ich einige schon seit Jahrzehnten kenne. Rumjanzew zum Beispiel steht kurz vor der Pensionierung, war wohl zum letzten Mal dabei. Regelmäßig hat er sich nach dem Befinden meiner Mutter erkundigt und sich als einen großen Bewunderer ihrer Kunst bezeichnet. Vielleicht stimmte das auch. Wie er das Glas hielt, mit seinem schütteren Haar, gebeugt in seinem unförmigen grauen Anzug, ein alter Mann. Warum erstaunte mich das? Einige hatten inzwischen Karriere im Ausland gemacht, kamen jetzt hierher, um mit Kooperationsverträgen und Forschungsgeldern zu winken.

Gegen Mitternacht lag ich im Hotelbett, Doppelzimmer zur Einzelnutzung, müde und doch aufgewühlt. Stunden später fuhr ich hoch, durchs Fenster schien das fahle Licht einer Straßenlaterne oder einer Reklame, der Platz neben mir war leer. Ich erschrak. Wo war Oleg? Wie konnte es sein, dass er mitten in der Nacht nicht zu Hause war? Mein halbwaches Hirn blendete innerhalb von Sekunden alle erdenklichen Szenarien übereinander, Bilderfetzen von geplatzten Reifen, leblosen Körpern auf Asphalt, dazwischen weiße Frauenarme, die sich um Olegs Hals schlangen, geschminkte Lippen, die etwas in sein Ohr flüsterten. Dann erinnerte ich mich: Ich war nicht zu Hause, ich lag allein im Hotelbett, Oleg konnte gar nicht hier sein. Ich schlief wieder ein, versöhnt und beruhigt, aber den ganzen nächsten Vormittag fühlte ich mich unbehaglich. Dabei gebe ich nicht viel auf Träume. Ich reiche Menschen über Türschwellen hinweg die Hand, beim Anblick eines kaputten Spiegels denke ich nur daran, ihn zu ersetzen, lächle nachsichtig über Babuschkas, die sich beim Anblick einer schwarzen Katze bekreuzigen.

Die zwei letzten Vorträge ließ ich aus, entschuldigte mich bei Professor Grigorjew und fuhr mit einem Zug früher nach Hause. Beim Umsteigen in der Metro rempelte mich auf der Fahrtreppe ein Mann von hinten an. »Haben Sie überall so rotes Haar wie auf dem Kopf?«, fragte er im Vorübergehen. Ich hielt mich wortlos an meinem Koffer fest. Es musste an der Tönung liegen, die ich neuerdings gegen graue Strähnen benutze. Ich würde wieder zu Kastanienbraun zurückkehren.

Ich schloss die Wohnungstür auf, hörte Oleg in der Küche werkeln. Er war gut gelaunt, pfiff irgendeine Melodie. Ich konnte dieses Pfeifen noch nie ertragen, es fühlte sich an wie eine Säge im Kopf. Oleg wähnte sich allein, war zu vertieft in sein Tun, um meine Schritte zu bemerken. Ich ging auf ihn zu, er drehte sich überrascht um, den Pfannenwender in der rechten Hand, von dem ein bisschen Fett auf den Linoleumboden tropfte, fragte: »Ach, du schon, Vika?« Ich drückte seinen Arm, wollte sagen, dass es guttut, ihn zu sehen, und dass er die besten Spiegeleier der Welt brät. Ich wollte es sagen, weil ich dachte, wir hätten es beide nötig. Er hatte drei Eier in der Pfanne, wovon das eine Eigelb zerlaufen war. Zerlaufene Spiegeleier sind ein Ärgernis.

Früher, als wir noch jünger waren, sagte Oleg oft, das ganze Glück seines Lebens bestehe darin, mir auf den Hintern zu klopfen, weil mein Hintern prall, rund und schön sei wie kein zweiter und er nicht vorübergehen könne, ohne ihn zu berühren. Er fühle sich wegen der Nähe zu diesem Hintern privilegiert. Was anderen ihr Haus, ihr Auto, ihre Parteizugehörigkeit sei, das sei ihm mein Hintern. Ich hörte das gern, selbst dann noch, als ich begann, seine Hand wegzuschieben.

Oleg ist ein guter Mann. Harmlos wie ein Marienkäfer.

Mit den Kindern hat sich vieles verändert, der Körper, die Gedanken und der Ablauf der Zeit. Als tickten die Uhren auf einmal schneller. Die Jahre, seit die Kinder auf der Welt sind, waren ein einziger tiefer Atemzug, nicht mehr. Die Konturen sind weicher geworden, das Fleisch schlaffer. Und zusammen mit der Straffheit hat einen auch die Wut verlassen. An deren Stelle ist ein Vielerlei an Sorgen getreten.

Ich meine, Wut ist besser für die Haut.

Der Anruf aus dem Krankenhaus kam am Morgen nach dem Unfall. Mutter hatte Stunden in der Notaufnahme verbracht, lag dann die halbe Nacht auf der Station, bevor man mich im Institut erreichte. Ich fuhr sofort hin.

So schlimm sei es nicht, sagte die Schwester, die Patientin habe Glück im Unglück gehabt. Der behandelnde Arzt werde mir alles erklären. Der Prospekt des Sieges und der Dowschenko-Boulevard seien bekannte Unfallschwerpunkte. Jahr für Jahr passierten dutzende Unfälle mit Fußgängerbeteiligung, die gewiss vermeidbar wären, wenn die Behörden das Problem endlich ernster nehmen würden. Die Verletzten, soweit noch am Leben, landeten dann auf ihrer Station. Sie selbst sei ja mehr für Brücken, Fußgängerbrücken statt Unterführungen. Weil viele Menschen, vor allem Frauen, in den Abendstunden und nachts Scheu hätten, in die dunklen Höhlengänge hinabzusteigen, ihr gehe es da nicht anders. Und die Autofahrer, die sich weder an Verkehrsregeln noch Geschwindigkeitsbegrenzungen halten, machten die Sache auch nicht besser.

Das wolle sie nur mal gesagt haben, aus Erfahrung, sie arbeite schon ihr ganzes Leben auf dieser Station.

Ich nickte, befremdet von ihrem Redeschwall, ging an ihr vorbei zu Mutters Krankenbett.

Ich zähle an den Fingern die Tage ab, die seitdem vergangen sind. Mein Zeitgefühl ist gestört. Oleg mag Recht damit haben, dass ich eine Weile rausmüsse, damit ich wieder zurückfände. Ich sei ihm fremd geworden. Ich müsse etwas dagegen tun. Er könne es nicht. Ich habe nicht gefragt, warum nicht.

Ich wache am Krankenbett meiner Mutter. Er sei zuversichtlich, sagt der Arzt. Vor mir liegt ein Taschentuch aus feinem Batist, bleich und durchscheinend. Jemand hat in geschwungenen Buchstaben ein Wort hineingestickt. Seit ich hier sitze, versuche ich das Wort zu entziffern. Ich kann den Stoff nicht glattstreichen, denn er ist umhüllt von der Hand meiner Mutter. Die Hand selbst scheint leicht wie ein Taschentuch zu sein. Ausreichend essen und trinken nicht vergessen, damit die Patientin wieder zu Kräften kommt, lautete der Rat des Arztes.

»Sobald du dich wieder erholt hast, fahren wir ans Meer«, sage ich.

»Vika, jetzt haben wir Oktober. Im Oktober fahren nur Verrückte ans Meer.«

Ich denke an meine Lieblingsbank vor dem kleinen Hotel auf der Krim. Sie gehört der Wirtin und ist nicht so schmutzig wie die öffentlichen im Park. Ich darf dort ungestört sitzen, die Eigentümerin kennt mich, sie lässt mich in Ruhe, nachdem sie mir die Geschichte des Hauses und ihre eigene mehr als einmal anvertraut hat. Sie weiß, dass ich die Tochter einer berühmten Schauspielerin bin. Manchmal sehe ich ihr an, dass sie sich unsicher ist, wie sie mich ansprechen soll. Nächstes Mal werde ich ihr das Du anbieten.

OLESSIA LEPANTO,

KIEW, 1993

Du siehst die Lichter zu spät. Hattest deine Gedanken woanders. Am Vormittag hast du einen Anruf bekommen, ein lang ersehntes Rollenangebot. Seit Drehschluss des letzten Films ist dir die Zeit lang geworden.

Schnell wolltest du ins Filmstudio, kehrtest aber noch einmal in die Wohnung zurück, weil du am unteren Treppenabsatz deinen Wasserkessel schrill auf dem Gasherd pfeifen hörtest. Nicht nur ihn hattest du vergessen, sondern auch deine Handschuhe, dabei hat dich die Arthrose in den Fingergelenken herbstwetterempfindlich gemacht.

Im Studio teilte man dir mit, der Regisseur sei außer Haus. Das machte dir nichts aus, du erklärtest dich bereit zu warten. Wie gewohnt hattest du einige Worte mit der Maskenbildnerin gewechselt. Jewgenijas überbordende Oberweite war in ein Jäckchen aus rosafarbenem Bouclé gezwängt, dessen Knöpfe unter der Spannung aus den handgesäumten Knopflöchern zu platzen drohten. Jewgenija hilft sich in der Not ihrer schwierigen Proportionen selbst, indem sie Kleidung maßschneidert. Du sagtest ihr, dass du das Jäckchen sehr hübsch fändest und dass es den Vergleich mit den Modellen aus der Modezeitschrift *Die elegante Kiewerin* keinesfalls scheuen müsse.

Du liebst es, der Maskenbildnerin zuzusehen, jedes Detail ihrer Arbeit aufzunehmen, während sie unentwegt plappert und zwischendurch flucht, wenn sie etwas nicht sofort findet oder ihr ein Pinselstrich danebengeht. In ihren Wandregalen sind Köpfe aufgereiht, Modelle aus Glas, Keramik und Pappmaché, gekrönt von Haarersatzteilen, Perücken oder völlig nackt. Weiße Abdrücke von Schuhsohlen zeigen den Weg in die Gipswerkstatt. Gegenstände, die seit Längerem niemand angerührt hat, sind von einer feinen Gipsstaubschicht überzogen. Du fühlst dich bei ihr wie in einem Museum, umgeben von sonderbaren Exponaten.

Ihr tauschtet weitere Belanglosigkeiten aus, über das Wetter, das Filmprogramm, eure Erfahrungen mit teuren niederländischen Rosen, gekauft von fliegenden Händlern in der Metro, die nach dem Kauf eilends verwelkten. Plötzlich griff Jewgenija nach einem Taschentuch und sagte, ihre Tochter sei von irgendeinem Tunichtgut schwanger, das habe sie schon lange kommen sehen, doch nun sei sie dennoch betroffen vom Ausmaß der töchterlichen Unvernunft. Du tätscheltest Jewgenijas fülligen, von rosa Bouclé umhüllten Arm, fühltest unter den Fingern die Unebenheiten des begehrten Stoffes, und sagtest, das sei eine sehr gute Nachricht, denn jedes Kind sei auf der Welt willkommen. Jewgenija schniefte in ihr Taschentuch, sagte, sie habe doch erst auf einer Hochzeit tanzen wollen, bevor sie Großmutter werde, alles der Reihe nach, so wie es sich gehöre. Du rietest ihr, nicht von vorgestern zu sein und sich lieber über Enkelkinder zu freuen, egal in welcher Reihenfolge sie kommen. Jewgenija tröstete sich mit Zitronenaroma-Geleeteilchen, die du dankend ablehntest.

War dir die Reihenfolge irgendwann einmal wichtig gewesen? Du kannst dich bei allem Bemühen nicht daran erinnern.

Am Vortag warst du in deinem wöchentlichen Tanzkurs, eine Idee von Natascha, die noch andere Kolleginnen dafür begeistern konnte. Du bist die älteste Teilnehmerin, jedoch nicht die tapsigste unter den Schauspielerinnen. Die jüngeren machen dir unablässig Komplimente, welche Haltung, Olessia Pawlowna! Welche Leichtigkeit und Eleganz! Lara Pudowkina polierte ihre Tanzschuhe mit Spucke und einem Läppchen auf Hochglanz. Sie fühle sich neben dir wie ein Trampel. Wie gern sie so feenhaft dahingleiten würde wie du!

Sie sagte, du seiest aus der Zeit gefallen, und du wusstest nicht, was das bedeutete. Wo befindet man sich, wenn man aus der Zeit gefallen ist? Du warst ja hier, auf festem Boden, unter deinen Sohlen knarzte sehr deutlich das Parkett im Tanzsaal. Eins, zwei, drei, gab die Tanzlehrerin den Takt vor. Sie war nicht halb so alt wie du, vermutlich war sie noch nicht geboren, als du bereits irgendwo herausgefallen warst. Die Tanzlehrerin ist eine ehemalige Ballerina, ein wenig in die Breite gegangen, seit ein Rückenleiden ihr nach eigenen Worten die Karriere zunichtegemacht hat. Sobald sie eine Fußspitze hebt, meint man eine Ballettstange hinter ihr zu sehen, sie kann nicht anders, jeder Schritt verrät ihre Vergangenheit.

Deine Vergangenheit sitzt nicht in den Fußspitzen. Sie hat sich in Augenhöhe eingenistet, wo man sie ebenso wenig loswird.

Zwei Stunden waren vergangen, bis der junge Regisseur wieder auftauchte und dich beiläufig darüber informierte, dass das Drehbuch entweder bei seinem Assistenten im Auto oder zu Hause liege, momentan jedenfalls nicht verfügbar sei. Der Regisseur war mit seinem neuen Satelliten-Telefon beschäftigt, einer Riesenkiste mit Antenne, die er neuerdings ständig mit sich herumtrug. Damit sei er überall erreichbar, erklärte er dir, wenn denn das Gerät funktioniere. Oft funktionierte es allerdings nicht, warum auch immer. Das machte den Regisseur ungehalten, als könne jemand von den Anwesenden etwas für dicke Wände, Wolken vor dem Satelliten, Magnetstürme, Mondschatten oder unausgereifte Technik. Der Apparat sei von Siemens, nagelneu aus Deutschland mitgebracht, wo er kürzlich gewesen war. Zwei Wochen Berlin, Potsdam-Filmstudios und Bavaria-Filmstadt München. Möglicherweise habe das Telefon ein Problem mit dem schlecht ausgebauten hiesigen Funknetz, mutmaßte der Regisseur. Du schwiegst. Du verstehst nichts vom Innenleben von Telefonen, schon gar nicht von solchen, die man überall mit sich herumträgt.

Der Regisseur versprach dir, seinen Assistenten anzurufen. Ohne Skript verließest du das Gebäude und gingst in den nahe gelegenen Stadtpark, Luft und Licht schnappen.

Die Gehwege waren mit Laub bedeckt. Es raschelte unter deinen Schritten. Stellenweise versanken deine Schuhe gänzlich im Teppich aus Blattwerk, den niemand beiseiteschob. Du fandest das schön. In wenigen Tagen würde alles vom ersten Schnee überdeckt, aber noch fielen die Strahlen der Herbstsonne weich durch die Bäume hindurch und machten kleinste Partikel sichtbar. Du bliebst stehen und verfolgtest den Tanz der Staubkörner.

Um etwas Farbe und herbstliche Stimmung in deine Wohnung zu tragen, begannst du gelbe und rote Blätter von Ahorn, Eiche, Kastanie einzusammeln, suchtest dir die schönsten heraus, die wohlgeformten ohne braune Flecken und Schädlingsspuren. Dein Mantel stand offen, der Tag war warm für Ende Oktober, nur allmählich stieg Kälte vom Boden auf. Mit dem Laubstrauß in der Hand wolltest du die Straßenseite wechseln.

Wie gewöhnlich miedest du den Fußgängertunnel, das Dunkle unter der Erde. Einst hatte ein Arzt aus deiner Abneigung gegen dunkle enge Räume eine Diagnose gemacht. Dein Verhalten sei typisch für Klaustrophobiker, stellte er fest. Sie müssen sich Ihren Ängsten stellen, um sie zu überwinden, hatte der Arzt gesagt, und dir eine Therapie vorgeschlagen.

Du hattest ihn ausgelacht. Die Ängste hatte man dir ausgetrieben, was kümmerten dich noch die Phobien.

Du fühlst die Wucht des Aufpralls und einen Schmerz, in den sich Erstaunen mischt. Was hat dir so plötzlich die Füße weggezogen, und wo sind die auf einmal hin? Das Geräusch hat sich dumpf angehört. Nun ist da irgendwo eine Ohnmacht. Durchaus vorstellbar, dass du gerade unfähig bist, dich zu rühren, du versuchst es gar nicht erst. Die hellen Kreise über dir müssen Straßenlaternen sein. Oder sind das Monde?

Nach einer Weile erkennst du die Lichter als Autoscheinwerfer und begreifst.

Ein Mann beugt sich über dich. Du spürst, dass er wütend ist, und willst nicht, dass er es bleibt. Vielleicht hat dein Augenlicht im achtzigsten Lebensjahr so weit nachgelassen, dass du im Dunkeln grelle Scheinwerfer übersiehst. Mit ihm hat das nichts zu tun. Der Mann soll sich nicht schuldig fühlen. Das willst du ihm sagen, aber aus irgendeinem Grund gelingt es dir nicht, überhaupt einen Laut hervorzubringen.

Vika wird sich Sorgen machen. Sie wird ihre Söhne anrufen, sich mit zittrigen Händen mehrfach verwählen, bevor sie ihnen sagen kann, dass etwas passiert ist. Mit dir. Ist dir wirklich etwas passiert? Soeben hast du dich von Jewgenija verabschiedet. Ihr wolltet beim nächsten Treffen Rezepte austauschen, Biskuitrolle mit Buttercremefüllung gegen Lerchenbäuche mit eingebackenen Weisheitsschnipseln, Zitate über Jugend und Alter, Glück und Abschied, Liebe und Freundschaft, und das alles.

Du wirst angesprochen. So wie das klingt, macht sich der da oben immer noch Sorgen um dich. Dieser jemand ist ein Fremder, dem du zur Last fällst, und er ist hilflos.

Vika würde nicht verstehen, wie das passieren konnte, aber sie würde trotzdem wissen, was zu tun ist. Vika passt auf, dass du keinen Unsinn machst. Du wünschst dir Vika herbei. Seit sie sich nicht mehr um Nina kümmern muss, bist du ihre größte Herausforderung.

Auch Nina hast du früher viele Sorgen bereitet. Ihr wart euch immer im Wege. Jetzt ist sie gegangen, doch erleichtert bist du nicht.

Konstantin, dein ewiger Bräutigam, hat dich ebenfalls verlassen. Eines Tages war er nicht mehr ans Telefon gegangen, so plötzlich, dass du sein Herz in Verdacht hattest. Deins hat seitdem auch Aussetzer, Rhythmusstörungen, die man beobachten müsse. Einen ganzen Tag lang hattest du herumtelefoniert, bis endlich jemand Konstantins Wohnung öffnete, du selbst warst zu weit weg, wie so oft.

Er soll im Sessel gesessen haben, die Hand noch festgekrallt in ein aufgeschlagenes Buch.

Der Nerzmantel von Konstantins Mutter hängt seit Jahren in Vikas Kleiderschrank. Sie zieht ihn nicht an, weil sie sich nicht in die Haut toter Tiere hüllen wolle. Das sei nicht mehr modern. Deine Tochter hat Prinzipien.

Vika erinnert dich gewissenhaft an deine Arzttermine. Sie ruft dich an und sagt: Mama, denk bitte an das EKG nächste Woche. Einige Tage später ruft sie wieder an und sagt: Mama, hast du auch nicht vergessen, dass du morgen zum EKG musst? Zwischendurch fragt sie, ob du deine Tabletten pünktlich eingenommen hast.

Ihre Fürsorge ist wie ein warmes Bad mit Rosenblütenblättern.

Du möchtest darum bitten, dass Vika über dein kleines Missgeschick informiert werde, und stellst fest, dass dir von Vikas Telefonnummer, die du täglich wählst, plötzlich die letzten zwei Ziffern entfallen sind.

Endlich hörst du die Sirene. »Ist das nicht Olessia Lepanto?«, fragt jemand aus dem Dunkel, doch zum Antworten bist du zu schwach. Du versuchst an etwas festzuhalten. Es ist eine Handvoll Laub.

QUELLENNACHWEIS

S. 65: »Wird eine Epoche beerdigt«, aus dem Zyklus »Im Jahr vierzig«, Anna Achmatowa, *Poem ohne Held,* Verlag Philipp Reclam jun. Leipzig 1979, 1982; Übersetzung: Sarah Kirsch

S. 186: »Die Hölle«, 1. Gesang, aus: *Die Göttliche Komödie,* Dante Alighieri

S. 186: »Die Hölle«, 3. Gesang, aus: *Die Göttliche Komödie,* Dante Alighieri

S. 218: »Sei immer bereit«, Pionierlied, Text: Alexander Scharow, 1922; Übersetzung des Zitats aus dem Russischen: Eleonora Hummel

S. 218: »Der fröhliche Trommler«, Text: Bulat Okudschawa, 1957; Übersetzung des Zitats aus dem Russischen: Eleonora Hummel

S. 239: День мира: события вторника 27 сентября 1960 года, Verlag Iswestija 1961; Übersetzung des Zitats aus dem Russischen: Eleonora Hummel

S. 309: »Das Gelage während der Pest«; aus: *Kleine Tragödien,* Alexander Puschkin; Übersetzung des Zitats aus dem Russischen: Eleonora Hummel

S. 309: »Die Hölle«, 3. Gesang, aus: *Die Göttliche Komödie,* Dante Alighieri

S. 340: »Das Jahr Neunzehnhundertunddreizehn, Petersburger Erzählung«, Anna Achmatowa, *Poem ohne Held,* Verlag Philipp Reclam jun. Leipzig 1979, 1982; Übersetzung: Heinz Czechowski

DANKSAGUNG

Mein Dank gebührt
Katharina Heinrich, Journalistin – für hilfreiche Hinweise
der Stadt Hohenems – für den Hohenemser Literaturpreis 2011
Melanie Heusel, meiner Lektorin – für die wunderbare Zusammenarbeit

Eleonora Hummel

Martin Sixsmith

Philomena

Eine Mutter sucht
ihren Sohn

Aus dem Englischen von Heike Holtsch
und Michael Windgassen.
Taschenbuch.
Auch als E-Book erhältlich.
www.ullsteinbuchverlage.de

Die wahre Geschichte einer lebenslangen Suche

Philomena Lee ist selbst fast noch ein Kind, als sie hochschwanger im Kloster Zuflucht sucht. Doch statt Barmherzigkeit erwartet sie dort ein unerbittliches System. Denn die Nonnen von Roscrea verkaufen jedes uneheliche Kind in die USA. Mit drei Jahren wird auch Philomenas Sohn Anthony nach Amerika verschickt. Mutter und Sohn können einander nicht vergessen, aber erst 50 Jahre später erfährt Philomena mit Hilfe des Journalisten Martin Sixsmith, was aus ihrem Sohn geworden ist.

»Herzzerreißend ... Ich habe abwechselnd Tränen geweint und gelacht.«
The Times

ullstein

Suzanne Hayes,
Loretta Nyhan

Ich schreib dir jeden Tag

Roman.
Aus dem Amerikanischen von
Nina Bader.
Taschenbuch.
Auch als E-Book erhältlich.
www.list-taschenbuch.de

So nah und doch so fern – eine Freundschaft in Briefen

»Liebe Rita, ich hoffe, dieser Brief erreicht dich bald. Ich habe das Gefühl, unser Leben besteht nur noch aus Warten – auf Nachricht von unseren Lieben, auf das Ende des Winters, auf den Frieden. Vielleicht ist das größte Geschenk dieses Krieges die Geduld ...«

Es ist Winter 1943, als Rita Vincenzo den ersten Brief von Gloria Whitehall erhält. Rita ist Gloria noch nie begegnet. Trotzdem schreibt sie zurück, denn sie teilt Glorias Schicksal: Ihr Mann kämpft an der Front. In ihren Briefen geben Gloria und Rita einander Halt und überstehen so Verluste, Herzensverirrungen und die langen Nächte des Wartens.

List

Ruth Hoffmann

Stasi-Kinder
Aufwachsen im
Überwachungsstaat

Mit zahlreichen Abbildungen.
Taschenbuch.
Auch als E-Book erhältlich.
www.list-taschenbuch.de

Dass der Staatssicherheitsdienst der DDR die Menschen in Ostdeutschland umfassend observierte, kontrollierte und schikanierte, ist bekannt. Weitgehend unbekannt ist, in welchem Maße das Klima aus Misstrauen und Angst auch die eigenen Familien der Stasi-Mitarbeiter betraf. Auf der Grundlage zahlreicher Quellen zeigt die Journalistin Ruth Hoffmann erstmals, wie sich die beklemmende Atmosphäre der Totalüberwachung auf den Familienalltag der Stasi-»Hauptamtlichen«, vor allem auf die betroffenen Kinder ausgewirkt hat.

List